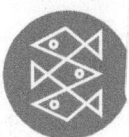

New York, 1930: Die Tänzerin Grace und ihr Bruder Patrick kämpfen verzweifelt darum, die steigende Miete und die Medikamente für ihre kleine Schwester zu bezahlen. Als sich Patrick verletzt und nicht mehr am Bau des halb fertigen Empire State Buildings mitarbeiten kann, schmiedet Grace einen waghalsigen Plan: Sie tauscht ihre Tanzschuhe gegen Stahlarbeiterstiefel und nimmt heimlich den Platz ihres Bruders in Hunderten Metern Höhe ein. Doch der Schwindel kann jederzeit auffliegen und ihre Familie in den Abgrund stürzen. Vor allem, als sich Grace in einen der Männer verliebt, die zusammen mit ihr jeden Tag ihr Leben riskieren …

Ein mitreißender Roman über Liebe, Familie und die Stärke, die oft unerkannt in uns schlummert.

Gemma Tizzard liebt es, unerzählte Geschichten von Frauen zu recherchieren und zu schreiben. Sie hat einen Abschluss in American Studies und interessiert sich besonders für amerikanische Geschichte des zwanzigsten Jahrhunderts. Sie arbeitet als Marketing Manager und lebt in Southhampton.

Christine Strüh, geboren 1954, lebt in Halle an der Saale. Sie ist Übersetzerin von Gillian Flynn, Cecelia Ahern, Judy Blume, Pete Hamill, Laini Taylor und anderen.

Weitere Informationen finden Sie auf www.fischerverlage.de

GEMMA TIZZARD

Hier oben sind wir unendlich

ROMAN

Aus dem Englischen
von Christine Strüh

FISCHER
TASCHENBUCH

Deutsche Erstausgabe
Erschienen bei FISCHER Taschenbuch

Die Originalausgabe erschien 2025 bei Headline Review,
einem Imprint von Headline Publishing.
© Gemma Tizzard 2025
Für die deutsche Ausgabe:
© 2025 S. Fischer Verlag GmbH,
Hedderichstr. 114, 60596 Frankfurt am Main
Die Nutzung unserer Werke für Text- und Data-Mining
im Sinne von § 44b UrhG behalten wir uns explizit vor.
Redaktion: Mona Leitner
Satz: Fotosatz Amann, Memmingen
Druck und Bindung: GGP Media GmbH, Pößneck
ISBN 978-3-596-71076-8

Kontaktadresse nach EU-Produktsicherheitsverordnung:
produktsicherheit@fischerverlage.de

Für meine Eltern

Prolog

Jetzt rührte sich keiner der Ladekräne mehr, was noch beunruhigender war als alles andere. Sie stand so hoch über dem Erdboden, wie wahrscheinlich noch nie ein Mensch vor ihr gestanden hatte, gut ausbalanciert und, die Fußspitzen nach vorn gerichtet, bereit, den ersten Schritt zu machen. Langsam atmete sie durch den Mund aus, schaffte Klarheit in ihrem Kopf und blendete die Männerstimmen aus, die sich hinter und unter ihr gegenseitig zu übertönen versuchten. Jetzt konnte ihr ohnehin niemand mehr helfen.

Der Wind peitschte ihr ins Gesicht, raubte ihr den Atem, zerzauste ihre Haare, griff ihr eisig kalt in den ungeschützten Nacken. Sie senkte den Blick. Die Straße lag bestimmt an die hundert Meter unter ihr, schwindelerregend fern. Ihr Magen zog sich zusammen. Wenn sie auf den Kranausleger treten und abrutschen würde, wäre nichts zwischen ihr und dem Boden, das ihren Fall aufhalten konnte. Die Autos waren winzig, wie Spielzeug, die Menschen herumwuselnde Punkte. Die in einem ordentlichen Gitternetz angeordneten Gebäude der Umgebung ähnelten einem Spielzeugdorf, etwas, was ein Kind wohlhabender Eltern zu Weihnachten geschenkt bekäme, verziert mit einer hübschen roten Samtschleife. Aber es war real. Überhaupt war alles viel zu real.

»Okay«, flüsterte sie. »Dann mal los.«

Sie legte die Hand auf ihre linke Brust, fühlte den Rhythmus ihres Herzens und atmete tief und regelmäßig, bis sie merkte, dass das wilde Pochen sich etwas beruhigte. Dann nickte sie sich ermutigend zu und trat hinaus auf den Metallträger, der nicht breiter war als ihr Fuß. Mit weit ausgebreiteten Armen, um die Balance zu halten, spannte sie die Muskeln in der Körpermitte an, um ihre Bewegungen möglichst knapp und kompakt zu halten, konzentrierte sich ganz auf ihre Verbindung mit dem Balken und brachte sich sorgfältig ins Lot.

»Breiter als ein Drahtseil«, murmelte sie, als sie den nächsten Schritt machte. Sie würde es schaffen. Sie hatte auf Drahtseilen balanciert, und ganz gleich, in welcher Höhe man sich befand, ein Seillauf erforderte immer die gleichen Fähigkeiten. Noch ein Schritt. Nun war sie vollkommen allein, die Sicherheit des halb fertigen Gebäudes verschwand hinter ihr.

»Einfach ein Balanceakt, nur ein kleines bisschen anders«, flüsterte sie, holte erneut tief Luft, ließ die Schultern, die sie fast bis zu den Ohren hochgezogen hatte, sinken und entspannte den ganzen Körper, genau wie sie es auch vor dem Tanzen immer tat. Es funktionierte – der nächste Schritt war leichter, sicherer. »Gleich bist du da«, redete sie sich gut zu, hob den Blick vom Stahlträger hin zum Horizont, und plötzlich lag New York City ausgebreitet unter ihr. »Was für eine Aussicht«, hauchte sie.

Sie machte noch einen Schritt, der Wind pfiff ihr um die Ohren. Doch dann knarrte der Balken. Ihr stockte der Atem, sie erstarrte, denn auf einmal realisierte ihr Gehirn, was ihr Körper tat, und schreckliche Angst ergriff sie. Einen Moment lang stand sie reglos in dieser unglaublichen Höhe über der Stadt, doch dann schuf sie erneut Klarheit im Kopf und vertrieb den Zweifel. Selbst wenn sie es wollte, konnte sie jetzt nicht mehr umkehren. Es gab nur einen einzigen Weg, sie hatte eine Aufgabe zu erfüllen.

Und so machte sie den nächsten Schritt.

1

DIENSTAG, 10. JUNI 1930

Grace O'Connell stürzte in den Umkleideraum, wo sie sich sofort das Kleid über den Kopf zog.

»Warst du etwa mit etwas Besserem beschäftigt?«, fragte ein Mädchen mit rundem Gesicht, das ein Stück weiter hinten auf der Bank saß, und lehnte sich, damit Grace sie sehen konnte, lächelnd zurück, in der Hand einen Lippenstift.

»Ich komme doch rechtzeitig«, erwiderte Grace, inzwischen schon in Unterwäsche, und hängte unbeirrt ihr Kleid auf einen Bügel. Hüpfend zog sie sich die Schuhe an, machte dann auf der langen Holzbank, die vom einen Ende des Raums zum anderen reichte, ein bisschen Platz im Chaos von Hüten, Requisiten und Schminkutensilien, und begann, die Beinmuskulatur zu dehnen. Als sie ihre Zehen in den frisch polierten schwarzen Schuhen berührte, spürte sie den vertrauten Zug in Rücken und Nacken und hielt die Position einen Augenblick, ehe sie sich mit einer langsamen, fließenden Bewegung wieder aufrichtete.

»Tänzerinnen! Fünf Minuten!«

Unter den fünfzehn Frauen im Raum brach die Hölle los. Eilig trafen sie die letzten Vorbereitungen, schnappten sich halb bekleidet ihre Kostüme von ihren Haken, rempelten sich im Eifer des Gefechts an und stolperten lachend und kreischend übereinander. In einem wahren Farbtornado wurden Kostüme und Hüte von den Kleiderständern auf die Bank und ebenso schnell wieder zurückbefördert. Die Tänzerinnen drängelten sich vor den Spiegeln, puderten sich die Wangen, schminkten sich die Lippen rot, banden sich die Schuhe zu und wärmten sich nebenbei auf.

»Hey, Gracie!« Eine Frau rutschte neben Grace auf die Bank vor den Schminktischen, stieß sie an und zwang sie erneut zum Hüpfen. Im Licht der nackten Glühbirne über ihren Köpfen war deutlich zu erkennen, wie sorgfältig sie geschminkt war, und der ausgeprägte Blumenduft ihres Parfüms verbreitete sich augenblicklich, während sie sich zu dem Spiegel beugte, den sie gemeinsam mit Grace benutzte, um sich schnell noch einen Schönheitsfleck auf ihre Wange zu malen.

»Bereit für ein bisschen Spaß und High Kicks?« Ihr lausbübisches Grinsen zeigte deutlich, dass ihr der Schalk im Nacken saß.

»Aber selbstverständlich.« Grace wechselte das Bein und fuhr mit ihren Dehnübungen fort.

Lillibet Lawrence war der selbsternannte Star der Show. Als einziges Mitglied der Tanztruppe hatte sie sogar einen Künstlernamen angenommen, war nun für das Publikum Lily Lawrence und Betty nur noch für ihre Freunde. Obwohl sie die gleichen Kostüme trug und die gleichen Nummern tanzte wie alle anderen, war sie, zumindest in ihrem eigenen Kopf, die Attraktion des Ganzen.

»Ich hab einen neuen Pelz für dich, den hat John mir netterweise mitgebracht«, sagte sie, während sie sich mit geübter Hand die Lippen nachzog.

»Danke, Betty, aber du musst mir wirklich nicht deine Sachen schenken.«

Betty winkte ab. »Du tust mir einen Gefallen. Ist überhaupt nicht meine Farbe.«

Sie verzog die vollen Lippen zu einem Schmollmund, rümpfte die Nase und drehte den Kopf hin und her, um ihr Gesicht im Spiegel zu prüfen. Zwar war sie auch ohne Schminke recht hübsch, verstand es jedoch meisterhaft, ihre Vorzüge noch zu betonen. Mit ihrer Figur, die einer Geige ähnelte, war sie es gewohnt aufzufallen, sie trug zudem immer höhere Absätze als die anderen Mädchen, um größer zu erscheinen.

»Ich hasse diese Haare«, klagte sie jetzt und zog sich mit finsterer Miene die Mütze so weit wie möglich in die Stirn. Sämtliche Tänzerinnen bei Dominic's hatten braune Haare. Aus Gründen, die außer ihm niemand verstand, fand Billy »Texas« Laredo, der Clubbesitzer, braune Haare nicht nur schöner, sondern bestand sogar darauf, nur braunhaarige Tänzerinnen einzustellen. In den acht Monaten, die Grace nun schon zur festen Besetzung gehörte, hatte sie die Mädchen schon alles von Henna bis Schuhcreme benutzen sehen, um die Regel zu unterlaufen. Betty gehörte zu den wenigen, die sich dank ihrer zahlreichen Verehrer eine Perücke leisten konnten, an der sie nun schlecht gelaunt herumzupfte, um auch das letzte Strähnchen ihrer blonden Haare darunter zu verstecken. Die Regel ärgerte sie ungemein, und sie war deswegen schon mehrmals mit Texas aneinandergeraten.

»Das ist unser Ding, das macht uns einzigartig«, hatte er, die Zigarre zwischen die Zähne geklemmt, über dem Kopf eine Qualmwolke, einmal verkündet.

»Aber kein Mensch hat sich jemals dadurch ausgezeichnet, dass er aussieht wie alle anderen«, hatte Betty darauf gekontert.

Grace hatte sich nie an der Regel gestört, denn ihre Haare hatten die Farbe einer polierten Walnuss und glänzten von Natur aus. Allerdings knisterten ihre Locken oft protestierend, wenn sie sich ihre Kappe aufsetzte, weil Grace sie, um sie zu fixieren, großzügig mit Zuckerwasser besprühte.

Als sie mit den Dehnübungen fertig war, sah sie in den Spiegel – tiefbraune Augen, markante Kinnlinie, ausgesprochen apart – und prüfte ihr Profil. Da sie den schlanken, durchtrainierten Körper einer Tänzerin besaß, konnte sie ihre weiblichen Kurven ganz nach Lust und Laune betonen oder verbergen – ein Geschenk in einer Welt, in der sie manchmal gern im Hintergrund verschwand. Die Hände in die schmale Taille gestemmt, holte sie tief Luft und machte sich bereit für die Arbeit des heutigen Abends.

Ein sanfter Schubs am Ellbogen kündigte die Ankunft ihrer Banknachbarin auf der anderen Seite an: In einem Wirbel blauen und weißen Satins erschien Edie McCall auf der Bildfläche, zurück von der Toilette, wo sie sich lieber umzog als in der Gemeinschaftsgarderobe.

Wie immer freute Grace sich sehr, sie zu sehen, und schob zur Begrüßung gleich einen Baby-Ruth-Schokoriegel in Edies kleine Hand. In letzter Zeit war das zur Gewohnheit geworden, denn Grace wusste, dass Edie Schokolade liebte, sich aber selbst nie welche kaufte, und da auch Edie von Freundinnen nur sehr ungern Geschenke annahm, hatte Grace ihr gesagt, sie bekäme die Riegel gratis von einer nahegelegenen Bodega, deren Geschäftsleitung sich ständig damit überbevorratete. Zu sehen, wie Edie lächelte und sich nicht nur über die Schokolade, sondern auch darüber freute, dass jemand daran gedacht hatte, ihr etwas mitzubringen, war viel mehr wert als die fünf Cent, die sie dafür täglich ausgab. Edies bisheriges Leben war nicht leicht gewesen, aber sie hatte ein gutes Herz und war die Erste gewesen, die Grace bei Dominic's willkommen geheißen und ihr alles gezeigt hatte. Im Gegenzug war ihr Graces Loyalität für alle Zeiten sicher.

»Danke«, formte Edie lautlos mit den Lippen und riss die Verpackung auf.

Als Tänzerin aufzutreten, schien für jemanden so Schüchternes wie Edie zwar auf den ersten Blick eine seltsame Wahl zu sein, tatsächlich aber erwachte sie auf der Bühne zum Leben wie kaum jemand anderes.

»Wie war das Vorsprechen?«, fragte sie, den Mund voller Schokolade, und ihre großen Augen sahen Grace erwartungsvoll an. Edies Stimme war hoch und dünn, ihre Alabasterhaut nahezu durchsichtig.

»Ich war anderweitig beschäftigt.« Im Vergleich klang Graces Stimme tief und kratzig. Sie griff nach ihrem Kostüm für die Eröffnungsnummer, konnte ihrer Freundin jedoch nicht in die Augen schauen.

»Dann bist du gar nicht hingegangen?«

Im Spiegel sah Grace, wie enttäuscht Edie war – kaum jemand wünschte ihr den Erfolg so sehr wie ihre kleine Freundin, die mit ihren schmalen Schultern, den eingefallenen Wangen und dünnen Beinen vor der dunklen Holzvertäfelung des Umkleideraums geradezu ätherisch wirkte. Ihre großen Augen hätten selbst Clara Bow vor Neid erblassen lassen, und sie war so dünn, dass man ihre Rippen hätte zählen können. Ihre Schönheit war nicht zu leugnen, schien aber fast wie ein Fluch auf ihr zu lasten. Ganz anders als Betty, die sich wohlfühlte wie ein Fisch im Wasser.

»Natürlich ist sie nicht hingegangen«, warf Betty ein, während sie in das kurze weiße Oberteil mit den weiten, blauen Rüschenärmeln schlüpfte und sich in ein riesiges verpacktes Bonbon verwandelte. »Sie geht doch nie hin. Wovor hast du eigentlich solche Angst, Gracie?« Betty war äußerst direkt und lag mit ihren Einschätzungen äußerst selten falsch. Ihr war klar, dass ihre beiden Kolleginnen etwas Besseres verdient hatten als ihre derzeitige Anstellung, die Welt es ihnen aber nicht auf dem Silbertablett servieren würde – sie mussten sich schon selbst darum bemühen.

Grace zog sich schnell ein Oberteil derselben Machart über und vergrub das Gesicht darin, was ihr das Antworten ersparte.

Die Kostüme waren in die Jahre gekommen, das Weiß war nicht mehr so frisch wie früher, sie rochen muffig, nach altem Schweiß und abgestandenem Zigarettenrauch. Sie griff nach ihrem Parfüm, betupfte sich großzügig damit, ehe sie in den blauen Rock schlüpfte, der vorn kürzer und hinten mit einem langen, gerüschten Schwanz geschmückt war. Da der Stoff sich mächtig um den Körper bauschte, mussten sie sich seitlich aneinander vorbeischieben, und Grace nutzte die Gelegenheit, sich von ihren Freundinnen abzuwenden und das heikle Gespräch in dem Chaos von Mädchen ersticken zu lassen, die in Unmengen an Satinstoff gehüllt um die Plätze vor den Spiegeln wetteiferten. Eines Tages würde sie bei einer der großen Shows vorsprechen, aber momentan hatte sie zu viel anderes zu tun, und die Arbeit bei Dominic's war ja ganz in Ordnung. Es bestand kein Grund zur Eile. Sicher, sie war einundzwanzig, aber sie hatte noch Zeit. Tanzen war Tanzen, gleichgültig, wo man tanzte.

In seinem üblichen schwarzen Smoking und mit weißer Krawatte erschien Texas oben an der Treppe. Ein großer Mann mit schwarzen Haaren – für ihn galt die Regel mit den braunen Haaren offensichtlich nicht –, glatt nach hinten gekämmt, so dass sein Kopf aussah wie der einer Robbe. Sein Hals quoll aus dem Hemdkragen, seine Augen traten hervor, es wirkte, als würde er aus einer Tube gedrückt. Mit einer affektierten Bewegung zog er seine goldene Taschenuhr aus der Tasche, und die Tänzerinnen verdrehten die Augen.

»Aufstellen, Ladys!«

»Los geht's, Mädels!«, rief Betty, als alle schiebend und schubsend ihre Plätze einnahmen, stellte sich an die Spitze der Prozession und rannte die ersten beiden Stufen hinauf. Dort hielt sie inne und ging in den Standspagat, ein Bein bis zum Ohr emporgestreckt, was die anderen Tänzerinnen mit beifälligem Jubel quittierten. »Brust raus! Rücken gerade! Und – lächeln!« Betty strahlte übers ganze Gesicht, legte den Kopf in den Nacken und drehte sich mit blitzenden Augen schwungvoll zu den anderen. »Dann mal los, lasst uns ordentlich Geld verdienen!«

Zwei Stunden lang tanzten die Mädchen sich die Füße wund. Sie wiegten die Hüften, sie drehten sich, warfen die Beine in die Luft und wirbelten herum, machten dem begeisterten Publikum schöne Augen. Schweißnasse Haut schimmerte unter heißen Scheinwerfern, die Truppe tanzte gemeinsam oder in wechselnden Formationen, vollführte passend zu den Songs der Sängerinnen gewagte Kostümwechsel auf der Bühne. Wie üblich übernahm jede Tänzerin auch einen kleinen Solopart, um den im Rhythmus begeistert auf die Tische klopfenden Männern die Wahl ihrer Lieblingstänzerin zu erleichtern.

Auch Grace ging, in Pailletten und Federn gehüllt, ganz im Augenblick auf, ihr Kopf war klar, ihr Körper unermüdlich, sie machte ihrem Namen alle Ehre, so graziös und anmutig war jede ihrer Bewegungen. Lediglich das Pochen ihres Herzens und der Rhythmus der Musik waren nötig, um der Welt einen Sinn zu geben. Keine Traurigkeit, keine Sorgen; sie war ganz sie selbst. Auf der Bühne war sie frei.

Als die Show vorbei war, hatte sich der Umkleideraum mit betörendem Blumenduft gefüllt, und die Plätze der Tänzerinnen waren mit den kleinen Aufmerksamkeiten ihrer jeweiligen Verehrer geschmückt. Wie üblich bekam Betty so viele Blumen und Geschenke, dass sie auch einen Teil von Graces Platz in Anspruch nahmen, was jedoch kein Problem war, da Grace die Männer in ihren Avancen ohnehin nicht ermutigte und diese ihre Aufmerksamkeiten daher meist anderweitig verteilten. Viele Mädchen nahmen die Einladungen zum Essen oder Ähnlichem gern an. Grace wollte einfach nur tanzen, Betty dagegen war wütend, wenn nicht jeden Abend mindestens vier Männer sie anflehten, nach der Vorstellung mit ihnen auszugehen. Den meisten sagte sie zu und wechselte ihre Verehrer regelmäßig, um sich alle Möglichkeiten offenzuhalten.

»Wenig Publikum heute«, stellte sie fest, während sie sich auf der Bank einen Platz zum Anlehnen freiräumte.

Grace nickte. Das Schwinden des Publikums war schwer zu ignorieren, aber sie dachte lieber nicht darüber nach. In letzter Zeit konnten sie froh sein, wenn sie die Hälfte der Besucherzahlen erreichten, die sie vor dem Börsenkrach an der Wall Street gehabt hatten.

Der Raum leerte sich rasch. Es war spät, und die Mädchen hatten es eilig, nach draußen zu kommen, um sich mit ihren Verehrern zu treffen oder endlich nach Hause zu gehen. Das Geplapper wurde zu einem leisen Summen, und die wenigen noch im Garderobenraum verbliebenen Mädchen hatten sich meist schon umgezogen, als sie schwere Schritte auf der knarrenden Treppe hörten und ihr Boss kurz darauf den Raum betrat. Wie immer standen Grace, Betty und Edie beieinander, wobei sich Letztere heute etwas abseits hielt, in der Hand eine einzelne weiße Rose, die ein Unbekannter auf ihrem Platz hinterlassen hatte. Ihr versonnenes Lächeln war herzzerreißend.

»Gute Vorstellung heute Abend«, sagte Texas und stellte sich zu ihnen. »Also, ich möchte, dass ihr morgen früher kommt und bei der Veranstaltung nebenan die Tanzbegleitung übernehmt.« Er zog eine Zigarette hinter dem Ohr hervor und fischte ein Streichholzheftchen aus der Tasche.

»Ach, zum Teufel.« Grace, die dabei gewesen war, ihre Kostüme auf den Ständer neben ihrem Platz zu hängen, ließ sich in einen alten roten Sessel fallen. Eine Staubwolke stieg auf, und sie musste husten.

»Nein, danke«, sagte Betty, sie zupfte die Blümchen von ihrer Perücke, die sie dekorativ daran befestigt hatte. Dann beugte sie sich vor und schnupperte ausführlich an einem riesigen Strauß gelber Rosen.

Texas entzündete sein Streichholz an einem Holzbalken und hielt es an seine Zigarette. »Das war keine Frage, sondern eine Anweisung.«

Leise packte Edie ihre Tanzschuhe in das Regalfach, an dem ihr Name stand; wie stets darum bemüht, nicht die Aufmerksamkeit auf sich zu ziehen. Texas war der Boss, sie tat, was er sagte, und nahm jede Gelegenheit wahr, ein bisschen Geld zu verdienen. Wenn er es wollte, tanzte sie den ganzen Tag.

»Die Männer dort sind schrecklich«, sagte Grace und schüttelte sich.

»Alle Männer sind schrecklich.« Texas zuckte die Achseln, zog an seiner Zigarette, blies den Rauch in den Raum und zupfte an seinem Kragen herum. »Gewöhnt euch dran.«

»Und werden Sie verhindern, dass sie uns begrapschen?« Betty warf ihm einen scharfen Blick zu und schaute dann wieder in den Spiegel, um ihren Lippenstift aufzufrischen. Auf ihrem blassen Gesicht leuchtete die Farbe wie vergossenes Blut. »Zehn Cent, und schon glauben sie, dass ihnen alles gehört.«

»Jeder, der zu aufdringlich wird, fliegt raus, das wisst ihr doch. Darum kümmere ich mich schon. Die Kerle bezahlen, und ihr tanzt mit ihnen. Und seid möglichst nett zu ihnen, wenn ihr das über euch bringt.« Dabei musterte er Betty vielsagend, und sie warf ihm eine Kusshand zu.

»Aber Sie können wahrscheinlich nichts dagegen tun, dass sie uns auf die Füße treten, oder?«, fragte Grace, stand auf, vollführte einen einfachen Rock Step, warf die Hände in die Luft und ließ sie dann auf die Schenkel klatschen, die jetzt von ihrem Kleid – knielang, blau, wesentlich zurückhaltender als die Tanzkostüme – bedeckt waren. »Ich hab noch nie Menschen mit so wenig Rhythmusgefühl gesehen wie die Kerle bei diesen Veranstaltungen. Und ich brauche meine Füße noch, wissen Sie, ich kann es mir wirklich nicht leisten, meine Zehennägel zu verlieren.«

»Wir treffen uns hier«, wiederholte Texas mit einer ausladenden Geste, um alle, die noch da waren, einzubeziehen. »Habt ihr mir zugehört? Ich möchte alle, die jetzt hier sind, morgen wiedersehen.«

»Aber sicher, geht klar«, sagte Betty und wedelte wegwerfend mit der Hand. »Wir werden hier sein, aber wären Sie jetzt bitte so nett, uns alleinzulassen, damit wir uns in Ruhe umziehen können? Ein paar von uns haben nämlich noch was vor.«

»Natürlich, gern«, sagte er, während er mit den Daumen nervös über seine Hosenträger strich. »Und seid pünktlich«, fügte er hinzu, drehte sich um und ging endlich davon.

»Der Kerl ist ein Ekel«, sagte Betty laut genug, dass er es zwar hörte, aber so tun musste, als hätte er es nicht mitbekommen. Sie nahm die Perücke ab und schüttelte die kurzen blonden Haare aus, die darunter zum Vorschein kamen. »Also, wie geht es weiter, Ladys? Ich habe Greta, Mae und Charlotte vorhin sagen hören, dass sie gleich zum Onyx Club aufbrechen wollen. Heute Abend spielt Vernon dort.« Sie grinste Grace unternehmungslustig an.

»Ich muss nach Hause«, erklärte Edie und schlüpfte in ihren Fuchspelzmantel, ebenfalls eines von Bettys ausrangierten Kleidungsstücken. Der Mantel war mindestens zwei Größen zu groß, und sie ertrank regelrecht darin. Außerdem war es Juni. Doch sie würde den Mantel wahrscheinlich den ganzen Sommer tragen, ihr war immer kalt. Mit ihrem Pelzglockenhut sah sie aus, als wäre sie unterwegs zu einer Polarexpedition, nicht zur Hochbahn in die Lower East Side.

»Okay«, seufzte Betty, die genau wusste, dass jeder Versuch, Edie umzustimmen, vergeblich sein würde. »Schaffst du es allein nach Hause?«

»Na klar«, beteuerte Edie, wenn auch mit einem angespannten Lächeln.

Grace warf ihr einen raschen Blick zu. Edies Strümpfe waren fadenscheinig, ihre Schuhe abgewetzt, und Grace wusste, dass sie nicht mitkam, weil sie es sich nicht leisten konnte. Außerdem hatte sie den Verdacht, dass Edie an manchen Abenden die drei-ßig Blocks nach Hause zu Fuß zurücklegte, um das Geld für die Fahrkarte zu sparen, und es tat ihr von Herzen leid, dass sie nicht wusste, wie sie ihrer Freundin helfen konnte. Für viele Menschen war es eine schwere Zeit

»Bist du sicher?«, fragte sie. »Es wird bestimmt lustig. Wir müssen auch nicht lange bleiben.«

»Nein, heute Abend lieber nicht.« Edie machte sich auf den Weg zur Tür. »Aber ich wünsche euch viel Spaß. Bis morgen. Gute Nacht.«

»Gute Nacht, Vögelchen.« Betty warf ihr eine Kusshand zu. Als Edie gegangen war, sagte sie zu Grace: »Ich liebe die Kleine, aber sie bricht mir noch das Herz. Also, kommst du mit?«

»Na ja, es ist ja nicht weit.« Grace schmunzelte. Der Onyx Club war gleich um die Ecke beim Times Square, und sie konnte Betty nie widerstehen. Außerdem war ihr fast jede Ausrede recht, nicht nach Hause gehen zu müssen.

»Vollkommen richtig.« Betty ließ zwei Zigaretten aus einem

schmalen Silberetui auf ihre Hand gleiten und reichte Grace eine davon. »So jung wie heute sind wir nie wieder, man muss aufs Karussell steigen, solange die Musik spielt.«

Obwohl der Club so in der Nähe lag, war es fast Mitternacht, als sie ankamen. Betty machte sich sofort auf den Weg zur Bar und kehrte mit zwei Gläsern zurück, die mit einer bernsteinfarbenen Flüssigkeit gefüllt waren. In New York war die Prohibition bestenfalls ein Witz, und der Alkohol floss in Strömen weiter. Mit einem Nicken nahm Grace ihren Drink entgegen und setzte sich auf einen freien Stuhl, fasziniert von der wunderschönen schwarzen Sängerin, die in einem schimmernden Kleid mit dazu passendem Turban im Scheinwerferlicht der Bühne stand. Eine seidenweiche Stimme, jeder Ton mühelos und süß wie Honig. Beim Zuhören liefen Grace wohlige Schauer über den Rücken.

»Let's do it, let's fall in love«, sang Betty leise mit, ohne die Augen von der Band abzuwenden. Grace folgte ihrem Blick, wissend, wohin er sie führen würde. Zu Vernon natürlich. Ein großer Mann, der Trompete spielte und in seinem weißen Smoking mit der schwarzen Fliege sehr elegant aussah. Seine dunkle Haut schimmerte im sanften Licht bei jeder Bewegung, und als er merkte, dass Betty ihn beobachtete, lächelte er ihr strahlend zu.

»Ist es nicht ein bisschen spät dafür?«, fragte Grace und zog die Augenbrauen hoch. Bettys Lippen zuckten, sie lächelte, und dann brachen sie beide in lautes Lachen aus und widmeten sich wieder ihrem Drink.

So setzte sich der Abend fort, sie tranken, flirteten und plauderten. Irgendwann tanzte Grace den Shag mit Andre, einem Freund von Vernon, der im Club Getränke servierte, aber gerade eine Pause machte. Sie schwang die Beine mit halsbrecherischer Geschwindigkeit, Knöchel und Knie sausten von links nach rechts, und ihre Schuhe verschwammen ihr fast vor den Augen. Doch sie wirbelte lachend weiter. Die beiden spiegelten einander mit immer komplizierteren Schritten, eine kleine Gruppe versammelte sich um sie, klatschte und jubelte. Als die Musik endete, verbeugte sich das Paar, Andre drehte Grace noch einmal um die eigene Achse und führte dann galant ihre Hand an seine Lippen.

»Danke für diesen Tanz, Miss Grace.«

»Das Vergnügen war ganz meinerseits.« Graces Haut glänzte vom Schweiß, ihre Augen funkelten. Nichts auf der Welt liebte sie so wie das Tanzen.

»Du bist eine wundervolle Tänzerin«, sagte Andre mit einem breiten Grinsen.

»Du bist auch nicht schlecht«, erwiderte Grace und beugte sich näher zu ihm. »Ich bin morgen Nachmittag Begleittänzerin in der Ivy Dance Hall neben Dominic's, falls du Lust hast zu kommen. Ich könnte jedenfalls einen guten Partner brauchen.«

Andre schüttelte ungläubig den Kopf. »Du bist doch viel zu talentiert, um mit den Trotteln dieser Stadt zu tanzen, du solltest lieber bei den großen Shows mitmachen.«

»Eines Tages werde ich das auch.« Grace lächelte, zuckte die Achseln und holte sich noch etwas zu trinken.

Ermutigt von den drei Drinks, schlüpfte sie, einem Impuls folgend, aus ihren Schuhen, sprang auf einen Tisch und genoss den vertrauten Rausch, ein staunendes Publikum mit ihren alten Zirkustricks in Staunen zu versetzen. Zum Schrecken, aber auch Entzücken ihrer Zuschauer, die schnell ihre Gläser ergriffen, um Platz für Grace zu machen, schwang sie sich routiniert von Tisch zu Tisch, landete in perfekter Balance, setzte sofort zum nächsten Sprung an und durchquerte so den Raum zur Begleitmusik ungläubig-schriller Schreie und beeindruckten Gelächters.

Der letzte Tisch – klein, rund und gerade groß genug, um darauf zu stehen – wackelte bei ihrer Landung so bedenklich, dass ihr hingerissenes Publikum hörbar nach Luft schnappte. Sie nutzte die Gelegenheit, brachte den Tisch mit den Füßen wie einen Kreisel zum Rotieren, und im gleichen Augenblick richtete sich in der verrauchten Luft plötzlich ein Scheinwerfer auf sie. Immer schneller drehte sich der Tisch, bis er nur noch nebelhaft zu erkennen war, immer atemberaubender wurde die Spannung, bis Grace im letzten Moment, bevor sie endgültig die Kontrolle verlor, zurück auf den Boden sprang, eine makellose Pirouette vollführte, sich tief verbeugte und mit einer Hand nach dem kreiselnden Tisch griff, ehe er tatsächlich umkippte.

Jubelnd sprangen die Zuschauer auf, ihr Applaus war ohrenbetäubend, die Männer rissen sich vor Begeisterung die Hüte vom Kopf, bezaubert und tief beeindruckt.

»Sie hat früher beim Zirkus gearbeitet, wissen Sie«, erklärte Betty, die sich durch das Gedränge einen Weg zu ihrer Freundin bahnte, allen, die es hören wollten. »Ein ganzes Jahr lang hat sie ständig an irgendwelchen Balken geschaukelt. Wie ein Affe.« Der Scheinwerfer schwenkte weg. Graces Schuhe fest in der Hand, schlängelte Betty sich weiter durch die Menge, Vernon folgte ihr. Er war fertig mit der Arbeit und hatte seine schwarze Fliege bereits abgebunden.

»Ich habe nie an irgendwas geschaukelt, Betty. Ich war am Trapez.«

»Ach, das ist doch das Gleiche«, meinte Betty wegwerfend. »Ist alles eine gute Möglichkeit, sich den Hals zu brechen. Jetzt komm, es ist Zeit zu gehen.« Sie zerrte Grace zum Ausgang.

Draußen wurde der Himmel bereits hell, lila- und rosafarbene Streifen kündeten den bevorstehenden Sonnenaufgang an. Die frische Luft schlug Grace ins Gesicht und machte sie schwindlig, die Gerüche naher Restaurantküchen brachten ihren Magen zum Knurren. Sie blickte auf. Das Skelett des Empire Building beherrschte die ganze Umgebung, man sah es schon von weitem, dabei war es noch längst nicht vollendet. Grace dachte an ihren Zwillingsbruder, an Patrick und an all die anderen Männer, die in ein paar Stunden dort oben arbeiten und von hier aus aussehen würden wie Ameisen auf einem fallen gelassenen Speiseeis. Gut, dass sie selbst nicht dort hinaufmusste. Sie konnte ausschlafen.

Betty winkte einem Taxi, und alle drei stiegen ein. »West 57th und 10th«, sagte sie dem Fahrer.

Plötzlich von melancholischen Gefühlen überwältigt, lehnte Grace den Kopf an die Fensterscheibe. Nach Musik und Tanz wieder in die Realität zurückzukommen, fiel ihr immer sehr schwer.

Vor dem Autofenster eilte die City in einem verschwommenen Nebel aus Lichtern, Backsteinmauern und grauen Gebäuden an ihnen vorbei. Im Nu hielt das Taxi vor Graces Wohnblock, Vernon stieg mit ihr aus und begleitete sie zur Eingangstreppe.

»Gute Nacht, Grace«, flüsterte der große Mann mit seiner tiefen, sanften Stimme.

»Gute Nacht, Vernon. Du bist ein echter Gentleman.«

»Bist du sicher, dass du zurechtkommst?«

Grace winkte Betty, die im Auto wartete, und wandte sich Vernon mit einem schiefen Grinsen zu. »Na klar. Wie immer.«

Auf Zehenspitzen stieg sie die Treppe zum dritten Stock hinauf, schloss die Tür auf und fluchte leise, als sie mit der Hüfte einen Blechbecher von der Anrichte schubste, der quer über den Holzboden klapperte.

»Verflucht«, zischte sie und bückte sich, um den Becher aufzuheben. »Psst«, ermahnte sie sich, als sie das Knarren einer aufgehenden Tür hörte und sich seufzend eingestehen musste, dass es für solche Ermahnungen zu spät war.

»Grace.« Die Stimme schaffte es, selbst beim Flüstern missbilligend zu klingen.

»Patrick.« Grace war bereits auf dem Weg in ihr kleines Zimmer und legte absolut keinen Wert auf ein Gespräch.

»Weißt du, wie viel Uhr es ist?« Patrick trat einen Schritt auf sie zu.

»Zeit, ins Bett zu gehen«, antwortete sie und wandte sich zu ihm um.

»Das war es schon vor Stunden.« Auf beiden Seiten nahmen Ärger und Frustration zu, sie gingen in Kampfstellung, und eine Konfrontation war nicht mehr zu umgehen.

»Wo warst du?«

»Bei der Arbeit, Patrick – obwohl ich wirklich nicht weiß, was dich das angeht.« Grace hätte sich am liebsten einen Tritt verpasst. Draußen, außerhalb dieser Wohnung, klang sie wie eine echte Amerikanerin, aber hier zu Hause kamen ihr irischer Akzent und die entsprechende Ausdrucksweise sofort zum Vorschein.

Über ihnen waren polternde Schritte zu hören, dann drang ein Heulen von mindestens drei Kindern durch die dünne Decke, die ohnehin kaum ein Geräusch abhielt. In diesem Gebäude gab es so gut wie keine Privatsphäre, niemand war ungestört, und zweifellos hörten auch ihre Nachbarn jetzt ihre wütenden Stimmen.

Und Patrick war noch nicht fertig. »Es geht mich sehr wohl etwas an, wenn ich keine Ahnung habe, wo du bist. Ma ist krank vor Sorge, und dann weckst du mich auch noch, wenn du endlich zurückkommst.«

»Hab ich dich geweckt, oder waren es vielleicht eher die zwölf Donohue-Kinder« – Grace deutete mit dem Zeigefinger zur

24

Decke – »und dir kam das gerade recht als Ausrede, mich mal wieder anzubrüllen?«

Sie starrte ihren Bruder an, und dass es war, als würde sie sich selbst vor sich sehen, befeuerte ihren Zorn noch. Sie waren einander so ähnlich, wie es zweieiige Zwillinge nur sein konnten, gleiche Kopfform, gleiche Gesichtszüge. Grace wusste, dass ihre Augen vor Wut funkelten, und Patrick erwiderte ihren Blick auf die gleiche Art.

»Was ist denn los?«, ertönte eine gedämpfte Stimme, die in heftiges Husten überging.

»Jetzt siehst du, was du angerichtet hast«, knurrte Patrick.

In der Tür stand Connie, ihre zehnjährige Schwester, barfuß, im Nachthemd, das blasse Gesicht umrahmt von einer Mähne wilder buttergelber Locken.

»Gar nichts, Con«, beantwortete Grace ihre Frage. »Du kannst ruhig wieder ins Bett gehen.«

Connie fuhr sich mit der Hand verschlafen über die Augen, nickte und verschwand wieder in der Dunkelheit, aus der sie gekommen war.

»Seit Da gestorben ist, benimmst du dich wie der letzte Idiot«, zischte Patrick kopfschüttelnd. »Glaubst du etwa, er wäre stolz auf dich?«

Die Worte trafen sie wie ein Schlag in den Magen.

Ihr Bruder wandte sich ab. »Ich gehe wieder ins Bett. Ich muss früh raus.«

»Tu das«, flüsterte Grace, noch immer unter Schock. Doch dann übernahm die Wut wieder das Kommando, und sie ballte die Fäuste, während das Geschrei in der Wohnung über ihren Köpfen immer lauter wurde. »Meiner Arbeit nachzugehen, ist wohl kaum idiotisch, du Trottel«, sagte sie zum Rücken ihres Bruders. »Und du bist nicht unser Vater, weißt du das eigentlich?«

Jetzt ging es ihr nur noch darum, Patrick ebenso zu verletzen, wie er sie verletzt hatte. »Und wirst es auch niemals sein. Bevor er gestorben ist, konnte man mit dir Spaß haben. Aber jetzt weißt du überhaupt nicht mehr, wie das geht. Das Leben ist dafür da, dass man es lebt, Patrick«, fügte sie hinzu. »Und das solltest du wirklich mal probieren.«

Seine Tür schloss sich hinter ihm, und Grace trottete zu ihrem eigenen Zimmer. Ihr war schwindlig vom Alkohol, in ihrem Innern kämpften Wut und Traurigkeit. Sie schlüpfte in ihr Nachthemd und unter das abgenutzte Laken, zog die fadenscheinige Decke bis ans Kinn und holte tief Luft in dem Versuch, sich einzureden, dass sie dabei ein winziges bisschen vom Geruch ihres Vaters wahrnahm. Die Traurigkeit, ihn verloren zu haben, war wie eine Wunde, die jedes Mal, wenn sie durch die Wohnungstür trat, wieder aufbrach.

Ein paar tiefe, zittrige Atemzüge später löste sich ein halb formulierter Gedanke in Luft auf, Schlaf überkam sie rasch, und auf ihrem Gesicht trocknete eine einzelne Träne.

2

MITTWOCH, 11. JUNI 1930

Als Grace aufstand, war Patrick längst zur Arbeit gegangen, und ihr Kopf dröhnte noch immer von den Exzessen der vergangenen Nacht.

»Da ist sie ja«, sagte ihre Mutter, als Grace aus ihrem Zimmer kam, und hielt ihr ein Glas Milch entgegen, das sie dankbar annahm.

»Ich sollte früher nach Hause kommen«, krächzte Grace mit heiserer Stimme und kippte die Milch hinunter. Ihre Mutter verzog zwar den Mund, sagte aber nichts.

Mit sechsundvierzig Jahren hatte Mary O'Connell schon ein hartes Leben hinter sich und zahlreiche Tragödien erlebt. Jeder Verlust war in ihr Herz eintätowiert und hatte ihre dunklen Haare noch ein Stück grauer gemacht, aber sie hatte sich nie unterkriegen lassen. Sicher, ihre Haut war unter Augen und Kinn schlaffer und faltiger geworden, wahrscheinlich wäre auch ihr Haarknoten früher akkurater und das Gesicht nicht von losen Strähnen umrahmt gewesen wie jetzt, aber sie war noch immer eine attraktive Frau.

»Wie geht es Connie?«, fragte Grace, und sofort wurden die Züge ihrer Mutter weicher.

»Die Lunge macht ihr nach wie vor Probleme. Sie bleibt heute im Bett.«

Grace nickte und presste besorgt die Lippen zusammen. »Ich

wasche mich schnell und mache mich dann auf den Weg zum Einkaufen. Was brauchen wir denn?«

»Dein Bruder braucht neue Arbeitshandschuhe.«

Grace verzog finster das Gesicht, wandte sich aber rasch ab, damit ihre Mutter es nicht mitbekam. Sie wollte Lebensmittel für die Familie kaufen, nicht die Dienerin ihres Bruders sein.

»Sie sind verbrannt«, erklärte Mary kopfschüttelnd. »Ich weiß wirklich nicht, womit ich es verdient habe, dass meine Kinder mir so viel Sorge bereiten. Zwei schon unter der Erde, drei nie richtig geboren, Patrick auf diesem riesigen Stahlskelett, du die ganze Nacht unterwegs, Gott weiß, wo, und die arme kleine Connie mit Lungen wie ein schnaufender Blasebalg.« Erneut schüttelte sie den Kopf, fing sich dann aber wieder. Es war untypisch für sie, solche Kümmernisse laut auszusprechen. »Das Geld für die Handschuhe liegt drüben auf der Kommode.«

Grace nickte und ging zum Spülbecken. Dass sich ihre Mutter so offensichtlich Sorgen um Connie machte, bestätigte ihre schlimmsten Befürchtungen. Sie versuchte krampfhaft, den sauren Geschmack, der sich in ihrem Mund gebildet hatte, hinunterzuschlucken, und wandte sich ab, um ihr Glas abzuwaschen. Der Hahn quietschte protestierend, als das Wasser widerwillig durch die Rohre floss, was zusammen mit dem Getrappel unzähliger Füße über ihnen dazu führte, dass sie lauter sprechen musste, als sie versuchte, die Stimmung mit einem Scherz zu heben.

»Eines Tages werden sie von da oben durchbrechen, und dann haben wir einen Haufen Donohues auf dem Fußboden herumliegen!«

Mary ignorierte den Kommentar. »Wenn du das Abendessen für heute besorgen könntest und dazu noch etwas Brot, Käse, Eier und Milch – das wäre großartig.«

Durch die dünne Wand hörte man, wie nun eine schier unendliche Anzahl von Donohues schreiend und rufend die Treppe hinunterpolterten. Grace seufzte und fragte sich, wie Mrs. Donohue das alles aushielt.

»Ja, Ma, natürlich«, sagte sie und ging ins Badezimmer, um sich zu waschen. Wie alles andere in der Wohnung war auch das Bad klein, aber es gehörte ihnen – ihnen ganz allein.

Als sie ihr Nachthemd auszog, wusste sie, dass sie mehr Glück hatte als viele andere Menschen, die in wesentlich ärmlicheren und beengteren Verhältnissen lebten, zum Beispiel nur ein Gemeinschaftsbadezimmer im Treppenhaus hatten. Früher, als sie noch ein Kind war, hatten sie in der Orchard Street auf der Lower East Side gewohnt und sich den Platz mit ihren Cousins und Cousinen geteilt; um Geld zu sparen, hatten ihr Vater und sein Bruder entschieden, dass die Familien zusammenrutschen mussten. Grace erinnerte sich noch genau, wie ihre Mutter die Hand zum Fenster hinausgestreckt hatte, um die Lebensmittel aus der an der Feuertreppe befestigten Schließkassette zu holen, wo die Sachen kühl gehalten wurden, und ihr Onkel Regalbretter an Seilen mitten im Zimmer aufgehängt hatte, damit die Mäuse sich nicht über ihr Essen hermachten. Die Kinder schliefen auf dem Boden, eng beieinander, ein wildes Durcheinander. Ihr Vater und ihr Onkel leisteten tagsüber harte Arbeit auf den Docks und verbrachten ihren Feierabend damit, Löcher in der Wand zuzustopfen, Risse mit Papier zu überkleben und so viel wie möglich von dem, was kaputt war, wenigstens provisorisch zu flicken.

Niemals würde Grace den Ausdruck auf dem Gesicht ihres Vaters vergessen, als sich die Möglichkeit auftat, in ihre jetzige Wohnung zu ziehen – fünf Zimmer, ganz für sie allein. Sein Stolz, ein ganzes Stockwerk mit drei Schlafzimmern und einem Kühlschrank zu bewohnen, war enorm. Aber der Gedanke an sein Lächeln, als er sie alle bei der Einzugsfeier an sich gedrückt hatte, schmerzte zu sehr, und sie verdrängte ihn hastig.

Sie schlüpfte in ein hübsches hellblaues Sommerkleid, weiße Schuhe und ergänzte das makellose Ensemble mit einer weißen Handtasche und einem Hütchen – alles, wie auch viele andere Teile ihrer Garderobe, Geschenke von Betty. Natürlich würden die weißen Sachen nicht lange weiß bleiben, sondern im Handumdrehen den Schmutz der Stadt annehmen, aber es war ein wunderschöner warmer Tag, und sie wollte ihn genießen. Ihre dichten braunen Locken fielen ihr auf die Schultern. Als sie den Hut auf dem kleinen Tisch am Wohnzimmerfenster ablegte, sah sie, dass dort schon eine Tasse Kaffee auf sie wartete, die sie in das Zimmer mitnahm, das ihre Mutter sich mit Connie teilte.

»Du siehst aus wie eine Prinzessin«, hauchte ihre kleine Schwester mit leuchtenden Augen, und Grace setzte sich auf den Bettrand zu ihr. Ihre Mutter hatte sich auf der anderen Seite niedergelassen und stopfte mit ihren arthritischen Fingern Socken. Mit einem Seitenblick nahm auch sie Graces Kleidung zur Kenntnis.

»Ach, hör auf«, sagte Grace und streichelte zärtlich Connies Gesicht. »Das sind bloß die abgelegten Sachen von einer Freundin. Hier gibt es nur eine einzige Prinzessin, nämlich Prinzessin Connie.« Die Haut der Kleinen war feucht und kalt, und sie war so bleich, dass ihr Gesicht fast grau wirkte, doch trotz allem lächelte sie, als sie ihren Kopf, den die Ringellocken wie ein Heiligenschein umrahmten, zurück aufs Kissen legte. Nachdenklich kaute Grace auf der Unterlippe – Connie wirkte erschöpft, dabei hatte der Tag gerade erst begonnen. Sie musste um jeden Preis beschützt werden, aber ihre Möglichkeiten waren begrenzt. Der Rest lag in Gottes Hand.

Connie war als einzige O'Connell blond. Nach der Geburt der

Zwillinge hatten ihre Eltern viele Jahre versucht, noch ein Kind zu bekommen, und dabei schlimme Verluste erlitten. An dem Tag, als Mary sie zur Welt brachte, hatte ihr Mann das kleine Mädchen stolz im Arm gehalten und ihr den Namen Constance gegeben. Völlig erschöpft und noch ganz beseelt darüber, dass das langersehnte Baby gesund zur Welt gekommen war, hatte Mary einfach zugestimmt, und erst viel später war den Eltern klargeworden, dass sie ihrer Kleinen den Namen Connie O'Connell aufgebürdet hatten. Doch alle liebten das Nesthäkchen der Familie von Anfang an abgöttisch.

»Was hättest du denn gern zum Abendessen?«, fragte Grace sie jetzt und ahnte, dass ihre Mutter sofort die Ohren spitzte.

»Ich hab keinen Hunger, Grace«, seufzte Connie.

»Ach nein, das gilt nicht«, erwiderte Grace in gespielt tadelndem Ton. »Du willst wohl, dass ich versuche, es zu erraten, was?«

Connie grinste und konnte ein Kichern nicht unterdrücken.

»Hmmm.« Demonstrativ grübelnd klemmte Grace die Zungenspitze zwischen die Lippen und verzog das Gesicht zu einer grotesken Maske der Konzentration. Connie lachte, und als das Lachen fast sofort in ein Husten überging, bereute Grace, dass sie es provoziert hatte.

»Hamburger?«, fragte sie schnell, um Connie abzulenken.

Das kleine Mädchen schüttelte den Kopf.

»Vielleicht irgendeinen feinen Fisch? Für unsere Prinzessin.«

»Nein«, stöhnte Connie. »Fisch riecht immer so.«

»Stimmt leider«, räumte Grace ein. »Oh, ich hab's. Ich bin sicher, dass ich das Richtige gefunden habe, du brauchst also nicht so zu tun, als wäre es nicht so.« Inzwischen hatte sogar Mary ein kleines Lächeln im Gesicht. »Schweinekotelett!«, rief Grace und sprang auf. »Na klar, so machen wir's!«

»Au ja«, stimmte Connie tatsächlich zu, mitgerissen von

Graces Begeisterung, und spielte mit ihren Fingerchen an der Decke herum. »Das wäre schön! Danke.«

Grace nickte, zufrieden mit sich. »Na gut, dann gehe ich jetzt mal lieber. Aber das hier hab ich gestern für dich geholt, damit du frisch und munter bleibst.« Sie griff in ihre Handtasche und holte eine kleine gelbe Schachtel heraus.

»Milk Duds!« Connie versuchte, sich aufzusetzen, und klatschte in die Hände.

»Beruhige dich, Kind«, mahnte Mary, als Grace ihrer Schwester die Schachtel Karamellbonbons überreichte. »Ach, du darfst sie nicht so verwöhnen, Grace.«

»Na ja, Ma, sie ist doch unsere Prinzessin«, erwiderte Grace augenzwinkernd. »Süßigkeiten muss man essen, solange die Sonne scheint, sage ich immer.«

»Aber nicht jetzt. Sonst musst du nur wieder husten, Connie«, beharrte ihre Mutter.

»Danke, Gracie«, sagte Connie nur, lehnte sich zurück und drückte die gelbe Schachtel an die Brust, während Grace ihre Handtasche und den Einkaufsbeutel nahm. Wie immer weigerte sie sich einzugestehen, wie viel Angst sie um ihre Schwester hatte.

Als sie die Einkäufe erledigt hatte, brachte Grace die Lebensmittel nach Hause, damit ihre Mutter das Essen vorbereiten konnte. Grace selbst würde nichts davon haben, da sie sich sofort auf den Weg zur Arbeit machen musste. In der Bäckerei in der West 48th Street hatte sie zum Nachtisch für die Familie noch einen Pfirsichkuchen gekauft, und ganz gleich, wann sie heimkam, war davon bestimmt noch etwas übrig. So unangenehm sie das Begleittanzen fand, war sie dennoch dankbar, nicht zu Hause sein zu müssen – vor allem nach ihrem Streit mit Patrick.

In der City ging es so geschäftig zu wie immer, sie war voller Menschen, Autos, Straßenbahnen, leuchtender Farben, dazu eine Kakophonie verschiedener gesprochener, gerufener und gesungener Sprachen. Überall Qualm und Baugeräusche. Jeder Laden, an dem Grace vorüberkam, verströmte seinen ganz speziellen Duft: der metallische Blutgeruch der Fleischerei vermischte sich mit dem scharfen Alkohol- und Pfefferminzduft des Barbiers nebenan. Eine Gruppe von Jungs spielte mitten auf der Straße Stickball – zu einer Zeit, zu der sie eigentlich hätten in der Schule sein müssen. Hausfrauen feilschten und zankten mit den Verkäufern, die auf Lastenrädern ihre Ware anboten, alles Erdenkliche von Kleidung über billigen Schmuck bis hin zu frischem Gemüse. Grace hatte die 9th-Avenue-Hochbahn von der 59th Street bis zur 42nd Street genommen, und jetzt, am Rand des Times Square, nicht weit von Dominic's, wurde ihr auf einmal bewusst, dass sie den ganzen Tag noch nichts gegessen hatte. Sie ging zu einem Brezelwagen, der von einer Dampfwolke umgeben war.

»Drei bitte«, sagte sie, händigte die fünfzehn Cents aus und bekam dafür drei warme, weiche, riesige Brezeln.

»Die können doch unmöglich alle für dich sein!«, sagte der puerto-ricanische Verkäufer grinsend.

»Warum denn nicht?«, gab Grace zurück. »Ein Mädchen muss ordentlich essen.« Sie grinste ebenfalls und hörte im Weggehen das Lachen des Verkäufers. Die Brezeln fest in der Hand, huschte sie die West 44th Street hinunter und dort durch den Hintereingang zu Dominic's.

»Hier, bitte schön«, sagte sie, nahm zwischen Betty und Edie Platz und drückte beiden eine Brezel in die Hand.

»Oh, danke, Süße!« Betty riss ein Stück von der Brezel ab und seufzte genüsslich. »Genau das hab ich gebraucht. Die Nacht war anstrengend.«

Grace schüttelte den Kopf, beschloss aber, auf einen Kommentar zu verzichten.

»Oh, äh, danke!«, rief Edie, die sich die Haare auf Papilloten gedreht hatte, und griff sofort zum Portemonnaie.

Doch Grace schob ihre Hand entschieden beiseite. »Sei nicht albern, das ist ein Geschenk.«

Edie lächelte, murmelte noch ein »Danke« und biss dann hungrig zu. Auch Grace zerlegte ihre Brezel in Stücke und fuhr mit der Zunge beim Essen immer wieder über ihre salzigen Lippen, während sich in ihrem Kopf ein wahres Gedankenkarusell drehte.

»Gracie?«

Es dauerte ein paar Augenblicke, bis Betty ihre Aufmerksamkeit gewonnen hatte.

»Entschuldige.« Grace schüttelte den Kopf, um sich zu sammeln.

»Ja, hol die Gedanken aus den Wolken«, sagte Betty, absichtlich zwei Redensarten vermischend, um ihre eigene daraus zu machen.

»Ich glaube, ich werde Weiß tragen«, verkündete Edie und hielt ein hübsches weißes Satinkleid in die Höhe.

»Das ist perfekt für dich, Baby.« Auch Betty war dabei, die Kleider auf dem Ständer durchzugehen, wühlte sich durch einen Regenbogen aus Seide, Chiffon und Crêpe de Chine, bis sie sich schließlich für eine elegante, schräg geschnittene grüne Robe entschied, die ihrer Figur schmeichelte. »Ich nehme Grün.«

Grace strich über die verschiedenen Stoffe und zog spontan ein mit winzigen Perlen besetztes Empirekleid aus gelber Seide heraus. Die Farbe erinnerte sie an Connies Haare, und sie lächelte, als sie es vom Bügel nahm. »Ich nehme dieses hier.«

Auch eine kleine Gruppe anderer Tänzerinnen machte sich

bereit. Die meisten Mädchen, die an der Veranstaltung teilnahmen, waren keine professionellen Begleittänzerinnen, sondern einfach nur hübsche junge Frauen, die ein bisschen Spaß haben wollten oder Geld brauchten – in den meisten Fällen kam wahrscheinlich beides zusammen. Nach dem Börsenkrach war die Zahl der Tänzerinnen stark angestiegen, aber Texas engagierte gern ein paar Profis, denn sie sorgten für höhere Teilnehmerzahlen. Es gab immer Männer, die auf eine Gelegenheit warteten, mit einem der Mädchen zu tanzen, die sie jeden Abend auf der Bühne beobachteten. Die meisten von Dominic's Tänzerinnen arbeiteten äußerst ungern als Begleittänzerinnen, aber nur wenige konnten es sich leisten, das Angebot auszuschlagen.

Wie eine übereifrige Großmutter quetschte Betty Edies Wangen zwischen Daumen und Zeigefinger, während sie ihr die Augen schminkte. »Du trägst immer viel zu wenig auf«, murmelte sie tadelnd und widmete sich dann noch Edies Haaren. Grace warf einen letzten Blick in den Spiegel und zog sich die Lippen nach. Derzeit trugen so gut wie alle Mädchen Lippenstift, und sie kam sich damit vor wie Greta Garbo.

»Wir müssen los«, verkündete Betty, die sich auch heute dafür zuständig fühlte, dass der Zeitplan eingehalten wurde. Sie ließ Edie los, trat einen Schritt zurück und betrachtete zufrieden ihr Werk. Mit reichlich Augen-Make-up sah die Kleine wahrhaft betörend aus – ein himmlisches Wesen.

Betty führte die Gruppe in den hinteren Teil des Raums und öffnete dort eine verborgene Tür. Mit klackernden Absätzen durchquerten die Mädchen einen schmutzigen Korridor von der Länge eines Footballfelds und gelangten so zu einer Treppe, die direkt in die Tanzhalle nebenan führte. Dort warteten bereits Texas und ein paar Mädchen auf sie, die früher eingetroffen waren, und gemeinsam betraten sie die Halle, wo sie mit aufgeregtem Gemurmel empfangen wurden, denn die versammelten Männer warteten bereits ungeduldig darauf, endlich ihre Partnerin für den ersten Tanz auszuwählen.

Das Etablissement war riesig, ein gigantischer Saal mit Holzboden und Zuschauertribünen. Am Kopfende befand sich eine niedrige Bühne für die Band, die in den nächsten zwei Stunden zum Tanz aufspielen würde.

Sobald die Tänzerinnen hereinkamen, drängelten sich einige Männer vor, wedelten mit ihren Zehn-Cent-Tickets und riefen nach Betty.

»Lily! Lily!«

Doch im nächsten Moment bahnte sich ein robuster Mann von etwa dreißig Jahren in einem teuren zweireihigen Nadelstreifenanzug einen Weg durch die Menge, den Hut in der Hand, eine unangezündete Zigarre zwischen den Lippen. Seine dunklen Haare waren zur Seite gekämmt, wie gelackt, und er trug ein dünnes Oberlippenbärtchen. »Heute nicht, Kumpels«, rief er seinen Konkurrenten zu und drückte Texas einen Zehndollarschein in die Hand. »Das müsste reichen.«

»Howard, was für eine Überraschung!« Betty strahlte und nahm die Hand des Mannes, drehte sich aber noch einmal zu Texas um und gab ihm zu verstehen, dass die Begegnung alles andere als eine Überraschung war. Wenn eine Begleittänzerin bei allen Tänzen mitmachte, verdiente sie insgesamt zwei Dollar, von denen sie die Hälfte einstecken konnte, während Texas die andere für sich behielt. Alle wussten, dass er das Geld nicht ablehnen würde, und er biss heftig die Zähne zusammen, als Betty sich noch einmal zu ihm beugte und ihm zuflüsterte: »Es kostet nämlich mehr als zehn Cent, mit mir zu tanzen.«

Die nach Lily Lawrence schmachtenden Männer wirkten enttäuscht. Sie waren hergekommen, um mit ihr zu tanzen, aber mit solchen Summen konnten sie nicht konkurrieren. Betty zog Edie am Ellbogen nach vorn.

»Tut mir leid, Leute, meine Tanzkarte scheint voll zu sein, aber dieser Abendstern hier ist Miss Edie McCall. Wahrscheinlich habt ihr sie schon mit mir tanzen sehen, nebenan bei Dominic's. Sie ist eine gute Freundin von mir und eine hervorragende Tänzerin. Für lediglich zwanzig Cents dürft ihr euch heute auf einen Tanz mit ihr freuen. Natürlich absolut *professionell*.« Das letzte Wort ließ sie sich genüsslich auf der Zunge zergehen und schaute zu den anderen Mädchen, die mit vor der Brust verschränkten Armen unbehaglich an der Wand standen.

Edie schnappte nach Luft, als Betty ihren Verdienst kurzerhand verdoppelte, erholte sich aber rasch und vollführte lächelnd eine elegante, schnelle Drehung. Als daraufhin mehrere Männer vortraten und ihre Tickets schwenkten, warf sie Betty einen dankbaren Blick zu. »Viel Spaß, Vögelchen«, flüsterte Betty lächelnd, und Edie suchte sich den ersten Tanzpartner aus.

Mit einem verstohlenen Lächeln sah Grace zu. Texas war ratlos, sein Mund öffnete und schloss sich krampfhaft, wie bei einer Kirmes-Witzfigur auf Coney Island. Natürlich brannte er darauf, einzugreifen und Betty in ihre Schranken zu weisen, aber sie verdiente gutes Geld für ihn, also sagte er nichts, sondern gab sich damit zufrieden, das Gesicht zu verziehen und ihr böse Blicke zuzuwerfen.

»Miss Grace.«

Grace drehte sich zu der Stimme um.

»André!« Mit einem überraschten Lachen erkannte sie ihren Tanzpartner vom Abend zuvor, der ihr die Hand hinstreckte. Er trug einen schicken braunen Anzug, dazu ein weißes Hemd und eine schmale braune Krawatte. Und Grace war extrem erleichtert, ein freundliches Gesicht vor sich zu sehen.

»Ich mache gerade Pause und habe leider nur zwanzig Cent übrig, aber es wäre mir eine Ehre, bei den ersten beiden Tänzen dein Partner zu sein.«

»Oh, Andre, das Vergnügen ist ganz meinerseits«, erwiderte Grace ehrlich und von ganzem Herzen. Andre gehörte zu den wenigen Menschen, die das Tanzen ebenso zu lieben schienen wie sie selbst.

»O'Connell!«, blaffte Texas aus zwei Metern Entfernung. »Hierher! Sofort!«

Andre senkte den Kopf und seufzte. Grace drückte kurz seine Hand, ehe sie zu Texas ging.

»Was tust du da?« wollte Texas wissen, und vor Wut traten ihm fast die Augen aus dem Kopf. »Hier sind jede Menge respektable Männer, mit denen du tanzen kannst.«

»Andre ist absolut respektabel«, entgegnete Grace freundlich, aber bestimmt.

Texas zuckte zusammen, und seine nächsten Worte zischte er mit zusammengebissenen Zähnen. »Siehst du hier etwa sonst noch irgendwelche Neger, O'Connell?«

»Aber ja, Sir«, sagte Grace und deutete auf die Musiker der Band. »Direkt da drüben auf dem Podium.« Dann beobachtete sie, wie Texas' Gesicht erst rosa, dann rot und schließlich dunkelrot wurde.

»Du tanzt auch nicht mit dem Hilfspersonal«, knurrte er.

Grace spürte, wie eine große Wut in ihr aufwallte, was automatisch ihren irischen Akzent zum Vorschein kommen ließ. »Diese Leute sind kein Hilfspersonal, das wissen Sie doch genau! Das sind talentierte Musiker. Außerdem bezahlt Andre genau das Gleiche wie alle anderen Männer hier, und ich werde die ersten beiden Tänze mit ihm tanzen. Danach können Sie mir aufdrücken, wen Sie wollen.«

Damit drehte sie sich um und ging an Betty vorbei, die aussah, als wäre sie stolz auf ihre Freundin, zu Andre, nahm seine Hand und führte ihn zur gegenüberliegenden Ecke der Tanzhalle.

»Miss McCall«, begrüßte Andre auch Edie, als sie an ihr vorbeigingen, und sie erwiderte sein Lächeln. Als sie endlich außer Hörweite waren, meinte er leise zu Grace: »Das hättest du nicht tun müssen. Ich möchte wirklich keinen Ärger verursachen.«

»Und das wird auch nicht passieren, Andre«, versicherte sie ihm. »Es ist nur ein Tanz, und zum Tanzen sind wir schließlich hier.«

Tatsächlich machten die ersten beiden Tänze ihr enorm viel Spaß, und sie lachte, als Andre sie im Quickstep quer durch die Halle führte. Leider war er der Einzige, mit dem sie an diesem Nachmittag wirklich tanzen konnte. Als er ging, bezahlte sie teuer für das Vergnügen, denn Texas bestrafte ihren Ungehorsam, indem er ihr nur die allerschlimmsten Partner zuschanzte. Die Lüsternen, die Kumpelhaften, die alten Männer und die Vagabunden, die Kontakt suchten und ihre letzten zehn Cents lieber für einen Tanz mit einem hübschen Mädchen als für eine Mahlzeit ausgaben. Sie musste Männer ertragen, die sie durch die Gegend zerrten und ihr auf die Füße traten, Männer, die nach Alkohol stanken, Männer, die sie zu küssen versuchten. Und Texas beobachtete das Geschehen mit bösartiger Schadenfreude.

Aber Grace stand alles tapfer durch. Da Texas ihr diese Sonderbehandlung angedeihen ließ, hatte sie für alle zwanzig Musikstücke einen Partner und verdiente die vollen zwei Dollar, von denen einer ihr gehörte. So tröstete sie sich damit, dass dieser Dollar sämtliche Einkäufe bezahlte, die sie heute Morgen gemacht hatte.

Als das Begleittanzen überstanden war, eilten die fünf Profitänzerinnen von Dominic's mit raschelnden Roben durch den

Korridor zurück, um sich frisch zu machen, in ihre Rüschenkostüme zu schlüpfen und sich auf den Beginn der abendlichen Show vorzubereiten. Graces Magen knurrte – sie hatte den größten Teil der letzten vierundzwanzig Stunden getanzt und nur eine Brezel gegessen. Doch sie ignorierte den Hunger und ging mit einem Lächeln wieder auf die Bühne.

Nach der Show saß Grace in ihrem mit roten Federn besetzten Kostüm des Finales vor dem Spiegel und betrachtete ihr blasses Gesicht. Sie fühlte sich schwach.

»Ich hab gesehen, was du mit Andre gemacht hast«, sagte Betty, die gerade in ein silbernes, reich mit Perlen und Pailletten verziertes Kleid schlüpfte, das noch aufwendiger war als manche der Kostüme, in denen sie gerade getanzt hatten. Sie war auf dem Weg nach Harlem, wo sie sich mit Vernon treffen wollte, aber Grace träumte von nichts anderem als von dem Pfirsichkuchen und vielleicht auch von dem warmen Gebäck, das in der ganztags geöffneten Bäckerei auf ihrem Heimweg angeboten wurde.

»Er ist ein Freund.« Grace zuckte die Achseln.

Aber Betty war noch nicht fertig. »Und ich weiß auch, was danach passiert ist«, fuhr sie fort. »Wie kommt es, dass du für jeden Menschen eintreten kannst, nur nicht für dich selbst? Hm, Gracie? Ich an deiner Stelle wäre aus der Halle marschiert, ohne einen Blick zurück.«

Ehe Grace antworten oder auch nur über die Frage nachdenken konnte, hörten sie schwere Schritte, und Texas erschien in der Tür. Die Mädchen stöhnten, denn sie wussten, dass es nie etwas Gutes bedeutete, wenn er sie nach der Show aufsuchte, und als Grace sein Gesicht sah, verschlug es ihr fast den Atem. Texas war bleich und schwitzte heftig, sie mussten sich auf einiges gefasst machen.

Zweifellos hatte er Bettys Bemerkung gehört. »Sieht aus, als ginge dein Wunsch in Erfüllung«, sagte er und wischte sich mit der Hand über die Stirn.

»Was ist denn los mit Ihnen?«, fragte Betty, und jetzt nahmen alle die veränderte Stimmung im Raum wahr. Grace spürte ein Prickeln im Nacken, eine böse Vorahnung beschlich sie.

Texas räusperte sich laut, um sich Gehör zu verschaffen, sein Blick huschte unbehaglich über die Mädchen und verharrte eine Sekunde auf Edie. Doch dann verzog er das Gesicht und begann zu sprechen. »Hört zu. Ich habe keine guten Neuigkeiten, deshalb rede ich auch nicht lange um den heißen Brei herum.« Er hielt einen Moment inne, ehe er fortfuhr: »Das Dominic's muss schließen. Ab sofort. Ich fürchte, heute war eure letzte Vorstellung.«

»Was?«

»Das muss ein Witz sein!«

»Sehr witzig!«

»Überhaupt nicht witzig, ich hab ein Baby!«

»Das kann doch nicht Ihr Ernst sein!«

»Einfach so?«

In dem Chaos übertönte eine Stimme die andere.

»Was soll das?« Die von Betty war die lauteste.

»Das war nicht meine Entscheidung. Der Börsenkrach macht die großen Bosse kopfscheu. Für den Geschmack der Gauner, die die Strippen ziehen, bringen wir nicht genug Geld. Fertig. Wenn es weniger Clubs gibt, konzentriert sich der Profit. Und wandert direkt in ihre Taschen.« Er machte kein Hehl aus seiner Bitterkeit. »Hier ist euer Geld«, fuhr er fort und begann, mit den Namen der Tänzerinnen beschriftete Umschläge zu verteilen. »Ich hab für jede von euch einen Extrafünfer reingesteckt. Mehr konnte ich nicht tun.«

»Danke.« Edie nahm ihren Umschlag entgegen und umklammerte ihn fest, Tränen in den Augen.

Betty dagegen fauchte: »Oh, Sie haben ja ein gutes Herz«, als sie Texas ihren Umschlag aus der Hand riss. Edies Dankbarkeit schien ihr unangenehm zu sein.

»Jetzt sei doch nicht so.« Texas sah beinahe verletzt aus. Alle anderen hätten sich davon wahrscheinlich besänftigen lassen, aber nicht Betty – sie funkelte ihn mit bitterbösem Blick an.

»Warum gerade wir?«, meldete sich nun auch Grace zu Wort.

Texas holte tief Luft. »Ihr habt das Publikum gesehen. Wir kriegen nicht mehr so viele Zuschauer wie früher, und keiner von ihnen gibt richtig Geld aus. Die Betuchten kommen nicht in unsere Gegend, und die anderen, die früher mal hergekommen sind, gehen inzwischen nirgendwo mehr hin. Wir werden geopfert. Das ist hier nicht der Cotton Club«, endete er achselzuckend.

»Ach, wirklich?«, rief Betty höhnisch.

»Sieht ganz danach aus, als wäre es an der Zeit, endlich für die großen Shows vorzusprechen«, sagte Grace, mehr zu sich selbst als zu sonst jemandem, mit einem Optimismus, der zwar gespielt war, aber hoffentlich ihre Enttäuschung verbarg.

Halb lachend, halb ernst erwiderte Texas: »Das kannst du vergessen, O'Connell. Niemand stellt mehr neue Leute ein, du hast deine Chance verpasst. Vielleicht solltest du lieber zurück zum Zirkus. Wenn du es bis jetzt nicht in die großen Häuser geschafft hast, wirst du es niemals schaffen. Wir sind alle am Ende.«

»Was für eine mitreißende Ansprache«, zischte Betty und zog an ihrer Zigarette, die sie gerade in eine lange Zigarettenspitze aus Elfenbein gesteckt hatte. »Sie sind echt ein verdammter Sonnenstrahl.«

»Du wirst schon zurechtkommen«, sagte er und musterte sie. »Weiber wie du kommen doch immer zurecht.«

Noch einmal sah er sich im Raum um, dann wandte er sich zum Gehen, zögerte, die Hand am Türrahmen, drehte sich aber nicht noch einmal um. »Tut mir wirklich leid, Mädels«, sagte er nur und verschwand.

Betty war nicht in der Stimmung, ihm den geringsten Vertrauensbonus zu gewähren. »Danke für die Blumen, Billy. Lass dich bloß nicht aufhalten, du schmieriges Ekelpaket«, fauchte sie noch in die Stille, die er hinterlassen hatte.

Sobald Texas verschwunden war, begannen die Frauen wieder leise miteinander zu reden, in kleinen Gruppen fanden sich Freundinnen zusammen. Alle standen unter Schock, ein paar weinten.

»Was machen wir denn jetzt?«, fragte Edie, und ihre Rehaugen huschten zwischen Betty und Grace hin und her, die riesigen roten Federn auf ihren Schultern zitterten.

»Sieht aus, als wäre es Zeit zu heiraten«, meinte Betty achselzuckend.

»Vernon?«, fragte Edie.

Betty zog eine Augenbraue hoch. »Komm, Edie, so naiv kannst doch nicht mal du sein. Vernon ist kein Mann zum Heiraten, dafür bräuchte er tiefere Taschen. Ich meine natürlich Howard. Er konnte einiges von seinem Geld retten. Und es ist wirklich Zeit, hier rauszukommen.«

»Aber du liebst doch Vernon, nicht Howard.«

»Liebe ist ein Luxus«, gab sie zurück. »Und ohne Arbeit kann ich mir keinen Luxus leisten. Ich werde mal rumfragen, und wenn einer meiner Gentleman-Freunde nach dem Börsenkrach noch was von seinem Geld übrig hat, werde ich euch Bescheid geben.«

Edie nickte mit ausdruckslosem Gesicht, noch immer völlig benommen. Grace wusste, dass ihre Freundin, wenn sie nicht umgehend Arbeit fand, bis zum Ende des Monats obdachlos und am Verhungern sein würde – genau wie die Männer, die man in der U-Bahn oder in finsteren Gassen zusammengekauert unter weggeworfenen Zeitungen sah.

»Hier.« Grace öffnete ihren braunen Umschlag und drückte Edie zwei Fünfdollarscheine in die Hand. »Du brauchst das Geld dringender als ich, also nimm es. Ich werde etwas finden, und selbst, wenn das nicht klappt, ist es nicht schlimm, Patrick verdient auf der Baustelle ziemlich gut.«

Edie schüttelte den Kopf. »Nein, Grace, ich komme schon zurecht. Ich werde bestimmt einen Weg finden.«

»Aber jetzt nimm erst mal das Geld.« Grace drückte ihr die Scheine fest in die Hand.

Edie zögerte und wurde rot, aber sie nickte und nahm die Scheine. »Danke.«

»Vielleicht sollte ich deinen Bruder heiraten, Grace«, scherzte Betty. »Obwohl – seid ihr nicht Zwillinge? Einen Mann mit deinem Gesicht, das würde ich niemals aushalten.«

»Ich glaube, du hast genug Männer an der Hand«, sagte Grace und sah nachdenklich zwischen ihren beiden Freundinnen hin und her. »Bist du okay, Edie?«

Edie nickte, wenn auch nicht sehr überzeugend. »In meinem Kopf dreht sich alles, weil ich darüber nachdenke, wo ich Arbeit finden könnte. Du weißt ja.« Auf ihrem Gesicht erschien die Andeutung eines Lächelns. »Ist doch bei uns allen das Gleiche.«

Aber Grace wusste genau, dass das nicht stimmte. Edie wohnte in einem kleinen Zimmer in einer Mietskaserne und teilte sich die Wohnung mit sechs anderen Mädchen. Sie hatte keine Familie, und es war klar, dass sie bereits ausrechnete, wie lange ihr Geld noch reichen würde. Ganz allein auf der Welt zu sein, wäre für Grace der schlimmste Albtraum. Ihr Herz raste, und sie musste tief Luft holen, um sich einigermaßen zu beruhigen.

»Hier, nimm.« Auch Betty drückte Edie, die mit den Tränen kämpfte, zehn Dollar in die Hand.

»O nein, ich wollte nicht …«

»Nimm es«, sagte Betty in einem Ton, der keine Widerrede duldete.

»Danke«, sagte Edie leise und steckte ihren jetzt etwas dickeren Umschlag in die Tasche ihres übergroßen Pelzmantels. »Ich schaffe das«, versicherte sie. »Irgendwo da draußen muss es doch eine andere Arbeit für uns geben.«

Grace bemühte sich, den Kloß in ihrem Hals hinunterzuschlucken. Am liebsten hätte sie ihre Freundinnen in den Arm genommen, aber sie hatte Angst, dass sie sie dann nie wieder loslassen könnte. Noch immer wie betäubt, standen die drei auf und sahen sich an. Sie wussten alle, dass Edie selbst mit Unterstützung ihrer Freundinnen bestenfalls einen Monat durchhalten würde, und konnten nur hoffen, dass die Zeit reichte, um eine neue Arbeit zu finden.

»Dann müssen wir uns wohl voneinander verabschieden.« Was sie selbst betraf, war Grace eher enttäuscht als besorgt, und erfüllt von einer großen Traurigkeit darüber, dass sie aller Wahrscheinlichkeit nach nie wieder mit Betty und Edie zusammenarbeiten würde. Sie liebte das Tanzen, aber es waren ihr durchaus schon schlimmere Dinge passiert, und der Abschied von Texas, diesem zwielichtigen Typen, fiel ihr nicht schwer. Damit wurde sie fertig. Ein letztes Mal sah sie sich in diesem Raum um, und auf einmal war sie überhaupt nicht mehr hungrig.

»Dann sind wir jetzt wohl offiziell arbeitslos, Ladys – genau wie die Hälfte dieser verdammten Stadt.«

3

DONNERSTAG, 12. JUNI 1930

»Es ist nicht so schlimm, Ma«, sagte Grace. »Ich werde schon was anderes finden.«

»Hast du dich in letzter Zeit mal draußen umgeschaut, Grace? Ganze Familien auf der Straße, Männer verzweifelt auf Arbeitssuche, Kinder in Lumpen, Frauen, die im Müll nach etwas Essbarem wühlen. Gott im Himmel weiß, dass wir bisher mehr Glück hatten als die meisten anderen, aber jetzt, wo dein Vater nicht mehr da ist ...« Mary brach ab und schluckte schwer.

»Mir wäre es lieber, du sagst, er ist tot, und nicht, er ist nicht mehr da. Das klingt so, als hätte er uns absichtlich verlassen.«

Eine Weile saßen die beiden Frauen sich schweigend gegenüber. Schließlich stand Grace auf und fing an, Kaffee zu kochen. Die Wahrheit ließ sich nicht leugnen. In den Club würde sie niemals zurückkehren, und Texas' Bemerkung, dass niemand neue Leute einstelle, ging ihr nicht aus dem Kopf. Aber sie wollte nicht in einer Fabrik arbeiten oder Böden schrubben. Sie war nicht dafür geschaffen, für einen Betrieb im Garment District zu arbeiten, wie ihre Mutter es früher getan hatte.

»Das Tanzen war sowieso schlecht bezahlt«, argumentierte sie, obwohl sie beide wussten, dass es eine Lüge war. Der Lohn bei Dominic's war besser gewesen als bei den meisten anderen Stellen, und ohne ihn würden sie deutlich weniger Geld zur Verfügung haben. Fragend hielt Grace eine Kaffeetasse in die Höhe.

Als ihre Mutter den Kopf schüttelte, stellte sie die Tasse zurück ins Regal, füllte ihre eigene und setzte sich an den Tisch, ohne auf den Riss in der Wand daneben zu achten. »Nachher ziehe ich einfach los und gehe auf Stellensuche.«

»Und ich werde wieder anfangen, Akkordarbeit anzunehmen«, sagte Mary. »Ich frage mal herum.«

Grace warf einen Blick auf die arthritischen Finger ihrer Mutter. »Du musst dich um Connie kümmern, Ma. Wir schaffen das schon. Patrick ist jetzt der Mann in der Familie, er verdient gut und kann sich um die Finanzen kümmern.«

»Aber auch seine Stelle ist befristet – und was dann? Als wir in diese Wohnung gezogen sind, hatten wir eine Monatsmiete von hundert Dollar und sind fest davon ausgegangen, dass dein Vater weiterhin das Geld verdienen würde, um sie zu bezahlen. Niemand konnte ahnen, dass wir die gesamten Ersparnisse der Familie verlieren würden, weil die Bank zumacht.«

»Beruhige dich, Ma.« Grace schlürfte ihren Kaffee und versuchte zu verdrängen, dass ihre Mutter recht hatte. »Heute geht es uns gut, und was anderes sollte uns erst mal nicht kümmern. Der Rest wird sich finden. Ich habe noch zwanzig Dollar von meinem letzten Lohn, die kannst du haben.« Dass es eigentlich dreißig gewesen waren, verschwieg sie tunlichst.

»Du nimmst einfach nichts ernst, Grace!« Mary stand vom Tisch auf und rieb sich mit ihren geschwollenen Händen die Stirn. »Dein Vater hat dir Flausen in den Kopf gesetzt, hat dich Zeit verbringen lassen mit diesen Ivanovs, wo du getanzt, den Clown gespielt und diese ganzen Zirkustricks gelernt hast. Und was hat es dir genutzt?«

Grace ließ den Kopf sinken. »Na ja, bis gestern hat mir das Tanzen immerhin eine Arbeitsstelle verschafft, Ma.« Sie mochte es gar nicht, wenn man sie als Clown bezeichnete, obwohl Clowns großartige Artisten waren – ihre Arbeit erforderte eine Menge Talent und war äußerst anspruchsvoll. Grace war stolz auf ihre Zeit beim Zirkus. Sie hatte schon dort getanzt, sogar auf einem Seil, und sie hatte jongliert. Sie konnte Dinge, von denen kein anderer Mensch in ihrem Bekanntenkreis etwas verstand. Warum sollte sie sich dessen schämen? Sie hob den Kopf. »In dem Jahr, als ich mit *irgendwelchen Zirkustricks* Geld verdient habe, hat niemand sich darüber beklagt.«

»Warum schreien sich heute denn alle an?« Hinter ihnen erschien Connie an der Tür.

»Darüber musst du dir keine Sorgen machen«, antwortete Mary. »Marsch zurück ins Bett mit dir.«

Die Stirn in frustrierte Falten gelegt, sah Connie wie so oft zu Grace, um sich zu vergewissern, dass alles in Ordnung war. Sie mochte es nicht, wenn man ihr etwas vorenthielt.

»Es ist nichts, Connie«, versicherte ihr Grace, breitete die Arme aus, und Connie kletterte auf ihren Schoß, obwohl sie inzwischen zu groß war, um dort bequem zu sitzen. Grace hörte ihren röchelnden Atem und nahm sie fester in den Arm, als könnte sie ihre kleine Schwester vor dem schützen, was in ihrem Körper vor sich ging. Jeden Abend betete sie darum, dass Connie bald gesund werden würde. »Ich gehe eine Weile nicht mehr in den Club, also werde ich abends zum Essen da sein, und ich kann dir auch vorlesen.«

»Wirklich?«, fragte Connie aufgeregt. »Das wird großartig.«

»Allerdings«, murmelte Grace in die Haare ihrer Schwester, obwohl sie keine Sekunde daran glaubte.

Als Connie wieder wohlbehalten unter ihrer Decke lag, setzte Grace sich auf ihr eigenes schmales Bett und holte ihren Geldumschlag heraus. Ohne die zwanzig Dollar für ihre Familie hatte sie noch sechs Dollar übrig. Sie zog die Schublade der Kommode neben ihrem Bett auf, griff hinter die Strümpfe und zog eine Rolle kleiner Geldscheine heraus. Seit sie angefangen hatte zu arbeiten, hatte sie immer wieder ein bisschen was zurückgelegt und inzwischen um die zweihundert Dollar angespart. Das Geld in den Händen zu halten, beruhigte sie. Alles würde gut werden.

Sorgsam legte sie die Rolle wieder in die Schublade zurück und schob sie zu. Dann schlüpfte sie in einen Pullover, steckte die sechs Dollar in ihre Handtasche und legte, um ihre Mutter zu beruhigen, die zwanzig auf den Küchentisch.

»Das wird uns eine Weile reichen. Und ich bin noch immer Tänzerin, genau wie gestern. Es muss doch etliche Stellen geben. Schließlich sind die Menschen doch immer erpicht darauf, unterhalten zu werden. Wenn du heute die Einkäufe machen kannst, gehe ich jetzt los und höre mich ein bisschen um.«

Mary nahm das Geld und nickte, etwas unglücklich, aber schicksalsergeben.

In der Shubert Alley, direkt am Times Square, wo alle Tänzer, Schauspieler und Musiker sich versammelten, saß eine Gruppe junger Leute, redete und lachte, schick gekleidet, weltgewandt und voller Selbstbewusstsein. Im Vorübergehen schnappte Grace ein paar Gesprächsfetzen auf.

»Der Regisseur hat gesagt, er musste sie einfach haben, um jeden Preis«, erzählte eine junge Frau mit markanten Gesichtszügen und zog schmunzelnd an ihrer Zigarette. Ihre schwarzen Haare waren glatt und akkurat kinnlang geschnitten, so dass sie gleichmäßig ihr Gesicht umrahmten.

»In dem Stück? Oder …?«, fragte eine andere Frau mit korallenroten Lippen und der Aura eines Filmstars und machte am Schluss eine vielsagende Pause, worauf die ganze Gruppe ohne jede Scham in lautes Gelächter ausbrach. In ihrer Nähe lehnte ein

Mann entspannt an einem Laternenpfahl, als gehöre ihm die Stadt. Alle diese Menschen besaßen Starqualitäten – bestimmt konnten sie Graces Fragen beantworten.

Sie straffte die Schultern, lief auf sie zu und öffnete den Mund. Doch kurz bevor sie bei ihnen war, hatte sie plötzlich das Gefühl, dass ihr die Worte im Hals steckenblieben, und sackte in sich zusammen. Mit gesenktem Kopf und schamheißen Wangen ging sie wortlos vorbei, den Gehweg entlang, immer weiter. Es hatte keinen Sinn, sie gehörte nicht hierher. Ihre eigene Mutter hielt sie für einen Clown, was würden diese Leute erst von ihr denken? Sie lebten in einer anderen Welt, sie waren reich, hatten wahrscheinlich noble Schulen besucht und nicht bei einer pensionierten russischen Ballerina in einer Wohnung in der Lower East Side tanzen gelernt wie Grace.

Als sie einen verstohlenen Blick zurückwarf, sah sie eine blonde Frau an der Schulter eines Mannes lehnen und ihm etwas ins Ohr flüstern. Eine Gruppe selbstsicherer Bettys, die sich pudelwohl fühlten in ihrer Haut. Sie wussten genau, wer sie waren. Sie hatten Geld, sie hatten Stil – natürlich wurden die freien Stellen an sie vergeben, nicht an irische Mädchen aus den Wohnblocks. Niemals würde Grace eine von ihnen sein, man würde sie auslachen, ihre Kleidung, ihre Stimme. Connie war auf sie angewiesen, aber sie war unfähig. Sie schaffte es nicht, nicht einmal, um für ihre Schwester zu sorgen. Bitterkeit und Enttäuschung über sich selbst breiteten sich in ihr aus wie eine Krankheit. Wem wollte sie denn etwas vormachen? Patrick hatte völlig recht. Alles, was er gesagt hatte, stimmte.

Nachdem sie noch eine Weile umhergeirrt war und sich gequält und beschimpft hatte, weil sie es nicht einmal schaffte, eine Arbeit zu suchen, geschweige denn zu finden, stand Grace auf einmal vor einer Imbissbude, ging hinein und bestellte ein Beef-sandwich und eine Vanillelimonade, reichte die dafür verlangten sechzig Cent über die Theke und hoffte, eine gute Mahlzeit würde ihre Laune verbessern. Vielleicht musste sie einfach als Begleittänzerin arbeiten, irgendwo, wo man bereit war, sie einzustellen. Sicher, es würde nicht so viel Geld bringen, aber es war wenigstens etwas, und sie würde ihren Lohn nach jedem Tanz erhalten. Sie könnte einfach auftauchen und hoffen, dass jemand sie aufforderte. Vielleicht erkannte sie sogar jemand von Dominic's. Morgen würde sie anfangen, die Tanzlokale abzuklappern.

Während sie auf ihrem Sandwich herumkaute, fragte sie sich, wo Betty und Edie jetzt wohl waren. Sie vermisste die beiden bereits. Zwar hatten sie sich für Sonntagnachmittag verabredet, aber heute war erst Donnerstag. Sie seufzte tief.

Da sie nicht gleich wieder nach Hause zurückwollte, ging sie noch ein bisschen die Straße entlang und landete in einer billigen Kellerkneipe in der 42nd Street. Sie wollte einfach nur tanzen, hier gab es Musik, und es kümmerte niemanden, wer sie war und was sie tat. Kurz entschlossen bestellte sie sich einen Gin und begann an der Bar ein Gespräch mit einem Mann in einem zerknitterten Hemd. Er hatte eine Narbe auf der Wange und sah aus, als hätte er schon bessere Zeiten erlebt. Aber galt das nicht für alle in dieser Stadt?

»Harter Tag?«, fragte er.

»Ja. Hart und lang. Und es ist erst drei Uhr nachmittags.«

»Davon kann ich ein Lied singen«, sagte er, kippte seinen Drink hinunter und knallte das Glas auf den Tresen, wahrscheinlich heftiger als beabsichtigt.

Grace würde das Abendessen doch wieder verpassen. Wahrscheinlich schlief Connie längst, wenn sie nach Hause kam. Bilder von ihrem Vater geisterten ihr durch den Kopf, und sie kniff die Augen zusammen, hob die Hand und bestellte den nächsten

Drink, um Schmerz und Kummer darin zu ertränken. Ihr größter Wunsch war immer gewesen, ihren Vater stolz zu machen. Hastig stand sie auf und zerrte den Mann von seinem Hocker, um mit ihm zu tanzen. Zwar schwankte er etwas, aber das spielte keine Rolle. Die in ihrem Kopf krakeelenden Stimmen verhallten, als sie sich unter den glitzernden Lichtern drehte und herumwirbelte. Ihr Problem konnte bis morgen warten.

4

Patrick O'Connell grübelte. Er hatte Mühe, sich zu konzentrieren, und bei seiner Arbeit konnte das tödlich enden. Im achtzehnten Stockwerk ging er auf dem Stahlskelett umher und baute den nächsten Gerüstboden auf, während der vom Hudson kommende Wind an seinem Hemd zupfte. Mit einer Hand hielt er sich jetzt an einem Stützpfeiler fest und trat vorsichtig auf die Holzplanke hinaus, die sechzig Meter über der Straße hing. Unter ihm war nichts, nur Luft. Er hüpfte ein bisschen auf und ab, um sicherzugehen, dass es das Gewicht zweier Männer aushalten würde, und blickte dann nach oben, um die Fixierungen zu prüfen. Die Planke war stabil, und er reckte den Daumen, das Zeichen für den Rest seines Teams, dass die nächste Reihe von Nieten befestigt werden konnte.

Ein Stockwerk unter ihm stand sein Cousin Seamus auf den metallenen Querstreben, an einer Ecke, wo sich zwei Stahlträger trafen. Vor ihm lag diagonal eine auf beiden Trägern ruhende Holzplanke, auf der gut ausbalanciert eine kleine Koksesse aufgebaut war, ein mit Koks betriebenes, winziges Schmiedefeuer, in dem die Nieten auf 540 Grad Celsius erhitzt wurden. Auf das Zeichen hin klaubte Seamus mit seiner langen Zange eine davon aus der Esse und warf sie in hohem Bogen die gut fünfzehn Meter nach oben zur nächsten Etage. Ohne sich von der Stelle zu rühren, fing Patrick die Niete in einer alten Farbdose auf, holte sie mit seiner deutlich kleineren Zange heraus und klopfte sie auf dem Stahlträger aus, um lose Koksbröckchen und Schmutz zu entfernen, ehe er sie in die dafür vorgesehene Öffnung bugsierte.

Links von ihm standen die beiden anderen Mitglieder des Teams, die italienischen Brüder Francesco und Giuseppe Gagliardi, auch bekannt als Frank und Joe. Joe, der zehn Jahre jünger als sein Bruder war und direkt neben Patrick arbeitete, drückte seinen Stemmhebel mit aller Kraft auf den Kopf der Niete, während Frank auf der anderen Seite mit der Nietpistole sicherstellte, dass sie nicht wegrutschte. Die Funken stoben. Sobald die Niete fest an Ort und Stelle saß, flog auch schon die nächste durch die Luft.

Der Lärm war ohrenbetäubend, das Hämmern der Nietpistole dröhnte in Patricks Kopf, über ihm rasteten donnernd die Stahlstangen ein, unter ihm arbeiteten Tausende Handwerker mit voller Kraft und Geschwindigkeit. Maurer, Zementierer, Zimmerleute, Elektriker, Installateure und Maler machten alle ihren eigenen Lärm, während sie ihre Kollegen höher und immer höher zum Himmel hinaufjagten.

An Freitagnachmittagen wie heute hatten die körperliche Anstrengung der vergangenen Woche unter der unablässig niederbrennenden Sonne und die Nächte meist unruhigen Schlafs Patrick bis in die Knochen ermüdet. Sein Hemd war durchgeschwitzt, und er neigte den Kopf, um sich mit dem Arm den Schweiß von der Stirn zu wischen, ohne dabei die Mütze herunterzureißen. Schweiß in die Augen zu bekommen, konnte sich hier niemand leisten. Als er die nächste Niete auffing, begannen seine Gedanken wieder zu wandern. Seit Wochen schon sorgte er sich um Grace, es machte ihn wütend und frustrierte ihn, dass sie um die Häuser zog und immer egoistischer wurde, während er sich abmühte, die Familie zusammenzuhalten. Was für eine Art Job war das überhaupt – Tanzen? Es wunderte ihn, dass sie für etwas dermaßen Unseriöses tatsächlich Geld bekam. Die halbe Nacht zu trinken, herumzualbern und Spaß zu haben, hatte für seine Begriffe mit harter Arbeit nichts zu tun. Ihre Hände waren weich, sie selbst war weich, und seit ihr Vater gestorben war, waren die Nächte für sie immer länger geworden.

Was führte sie im Schilde? Früher hatte Patrick ein paar Tänzerinnen gekannt, und der Gedanke, seine Schwester könnte sich ebenso benehmen, war eine Sorge, die er ganz und gar nicht brauchen konnte. Wenigstens hatte sie bisher mit ihrem Lohn einen Beitrag zum Familieneinkommen geleistet, aber ein derartiger Lebenswandel endete doch immer mit Tränen. Jetzt musste sie sich eine neue Arbeit suchen, und die Aussichten, etwas zu finden, waren äußerst gering. Einfache Arbeiten waren unter ihrer Würde, aber da sie mit ihrem lächerlichen Job gutes Geld nach Hause gebracht hatte, hatte er sich mit seiner Kritik zurückgehalten. Nachdem ihr Vater – Gott hab ihn selig – bei einem Unfall auf den Docks drei Monate nach dem Börsenkrach in einem Schiffscontainer buchstäblich zerquetscht worden war, hatten sie das Geld dringend gebraucht. Der Verlust des Vaters war schlimm genug, aber es wurde noch schlimmer dadurch, dass nun auch das ganze Ersparte weg war und sie nichts mehr hatten, worauf sie im Notfall zurückgreifen konnten.

Patrick warf einen Blick über den Rand des Stahlträgers zu den Menschen weit unter ihm, die ihn und sein Team bei der Arbeit beobachteten, einige davon wahrscheinlich in der Hoffnung, dass jemand von hier oben abstürzte – selbst an einem Freitagnachmittag wartete immer eine Gruppe von Männern an der Baustelle, falls doch ein bisschen Arbeit für sie abfiel, und sei es auch nur für eine Stunde. Sie taten Patrick leid. Die übergroße Verantwortung, nun der Einzige zu sein, der seine Mutter und seine Schwestern vor dem Leben auf der Straße bewahren konnte, lastete schwer auf ihm. Wie ein Mühlstein an seinem Hals. Mit einem Dollar und zweiundneunzig Cent war sein Stundenlohn gut, aber es würde nicht ewig dauern, diese Stahlstützen aufzustellen, und wenn sie in dem Tempo weitermachten, würden sie alle noch vor Weihnachten arbeitslos sein. Natürlich war ihnen auch nicht entgangen, dass die meisten anderen Bauvorhaben gestoppt worden waren, aber keiner wusste, was ihm blühte, wenn das Stahlskelett fertig war. Sicher war nur, dass es auch dann weit weniger Jobs geben würde als Männer, die diese dringend brauchten.

Die nächste Niete schlug gegen den Rand der Farbdose und hüpfte hoch in die Luft. Instinktiv zogen die beiden anderen Männer die Köpfe ein, aber es gelang Patrick, die Niete mit einer geschickten Armbewegung doch wieder aufzufangen. Frank warf ihm einen fragenden Blick zu, und Patrick nickte: Alles unter Kontrolle.

»Konzentrier dich!«, rief Joe, als Patrick die Niete in das vorgesehene Loch manövrierte. Da sie schreien mussten, um gehört zu werden, redeten sie bei der Arbeit kaum, sondern verständigten sich größtenteils mit Zeichensprache. Normalerweise war das in Ordnung, aber heute beschleunigte das Schweigen nur das Gedankenkarussell in Patricks Kopf. Noch eine halbe Stunde, dann war der Arbeitstag vorüber. Die Sorgen mussten warten, hier oben konnte er sich keinen Fehler erlauben.

Bei der nächsten Niete lief wieder alles glatt. Wahrscheinlich war es ungefähr die vierhundertste des Tages, aber ihre Tätigkeit war derart monoton, dass es, wenn man nicht im Rhythmus blieb, schwer war, nicht abzudriften. *Erhitzen, werfen, fangen, vernieten. Erhitzen, werfen, fangen, vernieten.* Patrick kämpfte mit sich; er war angespannt und wünschte sich nur, der Tag wäre endlich vorbei.

Frank gab das Signal, dass es Zeit war, sich weiterzubewegen, da sie von ihrem Standpunkt aus keine neuen Nietlöcher mehr erreichen konnten. Patrick stieg von seinem Gerüst und zurück auf den relativ sicheren Balken. Als er auf die Stadt blickte, fühlte er, wie sein Ärger sich auflöste und die Gedanken an seine Schwester milder wurden. Lange Zeit, bis zu Connies Geburt, war sie die einzige Tochter der Familie gewesen, der Augapfel ihres Vaters. William O'Connell hatte fest an ein besseres Leben in Amerika geglaubt, an all die Möglichkeiten, die sie in Irland nie gehabt hätten. Er sagte oft, er sei Ire und seine Kinder Irisch-Amerikaner, aber deren Kinder würden Amerikaner sein, denn dann sei die Transformation vollzogen. Risikobereitschaft war ihm sehr wichtig, und als Grace sich ins Tanzen verliebte, ermutigte er sie, wo er nur konnte. Und als er erfuhr, dass in der Orchard Street ganz in ihrer Nähe eine russische Ballerina und ihr Ehemann, ein Zirkuskünstler, wohnten, hatte er Grace zwei Nachmittage pro Woche zu ihnen geschickt, um von ihnen so viel wie möglich zu lernen. Er war der festen Überzeugung, dass sie in der Familie die Erste sein würde, die ihre Arbeit wirklich liebte. Und er war sehr stolz auf sie gewesen.

Ein lauter Knall riss Patrick aus seiner Träumerei, und er fuhr heftig zusammen. Auf einmal wurde ihm bewusst, dass er ungesichert in luftiger Höhe stand, ein mulmiges Gefühl überkam ihn, er blickte nach oben – ein großer Fehler. Über ihm schwenkte der Stahlträger an die vorgesehene Stelle auf der nächsten Etage, doch die weißen Wolken dahinter bewegten sich genau in die entgegengesetzte Richtung. Benommen und desorientiert, im Kopf das wirbelnde Gedankenkarussell, verlor er das Gleichgewicht, seine Arme kreisten wie Windmühlenflügel, und gerade noch rechtzeitig warf er sich auf den relativ sicheren Balken zu seinen Füßen, auf dem er jedoch unsanft, mit einem lauten Knacken und in einem äußerst unnatürlichen Winkel landete.

Ein stechender Schmerz schoss durch seinen linken Arm, aber er nahm ihn kaum zur Kenntnis, sondern umklammerte mit den Beinen instinktiv den Balken, seine Brust bebte, sein Herz hämmerte, das Krachen seines Sturzes hallte in seinem Kopf nach, in seinen Ohren pochte das fieberhaft pulsierende Blut. Er legte die Stirn auf den warmen Stahl und schloss die Augen. Jetzt nach unten zu schauen, kam nicht in Frage. Als er die leisen Geräusche der Straße weit unter ihm hörte, verkrampfte sich sein Magen, und beim Gedanken, wie nah er einem Absturz gewesen war, zog sich seine Kehle zusammen. Mühsam kämpfte er gegen den aufwallenden Brechreiz an.

»*Minchia*!«, schrie Joe, reagierte blitzschnell und ließ sich auf Patricks Rücken fallen, um sie beide zu stabilisieren, bis der Balken unter ihnen aufhörte zu schwanken. Allerdings fühlten sich die Bewegungen des Balkens nun noch stärker an, da beide Männer, eng aneinandergepresst, das rasende Herzklopfen des anderen deutlich spürten.

In Patricks Kopf drehte sich alles, und er hielt die Augen fest geschlossen, bis die Übelkeit endlich etwas nachließ und er es wagte, mehrmals tief Luft zu holen. Dann verschwand der Druck von seinem Rücken, Joe stand auf und setzte sich rittlings auf den Balken, so dass seine Beine rechts und links herunterbaumelten.

»Was zur Hölle ist denn passiert?«, fragte Joe, wischte sich die Hand an seinem Overall ab und streckte sie Patrick entgegen, um ihm aufzuhelfen. Um Joe ansehen zu können, musste Patrick sich um hundertachtzig Grad auf den Rücken drehen, und als er Joes Hand ergreifen wollte, machte er in letzter Sekunde einen Rückzieher und nahm lieber den anderen Arm. Trotz des Adrenalins, das ihn durchströmte, fühlte er, dass etwas nicht stimmte.

»Alles in Ordnung da oben?«

Von zwei Stockwerken unter ihnen blickte der für die Stahlarbeiter verantwortliche Bauführer Joseph Gilligan, mit der Hand die Augen abschirmend, zu ihnen empor.

»Ja, alles gut!«, antwortete Patrick schnell und hoffte, dass niemand hörte, dass seine Stimme zitterte.

»Dann beeilt euch, ich möchte, dass diese Ecke vor Feierabend noch fertig wird!«

Behutsam nahm Patrick die Farbdose, die Joe ihm hinhielt, und eilte über den Stahlträger zur nächsten Station.

»Okay?«, fragte Frank, und man sah ihm an, dass er sich Sorgen machte.

Patrick nickte, signalisierte Seamus, dass sie weitermachen konnten, und zog die Zange aus dem Gürtel seiner Hose, erleichtert, dass sie noch da war. Seamus zuckte die Achseln und schleuderte die nächste glühende Niete zu ihnen hinauf. Als Patrick sie mit der Dose auffing, musste er einen Schrei unterdrücken, denn ein unerträglicher, gleißender Schmerz raste seinen Arm empor. Verzweifelt biss er die Zähne zusammen, während die Qual so glühend heiß wie die Niete selbst sich an den Rändern seines Sichtfelds ausbreitete, erst stechend weiß und dann langsam ins Schwarze übergehend, bis er endlich wieder einigermaßen klar sehen konnte. Ihm war schwindlig, und wieder musste er gegen eine Woge der Übelkeit ankämpfen.

Mit der Zange in der guten Hand griff er sich die Niete und steckte sie in die vorgesehene Öffnung. Joe und Frank konzentrierten sich beide auf ihren Teil des Jobs, aber als die Niete endlich sicher an Ort und Stelle war, starrten sie Patrick entsetzt an. Bestimmt sah er so schlecht aus, wie er sich fühlte. Wenn er den Arm bewegte, konnte er spüren, wie die Knochen aneinanderrieben. Es war definitiv ein Bruch, aber Patrick wollte es die anderen um keinen Preis wissen lassen.

»Macht weiter«, stieß er mit zusammengebissenen Zähnen hervor; Schweiß stand ihm auf der Stirn und prickelte auf seiner Kopfhaut. Doch er wusste, dass er keine andere Wahl hatte.

Bevor um halb fünf der Alarm ertönte, der das Ende des Arbeitstages – und Gott sei Dank auch der Woche – ankündigte, schafften sie noch zehn weitere Nieten. Jetzt legten alle die Werkzeuge weg, sicherten ihre Ausrüstung in etikettierten Boxen und reihten sich dann in die Warteschlange ein, um auf den Erdboden zurückzukehren.

Im Aufzug versuchte Patrick, der spürte, wie der Schweiß auf seiner Haut allmählich abkühlte, seinen Arm eng am Körper und möglichst geschützt zu halten. Als jemand ihn versehentlich schubste, konnte er nur mit Mühe einen Schmerzensschrei unterdrücken und biss so fest die Zähne zusammen, dass er Angst hatte, sie würden abbrechen. Unfähig, seinen Teamkollegen in die Augen zu schauen, hielt er den Blick gesenkt; er wollte ihre besorgten Gesichter nicht sehen.

Unten reihte er sich in die Schlange ein, um seinen Lohn abzuholen, und als Frank sich wortlos links neben ihn stellte, um seinen Arm zu schützen, hätte Patrick vor Dankbarkeit fast geweint.

Nach einer Wartezeit, in der ihn der Schmerz beinahe in die Knie gezwungen hätte, stand er endlich ganz vorn in der Schlange.

»O'Connell, Stahlarbeiter.« Es kostete ihn all seine Kraft, normal zu klingen, als er seine Identifikationsmarke aus Aluminium und die speziell am Freitag ausgegebene Marke für die Auszahlung seines Wochenlohns abgab.

Ein kleiner Mann mit einer runden Hornbrille, rechts und links flankiert von einer bewaffneten Wache, überreichte ihm seinen Umschlag. »Gib nicht alles auf einmal aus.« Seine Stimme war vollkommen humorlos, und er schaute bereits zum nächsten

Mann in der Schlange. Schwach lächelnd nahm Patrick den Umschlag mit seiner guten Hand entgegen, steckte ihn in seine Tasche und verdrängte den Gedanken, dass es durchaus der letzte Umschlag sein könnte, den er bei diesem Job überreicht bekam.

Hunderte Männer strömten von der Baustelle hinaus auf die 34th Street. Lautes Hupen ertönte, als sie gemütlich die Straße überquerten, aber sie wussten genau, dass den Autos keine andere Wahl blieb, als die Menschenflut vorüberziehen zu lassen. Die Arbeiter feierten, dass sie eine weitere Woche überlebt hatten, lachten und scherzten, wischten sich mit dem Arm über die schmutzige Stirn und zündeten aus zerknitterten Päckchen endlich die ersehnte Zigarette an. Viele stürmten sofort durch die nächstbeste unscheinbare Holztür in eine der gut versteckten Bars der Gegend, um schlechten Whiskey zu konsumieren und einen großen Teil des Geldes, das ihnen ein Loch in die Tasche zu brennen schien, gleich wieder zu verspielen. Hinter einer Ecke, außer Sichtweite der anderen, lehnte Patrick an einer Mauer, umringt von seinen drei Teamkollegen, und wartete darauf, dass das Gedränge sich endlich auflöste.

»Wie schlimm ist es?«, fragte Frank, nahm seinen Hut ab und strich sich über die dichten schwarzen Haare. Er war erst zweiunddreißig, doch seine olivfarbene Haut wies bereits einige Fältchen auf, da er seit fünfzehn Jahren auf hohen Gebäuden arbeitete und bei Sonnenschein ständig die Augen zusammenkneifen musste. Er war ein attraktiver Mann – zumindest war seine Frau dieser Meinung – und stark wie ein Ochse.

Patrick knirschte mit den Zähnen, sagte aber nichts und beobachtete stumm die um sie herumwimmelnden Männer. Er wollte sichergehen, dass niemand sie belauschte. Joe, eine schmalere, jüngere Version seines Bruders, trat mit dem Fuß gegen die

Mauer, beugte sich näher zu Patrick, und sagte sehr leise: »Du weißt ja genauso gut wie ich, dass ohne dich keiner von uns weiter da oben arbeiten wird.«

»Ja, Joe, das weiß ich«, antwortete Patrick und sah ihm in die Augen. Die beiden Männer starrten einander eine Weile an.

Jede Kolonne bestand aus vier Männern, die eng zusammenarbeiteten und eine ganz spezielle Art der Verständigung und Arbeitsweise hatten. Wenn einer von ihnen ausfiel, arbeitete auch keiner der anderen, was bedeutete, dass jeder von ihnen nicht nur die Zukunft seiner eigenen Familie, sondern auch die von drei weiteren Familien in den Händen hielt.

»Es ist schlimm, stimmt's? Sonst wärst du doch einfach zur Krankenstation gegangen«, sagte Frank, und sein Gesicht verdüsterte sich mit einer Mischung aus Angst und Sorge.

»Ja, es ist besser, es weiß niemand davon«, antwortete Patrick. »Ich möchte niemandem eine Ausrede liefern, uns alle rauszuschmeißen. Aber ich mache mich jetzt auf den Weg zum Krankenhaus und lasse den Arm untersuchen. Es wird schon alles okay sein.«

»Ins Krankenhaus?« Joe trat noch einmal gegen die Mauer, diesmal heftiger.

»Wenn schon etwas passieren musste, dann war es jedenfalls der beste Zeitpunkt«, sagte Seamus. »Freitagnachmittag, zum Glück.« Seine Haut war so hell, dass seine Nase von der Sonne rot war und sich schälte, seine grünen Augen flitzten herausfordernd von einem Kolonnenmitglied zum anderen. In diesem Augenblick war sein Bedürfnis, seine Familie zu verteidigen, größer als seine eigenen Sorgen. »Lass es untersuchen, und dann hast du das ganze Wochenende Zeit, dich zu erholen.«

»Ja«, stimmte Patrick zu, verzweifelt gegen die Schmerzen ankämpfend.

Frank nickte bedächtig.

»Ist der Arm gebrochen?«, zischte Joe.

»Nein, bestimmt nicht«, erwiderte Patrick mit fester Stimme, konnte Joe aber nicht in die Augen sehen. »Ich gehe zum Krankenhaus, und wir können uns später treffen. Dann wissen wir Bescheid. Ich bringe das in Ordnung, versprochen. Wie Seamus schon gesagt hat, ich hab ja das ganze Wochenende Zeit dafür. Am Montag bin ich wieder da oben.«

»Ich begleite dich«, sagte Seamus.

Patrick sah ihn an und nickte. Seamus war Familie, und er war nicht sicher, ob er es allein zum Bellevue Hospital schaffen würde. Ihm war klar, dass der Umschlag mit dem Gehalt in seiner Tasche nach den Tests und Behandlungen im Krankenhaus deutlich weniger dick sein würde, aber ihm blieb keine andere Wahl – der Schmerz drohte, ihm die Besinnung zu rauben.

Er sah zu Frank. »Ich möchte nicht, dass jemand hört, worüber wir sprechen, deshalb kommt bitte später zu mir nach Hause. Gegen neun, das müsste reichen. Und macht euch keine Sorgen, bis dahin habe ich für alles eine Lösung gefunden.«

Ehe die beiden Italiener etwas einwenden konnten, ging Patrick davon, sah aber noch, wie Joe heftig den Kopf schüttelte. Er kämpfte den Brechreiz nieder, der ihn erneut überfiel, unsicher, ob er von den Schmerzen kam oder von der Tatsache, dass er in Wahrheit keine Ahnung hatte, wie er die Situation regeln sollte. Vor einer Stunde hatte er sich noch gefragt, wie er es schaffen sollte, für seine Mutter und seine Schwestern zu sorgen, aber jetzt war durch eine grausame Laune des Schicksals nicht nur seine schlimmste Angst Realität geworden, er lief obendrein noch Gefahr, Seamus und die ganze Gagliardi-Familie mit ins Unglück zu stürzen.

5

»Wenn einer von euch abends mal hier ist, dann bleibt bestimmt der andere weg«, seufzte Mary und schob Patricks inzwischen so gut wie kaltes Abendessen auf die Seite, wo es niemanden störte. »Werden wir irgendwann einmal beim Essen um denselben Tisch herumsitzen?«

»Wo ist er denn?«, fragte Connie, ein Husten unterdrückend. Sie trug ihr langes Baumwollnachthemd, war barfuß und schaukelte mit den Beinen. Der Juniabend war warm, das Fenster einen Spaltbreit geöffnet, damit die Luft zirkulieren konnte. Aus der Wohnung der Donohues wehte der Geruch von Bratfisch und Kartoffeln zu ihnen herein und mischte sich mit den Gerüchen ihres eigenen Abendessens.

»Vermutlich sitzt er mit seinen Kumpeln in irgendeiner Kneipe«, meinte Grace, spießte ein Stück Hühnchen auf und reichte es ihrer Schwester. Wie so oft wirkte Connie bleich und fiebrig, und es war ein winziger Sieg, dass sie den Happen annahm – in letzter Zeit hatte sie eindeutig zu wenig gegessen. Ihre Augen waren glanzlos, ihre Locken klebten feucht an den Schläfen, und es fiel Grace immer schwerer, ihre Sorge wegzuschieben. Seit Tagen schon war der Zustand ihrer Schwester nicht besser geworden. »Auf der Baustelle bekommen die Männer freitags immer ihren Lohn, erinnerst du dich? Bestimmt muss er sich nach einer langen Woche ein bisschen entspannen.«

Zufrieden mit der Erklärung nickte Connie und kaute auf dem Stück Hühnchen herum. Doch wie aufs Stichwort öffnete sich in diesem Augenblick mit einem leisen Klicken die Tür, sie drehten sich alle drei um und sahen Patrick hereinkommen – mit blassem Gesicht, den Arm in einer Musselinschlinge eng am Körper. Hinter ihm erschien mit völlig verzweifeltem Gesicht sein Cousin Seamus.

Connie schnappte nach Luft und erstarrte, die Gabel in der Hand wie eine Waffe.

»Mutter Gottes«, stieß Mary atemlos hervor, eilte zu Patrick und legte ihm die Hände auf die Schultern. Als er unter der Berührung zusammenzuckte, wanderten ihre Hände zu seinem Gesicht, als wollte sie sich vergewissern, dass sie tatsächlich ihren Sohn vor sich hatte. »Geht es dir gut? Was ist passiert?«

Grace saß stumm da und beobachtete das Geschehen, es war ihr, als befände sie sich außerhalb ihres Körpers. Im Bruchteil einer Sekunde war ihr instinktiv klargeworden, was dies alles bedeutete, und der Bissen, den sie gerade heruntergeschluckt hatte, drohte, ihr im Hals steckenzubleiben. Auf einmal fiel ihr das Atmen schwer.

»Ich hatte einen Unfall, Ma«, sagte Patrick, und seine Stimme klang rau und heiser. »Der Arm ist gerichtet worden«, erklärte er leise, »aber leider gebrochen.«

Mary gab ein seltsam ersticktes Geräusch von sich, ballte aber schnell die Hand zur Faust und drückte sie an den Mund, als wollte sie sich selbst zum Schweigen bringen. Natürlich wusste Grace, dass sie sich vor allem Connie zuliebe bemühte, ruhig zu wirken, und ihr Magen zog sich zusammen.

»Wenigstens ist er am Leben«, sagte Seamus und nahm endlich den Hut ab, behielt ihn aber in der Hand. Seine rotbraunen Haare waren zerzaust, sein Gesicht sonnenverbrannt und schmutzig von der Arbeit des Tages. »Sechs Wochen«, stieß er leise hervor und beantwortete damit eine unausgesprochene Frage.

Patrick sah zu Grace, und als sich ihre Blicke trafen, meinte sie in seinen Augen, die den ihren so ähnlich waren, zu erkennen, wie ihm das Herz brach. Sie nickte ihm kaum merklich zu und hoffte, dass er die tiefe Verbundenheit fühlte, die sie ihm damit ausdrücken wollte. Dann wandte sie sich Connie zu.

»Bist du fertig mit dem Essen, Prinzessin Connie?«, fragte sie gespielt fröhlich.

»Warst du im Krankenhaus, Patrick? Hast du jetzt einen Gips? Darf ich ihn sehen?«, wandte Connie sich, ohne Grace zu antworten, ganz unschuldig an ihren Bruder. »Wie kannst du denn mit einem gebrochenen Arm arbeiten?«

»So ungefähr«, schaltete sich Grace ein, um sie abzulenken, hielt einen Arm hinter den Rücken, stapelte betont geziert Teller und Besteck mit der freien Hand auf einen Haufen, den sie dann hochstemmte und sich zum Abschluss tief verbeugte.

Connie lachte, hustete und klatschte begeistert in die Hände. »Noch mal!«

»Wie wäre es stattdessen mit einer Geschichte?«, fragte Grace, darauf bedacht, Connie nach nebenan zu locken und die Tür hinter ihr zuzumachen. Die Angst, die ihr selbst im Nacken saß, musste sie fürs Erste ignorieren. Wie viel hatte die Behandlung im Krankenhaus wohl gekostet?

Das Ablenkungsmanöver zeigte Wirkung – Aufmerksamkeit von ihrer großen Schwester schlug in Connies zehnjährigem Kopf fast alles andere, und Grace verließ mit ihr das Zimmer. Als sie die Tür hinter sich schloss, sah sie noch, wie ihre Mutter in Tränen ausbrach und Patrick versuchte, sie mit seinem gesunden Arm zu trösten.

Connie kletterte ins Bett, Grace machte es sich neben ihr bequem und hoffte, als sie sich eng aneinanderschmiegten, dass das wilde Hämmern ihres Herzens nicht zu spüren war. Sie nahm das schon etwas abgenutzte Exemplar von *Doktor Doolittle und seine Tiere* zur Hand und begann daraus vorzulesen, so laut, dass sie die gedämpften Stimmen auf der anderen Seite der Tür so weit wie möglich übertönte. Jetzt, da Patrick ohne Arbeit war, fühlten sich die zweihundert Dollar in ihrer Schublade, die ihr heute Morgen noch wie ein gutes Polster vorgekommen waren, auf einmal überhaupt nicht mehr an, als böten sie auch nur den geringsten Schutz vor einer finanziellen Katastrophe.

Sie las weiter, bis Connie eingeschlafen war, und wanderte eine Weile die drei Schritte, die der Platz erlaubte, hin und her. Sie wollte nicht zurück und die Verzweiflung ihrer Mutter sehen, wusste aber, dass ihr nichts anderes übrigblieb.

»Sie schläft«, flüsterte sie, als sie sich schließlich wieder zu ihrer Familie gesellte.

Patrick und Mary saßen am Tisch, während Seamus noch immer, den Hut fest in der Hand, neben der Tür stand und nicht weniger verzweifelt aussah als vorhin. Ihre Mutter schien in den kurzen fünfzehn Minuten, seit Grace sie das letzte Mal gesehen hatte, geschrumpft zu sein, und auch auf Patricks Schultern lastete eindeutig das Gewicht der Welt.

»Ich habe zweihundert Dollar«, platzte Grace heraus, und alle Blicke richteten sich auf sie. »Mein Erspartes, damit kommen wir ungefähr einen Monat aus«, erklärte sie leise und sah, dass ihre Mutter zitterte.

Ihr Blick wanderte durchs Zimmer, vom Radio zum Kühlschrank, von dort zum übrigen Mobiliar, alles in besseren Zeiten auf Kredit gekauft, einiges davon noch nicht abbezahlt. Ihre Gedanken rasten. Einhundert Dollar allein für die Miete, dazu kamen die Medikamente für Connies tägliche Inhalationen, um die sich alle pflichtbewusst kümmerten, obwohl sie keinerlei Wirkung zeigten. Zwanzig Dollar pro Woche für Lebensmittel, dazu

Rechnungen, Rückzahlungen, Transportkosten. Grace schluckte schwer, als sie alles zusammenzählte.

»Und wenn der Monat vorbei ist, gehst du ja schon bald wieder arbeiten«, fügte sie noch hinzu und sah Patrick hoffnungsvoll an. »Wir können es schaffen.«

Den Mund fest zusammengepresst, schüttelte Patrick den Kopf. »Wenn wir sechs Wochen weg sind, verlieren wir unseren Platz auf der Baustelle.« Er blickte alle im Zimmer nacheinander an. »Ich muss da oben weiterarbeiten.«

»Mit einem gebrochenen Arm kannst du das nicht«, sagte Seamus mit fester Stimme. »So sehr ich es mir wünschen würde, weil du uns damit die Haut retten würdest, es geht einfach nicht. Und den Gips kannst du auch nicht verstecken.«

Angeekelt sah Patrick auf seinen Arm in der Schlinge hinunter. Grace beobachtete ihn aufmerksam, und in seinem Gesicht, dass sie so gut wie ihr eigenes kannte, sah sie nicht nur Verzweiflung und Hoffnungslosigkeit, sondern auch das fieberhafte Forschen nach Antworten. Aber dann war es, als drehte sich die Welt auf einmal weniger schnell, die Sekunden dehnten sich, und sie sah in Patricks Augen den Funken einer Idee aufleuchten. Langsam hob er den Kopf und starrte sie an, studierte sie von Kopf bis Fuß, als hätte er sie noch nie gesehen.

»Was ist?«, fragte sie nervös, denn aus lebenslanger Erfahrung wusste sie, wie es aussah, wenn Patrick etwas ausheckte – in ihrer gemeinsamen Kindheit hatte er unzählige verrückte Einfälle gehabt, sie wusste, dass ihr Schwierigkeiten bevorstanden.

Mit energischem Blick sah er zu der alten Küchenuhr hinauf und dann zu Seamus, offenbar zum Äußersten entschlossen. »Die Gagliardis werden gleich da sein, könntest du bitte runtergehen und sie abfangen? Ich komme gleich nach.«

Seamus nickte und verschwand. Patrick und Grace starrten

einander einen Moment schweigend an, dann traf die Erkenntnis Grace wie ein Schlag in den Magen, und auf einmal wusste sie genau, was ihr Bruder sagen würde.

»Du könntest es machen«, sagte er, ohne sie aus den Augen zu lassen. Ihr Puls begann zu rasen, während sie auf die nächsten Worte wartete, obwohl sie wusste, wie sie lauten würden.

»Ich könnte deinen Platz einnehmen«, flüsterte sie.

»Du könntest meinen Platz einnehmen.«

Der Gedanke raste durch ihren Körper, eine Angst ohnegleichen, ein fast unwiderstehlicher Fluchtimpuls und ein winziger Schauer der Erregung wetteiferten in ihrem Innern. Ja, sicher – sie könnte Patricks Platz einnehmen.

»Ah, Patrick, jetzt mach dich nicht lächerlich«, sagte Mary, ihre Worte wirkten wie eine kalte Dusche. »Möchtest du deine Schwester auch durch einen Unfall verlieren wie deinen Vater?«

Eine schwere Stille trat ein.

»Es wäre verrückt«, sagte Grace.

Patrick stand auf, packte mit seiner gesunden Hand die seiner Zwillingsschwester, ließ sie an der Tür kurz los, um sie zu öffnen, und schob Grace dann in das schäbige Treppenhaus. Mary rief ihnen etwas nach, aber sie ignorierten ihre Mutter.

Bevor Grace wieder richtig zur Besinnung kam und ihm ihre Hand entzog, hatte er sie bereits zwei Treppenabschnitte hinuntergeschleppt. Abrupt blieb sie stehen, die Hand an die Wand gestützt. Patrick war fünf Stufen vor ihr, fast ganz unten. Im Treppenhaus war es gruslig still.

»Patrick, was tust du da, um Gottes willen?«, fragte sie. »Wohin bringst du mich?«

»Der Rest der Kolonne wartet unten«, erklärte er atemlos. »Seamus und die beiden italienischen Brüder, mit denen ich jeden Tag arbeite. Du musst sie kennenlernen, wir werden ihnen alles erklären. Das ist der einzige Weg aus diesem Schlamassel.« Seine Augen funkelten, er war hellauf begeistert von seinem Plan. »Und du hattest die gleiche Idee, du hast es als Erste ausgesprochen.«

»Aber der Plan ist komplett irre, Patrick, du kannst nicht mehr klar denken. Wie um alles in der Welt soll ich denn deinen Platz auf der Baustelle übernehmen? Ich habe doch keine Ahnung von dem, was du dort tust.«

»Wir bringen es dir bei. Du kannst es, Grace, das schwöre ich dir. Ich werde alles wieder in Ordnung bringen.«

»Aber nicht du würdest es wieder in Ordnung bringen, sondern ich. Richtig? Du musst nämlich überhaupt nichts tun. Und anscheinend glaubst du, dass du einfach so für mich entscheiden kannst, Patrick. Dabei habe ich überhaupt nicht zugestimmt.«

Patrick biss die Zähne zusammen, auf einmal sah er frustriert aus. Erneut bemerkte Grace die Veränderung in ihm, und wieder lief ihr eine Gänsehaut über den Rücken.

Er holte tief Luft, bevor er sein letztes Argument vorbrachte. »Connie wird sterben, wenn du nicht für mich einspringst.«

Das zu hören war, als liefe sie mit voller Wucht gegen eine Backsteinmauer, und für einen Moment blieb Grace die Luft weg.

»Das ist nicht fair!«, stieß sie hervor.

»Nein, ist es nicht«, bestätigte Patrick und schüttelte den Kopf. »Aber es ist die Wahrheit. Momentan ist sie in Sicherheit, weil wir es geschafft haben, sie von anderen Menschen und deren Krankheiten fernzuhalten. Wir können ihr Medizin geben und dafür sorgen, dass die Wohnung warm, gut belüftet und trocken ist. Wenn sich daran etwas ändert, hat sie keine Chance.«

»Und wenn ich tue, was du vorschlägst, dann werde wahrscheinlich ich sterben. Für dich ist die eine Schwester wichtiger als die andere.«

»Das ist nicht fair«, zitierte Patrick Graces eigene Worte.

»Nein, ist es nicht«, erwiderte sie auf gleiche Weise. »Höchst-wahrscheinlich werden wir beide sterben.«

Seine Stimme wurde weicher. »Natürlich möchte ich nicht, dass du dort rauf musst, aber ich hätte es nicht vorgeschlagen, wenn ich nicht denken würde, dass es funktionieren könnte. Ich glaube nämlich, dass du das Zeug dazu hast.«

»Aha, das glaubst du also? Und wie genau soll ich das machen? Es ist doch vollkommen verrückt.«

»Ich werde dir helfen, so gut ich kann.« So zärtlich hatte er schon lange nicht mehr mit ihr gesprochen, und auf einmal war ihre Kehle wie zugeschnürt. Sie musste die Lippen fest zu-sammenpressen, um die Tränen zurückzuhalten. Als er die Hand nach ihr ausstreckte, wich sie zurück und starrte auf seinen Arm, der nutzlos und eingegipst in einer Schlinge an seinem Körper hing.

»Wirst du dir wenigstens anhören, was sie sagen?« Patrick deu-tete mit einer Kopfbewegung zur Straße, wo Seamus und die bei-den Italiener warteten.

»Mal sehen.«

Am ganzen Körper zitternd stieg Grace die Treppe hinab, ihre Beine drohten einzuknicken, alles in ihr schrie danach, umzu-kehren, sich zu verstecken, wegzulaufen. Ihr Herz hämmerte, als müsste sie ersticken. In ihrem ganzen Leben hatte sie noch nie solche Angst gehabt.

Draußen dämmerte es bereits, aber auf der Straße herrschte noch emsiger Betrieb. Grace entdeckte Seamus halb im Schatten, Rauch kräuselte sich von der Zigarette empor, die an seiner Un-terlippe klebte. Neben ihm standen zwei dunkelhaarige Männer mit sehr ähnlichen Gesichtszügen. Der Ältere von ihnen hätte Boxer sein können, der Jüngere war kompakter und athletischer gebaut. Grace war fasziniert, und gegen ihren Willen fiel ihr auf, wie attraktiv er war. Er sah aus, als könnte er ein guter Tänzer sein. Zumindest, wenn er bereit wäre, aufrecht zu stehen, statt sich an die Mauer zu lümmeln. Diese Männer in Arbeitskleidung waren mit ihren starken Armen und schmutzigen Gesichtern so anders als die Männer, die Grace aus dem Club oder von den Tanzveranstaltungen kannte. Ein anderer Menschenschlag, derb und kräftig, von einer Echtheit und Vitalität, mit der sich ein Mann im Anzug niemals würde messen können. Sie machten ihr ein bisschen Angst.

Als die drei Männer die beiden Geschwister kommen hörten, drehten sie sich sofort zu ihnen um. Das Gesicht des jüngeren Bruders verfinsterte sich, als er die Schlinge an Patricks Arm sah, er warf die Hände in die Luft und ließ dann einen leidenschaftlich-zischenden italienischen Redeschwall vom Stapel. Die Antwort des Älteren war leise, aber bestimmt, worauf der Jüngere verstummte und seinen Blick unter den dichten dunklen Augenbrauen den O'Connells zuwandte.

»Tut mir sehr leid mit deinem Arm, Patrick«, sagte der ältere der Brüder mit ehrlichem Mitgefühl.

»Mir tut es leid, dass wir alle auf der Straße verhungern werden«, fügte der jüngere Bruder bitter hinzu. »Du hast behauptet, dein Arm wäre nicht gebrochen. Weißt du, dass mein Bruder hier sein viertes Kind erwartet?«

»Guiseppe«, ermahnte ihn der ältere Mann.

Doch der Jüngere schien nicht willens oder vielleicht auch unfähig, die aus ihm hervorsprudelnden Gefühle zurückzuhalten. »Was ist mit Bruno, eh?« Er wirbelte wieder zu Patrick herum, und zum ersten Mal nahm er Grace neben ihm wahr. »Und wer ist das denn?«

»Das ist doch ziemlich offensichtlich«, meinte Seamus.

»Warum bringst du deine Schwester mit?«, fragte der wütende

junge Mann. Seine Stimme hatte einen singenden Tonfall angenommen, und Grace nahm mit Interesse zur Kenntnis, dass ihre Verwandten nicht die einzigen Menschen waren, deren Akzent zurückkehrte, wenn die Gefühle in Wallung gerieten.

»Wenn du mal eine Sekunde den Mund halten würdest, könnte ich es dir erklären, Joe. Ich habe dir gesagt, dass ich die Situation in Ordnung bringen werde, und genau das habe ich getan.« In Grace sträubte sich alles, als Patrick mit seiner gesunden Hand auf sie deutete. »Das ist Grace«, stellte er sie vor. »Wir sind Zwillinge, falls dir das noch nicht aufgefallen ist.«

Der ältere italienische Mann trat einen Schritt vor, tippte sich an die Mütze und streckte Grace mit einer kleinen Verbeugung die Hand entgegen. »Francesco Gagliardi. Aber bitte nennen Sie mich Frank – das machen alle, mit Ausnahme meiner Mutter und meines Bruders hier. Freut mich, Sie kennenzulernen, Miss O'Connell.« Seine Hand war rau und schwielig, und Grace musste sich zusammennehmen, ihre eigene Hand nicht erschrocken zurückzuziehen. So etwas hatte sie noch nie gefühlt. Sie brachte lediglich ein kleines Lächeln zustande, um ihre Dankbarkeit für seine Freundlichkeit auszudrücken – ihre Fähigkeit zu sprechen hatte sie komplett verloren. Der jüngere Bruder betrachtete sie mit kaum verhohlener Feindseligkeit, und sie kam zu dem Schluss, dass ihre frühere Einschätzung falsch gewesen war – dieser Mann hatte rein gar nichts Attraktives an sich.

Unterdessen fuhr Patrick unbeirrt fort. »Wenn Zwillinge Bruder und Schwester sind, sehen sie sich nur ganz selten so ähnlich, aber wir tun es, und genau das ist für uns alle ein großes Glück. Denn es ist die Lösung unseres Problems.« Als er seine gute Hand auf Graces Schulter legte, zuckte sie zusammen.

Der ältere Italiener machte große Augen, und als ihm mit einem leichten Schock klarwurde, worauf Patrick hinauswollte, blieb ihm für einen Augenblick der Mund offen stehen, während sein Bruder unverändert grimmig dreinschaute und offenbar mit der Erklärung seines irischen Arbeitskollegen nichts anfangen konnte. Im Gegensatz zu Seamus, der, die Zigarette auf halbem Weg zum Mund, erstarrte.

»Herr des Himmels«, stieß er leise hervor, während sein Blick ungläubig zwischen Patrick und Grace hin und her wanderte. »Du willst uns dazu bringen, dass wir eine Frau mit aufs Gerüst nehmen.«

6

»*Vaffanculo!* Das ist glatter Irrsinn! *E pazzo?* Francesco, sag es ihnen! *Idea stupida!*« Aus Joe explodierten abwechselnd englische und italienische Wörter, und es dauerte fast eine Minute, bis Frank ihn einigermaßen beruhigen konnte. Er packte seinen Bruder an beiden Armen und redete auf Italienisch leise auf ihn ein, was natürlich sonst niemand verstand, bis Joe endlich etwas abkühlte.

»Ich glaube, ihm gefällt deine Idee nicht, Paddy«, meinte Seamus, trocken wie immer.

»Sieht ganz danach aus, ja«, bestätigte Patrick.

Etwas betreten stand Grace daneben und beobachtete die Männer, eine Außenseiterin in dieser Welt. Ihre Wangen brannten, und sie sehnte sich zurück in die vertraute Garderobe bei Dominic's, mit Betty auf der einen und Edie auf der anderen Seite. Ihr gefiel Patricks Idee auch nicht besonders, aber noch weniger gefiel ihr, dass dieser Mann, ohne irgendetwas über sie zu wissen, offensichtlich der festen Überzeugung war, sie sei nicht in der Lage, die Arbeit ihres Bruders zu machen.

»Ich verstehe schon, was du meinst, Patrick«, sagte Frank und strich sich nachdenklich übers Kinn. »Aber es muss doch eine bessere Möglichkeit geben, wie wir dich in unserer Kolonne ersetzen können. Du hast einen Bruder, Seamus, richtig?«

»Ha!« Seamus lachte bellend und machte sich daran, seine nächste Zigarette am Überbleibsel der letzten anzuzünden. »Du meinst Sean? Er ist Barbier. Hat schreckliche Höhenangst und würde da oben zittern wie ein Hund im Regen. Würde sich zusammenrollen und anfangen zu weinen, garantiert.«

»Und ein Mädchen würde das nicht?«, mischte Joe sich ein, als wäre Grace nicht da. »Mädchen haben doch schon Angst, wenn sie bloß auf der obersten Leitersprosse stehen!« Er schüttelte entschieden den Kopf. »Patrick hätte mich heute fast umgebracht. Wenn ich nicht gesehen hätte, wie er sich hinwirft, hätte mich die Erschütterung kalt erwischt und ich wäre abgestürzt. Und das, nachdem wir schon zwei Jahre zusammengearbeitet haben. Ich vertraue mein Leben ganz bestimmt keiner Frau an, die rein gar nichts vom Stahlhochbau versteht.«

»Wie wäre es denn mit einem anderen Mann?«, fragte Frank. »Wir würden bestimmt einen finden, in der Stadt gibt es genug, die Arbeit suchen.«

»Nein, das funktioniert nicht«, entgegnete Patrick energisch. »Du weißt doch, dass Gilligan lieber ein komplettes Team anheuern würde, das schon eine Weile miteinander arbeitet. Das wäre viel zu riskant. Glaubst du etwa, die Indianer, die jedes Wochenende zwölf Stunden von Kanada hierher und wieder zurückfahren, haben nicht noch vier Männer in petto, die nur darauf warten, auf unserer Baustelle anzufangen? Und sowieso – selbst wenn es für dich in Ordnung wäre, was ist mit mir? Ich hab auch eine Familie zu versorgen, und der springende Punkt ist doch, dass wir mich gar nicht ersetzen würden. Ich bin am Montagmorgen auf der Baustelle, genau wie immer. Jedenfalls würden das alle denken.« Er warf Grace einen Blick zu, aber sie konnte immer noch nicht ganz glauben, dass er es ernst meinte. Wie kam er auf die Idee, sie würde einfach sein Leben übernehmen? Joe Gagliardi war zwar unausstehlich, aber er hatte recht – Patricks Plan war der reine Wahnsinn.

»Meinst du wirklich, es könnte funktionieren, Patrick?« Frank musterte seinen Arbeitskollegen nachdenklich. Die Idee war zweifellos irre, aber Maria, Franks Frau, erwartete in ein paar Wochen ihr nächstes Baby, und er vertraute Patricks Urteil. Wenn es eine Chance gab, dieses Fiasko zu lösen, würde er sie ergreifen.

»Das wird niemals funktionieren!«, mischte sich Joe wieder ein. »Das weißt du selbst, Francesco. Hör nicht auf diesen ganzen Blödsinn. Patrick spinnt, natürlich kann seine Schwester das nicht!«

»O doch, ich kann das!« Die Worte kamen aus ihrem Mund, ehe ihr bewusst war, was sie da sagte. Sie drehte sich um und ging davon. »Kann ja nicht so schwer sein«, murmelte sie vor sich hin, »wenn dieser Idiot es schafft.«

»Grace!« Patrick versuchte, sie zurückzurufen, aber sie hatte ohnehin nicht vor wegzulaufen. Dieser dumme Italiener, die ganze Situation, die Angst, der Gedanke, dass Connie frieren und hungern könnte, Graces eigener Ärger, ihre Enttäuschung, dass sie ihren Job verloren hatte, und Texas' Hängebackengesicht – all das wütete in ihrem Kopf wie ein Flächenbrand, und Adrenalin raste durch ihre Adern. An der nächsten Feuertreppe blieb sie stehen und rüttelte an ihr, um zu prüfen, ob sie stabil war. Sekunden später war sie auch schon dabei, in ihrem Kleid und ihren Tanzschuhen daran hochzuklettern. Vom Tanzen war ihr Körper fit und ausdauernd, und ihre Wut trieb sie weiter, höher und höher, so schnell sie konnte, bis sie ganz oben war. Niemand außer ihr selbst hatte zu entscheiden, ob sie dieser Arbeit gewachsen war oder nicht.

Im Handumdrehen war sie auf dem Dach des vierstöckigen Gebäudes, ging ein Stück am Rand entlang, als schlendere sie entspannt durch den Park, legte sich dann auf den Boden, rutschte ganz nach vorn und ließ den Oberkörper über die Kante hängen. Die Luft war still, kein Windhauch, nicht die kleinste Brise.

»Was tut sie denn da?«, fragte Seamus.

»Jemand muss sie aufhalten! Sie darf nicht springen!«, rief ein Fremder von unten, aber Grace war so konzentriert, dass sie nichts davon hörte.

Sie streckte sich, so weit es ging, nach unten zu einer Wäscheleine, die zwischen diesem und dem Gebäude gegenüber gespannt war, zog daran, um zu testen, wie stramm sie hing, und untersuchte dann, ob die Seilrolle zuverlässig an der Mauer befestigt war. Nirgends bröckelten die Backsteine, außerdem handelte es sich um eine Doppelleine, an der die Wäsche über die Straße und wieder zurück gezogen werden konnte. Die Halterungen waren stabil, das Seil machte einen robusten Eindruck, zumindest auf dieser Seite. Das war gut genug.

Grace setzte sich wieder auf, ließ die Beine über den Sims baumeln und zog die Schuhe aus. Die Strümpfe rollte sie ordentlich zusammen, stopfte sie tief in die Schuhe und warf diese dann, nachdem sie sich kurz vergewissert hatte, dass alles frei war, über die Kante. Mit einem dumpfen Aufschlag landeten die Schuhe vier Stockwerke weiter unten auf der Straße, prallten einmal kurz ab und blieben dann liegen. Grace hörte ein kollektives Keuchen und sah Seamus auf die Straße laufen, um die Schuhe aufzuheben.

Ohne weiter darüber nachzudenken, holte Grace tief Luft, trat hinaus auf die Wäscheleine und spürte, wie sie in ihre weichen Fußsohlen schnitt.

Auf der belebten Straße war jede Geschäftigkeit zum Erliegen gekommen, die Menschen starrten fasziniert zu ihr empor, es herrschte eine unheimliche Stille. Der Abstand zwischen den beiden Häusern betrug locker fünfzehn Meter, und als Grace die Hand von der Mauer nahm, wandte Patrick rasch den Blick ab, zwang sich dann jedoch, hinzuschauen und seine Schwester zu beobachten. Er war wütend, dass sie sich so leichtsinnig benahm, wusste aber auch, dass es zum großen Teil seine eigene Schuld war.

Nach ein paar zögernden Schritten hatte sie ihr Gleichgewicht gefunden, breitete die Arme aus, drehte die Füße ein kleines bisschen nach außen und schritt dann selbstsicher über das provisorische Drahtseil. Dass die Wäscheleine doppelt gespannt war, machte es ihr leichter, obwohl sie ein ganzes Stück höher war als auf den anderen Drahtseilen, auf denen sie bisher balanciert war, und sie sich nicht angemessen vorbereitet hatte. Ihr Ärger und ihre Frustration trieben sie vorwärts. An den Fenstern beider Gebäude erschienen neugierige Gesichter, und für einen Moment war Grace dankbar, dass ihre eigene Wohnung auf dieser Seite keine Fenster hatte und ihre Mutter sie nicht sehen konnte. Doch auf halbem Weg wünschte sie sich, sie wäre nicht so impulsiv gewesen, denn sie hatte keine Ahnung, ob das Seil auf dieser Seite ebenso solide war wie auf der, von der sie kam. Wenn es sich von der Mauer löste, könnte nichts und niemand sie retten.

Die Wäscheleine ächzte, außerdem wurde es rasch dunkel, das Seil war immer schwerer zu sehen. Wenn Grace jetzt abstürzte, würde sie sterben, nur weil sie beweisen wollte, dass sie recht hatte. Wenn sie schon sterben musste, dann doch lieber bei dem Versuch, ihre Familie zu retten. Andererseits half es nicht, wenn sie ihre Entscheidung jetzt bedauerte, denn ihr blieb gar keine andere Wahl, als weiterzugehen. Sie blickte nicht nach unten, sah nicht die bleichen Gesichter der vier entsetzten Männer, die sie beobachteten, und auch nicht die immer größer werdende Menschenmenge, die Zeuge wurde, wie eine junge Frau an einem Freitagabend im Juni ohne ersichtlichen Grund ihr Leben aufs Spiel setzte.

Doch sie erreichte wohlbehalten die andere Seite, zog sich aufs Dach des Gebäudes hinauf, und nach einer Sekunde überwältigten Schweigens brandete Beifall auf. Obwohl sicher kaum einer der versammelten Zuschauer Kenntnisse im Seiltanzen hatte, wussten sie doch, dass sie soeben etwas Außerordentliches mitangesehen hatten.

Grace stand auf und machte sich auf den Weg zur nächsten Feuertreppe, kletterte die Stufen hinunter, und die Ruhe, mit der sie sich bewegte, strafte den Aufruhr in ihrem Herzen Lügen. Als hätte ein Pfeil sie getroffen, kreiste das Adrenalin in ihrem Innern – und es war ein gutes Gefühl. Seit über einem Jahr hatte sie nicht mehr auf einem Seil gestanden. Sie hatte den Zirkus verlassen, als man sich dort entschieden hatte, durchs Land zu reisen, und ihr Wunsch, in der Nähe ihrer Familie zu sein, stärker gewesen war als die Aussicht auf ein Leben voller Abenteuer. Aber manchmal vermisste sie die Aufregung.

Am untersten Absatz der Feuertreppe angekommen, hüpfte sie aufs Geländer, ließ die Beine darüber baumeln, platzierte die Füße dann sorgfältig auf dem Rand und schwang sich von dort hinunter auf den Boden, wo sie stehen blieb und die Hände nach ihren Schuhen ausstreckte. Sofort eilte Seamus über die Straße und überreichte sie ihr, begleitet vom gedämpften Gemurmel ihrer perplexen Zuschauer.

Grace gab sich große Mühe, nach außen ruhig zu wirken, aber in ihrem Inneren brodelte es, sie war berauscht von dem, was sie getan hatte und von der riesengroßen Erleichterung, ungeschoren davongekommen zu sein. Auf einmal wurde die Erinnerung lebendig, wie es war, vor einem großen Publikum aufzutreten: die Höhe, die Anspannung, der Nervenkitzel, der Duft von Popcorn und Sägemehl – und dieses Gefühl, etwas zu tun, was andere Menschen nicht konnten. Im Schneckentempo zog sie sich die Schuhe an, stopfte die Strümpfe in die Tasche ihres Kleids und überquerte die Straße. Sollte Joe Gagliardi sie doch anstarren! Frank stand reglos und mit offenem Mund da, zutiefst schockiert von dem, was er gerade erlebt hatte.

»Fünfzehn Jahre arbeite ich jetzt im Hochbau«, murmelte er, »aber so was hätte ich mir niemals träumen lassen.« Fassungslos schüttelte er den Kopf.

»Du hast also keine Höhenangst, Grace«, stellte Seamus trocken fest.

»Ich habe noch nie jemanden etwas dermaßen Dummes und Gefährliches tun sehen.« Auch Joe konnte nur den Kopf schütteln.

»Ganz meine Meinung«, sagte Patrick, und auf seinem Gesicht spiegelten sich sehr widersprüchliche Gefühle. Er war eindeutig irritiert darüber, dass seine Schwester ein solches Risiko eingegangen war, aber Grace sah durchaus auch andere Emotionen: Genugtuung, Erleichterung, sogar Stolz. Er blickte wieder seine Freunde an. »Aber ich hab euch gesagt, dass sie die Arbeit schaffen würde. Mein Plan ist nicht verrückt.«

»Deine Schwester hingegen …« Frank zuckte die Achseln und sah Grace an.

»Wirklich großartig«, fauchte Joe. »Und so nützlich – genau das, was wir jetzt brauchen. Eine Irre. Ein total durchgeknalltes Mädchen, das mit glühendem Stahl spielt.«

»Unsere Arbeit ist alles andere als ein Auftritt vor Publikum«, sagte Seamus, ausnahmsweise einmal sehr ernst. »Eine Schau abzuziehen, kann dich dein Leben kosten.«

»Ihr habt euch geweigert, mir zuzuhören«, gab Grace trotzig zurück. »Deshalb musste ich es euch zeigen.«

Jetzt waren die Männer still, anscheinend waren ihnen die Argumente ausgegangen. Keiner von ihnen hätte Grace so etwas zugetraut, aber nun hatten sie mit eigenen Augen gesehen, wozu sie fähig war.

»Es könnte wirklich funktionieren«, sagte Patrick, und es klang wie eine Herausforderung , ihm zu widersprechen.

Aber alle schwiegen. Sie wussten, dass die Entscheidung bei Frank liegen würde, er war der Älteste und Erfahrenste, der inoffizielle Anführer ihrer Gruppe. Sie beobachteten ihn, während er Grace aufmerksam musterte.

»Ich kann das schaffen«, sagte sie und hielt seinem Blick stand.

»Okay, ich bin dabei«, sagte Frank schließlich. »Wir haben ein Wochenende, um dir alles beizubringen, was du wissen musst.«

Zwar schnaubte Joe verächtlich und schüttelte heftig den Kopf, aber er schien seinem Bruder nicht widersprechen zu wollen. Stattdessen sah er zu Grace. »Dir ist hoffentlich klar, dass das Empire State Building schon jetzt fünfmal höher ist als das dort«, sagte er und deutete mit dem Daumen nach hinten auf den Häuserblock, betont unbeeindruckt von dem, was er von ihr gesehen hatte. »Und das ist erst der Anfang, es wird mit jedem Tag höher.«

»Ich weiß.« Bei dem Gedanken krampfte sich Graces Magen zusammen und Panik stieg in ihr auf, denn sie verstand instinktiv – genau wie alle anderen –, dass dies Joes zutiefst widerwillige Art war, den Plan zu akzeptieren. Jetzt gab es kein Zurück mehr.

»Dann sind wir uns also einig«, sagte Patrick ernst und schaute seine Schwester mit einer Mischung aus Dankbarkeit und Bewunderung an, die sie von ihm noch nie zuvor gesehen hatte.

Frank nickte heftig. »Willkommen im Team, Grace. Es gibt viel zu tun.«

7

Den größten Teil der Nacht wälzte Grace sich hin und her und fragte sich, was in aller Welt sie angerichtet hatte. Ihr Temperament hatte sie überwältigt, und jetzt musste sie wohl oder übel mit den Konsequenzen leben. Das Vorhaben war so enorm, dass der Gedanke daran sie zu verschlingen drohte, und sie legte die Hand auf die Wand neben ihrem Bett, die sie von ihrer schlafenden Schwester trennte. Die Wände waren so dünn, dass sie sich fast einbilden konnte, Connie atmen zu hören, mit dem unverwechselbaren Keuchen, das sie im Lauf des letzten Monats entwickelt hatte. Das war Beweis genug, dass sie keine andere Wahl hatte, sie musste Patricks Platz auf dem Stahlgerüst einnehmen. Keine andere Arbeit, für die sie in Frage käme, würde auch nur die Hälfte dessen einbringen, was die Familie zum Leben brauchte, und selbst so würde es ohne ihr Einkommen von Dominic's knapp werden. Da Patrick mit einem gebrochenen Arm unmöglich weiterarbeiten konnte, gab es nur eine einzige Möglichkeit, so undenkbar sie auch erschien: Grace musste sich in ihren Zwillingsbruder verwandeln.

Nachdem gestern Abend die Entscheidung gefallen war, hatten Seamus, Patrick und die beiden Italiener sofort angefangen zu planen, wie sie ihr übers Wochenende alles Wichtige beibringen konnten, und als Grace dann, den Kopf voll sich überschlagender Gedanken, zu Bett gegangen war, hatte sie versprochen, bei Sonnenaufgang bereitzustehen, um mit ihrem Training und der Verwandlung zu beginnen. Patrick hatte kaum vom Tisch aufgeblickt, wo er vor einem Wirrwarr loser Blätter saß, schrieb und wie ein Besessener Diagramme zeichnete. Da er den gebrochenen linken Arm nicht benutzen konnte, hatte er seine Tasse auf die Papiere gestellt, damit sie ihm nicht wegrutschten. Zum Glück war er Rechtshänder. Gestern waren sie übereingekommen, die endgültige Entscheidung erst nach dem Training am Samstag zu treffen und ihrer Mutter bis dahin nichts von ihrem Plan zu erzählen. Aber Grace zweifelte nicht mehr daran, dass sie seinen Job übernehmen würde, und war sicher, dass auch Patrick wusste, dass sie am Montag auf das Stahlskelett steigen und dort arbeiten würde – komme, was wolle. Die Angst, die in ihrem Magen brodelte, fühlte sich an wie eine Säure, die sie von innen zu verbrennen drohte.

Da es ihren strapazierten Nerven nicht guttat, wenn sie auf den kleinen feuchten Fleck an der Decke starrte, stand Grace schließlich auf. Ihr Vater hatte ihr eingeschärft, dass sich Angst am besten bekämpfen ließ, wenn man aktiv wurde, also beschloss sie, ihren wild wirbelnden Gedanken den ganzen Tag immer einen Schritt voraus zu sein. Zwar war es noch nicht einmal fünf Uhr, aber sie würde keinen Schlaf mehr finden – die paar Stunden mussten reichen. Als sie leise aus ihrem Zimmer schlüpfte, um zur Toilette zu gehen, sah sie ihren Zwillingsbruder zusammengesunken und fest schlafend an dem kleinen Holztisch sitzen, noch in den Klamotten von gestern. Offenbar hatte er die ganze Nacht dort verbracht. Während sie beobachtete, wie seine Brust sich rhythmisch hob und senkte, begriff sie plötzlich, dass, obwohl sie es war, die sich bereiterklärt hatte, ihr Leben zu riskieren, auch Patrick eine schwere Last auf den Schultern trug. Falls sie dort oben starb, würde er sich die Schuld geben und trotzdem kein Einkommen haben, um für den Rest der Familie zu sorgen. Es stand auf Messers Schneide, ob sie heil aus der Sache herauskommen würden, ganz gleich, wie man es betrachtete, und eigentlich hatte Grace die ganze Nacht nichts anderes getan, als sich darüber den Kopf zu zermartern.

Auf Zehenspitzen schlich sie an Patrick vorbei. Dabei ging ihr durch den Kopf, dass sie noch vor ein paar Tagen so gut zurechtgekommen waren, und jetzt schien auf einmal alles um sie herum zusammenzubrechen. Sie musste an die Menschen denken, die sie zurzeit auf den Straßen sah, und verstand plötzlich, dass auch diese ihre Lage womöglich nicht selbst verschuldet hatten. Bevor ihr Vater gestorben war, war Grace niemals in den Sinn gekommen, es könnte sich daran, dass sie sich geliebt, beschützt und sicher fühlte, etwas ändern. Eine harte Lektion, einsehen zu müssen, dass kein Mensch wirklich in Sicherheit war. Jemals. Ein einziger Unglücksfall konnte das Leben von einem Moment zum nächsten vollkommen verändern.

Als Grace das Badezimmer wieder verließ, saß Patrick nicht mehr am Tisch. Bestimmt hatte das Jaulen der Wasserleitung ihn geweckt. Zurück in ihrem Zimmer blieb sie stehen und starrte auf ihr schmales Pritschenbett, auf dem jetzt eine Arbeitshose, ein Gürtel und ein Hemd lagen, alle von Patrick. Sie schluckte schwer, ein seltsames, beklemmendes Gefühl beschlich sie. Es passierte also tatsächlich.

Rasch zog sie sich an. Eine Hose zu tragen, fühlte sich fremd an, außerdem war sie mindestens eine Größe zu groß und der Gürtel völlig nutzlos, selbst wenn sie ihn im letzten Loch zuschnallte. Kurz entschlossen behalf sie sich mit einem Seidenschal, den Betty ihr geschenkt hatte, zwängte ihn durch die Gürtelschlaufen und knotete ihn fest zusammen. So rutschte die

Hose wenigstens nicht. Dann schlüpfte sie in ihre flachsten Schuhe, die nur einen fünf Zentimeter hohen Absatz hatten. Das Hemd bauschte sich um sie wie ein Luftballon, sie sah lächerlich aus. Doch sie verließ ihr Zimmer, in der Hand den Gürtel, und erwischte Patrick beim Kaffeekochen.

»Der ist zu lang für mich«, erklärte sie und streckte ihm den Gürtel entgegen. Patrick musterte ihre ungewohnte Aufmachung, nickte dann und meinte: »Mit einem Hammer und einem Nagel ist das kein Problem, ich kann noch ein Loch für dich reinschlagen.«

Grace nahm den Kaffee, den er ihr wie zum Tausch hinhielt, schlürfte das heiße, bittere Getränk und fragte sich, wie er sein Vorhaben mit nur einem Arm umsetzen wollte.

»Wir sollten uns bald auf den Weg machen«, sagte er leise und deutete auf ein zusammengefalteten Blatt Papier auf dem Tisch. »Ich habe Ma schon eine Nachricht geschrieben, dass wir unterwegs sind, um uns ein paar Jobangebote anzuschauen.«

Grace nickte. Ehe sie ihrer Mutter etwas davon erzählten, mussten alle Beteiligten sicher sein, dass sie den Plan wirklich durchziehen wollten. Sie räusperte sich. »Es gibt eine Menge Dinge, die wir noch klären müssen. Deine Stimme kann ich ganz gut imitieren, indem ich tiefer spreche, meine Mimik kann ich auch deiner angleichen, denke ich, aber ich bin dünner als du, kleiner als du, und meine Hände sind schmaler. Ich kann deine Klamotten über meine eigenen ziehen und mich so ein bisschen ausstopfen, mir die Brust abbinden, damit sie flach aussieht, aber deine Schuhe sind mir viel zu groß.« Allmählich wurde ihre Stimme sicherer. »Um da oben das Gleichgewicht halten zu können, brauche ich Schuhe, die mir richtig gut passen. Mit deinen wird das nicht funktionieren.«

Patrick sah sie an und schluckte, als sähe er seine Zwillingsschwester plötzlich in einem ganz neuen Licht. »Schreib mir eine Liste«, sagte er, schob ihr einen Notizblock und ein kleines, abgekautes Stück Bleistift zu und ging mit dem Gürtel davon, um neue Löcher hineinzustanzen.

Vierzig Minuten später erreichten Grace und Patrick eine scheinbar zufällig ausgewählte Ecke der Franklin Street in der Lower East Side. Am Himmel schimmerte rosa und orange die Morgendämmerung, auf beiden Seiten der Straße erhoben sich fünfstöckige Wohnblöcke in noch schlechterem Zustand als ihr eigener, geschmückt mit Feuertreppen voller Gerümpel, Wäscheleinen und vermüllten Hauseingängen. Die Gegend wirkte verwahrlost wie ein Slum, und obwohl es noch früh und Samstagmorgen war, eilten Leute zur Arbeit, kamen gerade nach Hause oder entflohen den schlecht belüfteten Gebäuden. Auf der Straße spielten halb nackte Kinder, Industrielärm und das Sprachenwirrwarr der zum großen Teil eingewanderten Bewohner erfüllten Graces Ohren. Aus einer nahegelegenen Fabrik quoll Rauch, der süßlich-metallische Todesduft eines Schlachthauses oder einer Gerberei schwebte in der Luft und hätte sie fast zum Würgen gebracht. Ein schrecklicher Geruch, an den sie sich aus der Zeit, in der sie als Kind in dieser Gegend gewohnt hatte, gar nicht erinnerte. Erstaunlich, woran man sich alles gewöhnen konnte.

»Schöner Morgen, stimmt's?« Beim Klang der Stimme zuckte sie zusammen, und als sie sich umdrehte, sah sie Seamus, der sich ihnen von hinten genähert hatte, in der Hand eine leere Farbdose.

»Da hast du ganz recht«, bestätigte sie, die Augen zum Himmel gerichtet, und schluckte die in ihrer Kehle aufsteigende Angst hinunter.

»Ihr zwei seht wirklich aus wie gemalt.« Ein kleines, fast ungläubiges Lächeln huschte über Seamus' Gesicht. »Wie zwei Seiten derselben Münze.«

Grace blickte an sich herunter und dann zu Patrick hinüber. Er hatte ihr eine Schiebermütze gegeben, wie sie die Zeitungsjungen trugen, und sie hatte die Haare darunter gestopft. Abgesehen von ihren Schuhen und der Unterwäsche trug sie also von Kopf bis Fuß die Sachen ihres Bruders. Vorhin hatte sie ihm geholfen, sein frisches Hemd zuzuknöpfen, hatte seine Armschlinge neu verknotet, und ihr war die ganze Zeit über bewusst gewesen, dass sie sich noch nie in ihrem ganzen Leben so ähnlich gesehen hatten.

»Wir haben eine Menge Arbeit zu erledigen«, sagte Patrick und blickte von dem Papierstapel auf, den er in der Hand hielt. »Aber das ist schon mal ein guter Anfang. Die meisten Leute, die auf der Baustelle arbeiten, kennen uns nicht besonders gut und haben ganz sicher keine Ahnung, dass ich eine Zwillingsschwester habe. Deshalb werden sie einfach sehen, was sie sehen wollen.«

In diesem Moment erschienen die beiden Italiener in ihren schmutzigen blauen Arbeitsoveralls und fadenscheinigen Hemden und kamen auf sie zu, Frank mit einem schweren Jutesack über der Schulter, Joe mit einem großen Lunchbehälter.

Auch Frank warf ihnen einen anerkennenden Blick zu und stellte den schweren Sack mit einem metallischen Klirren auf dem Gehweg ab. »Guten Morgen, meine irischen Freunde«, begrüßte er sie mit einem warmen Lächeln. Grace hatte ihn auf Anhieb gemocht, und obwohl er viel jünger war, erinnerte er sie an ihren Vater. »Patrick, du musst deiner Schwester Overalls besorgen. Ich bin erst zwei Minuten hier, und sie musste sich schon dreimal die Hose hochziehen. Ein Overall wird das Problem lösen.«

»Okay, gute Idee. Ich hab ein paar.« Patrick nickte.

Joe musterte Grace aufmerksam, sah dann zu Patrick und wieder zurück – offensichtlich verglich er sie miteinander. »Und ihr glaubt wirklich, das könnte funktionieren?«, fragte er, immer noch nicht vollständig überzeugt.

»Dir auch einen guten Morgen, Joe«, antwortete Patrick. »Gibt wohl nur eine Möglichkeit, das rauszufinden.«

»Entschuldigung, Sir.« Ein Junge, der die Straße herunterkam, drängte sich an Grace vorbei und schlängelte sich weiter durch die Gruppe. Seamus lachte, Frank legte den Kopf schief und nickte zufrieden.

»Tja, einen Schwachkopf haben wir jedenfalls schon mal überzeugt«, meinte Seamus und zog eine Zigarette aus der Tasche.

»Ich hätte auch gern eine.« Grace streckte die Hand aus, und die Männer starrten sie an. »Ich muss ja dafür sorgen, dass meine Stimme ein bisschen rauer klingt.« Etwas verlegen senkte sie den Blick, zwang sich dann aber, den Männern fest in die Augen zu schauen – sie durfte sich nicht einschüchtern lassen, das konnte sie sich nicht leisten.

»Klingt vernünftig.« Seamus klemmte beide Zigaretten zwischen die Lippen, zündete sie an, nahm dann die eine, drehte sie um und reichte sie an Grace weiter, die sie nahm und zwischen die Lippen steckte. Sie war bereits zu dem Schluss gelangt, dass es am besten war, wenn sie so wenig wie möglich redete. Für eine Frau war ihre Stimme zwar eher tief, und sie würde ihren Bruder einigermaßen akkurat imitieren können, aber wenn sie das den ganzen Tag durchhalten sollte, waren Kratzen und Heiserkeit doch eine willkommene Unterstützung.

»Wir reden da oben nicht viel, und einiges funktioniert per Handzeichen«, fügte Seamus noch hinzu, reckte erst den Daumen nach oben und hob dann die Hand.

»Nach oben und stopp?«, fragte Grace.

Frank klatschte in die Hände. »Sie ist schlau, Jungs, wir werden ihr das Ganze in null Komma nichts beibringen können.«

»Der Daumen nach oben kann aber auch einfach ›Ja‹ bedeuten. Meistens heißt er aber, dass wir für irgendetwas bereit oder mit irgendetwas fertig sind«, erklärte Patrick. »Immer etwas Gutes auf alle Fälle.« Er versuchte, seine Notizen mit einer Hand durchzublättern, scheiterte jedoch und reichte die Papiere an Joe weiter.

»Was ist das denn?«, fragte dieser und brachte zum ersten Mal an diesem Morgen ein Grinsen zustande. »Sieht aus, als hätte es ein Kind geschrieben. Schreibst du sonst mit der Hand, die jetzt kaputt ist?« Seamus und Frank lachten, und Grace beobachtete sie aufmerksam. Sie musste ja lernen, wie Männer miteinander umgingen, sie würde alle überzeugen müssen, dass diese Fremden alte Freunde waren. Natürlich wusste sie, dass Männer sich auf eine andere Art auf die Schippe nahmen als Frauen, und daran musste sie sich erst gewöhnen.

»Vergiss deine Kritzelei«, sagte Frank und winkte ab. »Was denkst du denn, warum wir euch hierhergebracht haben? Man lernt etwas nur dadurch, dass man es tut, das ist die einzige Möglichkeit. Wir können nicht auf dem Gebäude üben, um das es geht, aber wir können ein anderes nutzen.« Er deutete auf die Feuertreppen. »Du hast uns schon gezeigt, dass du ganz gut auf denen rumklettern kannst, Grace, und heute sind sie unser Stahlgerüst, auf dem wir üben.«

»Ich verstehe nicht ganz.« Grace wurde rot. »Die Treppen sind doch schon fertig.«

Joe kicherte, und sie hätte ihn gern getreten. Wie sollte sie diesem Mann ihr Leben anvertrauen, wenn sie ihn nicht leiden konnte? Und das Gefühl beruhte eindeutig auf Gegenseitigkeit.

»Bella.« Franks melodiöse Stimme klang sanft, und Grace konnte sich gut vorstellen, wie er mit seinen Kindern redete. Ganz offensichtlich war er die Vaterfigur des Teams, obwohl er vielleicht gerade mal zehn Jahre älter war. »Wir sind zu viert, und jeder hat seine Aufgabe. Zum Glück ist Patricks Arbeit für dich wahrscheinlich am einfachsten zu lernen, weil es mehr um Geschicklichkeit geht als um Kraft. Er ist nämlich der Fänger, und heute wirst du lernen, wie man fängt.«

Damit drückte er ihr die leere Farbdose in die Hand, und Grace betrachtete sie verständnislos.

»Damit fängst du«, erklärte Joe. Er sprach betont langsam, als wäre Grace geistig zurückgeblieben.

»Giuseppe Alfonso Gagliardi!«, blaffte Frank ihn an. Joe fuhr herum und sah seinen Bruder an, dessen Gesicht vor Zorn rot angelaufen war. »Du wirst damit aufhören, und zwar sofort! Dieses Mädchen hilft uns! Sie versucht, dafür zu sorgen, dass bei uns Essen auf dem Tisch steht, dass unsere Mutter und unser Bruder ein Dach über dem Kopf haben, und dass deine Nichten und Neffen nicht nackt herumlaufen müssen. Sie müsste das nicht für uns tun!«

Grace ließ den Kopf sinken. Doch, sie musste es tun, für ihre eigene Familie. Sie tat es für Connie, nicht aus reiner Herzensgüte. Eigentlich wollte sie nicht hier sein. Wenn ihr irgendein anderer Weg eingefallen wäre, um aus der Sache rauszukommen, dann hätte sie ihn eingeschlagen.

»Könntest du das nachmachen, was sie gestern Abend auf dem Seil angestellt hat?«, fuhr Frank fort und fuchtelte dabei aufgeregt mit dem Zeigefinger vor Joes Brust herum. »Nein, natürlich nicht. Könntest du die Arbeit von einem Kollegen erledigen, ohne dass es dir jemand beibringt? Das reicht jetzt wirklich! An deinem ersten Tag auf der Baustelle hast du das Trinkwasser für die anderen Arbeiter von unten hochgeschleppt. An ihrem ersten Tag wird dieses Mädchen gleich dort oben anfangen und viel mehr machen müssen. Gleichzeitig muss sie auch noch so tun, als wäre sie jemand anderes, obendrein ein Mann, und das in einer Welt, die sie überhaupt nicht kennt.« Er schüttelte den Kopf, als könne er es selbst nicht glauben. »Ich würde das nicht schaffen. Sie ist sehr tapfer, du solltest ihr wirklich Respekt entgegenbringen. Wir müssen ihr helfen, denn sie wird ihre Arbeit nur so gut machen, wie wir es ihr beigebracht haben, und wir sind alle in Gefahr, wenn wir das nicht ordentlich machen. Hast du mich verstanden, Giuseppe? Sei nett zu ihr. Was würde Mamma sagen?«

Verlegen trat Joe von einem Fuß auf den anderen und wirkte auf einmal wie ein Kind, das zurechtgewiesen wurde, nicht wie ein selbstbewusster erwachsener Mann. Doch schließlich sah er seinem Bruder fest ins Gesicht und nickte. Offenbar hatte der Vortrag seine Wirkung nicht verfehlt.

»Ich möchte mich bei dir entschuldigen«, sagte er etwas steif zu Grace, und als sie in seine braunen Augen blickte, sah sie dort die Angst. Eine Angst, die sie durchaus nachvollziehen konnte. Sie zog ausgiebig an ihrer Zigarette, und als er weitersprach, klang es wesentlich weniger herablassend. »Seamus erhitzt die Nieten, wirft sie zu uns nach oben und du fängst sie damit auf.« Er deutete auf die leere Farbdose. »Dann holst du die Niete mit der Zange wieder heraus, klopfst Asche und Schlacke ab und steckst die Niete in das für sie vorgesehene Loch. Dort halte ich sie fest, während Frank sie mit der Nietpistole befestigt.«

»Und das ist auch schon so ziemlich alles«, fügte Patrick hinzu. »Ein einfacher Vorgang, der ständig wiederholt wird.«

»In einer Höhe von sechzig Metern über dem Erdboden«, ergänzte Seamus hilfsbereit. »Tendenz steigend.«

»Das ist alles?«, fragte Grace und imitierte zum ersten Mal Patricks Stimme. Schockiert verzog er das Gesicht, die drei anderen Männer lachten.

»Sehr gut«, lobte Frank grinsend. »Offenbar hat deine Schwester viele Talente, Patrick.«

»Die Frage ist nur, ob das Auffangen von Nieten dazu gehört«, meinte Seamus.

Fast zwei Stunden verstrichen, während es um sie herum immer belebter wurde, und sie hockten noch immer zusammen auf dem Gehweg. Schritt für Schritt gingen die Männer mit Grace jeden einzelnen Aspekt der Arbeit durch, mit dem sie es zu tun haben würde, unterbrachen sich ständig gegenseitig in dem Bemühen, keine noch so kleine Kleinigkeit zu vergessen. Grace schwirrte der Kopf von all den Dingen, die sie sich merken sollte – von der Breite der Balken über die einzelnen Bau-Etappen bis zu dem, was die zu Tausenden auf der Baustelle arbeitenden Männer im Einzelnen zu tun hatten. Es war, als würde ein Bild für sie gemalt – was sie sehen, was sie zu tun, mit wem sie Kontakt haben würde. Von der Anlieferung der Materialien, die fast pausenlos eintrafen und direkt aus den Werken kamen, so dass der Stahl oft noch warm war, bis zur Schmalspureisenbahn im Innern des Gebäudes, die alles genau dorthin brachte, wo es gebraucht wurde. Von den Inspektoren, die sowohl die Arbeit als auch die Arbeiter kontrollierten, bis hin zu den jungen *Rivet Punks* – Anfänger, die dafür zu sorgen hatten, dass immer genügend Nieten zur Verfügung standen – und den *Water Boys*, die Trinkwasser an alle verteilten. Die Männer erzählten ihr von den Wetten zwischen den Teams, wer am schnellsten die meisten Stahlbalken befestigte und was man vom Wind zu erwarten hatte, und sie bemühte sich, möglichst alles im Gedächtnis zu behalten.

»Das Wetter ist unser schlimmster Feind da oben«, sagte Frank ernst. »Zum Glück ist jetzt Sommer, aber der Wind bläst nie geradeaus, er schlängelt sich um die Gebäude und schlägt zu wie eine Schlange. Man muss ihn kennenlernen, ihn fühlen und vorausahnen können, was er als Nächstes tut.«

Grace nickte und versuchte, auch das zu verarbeiten.

»Wenn es regnet, hören wir auf. Wenn es Sturm gibt, machen wir, dass wir so schnell wie möglich rauskommen«, sagte Seamus.

»In der Sonne wird es oft sehr heiß«, fügte Joe hinzu. »Darauf musst du vorbereitet sein. Wenn du ohnmächtig wirst, bist du tot.«

Sie wusste nicht, wie sie sich darauf vorbereiten sollte, aber sie nickte, schaute auf die Papiere in ihrer Hand, auf denen Patrick ihr genaue Anweisungen aufgeschrieben hatte, wie sie ihn am besten verkörpern konnte, komplett mit Karten und Diagrammen.

Es war eine Flut von Informationen, und dennoch fühlte Grace sich nicht überwältigt. Schließlich stand sie auf, und beim Erklären sahen die Männer ihr zu, wie sie sich die einzelnen Schritte einprägte – nach dem gleichen Prinzip, wie sie sich die Choreographie für einen neuen Tanz aneignete. Ganz systematisch überlegte sie, wohin sie die Füße setzen musste, zählte im Kopf mit, erspürte den richtigen Zeitpunkt der einzelnen Bewegungen und ließ sich von ihrem Körper leiten, wie sie es immer tat.

»Dreh dich in die andere Richtung«, sagte Frank, und griff damit instinktiv Graces Art zu lernen auf. »Stell dir auf dem Boden ein L vor und platzier dich genau auf die Ecke. Dann mach einen Schritt nach rechts. Genau.«

Grace sah ihn an, ihre Blicke trafen sich. Frank nickte. »Jetzt beug den Körper nach rechts.«

Sie folgte seinen Anweisungen, prägte sich die neue Körperposition genau ein, um sich später daran erinnern zu können, wie sie sich anfühlte.

Jede Information war ein zusätzliches Teil der Rüstung, die sie schützen würde, etwas, das ihre Gedanken beschäftigte und davon abhielt, sich wegen all der Gefahren Sorgen zu machen, in die sie sich begeben würde – nicht zuletzt die enorme Höhe. Die Arbeit selbst hörte sich recht einfach an, oder zumindest viel weniger kompliziert als die zwölf Programmnummern und vier Kostümwechsel, die der Tanzjob von ihr verlangt hatte. Von Minute zu Minute wurde die Panik in ihr schwächer.

»Und jetzt kommen wir zum Fangen«, verkündete Frank, der sichtlich fand, dass er genug geredet hatte, und nun Taten sehen wollte. »Du kannst das, was du zu tun hast, nur wirklich verinnerlichen, wenn du es *tust*.« Er griff nach seinem Jutesack. »Wenn Seamus die Nieten wirft, steht er auf dem Stockwerk unter dir, gut fünfzehn Meter von dir entfernt.«

Grace schluckte. Das klang nach einer sehr großen Distanz.

»Deshalb brauchst du Übung.« Frank drehte sich um und deutete auf die Feuertreppen aus schwarzem Metall, die sich an den Mauern der Mietshäuser emporzogen. »Und zwar dort oben.«

»Dort oben«, wiederholte sie leise, während Frank die erste Metallschraube aus dem Sack zog.

»Das hier sind zwar keine Nieten, aber das Nächstbeste, das ich in der kurzen Zeit auftreiben konnte. Eine Niete ist gut zweieinhalb Zentimeter lang, diese Schrauben in etwa auch. Ich habe jede in eine Mutter reingedreht, damit sie schwerer wird. Ist zwar nicht genau das Gleiche, aber zum Üben wird es reichen.« Er hielt ein Exemplar in die Höhe, um es Grace zu zeigen.

»Jetzt nimm deine Farbdose und steig dort rauf«, sagte er und deutete auf das Gebäude links von ihnen. »Ganz nach oben. Als Erstes lernst du das Fangen. Du hast nichts, wogegen du die Schrauben schlagen kannst und kein Loch zum Reinstecken. Ich hab nicht mal eine Zange, deshalb nimmst du das hier in die andere Hand, damit du nicht anfängst zu denken, du hättest beide Hände zur Verfügung.« Er drückte ihr einen großen Löffel aus der Lunchbox in die Hand. »Wahrscheinlich wirst du dir komisch vorkommen, aber es wird funktionieren. Auf dem Stahlskelett wird Giuseppe neben dir stehen, also geht er jetzt mit dir dort rauf.«

Grace warf einen kurzen Blick zu Joe hinüber. Er hörte seinem Bruder zu, und obwohl er alles andere als freundlich zu ihr war, wirkte er zumindest weniger feindselig als vorhin. Trotzdem wäre Grace lieber mit irgendeinem der anderen Männer nach oben gegangen.

»Seamus geht auf die Feuertreppe dort drüben.« Frank deutete auf das Gebäude rechts von ihnen, auf der anderen Straßenseite. »In den dritten Stock. Er wird dir gleich eine Schraube zuwerfen. Da auch er keine Zange hat, ist es nicht das Gleiche, aber es müsste dir zumindest ein Gefühl dafür vermitteln, womit du es zu tun haben wirst. Jedenfalls, was Größe und Entfernung angeht.«

»Großartige Idee.« Patrick klopfte Frank auf den Rücken und sah dann zu Grace. Sie kannte ihren Zwillingsbruder gut genug, um zu wissen, dass er nervös war, denn jetzt kam der Moment, in dem sie herausfinden würden, ob es wirklich eine Chance gab, dass sie für ihn einspringen und seinen Platz übernehmen konnte.

»Am besten hältst du die Dose vor den Körper«, riet er ihr. »Ungefähr in Brusthöhe. Behalte die Schraube die ganze Zeit im Auge und leite sie einfach in die Dose. Seamus wird die Arbeit für dich erledigen, er wird auf die richtige Stelle zielen, du musst das Ding nur einfangen. Weiter nichts.« Die letzten beiden Worte flüsterte er fast. Sie enthielten mehr Hoffnung, als Grace ertragen konnte.

»Alles klar, dann legen wir mal los.« Sie klang mutiger, als sie sich fühlte.

»Ich kenne die Leute hier alle, mach dir keine Sorgen.« Frank wedelte mit der Hand in Richtung Straße. »Sie werden nichts verraten, und es stört sie nicht, dass wir ihre Treppen benutzen.«

Grace folgte Joe und kletterte schweigend, die Farbdose fest in der Hand, die Feuertreppe hinauf, stieg über Krüge, Fässer, Kisten und alles andere, was auf den Treppenabsätzen herumlag. Nicht nur an den im Zickzack über die Straße gespannten Leinen, sondern an jeder erdenklichen Stelle war Wäsche zum Trocknen aufgehängt, aber Frank hatte die einzige Stelle ausgewählt, von der aus man einen freien Blick zum anderen Gebäude hatte, und Grace fragte sich unwillkürlich, ob er das womöglich mit den Bewohnern so arrangiert hatte. Ein paar Vierteldollarmünzen reichten wahrscheinlich, um die Leute hier zu überzeugen, die Wäsche für einen Tag nur an bestimmten Orten zu trocknen.

Ganz oben angekommen, drehte Grace sich um und blickte über die Straße, dorthin, wo ihr Cousin auf dem gegenüberliegenden Haus zwei Stockwerke weiter unten bereits wartete, vor sich den Sack mit den Schrauben. Auf einmal spürte Grace, wie sich in ihrer Brust Panik ausbreitete. Die Höhe war nicht das Problem, aber die Entfernung war größer, als sie gedacht hatte. Seamus schien schrecklich weit weg zu sein, und sie hatte überhaupt kein Vertrauen in ihre Fähigkeit, aus dieser Distanz etwas aufzufangen.

»Alles klar?«, rief Seamus. Grace blickte nach unten. Auf der Straße spielten Kinder, und sie wollte nicht, dass ihnen Metallschrauben auf den Kopf regneten.

»Die werden sofort weggehen, wenn sie müssen«, beruhigte Joe sie, der ihrem Blick gefolgt war. Es war das Erste, was er zu ihr sagte, seit sie allein waren. »Das Ziel wäre aber, dass es nicht notwendig ist.«

Grace sah dem jungen Mann ins Gesicht, versuchte, sich vorzustellen, wie sie mit ihm hoch über der Stadt stehen würde, schaffte es jedoch nicht.

»Auf der Baustelle sind auch Männer unter dir«, fuhr Joe fort. »Und die Nieten, die du dort fangen wirst, sind ungefähr das Heißeste, was du dir vorstellen kannst. Dadurch wird die Sache natürlich wesentlich gefährlicher«, fügte er hinzu. Aufmunternde Worte waren offensichtlich nicht Giuseppe Gagliardis größte Stärke.

Grace holte tief Luft, brachte sich genau gegenüber von Seamus in Stellung, hielt die Farbdose mit der einen Hand in Brusthöhe, wie man es ihr beigebracht hatte, mit der anderen umklammerte sie als Ersatz für die Zange den Löffel. Dann sah sie Joe an, und er nickte knapp. Eigentlich war Grace an Publikum gewöhnt, aber nur, wenn sie etwas tat, was sie gut konnte, und Joe im Nacken zu haben, steigerte ihre Nervosität beträchtlich.

»Los!«, rief er Seamus zu.

Auf einmal fühlte Grace sich extrem verletzlich. Allein das Wissen, dass ihr Zwillingsbruder und Frank dort unten standen und sie mit gereckten Hälsen beobachteten, war kaum auszuhalten, und im gleichen Moment erzitterte auch noch das ganze Gebäude, weil die Hochbahn vorüberfuhr. Noch etwas, womit sie fertigwerden musste, es blieb ihr keine andere Wahl. Schon griff Seamus in den Sack, zog eine Schraube heraus und warf sie mit einer geschmeidigen Bewegung in hohem Bogen zu ihr empor.

Grace sah zu, wie das mattgraue Geschoss sich überschlug, die Straße überflog und unaufhaltsam auf sie zuraste, riss instinktiv die Dose in die Höhe, um es aufzufangen, aber Joe packte sie am Arm und riss sie zurück. Die Schraube sauste über ihre Schulter und knallte an die Wand hinter ihnen, genau an der Stelle, wo kurz zuvor Graces Gesicht gewesen war. Für einen Augenblick blieb ihr die Luft weg, während die Schraube mit einem lauten Klirren auf dem Boden der Feuertreppe landete. Erst, als Grace sich mit angstvoll aufgerissenen Augen zu Joe umwandte und ihn anstarrte, merkte sie, dass seine Hand noch immer auf ihrem Arm lag. Er zuckte sofort zurück, und Grace unterdrückte ein Schaudern, weil sie sich berührt hatten und sich körperlich so nahe waren.

»Das Ding hätte dich getroffen«, murmelte er.

»Sorry«, rief Seamus von unten. »Ganz schlechter Wurf!« Er lachte verlegen und winkte entschuldigend. Inzwischen saßen die Kinder aufgereiht auf dem Bordstein am Straßenrand und beobachteten fasziniert, was die Erwachsenen da veranstalteten – so etwas hatten sie noch nie gesehen. Bestimmt würden sie es nachher, wenn sie die Straße wieder für sich hatten, zu ihrem neuen Lieblingsspiel erklären.

»Normalerweise werfe ich die Nieten mit einer Zange, die fast einen Meter lang ist«, rief Seamus von gegenüber. »Mit der Hand muss ich auch noch ein bisschen üben.«

»*Coglione*«, schimpfte Joe leise. Grace hatte keine Ahnung, was das Wort bedeutete. Ganz sicher nichts Nettes, aber ausnahmsweise galt die Kritik diesmal nicht ihr. Sie spürte noch den Druck seiner Finger auf ihrem Arm, wo er sie vorhin gepackt hatte, als hallte der Schock, dass Joe sie berührt hatte, auf ihrer Haut nach. Wenigstens hatte er verhindert, dass die Schraube sie im Gesicht traf.

»Okay, noch ein Versuch!«, rief Frank von unten, die Hände wie ein Megaphon um den Mund gelegt.

Grace gab Seamus das Daumenhochzeichen, und er warf zum zweiten Mal. Diesmal sah sie die Schraube auf sich zufliegen, machte einen Schritt zurück und fing sie sauber mit der Dose auf. Zufrieden drehte sie sich zu Joe um und erwartete ein Lob. Was vermutlich albern war. Trotzdem war sie, als sie seine finstere Miene sah, etwas enttäuscht.

»Gerade bist du einen Schritt zurückgegangen, vom Balken gefallen und in den Tod gestürzt«, erklärte er ihr nüchtern. »Mach das bloß nicht.« Er schüttelte den Kopf und gab dann einen langgezogenen Pfeifton von sich. Wahrscheinlich wollte er damit illustrieren, wie Grace durch die Luft sauste und auf der Erde aufschlug, denn als Nächstes klatschte er in die Hände und rief: »Platsch! O'Connell-Tomatensauce. Kratz sie von der 34th Street und füll sie in ein Glas.«

»Okay, okay.« Grace sah ihn finster an. »Ich hab's kapiert.«

»Noch mal!«, rief Frank von der Straße herauf.

Die dritte Schraube flog hoch, und Grace brachte die Farbdose wieder in Stellung. Diesmal verschätzte sie sich ein kleines bisschen, widerstand aber dem Drang zurückzuweichen, so dass die Schraube sie mitten auf die Brust traf und von dort abprallte. Diese zweite Chance nahm Grace wahr und fing sie doch noch auf. Während sie sich freute, dass wieder eine Schraube in ihrem Topf klapperte, bekundete Joe deutlich und mit neuerlichem heftigem Kopfschütteln sein Missfallen.

»Was ist jetzt schon wieder los?«, fragte Grace verärgert.

»Die Schraube ist glühend heiß, über fünfhundert Grad. Sie darf deinen Körper niemals berühren! Wenn sie dich trifft, verbrennt sie dich. Du musst sie abfangen, bevor sie dich trifft.« Er packte die Farbdose, die Grace noch immer fest umklammerte, und zerrte sie dorthin, wo sie sie halten sollte. Der Rest ihres Körpers folgte der Bewegung, als wäre sie eine Flickenpuppe, und ohne auch nur einen Augenblick innezuhalten, rief Joe mit lauter Stimme: »Nächste!«

Rasch richtete Grace ihre Aufmerksamkeit wieder auf Seamus, und bevor sie Zeit fand, Joes Anweisungen zu verdauen, flog auch schon die nächste Schraube durch die Luft. Grace streckte die Hand mit der Dose nach ihr aus, diesmal schlug die

Schraube gegen den Rand der Dose, prallte ab und fiel hinunter auf die Straße.

»Vorsicht!«, riefen Joe, Seamus, Patrick und Frank wie aus einem Munde. Grace zuckte erschrocken zusammen und spähte mit klopfendem Herzen über die Feuertreppe auf die Straße hinunter. Zum Glück war die Schraube sicher gelandet und hatte niemanden getroffen. Eines der Straßenkinder rannte hin und hob sie auf, als wäre sie ein begehrenswertes Souvenir, wie ein versehentlich im Publikum gelandeter Baseball. Schnell stopfte der Junge sie in seine Tasche und ließ sie sich von niemandem mehr abnehmen.

»Sorry«, sagte Grace, und ihre Hände zitterten ein wenig.

»Noch mal!«, rief Joe, und ehe Grace Gelegenheit hatte, sich zu sammeln, flitzte auch schon die nächste Schraube durch die Luft auf sie zu.

Diesmal streckte sie die Hand aus und fing das Ding problemlos. Sie konnte es kaum glauben, aber da lag die Schraube, sicher in der Dose gelandet.

»Ja!«, rief Frank von der Straße zu ihnen hinauf. »Gut gemacht!«

Grace schaute zu Patrick hinunter, der ihr kurz und wortlos zunickte. Doch seine Schultern schienen sich tatsächlich ein klein wenig zu entspannen.

»Eine von fünf«, stellte Joe neben ihr lakonisch fest. »Wenn das so weitergeht, werden glühende Nieten auf die Männer unter uns regnen, und wir sind frühestens in fünf Jahren mit dem Stahlrahmen fertig. Obwohl wir natürlich schon lange davor gefeuert und von der Baustelle gejagt werden.«

Grace spürte Wut in sich hochsteigen. Sie war hier, oder etwa nicht? Und sie gab sich alle Mühe, obwohl sie so etwas noch nie gemacht hatte. Sie hatte das Auffangen erst fünfmal geübt und wusste immerhin schon, wie es sich anfühlte, wenn sie es richtig

machte. Sie kippte die Dose aus, ließ die Schraube auf den Treppenabsatz fallen und wandte sich wieder Seamus zu, ohne etwas
auf Joes Tirade zu erwidern.

»Noch mal!«, rief sie. Von nun an würde sie diejenige sein, die
das Kommando gab.

Irgendwann entschied Frank, dass es Zeit war, etwas zu essen.
Als Grace wieder unten auf der Straße ankam, ließ sie ausführlich
die schmerzenden Schultern kreisen, ohne auf Joe zu achten, der
ihr zwar auf den Fersen gefolgt war, aber immer noch aussah wie
ein trotziger kleiner Junge, der sich ärgerte, weil man ihm seinen
freien Samstag verdorben hatte. Seine Laune schien sich etwas
zu bessern, als er die Dose mit den Schrauben auf der Straße aus-
leerte, sich daneben niederließ und in seine Lunchbox griff. Die
irische Fraktion hatte nichts zu essen mitgebracht, also zog Seamus los, um etwas vom nahegelegenen Markt zu holen, während
Grace sich an die Mauer lehnte und ihren müden Körper ein bisschen ausruhte. Patrick war verschwunden, und Grace dachte
nicht einmal daran zu fragen, wohin er gegangen war.

»Du machst das wirklich gut«, sagte Frank zu ihr, fischte ein
Einmachglas aus dem Behälter, schraubte den Deckel ab und
hielt es ihr entgegen. Es waren sonnengetrocknete Tomaten in
Olivenöl, und Grace bediente sich dankbar. Sie wusste nicht, ob
es daran lag, dass sie so hungrig war, oder ob es wirklich das Le-
ckerste war, was sie jemals gegessen hatte. Auf alle Fälle rutschte
die süße, ölige Tomate, die sie in den Mund steckte, sanft durch
ihre Kehle und war so köstlich, dass Grace vor Glück einen lauten, wohligen Seufzer ausstieß.

»Es gibt einfach nichts Besseres als italienisches Essen«, verkündete Frank, der dabei war, eine Keramikschüssel auszupacken,
die mit Tomaten und Ricotta gefüllte Nudelröllchen enthielt.

Grace knurrte der Magen, es roch unglaublich gut. »Die hat meine Frau Maria gemacht«, erklärte Frank, biss in ein Nudelröllchen und stöhnte genüsslich, während Joe sich ein fluffiges, knusprig-braunes Blätterteiggebäck schmecken ließ, das mit Fleisch, Oliven und Käse gefüllt war. Grace war ein bisschen neidisch und hoffte, dass Seamus schnell vom Markt zurückkommen würde.

»Inzwischen fängst du eindeutig schon mehr, als du fallen lässt«, bemerkte Frank. Es war als Kompliment gemeint, aber Grace fand, sie machte zu langsam Fortschritte, und war etwas frustriert. Ihr war es wichtig, von der Gruppe Anerkennung zu bekommen, sie wollte gut sein, aber ihr Körper beschwerte sich über die ungewohnten Bewegungen, und sie fühlte sich unangenehm schwach.

»Es ist schwieriger, als ich dachte«, sagte sie leise und mit ganz neuem Respekt für das, was ihr Bruder den ganzen Tag machte.

»Natürlich«, stimmte Frank fröhlich zu. »Ist das nicht bei allem so? Aber mit etwas Übung wird das Fangen für dich bald so selbstverständlich sein wie das Atmen, und du tust es, ohne nachzudenken.«

Grace nickte, schaute in den blauen Himmel über ihr und genoss den Geschmack einer weiteren Tomate, die Frank ihr angeboten hatte. Die auf dem Gehweg vorbeischlendernden Leute nahmen die Gruppe, die hier in ihren abgetragenen Arbeitsklamotten saß und ihren Lunch verzehrte, kaum zur Kenntnis. Anscheinend gehörten sie schon zur Szenerie wie das Rattern der Hochbahn. Den meisten Kindern, die ihnen noch vor einer Weile interessiert zugeschaut hatten, war langweilig geworden, und sie hatten sich zerstreut. Nur die wenigen, die noch geblieben waren, schlichen sich jetzt, da es etwas zu essen gab, langsam immer näher heran. Als Grace zu Joe hinüberblickte, sah sie, wie er ein

Stück von seinem Gebäck abriss und einem mageren, in Lumpen gekleideten Mädchen gab, das es dankbar entgegennahm und schnell in den Mund stopfte, fast so, als hätte es Angst, jemand könnte es ihr wegnehmen. Als Joe daraufhin in den Lunchbehälter sah, ob noch etwas darin war, das er weggeben konnte, lächelte Grace in sich hinein. Wenigstens schien Joe kein ganz schlechter Mensch zu sein.

Endlich tauchte Seamus wieder auf, in der Hand einen großen Behälter mit Wasser und ein paar kleine Papptassen, die er ihnen nun anbot. Eine wahre Wohltat. Für Grace hatte er einen noch dampfenden, in eine Papierserviette gewickelten Hot Dog mitgebracht, und der Zwiebelduft ließ ihr das Wasser im Mund zusammenlaufen. Sie konnte sich nicht erinnern, wann sie das letzte Mal dermaßen hungrig gewesen war. Auch für sich selbst hatte Seamus einen Hot Dog dabei, dazu für jeden noch einen Apfel.

Den größten Teil ihres Hot Dogs verschlang Grace mit wenigen Bissen unter den wachsamen Blicken eines ziemlich schmutzigen kleinen Jungen mit riesigen Augen. Als sie ihm schließlich das letzte Stück reichte, weinte er fast vor Glück, riss das Brot in winzigen Stückchen ab und kaute jedes Häppchen langsam und genießerisch. Es brach Grace fast das Herz, vor allem, wenn sie sich vorstellte, Connie müsste irgendwann auch Hunger leiden.

Unterdessen zog Seamus ein kleines Messer aus der Tasche, schnitt seinen Apfel in Stücke und verschenkte jedes zweite davon. Als er fertig war, lieh Grace sich das Messer, verfuhr ebenso und trank zuletzt noch einmal zwei Tassen Wasser. Zufrieden lehnte sie sich dann an die Mauer, ließ sich die Sonne ins Gesicht scheinen und schloss die Augen. Aber schon kurz darauf fiel ein Schatten auf sie, und als sie erschrocken aufblickte, sah sie Patrick vor sich stehen, der ihr eine braune Papiertüte entgegenstreckte. Grace nahm sie, und Patrick rutschte vorsichtig, immer gut auf seinen gebrochenen Arm achtend, an der Mauer herunter und setzte sich neben sie.

»Was ist das?«

»Mach es auf, du wirst schon sehen.«

Grace öffnete die Tüte – darin waren zwei Paar Arbeitssocken, ein Päckchen Zigaretten sowie ein Paar gebrauchte und ziemlich abgenutzte Arbeitsstiefel.

»Womöglich sind die immer noch ein bisschen zu groß«, erklärte er, »aber was Besseres hab ich nicht gefunden.«

»Danke.« Grace zog ihre Schuhe aus, stopfte sie in die Tüte und gab sie Patrick. »Pass gut darauf auf.« Dann zog sie die Socken an, beide Paare übereinander, und schlüpfte in die Stiefel, die ihr Bruder mitgebracht hatte, stand auf und stampfte ein paarmal kräftig auf den Boden, um zu prüfen, ob sie passten. Die vier Männer beobachteten sie interessiert.

»Ja, immer noch ein bisschen groß«, sagte sie schließlich mit einer Grimasse. »Aber es müsste gehen.«

»Bist du sicher?«, hakte Frank besorgt nach. »Auf einer Hochbaustelle ist es ganz wichtig, dass du das Gleichgewicht halten kannst und immer genau weißt, wo deine Füße sind.«

»Alles gut. Ich krieg das hin.«

»Großartig, denn heute Nachmittag geht keiner nach Hause, ehe du zehnmal hintereinander perfekt gefangen hast.«

Joe ächzte laut. »Sollen wir vielleicht hier draußen übernachten?«

Frank warf ihm einen Blick zu, und Joe zuckte resigniert die Achseln. Grace hatte den Verdacht, dass er, so wenig er auch hier sein wollte, es von Herzen genießen würde, wenn er ihr möglichst viele Fehler ankreiden könnte und sie wieder bei null anfangen müssten. Sie seufzte und nickte. Denn Frank wusste garantiert, was er tat.

Als alle aufstanden, um wieder an die Arbeit zu gehen, sagte keiner etwas, aber allen war bewusst, dass es ein langer Nachmittag werden würde.

8

SONNTAG, 15. JUNI 1930

Grace hatte überall Schmerzen, ihre Schultern brannten wie Feuer. Beim Aufwachen hatte sie sich zwar steif, aber zufrieden gefühlt, als wäre die harte Arbeit irgendwie reinigend gewesen. Erleichtert, wieder ihre eigenen Sachen anziehen zu können, saß sie mit einer dampfenden Tasse Kaffee am Tisch und sah ihrer Mutter zu, die gerade ziemlich hektisch ihren Hut feststeckte. Sie war schrecklich nervös, seit Patrick ihr die Einzelheiten des geplanten Rollentauschs erklärt hatte. Als Grace und ihr Bruder gestern nach Hause gekommen waren, hatte Mary mit Connie am Tisch gesessen und Karten gespielt.

Beim Anblick ihrer Geschwister war Connie in lautes Gelächter ausgebrochen. Zwar klang ihre Stimme immer noch ein bisschen heiser, aber ihre Freude zu hören, war ebenso herzerwärmend wie die Tatsache, dass sie auf den Beinen war und nicht im Bett lag. »Gracie! Warum bist du denn genauso angezogen wie Pat?«

Mit einem erstaunten Stirnrunzeln sah Mary ihre Zwillinge an, dann dämmerte ihr wohl, was los war, ihr Gesicht wurde starr vor Entsetzen, aber sie sagte kein Wort. Grace ging in ihr Zimmer, um sich umzuziehen, und überließ Patrick die Erklärungen. Als sie zurückkam, war der Zorn ihrer Mutter einer widerwilligen Akzeptanz gewichen, wenn auch weiterhin gepaart mit nervöser Sorge.

»Bist du dir wirklich ganz sicher?«, hatte Mary gefragt, nachdem Connie ins Bett gegangen war.

»Wenn Patrick das kann, kann ich es auch.«

»Ja, sicher. Aber die Arbeit ist nicht für Frauen gedacht, Grace. Außerdem wurde Patrick für den Job ausgebildet und musste nicht von Anfang an so tun, als wüsste er Bescheid. Und hat nicht obendrein noch versucht, jemand anderes zu sein.«

An die Schwierigkeit ihrer Aufgabe musste Grace wirklich nicht erinnert werden. »Aber was bleibt mir denn anderes übrig, Ma? Es ist unsere einzige Möglichkeit.«

Daraufhin hatte ihre Mutter nur knapp genickt und kein Wort mehr gesagt, aber jetzt, als sie sich für die Kirche fertig machte, war ihre Anspannung deutlich zu spüren.

»Ihr müsst heute alle mit in die Kirche kommen«, erklärte Mary. »Wir brauchen jede Hilfe, die wir kriegen können.«

»Ma!«, riefen Patrick und Grace protestierend.

»Ich will keinen Widerspruch hören. Seit einer Woche hat Connie die Wohnung nicht mehr verlassen. Sie muss in der Kirche sitzen, wo Gott sie sehen kann, und wir alle müssen beten, dass er dich beschützt, Grace.« Sie warf ihr einen vielsagenden Blick zu.

Grace verzog das Gesicht. »Schafft Connie das denn wirklich?«

»Connie hat einen guten Tag heute«, beharrte Mary mit fester Stimme. »Und wir werden das Beste daraus machen.«

Patrick schüttelte den Kopf. »Wir müssen heute aber noch arbeiten.«

»Na, dann ist es ja gut, dass der Gottesdienst nicht den ganzen Tag dauert, richtig?«

»Patrick kann nicht mitkommen«, wandte Grace ein. »Was, wenn ihn jemand mit seinem Gipsarm sieht? Du weißt doch, dass die meisten Leute nur in die Kirche gehen, um ihren Nachbarn nachzuspionieren.«

»Lass den Arm im Mantel«, erwiderte Mary, an Patrick gewandt.

»Aber es ist heiß, Ma.«

»Wir setzen uns ganz nach hinten.«

Die Zwillinge sahen sich an. Offensichtlich war mit ihrer Mutter nicht zu reden, auch wenn ihr klar sein musste, dass sie ihren Plan vergessen konnten, wenn jemand von der Baustelle sie sah. Und dann wäre die ganze Mühe umsonst gewesen. Grace war wütend und überhaupt nicht sicher, ob sie momentan von Gott gesehen werden wollte. So zu tun, als wäre man jemand anderes, um den Arbeitslohn einzuheimsen, war nicht sonderlich christlich, selbst wenn sie plante, die Arbeit wirklich zu erledigen. Es war und blieb doch eine Sünde, und sie wusste, dass sie sich schämen würde, wenn sie mit dieser Wahrheit im Herzen in Gottes Haus saß. Andererseits – was für ein Gott sah tatenlos dabei zu, wenn ein ganzes Land hungerte? Bei diesem Thema war Gott selbst ihr eine Erklärung schuldig.

»Wie sehe ich aus?«

Die drei Erwachsenen drehten sich zu Connie um, die sich zum ersten Mal seit langer Zeit wieder angezogen hatte und ein hübsches grünes Kleid mit einem kleinen Kragen trug. Allerdings saß das Kleid sehr locker, und Grace musste zur Kenntnis nehmen, dass ihre Schwester noch zerbrechlicher war, als sie gedacht hatte, blass, mit tiefen dunklen Ringen unter den Augen – nur die blonden Locken waren so wild wie immer. Sie hustete, erholte sich aber zum Glück schnell wieder und blickte mit einem strahlenden Lächeln in die Runde.

»Wie eine Prinzessin, eindeutig.« Grace griff nach ihrer Hand. »Möchtest du dir vielleicht noch einen von meinen Hüten leihen?«

»Oh, ja, bitte!«, rief Connie, und ihre Augen funkelten. Froh über die Gelegenheit, einen Moment allein zu sein, um sich wieder zu fassen, eilte Grace in ihr Zimmer. Am Fußende ihres Betts lagen ordentlich gefaltet die Sachen ihres Bruders. Ihr Magen grummelte heftig beim Gedanken daran, was sie am nächsten Tag erwartete, aber sie würde es in Kauf nehmen müssen. Für das kleine Mädchen im grünen Kleid hätte sie alles getan.

Der Gottesdienst lief seit einer Ewigkeit, als Mary endlich zusammen mit Connie nach vorn zum Altar ging, um das Abendmahl zu empfangen, und Patrick und Grace nach draußen auf die Straße entwischen konnten.

»Bis später dann«, sagte Grace, als sie die Kirche samt Glockengeläut hinter sich ließen.

»Wo willst du denn hin?« Patrick trat näher zu ihr und fügte mit gesenkter Stimme irritiert hinzu: »Wir haben schon den ganzen Vormittag verloren.« Er war während des gesamten Gottesdiensts unbehaglich und nervös auf seinem Platz herumgerutscht, hatte mit den Füßen auf dem Boden gescharrt, mit den Knien gewippt, sein Blick war unablässig umhergewandert, um zu kontrollieren, ob ihn womöglich jemand erkannt hatte.

»Ich treffe mich mit meinen Freundinnen, das haben wir schon vor Tagen verabredet. Wird nicht lange dauern.«

Patrick griff nach ihrem Arm. »Für so etwas haben wir keine Zeit.« Grace sah die Panik in seinen Augen.

»Patrick«, erwiderte Grace mit fester Stimme und schüttelte seine Hand ab. »Was können wir denn noch tun?« Sie löste sich aus dem Strom der Menschen, die aus der Kirche kamen, und drückte sich an die Wand. Ihr Bruder folgte ihrem Beispiel. »Mein ganzer Körper schmerzt. Wenn ich heute noch mehr übe, kann ich mich morgen nicht mehr rühren. Ich muss mich ausruhen.

Du hast mir alles erklärt, und ich habe vierzehnmal hintereinander gut gefangen.« Sie holte tief Luft. »Und wenn ich du sein soll, dann werde ich meine Freundinnen so bald nicht wiedersehen können, richtig?«, flüsterte sie und fügte dann mit blitzenden Augen hinzu: »Wenn überhaupt. Ich könnte ja auch abstürzen und sterben, stimmt's? Und ich muss über viele Dinge nachdenken. Deshalb solltest du mich die nächsten paar Stunden wirklich in Ruhe lassen.«

Patrick nahm den Hut ab, fuhr sich durch die Haare und setzte den Hut wieder auf. Grace sah in seinem Gesicht, dass er mit sich kämpfte. »Na gut«, stieß er schließlich hervor und trat einen Schritt zurück. »Aber niemand wird sterben.«

»Ich habe dich nicht um Erlaubnis gebeten«, murmelte Grace leise, als sie in Richtung der nächsten U-Bahn-Station davonging, von Herzen dankbar, in ihr eigenes Leben zurückzukehren, und sei es auch nur für kurze Zeit. Zwar hatte sie sich immer Sorgen um Connie gemacht, aber jetzt, da sie die ganze Verantwortung für sie trug, war es ein ganz anderes Gefühl.

Als sie durch das Gewimmel von Menschen die West 44th Street entlangging, konnte sie ihre Probleme wenigstens vorübergehend verdrängen und sich auf das Treffen mit Betty und Edie freuen. Zwar war es erst ein paar Tage her, dass sie das letzte Mal zusammen getanzt hatten, aber es kam Grace vor, als hätte sie ihre beiden Freundinnen eine Ewigkeit nicht mehr gesehen.

Als sie durch die Türen von Ruthies, einem der unzähligen kleinen Schnellrestaurants in Manhattan, trat, ließ sie den Blick über den langen Tresen auf der einen Seite des Raums und die kleinen Tische auf der anderen schweifen. Verstreut saßen hier Familien und Paare, die noch genug Geld für ein Essen zusammenkratzen konnten. Grace entdeckte eine kleine, zierliche Frau mit hochgezogenen Schultern und einem Glockenhut aus grauem Filz, die an einem Ecktisch am Fenster saß, vor sich ein Glas Wasser.

»Edie!«, rief sie, und sofort sprang Edie auf. Grace umarmte sie fest.

»Hallo, Grace«, flüsterte Edie an ihrer Schulter. »Es tut so gut, dich zu sehen.«

»Habt ihr für mich vielleicht auch noch ein bisschen Platz?«, schallte im nächsten Moment eine vertraute Stimme durch den Raum und sorgte dafür, dass alle sich nach ihrer Besitzerin umwandten.

Edie und Grace lösten sich voneinander und begrüßten die Dritte im Bunde. Bettys blonde Haare umrahmten ihr Gesicht in perfekten Wasserwellen, ihre Lippen waren knallrot geschminkt, sie trug ein weißes Kleid mit Federn an den Schultern und um den Hals mehrere Perlenketten – sie wirkte eher wie ein glamouröser Filmstar als wie eine Frau, die sich am Sonntagnachmittag mit ihren Freundinnen zu einem Dollar-Lunch verabredete.

»Du siehst wunderschön aus«, rief Edie bewundernd und Betty warf ihr ein Luftküsschen zu, um ihren Lippenstift nicht zu verschmieren.

»Danke, mein Püppchen. Du siehst hungrig aus.« Sie musterte Edie, die sofort den Blick senkte und errötete. »Lasst uns was essen«, fuhr Betty unbeirrt fort und vertiefte sich in die Speisekarte, als wäre diese ein hochinteressantes Buch.

Edie wirkte nervös, als sie ihre in die Hand nahm, und Grace wusste sofort, warum ihre Freundin als Erste hergekommen war – sie hatte die Karte bereits studiert und sich genau überlegt, was sie sich leisten konnte. »Ich werde den Salat nehmen«, verkündete sie mit einem kleinen Lächeln. »Der sieht sehr lecker aus«, fügte sie nicht sehr überzeugend hinzu.

»Kommt nicht in Frage«, widersprach Betty entschieden.

Auch Grace sah in die Karte, unsicher, worauf sie Lust hatte.

»Du nimmst das Beef-Sandwich«, sagte Betty zu Edie. »Mit Essiggurken und Pommes. Und zum Nachtisch einen Apfelstreusel.«

»Aber ...«, setzte Edie zum Widerspruch an.

»Du wirst dich nicht beklagen, es sei denn, du möchtest lieber Truthahn. Du brauchst was Warmes, am besten Fleisch, und Howard zahlt dafür.« Betty klopfte auf ihre Handtasche. »Also, ihr beiden – bestellt, was immer ihr wollt.«

Mit großen Augen studierte Edie noch einmal die Speisekarte und all die neuen Optionen.

»Für dich gilt das Gleiche, kleine Irin«, sagte Betty. »Welchen Sinn hat es denn, dass ich mit Howard zusammengezogen bin, wenn ich nicht wenigstens ein paar Zulagen dafür kriege?«

Grace grinste. »Dann klappt es wohl ganz gut mit euch beiden, was?«

»Er hat mich zu sich in sein Haus draußen in New Jersey geholt«, antwortete Betty. »Na ja, jetzt ist es ja eigentlich unser Haus. Wir haben geheiratet,« fügte sie etwas flapsig hinzu und wedelte mit der linken Hand in der Luft herum, um ihnen kurz den Ring zu zeigen.

»Ihr habt *geheiratet*?«, piepste Edie.

»Und du hast uns nichts davon gesagt?« fügte Grace mit hochgezogenen Augenbrauen hinzu. »Vor drei Tagen haben wir dich das letzte Mal gesehen, und jetzt bist du plötzlich verheiratet?«

»Ach, regt euch ab. Außer meiner Schwester hab ich es sowieso niemandem erzählt. Keine große Sache, und zurzeit ist ja niemand so richtig in Feierstimmung. Howards Mutter hätte einen Anfall gekriegt, wenn er in Sünde gelebt hätte, und ich möchte sein Geld im Auge behalten können. Und es ausgeben. So haben wir alle was davon.«

»Wie romantisch!« Grace verdrehte ironisch die Augen, und sie lachten alle.

»Ist nicht die richtige Zeit für Romantik, das weißt du doch, O'Connell«, meinte Betty. »Und ich gehöre zu denen, die Glück haben. Habt ihr zwei denn schon eine neue Arbeit gefunden?«

Edie wurde wieder rot und schüttelte schwach den Kopf. »Ich bemühe mich, aber es ist wirklich schwer. Immerhin hat eins der Mädchen, mit denen ich zusammenwohne, eventuell was für mich. Einen Garderobenjob im Empire in der 39th Street.«

»Das klingt doch ganz gut.« Betty tätschelte ihr aufmunternd die Hand. »Du wirst was finden, ganz bestimmt.«

Dann wandten beide ihre Aufmerksamkeit wieder Grace zu, die den Mund öffnete und wieder schloss, ohne dass etwas herauskam. Eigentlich hätte sie darauf vorbereitet sein sollen, aber ihr Kopf war einfach zu voll, und sie hatte sich keine Antwort auf diese Frage zurechtgelegt. Sie wusste nur, dass sie nicht die Wahrheit sagen konnte, auch wenn die beiden ihre besten Freundinnen waren.

»Ich …« Sie stockte. »Ich fange morgen in einem neuen Job an.« Sie zögerte. »Hat allerdings nichts mit Tanzen zu tun. Die Stelle hat mir mein Bruder vermittelt, und ich bin nicht sicher, ob es funktionieren wird. Aber ich werde es auf jeden Fall probieren.«

»Gut gemacht«, lobte Betty, und auch Edie lächelte und nickte zustimmend. So verzweifelt Edies eigene Situation auch sein mochte, wusste Grace doch, dass sie sich für sie freute. »Wenn mir noch was zu Ohren kommt, sage ich dir Bescheid«, fügte sie rasch hinzu, um ihr schlechtes Gewissen ein bisschen zu beruhigen.

»Danke, Gracie.« Edie schaute wieder auf die Speisekarte. »Ich kann mich nicht entscheiden, ob ich lieber das Steak-Sandwich oder das Omelett möchte«, wechselte sie dann schnell das Thema.

»Himmel, du nimmst einfach beides.« Kurzerhand nahm Betty ihr die Speisekarte weg. »Und du, Grace?«

»Ich hätte gern das Hühnchensandwich und eine Limonade«, antwortete Grace. Das mochte sie am liebsten, und sie hatte fest vor, das Essen zu genießen. Womöglich war es für eine Weile das letzte dieser Art. Morgen um diese Zeit würde sie nur noch ein Pünktchen irgendwo am Himmel über der Stadt sein.

Grace stopfte die Serviette, auf der Betty ihre neue Adresse und ihre Telefonnummer für sie aufgeschrieben hatte, in die Tasche und winkte ihren Freundinnen zum Abschied zu. Noch bevor sie außer Sichtweite waren, vermisste sie die beiden bereits. Das Wiedersehen hatte ihr Auftrieb gegeben, aber mit jedem Schritt, den sie sich nun von ihnen entfernte, spürte sie, wie sich die Angst wieder einschlich. Sie beschloss, zu Fuß nach Hause zu gehen und die Gelegenheit zu ergreifen, unterwegs eine der Zigaretten zu rauchen, die Patrick ihr am Vortag gekauft hatte. Wäre sie nicht so nervös gewesen, hätte es ein angenehmer Stadtspaziergang sein können, aber unter den gegebenen Umständen konnte sie sich nicht richtig an der Umgebung erfreuen.

Als sie zu Hause ankam, musste sie über ein ganzes Hockey-Team von Donohues klettern, die auf der Treppe zum zweiten Stock spielten.

»Guten Tag, Miss O'Connell«, rief eins der Kinder, ein Junge mit einem dichten, dunklen Haarschopf, während ein anderer, kaum älter als zehn, eins seiner Geschwister, das ebenfalls angezockelt kam, auf seinen Schoß hievte, damit Grace an ihnen vorbeikam. Bemerkenswerterweise waren die Kinder ziemlich sauber – Sonntag war Badetag.

»Guten Tag, Connor«, sagte Grace. Der Name war ein Schuss ins Blaue.

»Ciaran«, verbesserte der Betreffende sie mit einem Achselzucken, als wäre er Verwechslungen gewohnt.

»Sorry, Ciaran«, korrigierte sie sich mit einem freundlichen Lächeln.

»Kein Problem. Connor ist gerade mit unserem Da unterwegs.«

»Aha. Na, dann noch einen schönen Nachmittag.« Damit verschwand Grace die Treppe hinauf. Sie hatte keine Ahnung, wie die Donohues es auch nur ansatzweise schafften, jeden Tag so viele Mäuler zu stopfen. Bei den irischen Katholiken waren Familien mit zehn bis zwölf Kindern keine Seltenheit. Zwei von Graces großen Brüdern waren schon als Babys gestorben, bevor sie und Patrick zur Welt kamen, und ihre Mutter hatte danach mehrere Fehlgeburten gehabt, bis sie Connie bekam. Es fühlte sich schrecklich an, aber Grace konnte nichts anderes empfinden als Dankbarkeit, dass sich die Dinge in ihrer Familie so entwickelt hatten. Vier Leute über Wasser zu halten, erwies sich als schwierig genug; der Gedanke, doppelt so viele zu versorgen, verursachte ihr eine Gänsehaut. Gottes Wege waren wirklich unergründlich.

Als sie die Wohnungstür öffnete, hörte sie Stimmen, und ihr bot sich ein Anblick, bei dem sie unwillkürlich innehielt: In der ohnehin engen Wohnung drängten sich Connie und vier Erwachsene.

»Hallo, Gracie!«, begrüßte sie als Erster ein junger, adrett gekleideter Mann etwa in ihrem Alter, der vermutlich von der Sonntagsmesse kam. »Wir haben uns eine ganze Weile nicht gesehen, stimmt's?«

»Hallo, Sean«, antwortete Grace, und ihr Blick fiel auf den kleinen hölzernen Esstisch der Familie. Er war mit einem grünen Tuch bedeckt, und darauf lag eine Schere. Zwar hatte niemand mit ihr darüber gesprochen, aber sowohl die Bedeutung als auch die Notwendigkeit des Arrangements leuchteten ihr sofort ein.

»Ich dachte, mein Bruder könnte für dich von Nutzen sein, Grace«, erklärte Seamus.

Grace schloss die Tür hinter sich und nahm mit der einen Hand den Hut ab und befühlte mit der anderen ihre Haare.

»Ihr habt Sean also eingeweiht?«, fragte sie vage in die Richtung, in der Seamus und Patrick standen, und Patrick nickte.

»Sean gehört doch zur Familie«, meinte Mary, die sich umgezogen hatte. Statt ihrer Sonntagssachen trug sie wieder ihre praktische Hauskleidung, und ihre Haare umgaben ihr Gesicht wie ein wirrer Heiligenschein.

»Ist doch praktisch, einen Barbier in der Familie zu haben«, fügte Seamus hinzu.

Grace nickte, denn wahrscheinlich stimmte das ja, und ihr war schon die ganze Zeit klar gewesen, dass es notwendig war. Aber sie hatte den Gedanken daran bisher erfolgreich verdrängt. Wenigstens mussten sie Sean nicht bestechen, damit er den Mund hielt.

»Wird für mich das erste Mal sein, dass ich einer Frau die Haare schneide«, verkündete er jetzt strahlend, stellte zwei Stühle nebeneinander und winkte Grace und Patrick zu sich.

»Du am besten hier, Paddy«, sagte er zu Patrick, klopfte auf den einen Stuhl und gab Grace zu verstehen, sich auf den anderen zu setzen. »Nur damit ich sichergehen kann, dass es möglichst gleich aussieht.«

»Was habt ihr denn vor?«, fragte Connie.

Die Erwachsenen sahen einander an.

»Sie wird es erfahren müssen, wohl oder übel«, sagte Patrick zu seiner Mutter. Mary zögerte eine Weile, nickte aber schließlich.

»Ich werde eine Weile wie Patrick aussehen, Connie«, schaltete Grace sich ein. »Du kannst mir nachher dabei helfen, dann erkläre ich es dir noch ein bisschen genauer.«

»Okay.« Connie nickte und akzeptierte die Situation ohne weitere Fragen. Sie war noch müde vom Kirchgang, nahm sich ein Buch und setzte sich still in den einzigen Sessel der Familie, beobachtete das Geschehen um sie herum jedoch sehr aufmerksam.

»Ma'am.« Sean verneigte sich tief vor Grace und ergriff die Schere.

»In Ordnung«, murmelte Grace und setzte sich neben ihren Bruder. »Aber mach bitte nicht so ein Theater.«

Sie griff sich an den Kopf, zog vorsichtig die Haarnadeln aus den Haaren, behielt sie aber fest in der Hand. Und ehe sie noch etwas sagen konnte, fiel ihr auch schon eine dicke Strähne glänzender brauner Haare auf den Schoß. Erschrocken zuckte sie zusammen und musste die Lippen aufeinanderpressen, um nicht laut aufzuschreien. Auch Connie schnappte hörbar nach Luft, und Grace schloss schnell die Augen – sie wollte nicht hinschauen. Und sie durfte nicht weinen. Von all den Dingen, die sie bisher getan hatte, war dies bei weitem das Schlimmste. Natürlich wusste sie, dass es dumm und eitel war, aber mit jedem Schnitt der Schere fühlte sie einen kleinen Teil ihrer Identität verschwinden, und mit jeder Sekunde wurde ihr Kopf leichter.

Schließlich waren die Haare kurz, Sean feuchtete sie an und schnitt ihr dann die gleiche Frisur wie Patrick sie trug: hinten und an den Seiten kurz, am Oberkopf etwas länger. Grace spürte, wie der Kamm über ihren Kopf glitt und seine Reise viel eher beendete, als es ihrem Gefühl nach richtig war. Sicher, es waren nur Haare, aber es waren *ihre* Haare. Jetzt gab es kein Zurück mehr, das Opfer war gebracht.

»Herr des Himmels!«, rief Seamus, als sein Bruder einen Schritt zurückging, um sein Werk zu betrachten, und sich den anderen Zuschauern erstmalig die Gelegenheit bot, die Transformation in

Augenschein zu nehmen. Dann trat Sean wieder ein Stück vor und nahm noch eine letzte Korrektur vor, ehe er sich erneut zurückzog.

»Das war's, ich bin fertig«, sagte er.

Grace schlug die Augen auf und schaute sich im Raum um, ließ die Gesichter ihrer Cousins, ihres Bruders und ihrer Mutter auf sich wirken, bis ihr Blick schließlich auf Connie fiel, die sie höchst interessiert anstarrte.

»Wie sehe ich aus?«, fragte Grace leise.

Connie musterte ihre Schwester mit gerunzelter Stirn. »Du siehst aus wie Pat«, antwortete sie und nickte feierlich. »Es hat geklappt. Du siehst aus wie ein Junge. Ziemlich … seltsam.«

Grace versuchte, ihre Schultern abzubürsten, und Sean kam ihr zu Hilfe. Mary hatte die Hand vor den Mund geschlagen, und Grace spürte, wie sich ihr der Hals zuschnürte, als sie versuchte, die Überreste ihrer Haare auf dem Boden zu ignorieren. Sie drehte sich um und sah Patrick an, der noch immer neben ihr saß. Ihre Blicke trafen sich. Seamus lachte.

»Als würdest du in den Spiegel schauen, oder nicht?«, rief er. »Gute Arbeit, Sean.«

Aber Patrick sah traurig aus, als sei ihm erst jetzt richtig klargeworden, was er von seiner Schwester verlangte. Grace hielt seinen Blick nicht lange aus, stand leise auf und ging ins Badezimmer.

Es dauerte eine Weile, bis sie den Mut hatte, sich im Spiegel anzuschauen. Die Arme aufs Waschbecken gestützt, starrte sie vor sich hin, holte schließlich tief Luft, hob das Kinn – und ihr stockte der Atem. Aus dem Spiegel blickte ihr Patrick entgegen. Sie wandte sich hin und her, strich sich mit der Hand über den Hinterkopf, wo die Haare so kurz waren, dass es sich anfühlte, als berührte sie mit den Fingerspitzen eine Nagelbürste. Ihre Haare waren weg, und was geblieben war, sah genauso aus wie die Frisur ihres Bruders. Ihr war klar, dass das gut war, sie ihrem Ziel, Patricks Platz einnehmen zu können, einen großen Schritt näher gekommen war, aber das Gefühl, etwas verloren zu haben, ließ sich damit nicht vertreiben. Sie ließ die Schultern sinken, ein Schluchzen schüttelte ihren Körper.

Ein paar Minuten vergingen, bis sie die Fassung wiedererlangt hatte. Entschlossen spritzte sie sich Wasser ins Gesicht und verließ das Badezimmer mit einem starren Lächeln, das auch in einer Vorführung bei Dominic's nicht fehl am Platz gewirkt hätte.

»Danke, Sean«, sagte sie, als sie wieder bei den anderen war. »Das hast du großartig gemacht, ich habe mich selbst nicht wiedererkannt.« Bestimmt hatten alle ihr Schluchzen gehört – die Wohnung war klein und hatte sehr dünne Wände –, aber sie taten ihr den Gefallen so zu tun, als wüssten sie von nichts.

»Und was ist mit der Narbe?«, fragte Connie plötzlich und hielt den Finger unter ihr Auge, um zu zeigen, was sie meinte.

Die Erwachsenen schauten sich an. Die Kleine hatte recht – Patrick hatte unter dem linken Auge eine kleine Narbe. Dankbar ging Grace zu ihrer kleinen Schwester und kauerte sich neben sie auf den Rand des Sessels.

»Genau deshalb brauche ich deine Hilfe, Prinzessin Connie. Haben wir sonst noch etwas vergessen?«

Später saß Grace mit Connie auf ihrem Bett und spähte in den Spiegel, den sie von der Wand genommen hatte und der jetzt auf der Kommode balancierte. Grace hatte etwas Lippenstift unter ihr linkes Auge getupft und mit dem Finger so verrieben, dass eine einigermaßen passable Kopie der kleinen halbmondförmigen Narbe ihres Bruders entstanden war. Zum Glück stammte die Narbe aus seiner Kindheit, war glatt und ziemlich blass, nicht mehr entzündet und erhaben, was viel schwieriger nachzubilden gewesen wäre.

»Wie sehe ich aus?«, fragte sie.

Connie legte ihre kleine kühle Hand auf Graces Kinn und drehte den Kopf ihrer Schwester in ihre Richtung. Dann beugte sie sich vor und musterte aufmerksam ihr Gesicht.

»Ich glaube, jetzt ist alles perfekt«, urteilte sie schließlich. »Und es ist gut, dass Patrick keinen Bart hat.«

Gegen ihren Willen musste Grace lachen, für einen kurzen Moment vergaß sie die Schlangengrube in ihrem Inneren. Nach einem letzten Blick in den Spiegel wandte sie sich wieder ihrer Schwester zu.

»Con, du verstehst doch sicher, wie wichtig es ist, dass niemand von der Geschichte erfährt, ja? Du darfst niemandem erzählen, was wir tun.«

»Mit wem sollte ich denn darüber reden?«, grummelte Connie. »Ich sehe außer euch doch niemanden.«

Grace nickte. »Eigentlich führe ich andere Menschen nicht gern an der Nase herum, und ich würde es auch jetzt nicht tun, wenn es irgendeine andere Lösung gäbe. Kannst du mir versprechen, dass du alles für dich behältst? Ich muss Patricks Stelle übernehmen und so tun, als wäre ich er, weil er mit seinem kaputten Arm eine Weile nicht arbeiten kann, wir das Geld aber unbedingt zum Leben brauchen. Das heißt, wir alle könnten Schwierigkeiten kriegen, falls jemand uns auf die Schliche kommt, nicht nur ich und Pat, sondern auch Seamus und alle unsere Freunde.«

»Ja, natürlich.« Connie kniete sich auf Graces Bett, streckte die Arme nach ihrer Schwester aus und umarmte sie unbeholfen. »Ich werde es niemandem verraten«, flüsterte sie und legte den Kopf an ihre Schulter. »Ich finde es sehr mutig, dass du ganz oben auf diesen Stahlturm raufgehst. Es ist unser Geheimnis, Gracie«, fügte sie hinzu. »Ich werde es niemandem erzählen. Niemals. In meinem ganzen Leben nicht.«

»Danke, Schätzchen.« Grace wandte den Kopf, um Connie auf die Stirn zu küssen, und hoffte, dass ihre Schwester ein langes, glückliches Leben haben würde.

»Alles gut bei euch da drin?« Mary öffnete vorsichtig die Tür, und Grace spähte an ihr vorbei, um zu sehen, ob die anderen noch da waren.

»Sie sind alle fort«, verkündete Mary, an den Türrahmen gelehnt. »Patrick hält die ganze Aufregung nicht aus, da sind sie zusammen losgezogen, um was zu trinken.«

»Oh«, sagte Grace leise.

»So ist das nun mal.« Mary strich ihren Rock glatt. »Wenn ein Baby auf die Welt kommt, passiert das Gleiche. Die Frauen erledigen die Arbeit, die Männer machen sich Sorgen. Aber wenn man einfach tut, was getan werden muss, hat man für die Sorgen keine Zeit.«

Einen Augenblick schwiegen alle drei, dann trat Mary zu Grace und fuhr ihr mit der Hand durch die kurzen Haare.

»Du bist ein gutes Mädchen, Grace«, sagte sie sanft, und dieses Lob war ihr einziges Zugeständnis an die Situation. »So, Connie, zurück ins Bett mit dir, ruh dich ein bisschen aus, während wir mit dem Kochen anfangen. Heute gibt es Corned-Beef-Haschee.«

9

In Graces Zimmer gab es kein Fenster, daher konnte sie sich nicht vom Sonnenaufgang wecken lassen, aber das Klappern der Töpfe und Pfannen in der winzigen Küche weckte sie mindestens ebenso gründlich. Sobald sie die Augen öffnete, brach eine Woge von Angst und Aufregung über sie herein, unfähig, sich zu bewegen, lag sie auf der Matratze, Schweiß kribbelte in ihrem Nacken.

Nachdem sie sich in der Nacht eine Stunde lang unruhig hin und her gewälzt und gespürt hatte, wie die Panik in ihr immer weiter angestiegen war, hatte sie sich vor ihr Bett gekniet und ihre Handtaschen darunter hervorgezogen, und jede gründlich kontrolliert, bis sie endlich fand, wonach sie suchte: ein kleines Blechfläschchen, das einen Rest Whiskey enthielt. Er kam ihr vor wie ein Relikt aus einer anderen Zeit, und sie trank ihn dankbar. Wie sollte sie das, was ihr bevorstand, bewältigen, ohne wenigstens ein bisschen geschlafen zu haben? Tatsächlich hatte der Whiskey die gewünschte Wirkung, und die nächsten Stunden schlief sie tief und fest.

»Vielleicht muss ich heute sterben«, flüsterte sie, und als sie begriff, was sie da gesagt hatte, zog sie eine Grimasse. Dann schloss sie die Augen und konzentrierte sich darauf, den Gedanken loszulassen, während sie sich, ihre Decke fest umklammernd, langsam aufsetzte. Mit wild klopfendem Herzen öffnete sie die Augen wieder, und ihre Hände wanderten zu ihren Haaren. Für einen

Moment hatte sie ihre neue Frisur tatsächlich vergessen und gedacht, sie wäre in der Nacht vielleicht skalpiert worden. Doch nach ein paar tiefen, beruhigenden Atemzügen schwang sie die Beine aus dem Bett und stellte die Füße auf die kühlen Dielen.

Als sie in ihrem rosaroten Baumwollpyjama aus dem Zimmer kam, war sie immer noch dabei, mit der Hand über die ungewohnten, stachelkurzen Haare in ihrem Nacken zu fahren. In der Wohnung über ihnen war es fast unheimlich still, nur ein leises Schlurfen war zu hören. Essensduft stieg ihr in die Nase, und sie betrachtete das reichhaltige Frühstück, das ihre Mutter zubereitet hatte – Kaffee, Schinkenspeck, Eier und Toast. Das war Marys Methode, gegen die Angst anzukämpfen und ihre nervöse Energie sinnvoll zu nutzen, aber bei dem Anblick drehte sich Grace ihr ohnehin schon gereizter Magen um, und sie musste gegen ein Würgen ankämpfen.

»Da bist du ja. Konntest du schlafen?«, fragte ihre Mutter und blickte forschend und ängstlich in Graces Gesicht.

Grace setzte sich an den Tisch. Normalerweise wusch sie sich vor dem Frühstück und zog sich dann gleich an, aber heute wollte sie den Augenblick, wenn sie in die Sachen ihres Bruders schlüpfen musste, so weit wie möglich hinauszögern.

»Ein bisschen«, antwortete sie und nahm den Teller, den ihre Mutter ihr hinstreckte. Eigentlich wollte sie überhaupt nichts essen, schon gar nichts Fettiges, aber sie wusste, dass es besser für sie war, nicht mit leerem Magen aufzubrechen. Sie nahm eine Scheibe Toast, knabberte eine Ecke davon ab und versuchte, sich einzureden, dass es ein Morgen wie jeder andere sei.

Als Patrick ihre Stimmen hörte, kam auch er aus seinem Zimmer, tiefe dunkle Ringe unter den Augen; anscheinend war Grace nicht die Einzige gewesen, die Probleme beim Einschlafen gehabt hatte. Patrick war bereits angezogen, was mit nur einem funktionsfähigen Arm offensichtlich nicht einfach gewesen war, denn sein Hemd war ziemlich chaotisch zugeknöpft. Über seinem guten Arm hing ein schmutziger blauer Overall, in der Hand hielt er seine Arbeitshandschuhe und seine Schiebermütze, und sein gequälter Gesichtsausdruck zeigte deutlich, dass es ihm schwerfiel, seiner Schwester die Sachen zu geben.

»Ist ja nur für ein paar Wochen«, sagte Mary, an die Zwillinge gewandt. »Dann ist alles wieder normal.«

Zurück in ihrem Zimmer begann Grace zögernd, sich umzuziehen. Ihr war schwummrig zumute, das Frühstück lag ihr schwer im Magen, aber sie schlüpfte entschlossen in ihre eigene Unterwäsche, nahm die lange Bandage, die ihre Mutter ihr gegeben hatte, wickelte sie um die Brust, bis sie fast flach war, und sicherte die Enden der Binde mit zwei Sicherheitsnadeln. Um sicherzugehen, dass sie trotzdem richtig atmen konnte, holte sie mehrmals tief Luft und empfand die Einschnürung sogar als seltsam beruhigend – wie eine enge, aber ermutigende Umarmung. Vor dem Spiegel malte sie sich Patricks Narbe unter ihr linkes Auge, wobei sie die eine Hand mit der anderen abstützte. Zum ersten Mal seit vielen Jahren brauchten ihre Haare weder Haarnadeln noch irgendwelche anderen Hilfsmittel.

Als Nächstes schlüpfte sie in Patricks weißes Unterhemd, zog sein Oberhemd darüber und rollte die Ärmel auf. Beides war ihr zu groß, aber nur ein bisschen, es wirkte zumindest nicht lächerlich. Dann kamen zwei Socken über jeden Fuß, und sie stieg in den Overall. Stiefel und Kappe vollendeten das Werk, die Arbeitshandschuhe stopfte sie in die Taschen, so dass sie nur ein bisschen hervorlugten und jederzeit greifbar waren. Als sie zum Schluss in den Spiegel schaute, blickte ihr von dort tatsächlich ihr Bruder entgegen – zumindest äußerlich war sie zu Patrick geworden. Wenn es damit nur getan wäre.

Entschlossen verließ sie ihr Zimmer. In der Küche saß Patrick mit Mary am Tisch und wippte nervös mit den Beinen. Als unter Graces Schritten eine Diele knarrte, drehten sich beide zu ihr um, und Mary machte große Augen, während Patrick mühsam schluckte. Sofort fasste Grace sich an den Hals.

»Der Adamsapfel!«, stieß sie panisch hervor.

»Ich denke nicht, dass das jemandem auffallen wird«, meinte Mary beruhigend.

»Ich eigentlich auch nicht, aber sicher ist sicher. Hast du vielleicht ein Bandana, das ich als Schal verwenden kann, Patrick?«

Ihr Bruder schüttelte den Kopf. »Es ist Juni, viel zu heiß für so was. Außerdem trage ich nie etwas um den Hals, das wäre viel zu auffällig. So genau schaut dich sowieso keiner an, jeder hat genug mit sich selbst zu tun. Zur Not musst du einfach das Kinn in Richtung Brust drücken. Aber ich bezweifle, dass jemand dir so nahe kommt.«

Grace nickte, wurde aber immer nervöser bei dem Gedanken, was sie womöglich noch alles übersehen hatten.

»Aber …« Mit zwei großen Schritten stellte sich Patrick vor sie und begann, mit seiner gesunden Hand die Hemdsärmel, die Grace vorhin hochgekrempelt hatte, wieder herunterzuziehen, um ihre Arme zu bedecken. Als Grace genauer hinschaute, fielen auch ihr prompt die haarigen Handgelenke ihres Bruders auf, die Härchen auf ihren eigenen Armen waren viel heller, und ihre Handgelenke wesentlich zarter. »Besser, man sieht deine Arme nicht«, erklärte Patrick. »Wenn dir da oben zu warm wird, kannst du sie ja wieder aufrollen, aber dann hast du ja auch die Arbeitshandschuhe an. Erst mal ist es auf jeden Fall besser, wenn du möglichst viel von dir verdeckst. Und denk daran – vielleicht fühlst du dich, als hättest du ein blinkendes Warnzeichen auf der Stirn, das jedem verrät, wer du bist, aber in Wirklichkeit weiß keiner Bescheid, und deshalb wird auch keiner Verdacht schöpfen. Niemand wird auf die Idee kommen, dass irgendwas anders ist als sonst. Für deine Kollegen ist es ein ganz normaler Montag, weiter nichts.«

»Ein ganz normaler Montag«, wiederholte Grace mit der Stimme ihres Bruders. Er lächelte.

»Du wirst deine Sache gut machen«, sagte er leise und blickte zur Uhr. »Seamus wartet unten auf der Straße auf dich, er ist deine moralische Unterstützung.« Spontan schloss er sie in die Arme, ließ sie aber gleich wieder los und trat schnell einen Schritt zurück. Als Grace in sein angespanntes Gesicht sah, wurde ihr warm ums Herz.

»Viel Glück.« Mary konnte ihre Tochter kaum anschauen, zwang sich aber dazu. Zwischen ihnen herrschte die unausgesprochene Abmachung, sich nicht zu verabschieden. Grace nickte stumm und machte sich auf den Weg zur Tür, blieb noch einmal stehen und warf einen letzten Blick zurück. Als sie die Angst in den Augen ihres Bruders erkannte und sah, wie ihre Mutter sich bekreuzigte, wünschte sie, sie hätte sich nicht umgedreht.

Unten auf der Straße wurde ihr erst recht unbehaglich zumute, denn von jetzt an musste sie voll und ganz so tun, als wäre sie ihr Bruder, und sie schauderte beim Gedanken, sie könnte einen Fehler machen. Mit einem einzigen Ausrutscher würde sie womöglich drei Familien in Gefahr bringen – der Druck war kaum auszuhalten. Sie holte tief Luft, und als sie sich umschaute, fiel ihr plötzlich auf, dass alles heller und klarer wirkte als sonst: der braune Sandstein, der rote Backstein, der schwarze Asphalt. Das Risiko, den Tag nicht lebend zu überstehen, führte anscheinend dazu, dass sie die Welt um sich herum viel mehr zu schätzen wusste.

»Morgen, Mr. O'Connell«, rief ihr einer der Donohue-Jungs zu, der gerade mit seiner Schultasche aus dem Haus gerannt kam und sie überholte. Es war derselbe Junge, dem Grace tags zuvor auf der Treppe begegnet war.

»Morgen, Ciaran.« Sie nahm die Chance wahr, Patricks Stimme zu üben.

Mit einem breiten Grinsen, das die Zahnlücke entblößte, wo vor nicht allzu langer Zeit zwei Schneidezähne gewesen waren, drehte der Junge sich zu ihr um. »Richtig, Mr. O'Connell«, rief er. »Danke, Mr. O'Connell!«

An dieser Stelle hätte Grace gern gelächelt, aber Patrick sicher nicht, also gab sie stattdessen nur ein unwirsches, kehliges Geräusch von sich. Aber dann kamen ihr schon wieder Zweifel. Patrick kannte Ciarans Namen wahrscheinlich gar nicht – und was, wenn Ciaran nachher einem weiteren Patrick begegnete? Keiner von ihnen hatte an die Nachbarn gedacht, dabei bestand doch eine recht große Wahrscheinlichkeit, dass einer von ihnen am gleichen Tag erst dem einen und dann dem anderen über den Weg lief – einem Patrick mit Schlinge und einem Patrick ohne. Und würden sie sich nicht auch irgendwann fragen, wo Grace eigentlich geblieben war? Es gab so viele Möglichkeiten, wie dieser Plan schiefgehen konnte, so viele Gelegenheiten, ertappt zu werden. Grace musste den Impuls unterdrücken, einfach kehrtzumachen und die Treppe wieder nach oben zu rennen, denn sie war auf einmal sicher, dass es unmöglich war, die Täuschung durchzuziehen.

»Patrick!«, rief eine vertraute Stimme hinter ihr, gefolgt von einem: »Wo ist sie denn?«

Sie drehte sich zu ihrem Cousin um. Seamus blieb stehen und musterte sie. Grace sah, wie verwirrt er war und wie sich die Zahnräder in seinem Gehirn drehten. Als sein Blick zu ihrem

Arm wanderte, der weder in einer Schlinge steckte noch eingegipst war, schien ihm zu dämmern, dass es Grace und nicht
Patrick war, die vor ihm stand, aber er war wohl immer noch
nicht sicher.

»Wo ist Grace?«, fragte er vorsichtig.

»Höchstwahrscheinlich noch im Bett«, antwortete Grace mit
Patricks Stimme. Seamus fuhr sich mit der Hand über den Mund.
»Hast du vielleicht eine Zigarette für mich?«, fragte Grace, und er
nickte und griff in seine Tasche.

»Jetzt hast du mich wirklich an der Nase rumgeführt«, sagte er
mit einem breiten Grinsen. »Dabei kenne ich dich doch schon
mein Leben lang.«

»Ich weiß nicht, wovon du redest«, knurrte Grace, und sie gingen nebeneinander die Straße hinunter. Insgeheim freute sie
sich über ihren Erfolg. Wenn sie Seamus täuschen konnte, dann
musste die Verwandlung doch überzeugend genug sein, um
jeden zu täuschen. Jetzt war sie ganz in ihrer Rolle angekommen,
und es fühlte sich sicherer an, einfach darin zu bleiben.

Als sie den Eingang zur Baustelle erreichten, wäre Grace am liebsten stehen geblieben, um hinaufzuschauen und wenigstens kurz
durchzuatmen. Zu gern hätte sie das ganze Chaos von Lärm und
Bewegung erst einmal auf sich wirken lassen, aber natürlich hätte
Patrick das nicht getan, also blieb ihr nichts anderes übrig, als
einfach weiterzugehen. Für ihren Bruder wäre heute ein normaler Arbeitstag, also durfte es für sie nicht anders sein. Trotz all
der überwältigenden neuen Eindrücke musste sie ein neutrales
Gesicht wahren.

Schon jetzt hing Rauch in der Luft, Kräne drehten sich, Ma-
schinen dröhnten, große Menschenmengen trafen ein, lachend
und plaudernd, die Männer schubsten sich, trafen Freunde und

erzählten sich von ihren Wochenenderlebnissen. Lastwagen donnerten vorüber, und Grace gab sich alle Mühe, bei dem ohrenbetäubenden Getöse, mit dem riesige Mengen von Metall, Holz und anderem Baumaterial abgeladen wurde, nicht zusammenzuzucken.

Seamus schob sie sanft in die Richtung des Büros, in dem sich alle für den Tag melden mussten, und sie reihte sich in die Schlange ein. Allerdings beging sie ihren ersten Fehler, als sie sich vor Seamus platzierte und es in dem ganzen Gedränge nicht mehr schaffte, sich hinter ihn zu manövrieren, um ihn von dort aus beobachten und imitieren zu können. Stattdessen musste sie sich nun auf die Männer vor ihr verlassen und die anderen Geräusche so gut wie möglich ausblenden, um etwas von ihren Gesprächen mitzubekommen. Doch noch ehe sie die Situation einigermaßen durchschaut hatte, stand sie auch schon vor einem großen Schreibtisch aus Eichenholz, wo ein Mann mit einer runden Nickelbrille flüchtig zu ihr aufblickte.

»Patrick O'Connell«, sagte Grace möglichst selbstbewusst mit der Stimme ihres Bruders und freute sich insgeheim, dass ihre Aufregung ihre Sprachfähigkeit nicht beeinträchtigte und sie auf Anhieb den richtigen Namen angegeben hatte.

Doch der Mann zog die Augenbrauen hoch und wartete offensichtlich auf mehr. Im gleichen Moment hörte Grace aus der Schlange neben sich zum Glück: »Callaghan, Zimmermann«, und sie gab sich innerlich einen Tritt, weil sie einen Vornamen genannt hatte – es ging um die Berufsbezeichnung! Ihr Hirn setzte aus, nichts als weißes Rauschen, ein Schneesturm am Nordpol. Stahlarbeiter? Nein – sie erinnerte sich, dass es zwar schien, als müsste das die richtige Antwort sein, aber hier nannte man es nicht so. Obwohl sie mit Stahl arbeiteten, waren sie Metallarbeiter. Oder war es doch etwas spezifischer? Sollte sie vielleicht Nietenfänger sagen? Ihre Gedanken purzelten durcheinander, aber keine Worte erschienen. So stand sie gefühlt stundenlang mit offenem Mund da und fragte sich, ob sie womöglich, noch ehe sie auf der eigentlichen Baustelle angekommen war, schon alles verderben würde.

Zum Glück waren es in Wirklichkeit nur ein paar Sekunden, bis sie, ohne zu wissen, woher die Eingebung kam, herausplatzte: »Nieter!«, und hörte, wie Seamus hinter ihr erleichtert ausatmete.

Der Mann mit der Brille warf ihr einen etwas verwunderten Blick zu, reichte ihr aber eine Aluminiummarke mit der Arbeiteridentifikationsnummer über den Tisch. Grace wusste, dass zweimal am Tag jemand die Runde machte, um diese Nummer zu kontrollieren und sicherzustellen, dass jeder, der auf der Baustelle sein sollte, auch wirklich anwesend war. Und dass sie am Ende des Arbeitstages die Marke zurückgeben musste.

Sie steckte die Marke schnell in die Tasche und hätte am liebsten auch die Hände dort belassen, denn sie waren eindeutig ihr verräterischstes Körperteil. Während sie sich vom Büro entfernten, beschloss Grace deshalb, ihre Handschuhe anzuziehen, obwohl keiner der Männer sie schon trug. Ihre kleinen Hände ungeschützt zu lassen, kam ihr einfach zu riskant vor.

Als sie bei den Aufzügen auf Seamus wartete, sah sie die Gagliardis auf sich zukommen. Sogar Joe wirkte, wenn auch ungern, beeindruckt von ihrer Verwandlung.

»Du kannst es wohl nicht abwarten, O'Connell«, sagte ein Mann im Vorübergehen und deutete auf die Handschuhe. Er war groß, dunkelhaarig, hatte Tränensäcke unter den Augen, einen leichten irischen Akzent und einen buschigen dunklen Bart. Natürlich hatte Grace keine Ahnung, wer er war, aber er wirkte, als wäre er wichtig, und ihr Eindruck bestätigte sich, als sie merkte, wie angespannt die drei Männer neben ihr reagierten. Sie beschloss, sich an ihre Abmachung zu halten und möglichst wenig zu sprechen.

»Jawoll, Sir«, antwortete sie nur und neigte, genau wie ihr Bruder es gern machte, leicht den Kopf.

»Eifrig wie immer, Mr. Gilligan«, rief Seamus und rettete Grace damit nicht nur davor, noch etwas sagen zu müssen, sondern ließ sie gleichzeitig wissen, mit wem sie es zu tun hatten. Sie hatten ihr schon von Gilligan erzählt – er war ihr Vorarbeiter, daher war es natürlich besonders wichtig, dass er nicht herausfand, was Patrick zugestoßen war. Grace war erst ein paar Minuten auf der Baustelle und musste schon die nächste heikle Situation bewältigen.

»Na, dann macht euch mal schnell auf den Weg nach oben«, sagte Gilligan und zeigte zum Aufzug. »Das Ziel für diese Woche sind vier Stockwerke.«

»Ich denke, wir schaffen fünf«, gab Joe unerschrocken zurück, worauf Gilligan sich mit einem leisen Lachen abwandte und alle erleichtert durchatmen konnten.

»Du bist drin«, flüsterte Seamus, als sie in den Fahrkorb stiegen, der sie ganz nach oben bringen würde. Dort warteten die Connectoren bereits darauf, dass die Kräne die erste Ladung Stahl lieferten. Sie waren die Einzigen, die noch höher in der Luft arbeiteten, als es Grace bevorstand, denn sie nahmen die Stahlträger entgegen, fixierten sie vorläufig an Ort und Stelle und bereiteten sie dafür vor, dass die Nieter sie fachgerecht sicherten. Heute würden sie das einundzwanzigste Stockwerk errichten.

»Schau nicht nach unten«, flüsterte Joe Grace ins Ohr.

Als der Aufzug sich in Bewegung setzte, wurde ihr tatsächlich flau im Magen. Der Erdboden sank unter ihnen weg, und im Nu befanden sie sich auf einer steilen Flugbahn nach oben, die genau auf den Moment zusteuerte, vor dem ihr die ganze Zeit gegraut hatte. Als der Aufzug hielt, achtete sie darauf, diesmal hinter dem Rest ihres Teams zu bleiben, bereit, ihnen zu folgen und alles genau nachzumachen.

Als sie auf den vorläufigen Boden des achtzehnten Stockwerks hinaustrat und beobachtete, wie die Männer auf die noch unverbundenen, nur von Seilen gehaltenen Stahlträger kletterten, wurden ihre Knie noch weicher und ihre Kehle schnürte sich zusammen, als sie auch noch den Wind spürte, der ihnen entgegenblies. Mit großen Augen sah sie zu, wie die Männer per Handzeichen mit den Kranführern kommunizierten, die sie an Drahtseilen in die Luft zogen und auf den nackten Stahlträgern weiter oben wieder absetzten. Als sie über die Stadt blickte, blieb ihr fast die Luft weg – noch nie in ihrem ganzen Leben hatte sie sich in einer solchen Höhe aufgehalten. Die fernen Gebäude am Fluss waren so groß wie Streichholzschachteln, es waren keine Einzelheiten mehr zu erkennen. Der Verkehr auf der Straße unter ihr war so weit entfernt, dass man ihn nur gedämpft hörte. Panik stieg in ihr auf, ihre Nackenhaare sträubten sich. Aber Grace schüttelte die Angst ab.

»Eh, Gagliardi!«, rief ein Mann um die vierzig mit Filzhut und Hemd mit Krawatte unter einem abgetragenen Overall. Grace staunte – hier Arbeiter mit Krawatte zu sehen, hatte sie nicht erwartet, aber als sie sich umschaute, bemerkte sie, dass sehr viele Männer, vor allem die älteren, ähnlich gekleidet waren, als wären sie unterwegs zum Büro. »Hast du Lust auf eine kleine Wette zum Wochenanfang?«, fuhr der Mann fort und hob vielsagend die dichten, dunklen Augenbrauen.

»Woran hast du denn gedacht?«, antwortete Joe mit einer Gegenfrage und blieb ein paar Meter vor Grace stehen.

»Zwei Dollar, dass wir diese Woche mehr Stahl hochziehen als ihr.«

Für einen kurzen Moment sah Joe zu Grace und schnitt eine Grimasse, riss sich dann aber gleich wieder zusammen. Bestimmt hatte außer ihr niemand etwas bemerkt. »Na klar«, sagte er, beugte sich zu dem Mann hinüber und schüttelte ihm die Hand. »Ich freu mich schon drauf, dir das Geld abzunehmen, Marco.«

Der Mann lachte und ging in die andere Richtung davon. Joe dagegen lief zur Werkzeugbox, und Grace folgte ihm.

»Die zwei Dollar werde ich wohl nie wiedersehen«, murmelte er so leise, dass nur Grace ihn hören konnte.

»Hier, Patrick.« Seamus reichte ihr eine ungefähr dreißig Zentimeter lange Zange und eine verbeulte Dose. Grace, die noch nie eine so große Zange in der Hand gehabt hatte, nahm beides entgegen, drehte das Werkzeug, überrascht von seinem Gewicht, in der Hand hin und her und ließ es durch die Finger gleiten, um es auszutesten. Die Dose war kleiner als die, mit der sie geübt hatte, und auf einmal wurde ihr angst und bange. Wie sollte sie denn mit diesem kleinen Ding etwas fangen? Doch dann legte sich eine Hand auf ihren Arm und holte sie zurück in die Realität.

»Du kannst es«, sagte Joe in vollkommen sachlichem Ton, ließ Grace stehen und nahm seinen Platz ein.

»Bereit?«, fragte Seamus im nächsten Moment direkt an ihrem Ohr, und sie nickte. Nun, da immer mehr Leute mit der Arbeit begannen, steigerte sich der Lärm beträchtlich, und es erschreckte sie, wie isoliert und einsam es sich anfühlte, durch diese Geräuschbarriere von den anderen abgeschottet zu sein. Seamus zeigte auf die Stelle, wo sie heute anfangen würden: Momentan arbeiteten sie auf dem neunzehnten Stockwerk, würden aber bald zum zwanzigsten weiterziehen. Konsequent Joes Bewegungen folgend, kletterte sie hinter ihm auf den Balken und schickte dabei ein Stoßgebet zum Himmel, dass ihre Beine nicht unter ihr nachgeben würden.

Der Anblick des Stahlbaus, auf dem es überall von arbeitenden Männern wimmelte, die wie Insekten darauf herumkrabbelten, machte sie schwindlig, und wieder breitete sich Panik in ihrem Körper aus, klang in ihren Gliedmaßen nach, so dass ihre Beine gefährlich vibrierten und schwankten. Verzweifelt raste ihr Herz in ihrem engen Brustkorb, während sie Luft in ihre Lungen presste, die plötzlich drei Größen kleiner zu sein schienen als noch am Tag zuvor. Benommen und voller Angst, das Gleichgewicht zu verlieren, packte sie den Stahlpfeiler direkt vor ihrer Nase und fragte sich, ob sie ihn nachher lange genug loslassen konnte, um irgendetwas aufzufangen.

Mit seinen eigenen Vorbereitungen beschäftigt, schien Joe sie völlig zu ignorieren, während Frank sie aufmerksam beobachtete wie ein Raubvogel. Jetzt waren alle in Position, niemand sonst in der Nähe, aber der Lärm hatte noch zugenommen und war lauter als alles, was Grace je hatte aushalten müssen. Frank berührte ihre behandschuhte Hand mit seiner, um ihre Aufmerksamkeit zu bekommen, deutete mit zwei Fingern auf seine Augen, und signalisierte ihr, zu ihm zu sehen.

»Genau wie wir es geübt haben«, sagte er, hob die Stimme etwas und sprach langsam und deutlich, damit Grace die Worte von seinen Lippen ablesen konnte.

Sie nickte, aber ihr Herz hämmerte so heftig, als wollte es sie mit der Kraft seiner Schläge zum Abstürzen bringen. Sie musste ihr Gleichgewicht finden. Im Gegensatz zu Grace kannten die anderen die Breite des Balkens aufgrund ihrer langen Erfahrung und wussten intuitiv, wohin sie treten konnten. Grace jedoch hatte keine andere Wahl, als zur Orientierung nach unten zu schauen. Sie nahm sich fest vor, nur auf den Balken, auf dem sie stand, und auf die Position ihrer Füße zu schauen, konnte aber nicht verhindern, dass ihr Blick dennoch hinunter zum unendlich fernen Erdboden glitt. Das Gebäude war konisch konzipiert, und die Arbeit daran so weit gediehen, dass die Stahlkonstruktion sich schon nach innen verjüngte, also versuchte Grace, sich vorzustellen, dass die flache Ebene unter ihr eine nicht allzu weit entfernte Ebene war. Unglücklicherweise waren ihre Augen mehr am realen Straßenniveau interessiert, auf dem sich kleine Flecken bewegten, die sich bei näherem Hinschauen als Menschen entpuppten. Ihr schwirrte der Kopf, vor Schreck wurde ihr flau im Magen, das Frühstück grummelte in ihrem Bauch, ihre Knie drohten nachzugeben. Instinktiv schloss sie die Augen, merkte aber, dass dadurch alles nur schlimmer wurde, und öffnete sie sofort wieder.

»Komm schon!«, rief Joe. »Denk nicht nach, arbeite einfach. Nimm dir keine Zeit zum Nachdenken.«

Mit einem gigantischen Kraftaufwand löste Grace die Hände von dem Pfeiler, stand frei auf dem Balken und suchte Seamus. Ins Innere des Gebäudes zu schauen, dorthin, wo es Struktur gab und etwas Substanzielles, nicht nur leere Luft, ließ sie ruhiger werden. Sie holte tief Luft, merkte, dass Seamus, während sie ihre Plätze einnahmen, bereits begonnen hatte, in der kleinen Esse die Nieten zu erhitzen, und dachte an sich selbst in ihrer Zirkuszeit – ein furchtloses Teenagermädchen, das vor einem gebannten Publikum hochpräzise Bewegungsmuster vollführte. Was sie hier zu tun hatte, war genau das Gleiche. Sie klärte ihre Gedanken, blendete Lärm, Unruhe und Ablenkung aus, konzentrierte sich einzig und allein auf ihren eigenen Herzschlag, bis er sich endlich beruhigte. Der Rest der Welt verschwand, sie hatte nur noch Augen für Seamus.

»Bereit?«, hörte sie jemanden rufen, war aber nicht sicher, wer es war. Die Farbdose mit der einen Hand vor die Brust haltend, hob sie, die ungewohnte Zange in der anderen Hand, den Daumen. Sie war bereit.

Und schon flog die Niete auf Grace zu. Noch nie im Leben hatte sie etwas gesehen, was tatsächlich so heiß war, dass es rot glühte – ein Komet in einem Funkenschauer. Mit ebenso viel Selbsterhaltungstrieb wie Geschick brachte sie die Farbdose in die richtige Position und fing die Niete auf – offenbar hatte Seamus perfekt gezielt, und das glühende Ding landete problemlos in der Dose. Für Jubel oder Gratulationen war keine Zeit, Grace holte die Niete mit der Zange aus der Dose, immer darauf bedacht, die ständige Unruhe um sie herum zu ignorieren und sich nicht ablenken zu lassen. Im Gesicht fühlte sie die Hitze der Niete.

»Andersrum!«, zischte Joe ihr ins Ohr – sie hielt die Niete verkehrt herum in der Zange. Also ließ sie die Schraube in die Dose zurückfallen, holte sie korrekt, wenn auch voller Angst, sie könnte ihr aus der Zange rutschen, wieder heraus und klopfte sie behutsam auf dem Stahlträger ab.

»Stärker!«

Im Getöse der Baustelle, auf der Hunderte ihre geräuschvolle Arbeit verrichteten, konnte sie ihn nur mit Mühe verstehen, aber als sie die Niete etwas heftiger abklopfte, sah sie Schlacke und Schmutz von ihr abfallen, und das orangerote Glühen wurde bereits deutlich schwächer.

»Schnell!« Joe gestikulierte zu dem Loch, in das die Niete gehörte, aber es war schwieriger und die Öffnung enger, als Grace erwartet hatte. Trotzdem schaffte sie es, und Joe drückte sofort mit dem Stemmhebel dagegen, um sie am richtigen Ort zu fixieren.

Frank hob die Nietpistole und setzte sie am freiliegenden Ende der Niete an, dass die Funken stoben. Grace musste sich alle Mühe geben, nicht zusammenzuzucken. Der Lärm war unglaublich, sie war sicher, dass sie am Ende dieses Tages stocktaub sein würde, und obgleich die Männer sie gewarnt hatten, überraschte es sie, dass beim Einsatz der Nietpistole alles zu hüpfen und zu zittern begann. Der Stahl bebte, Graces Knochen ebenfalls, sie musste die Zähne zusammenbeißen, damit sie nicht klapperten, und gegen das seltsame Gefühl ankämpfen, seekrank zu werden. Sie wurde durchgerüttelt, als mache sie die schlimmste Straßenbahnfahrt ihre Lebens. Es war furchteinflößend, die Höhe schwindelerregend, ihr Körper und ihr Gehirn überflutet von unbekannten Empfindungen. Aber sie hatte ihre erste Niete geschafft. Sie versuchte, sich gut zuzureden, dass es von nun an immer leichter werden würde, und nicht darüber nachzudenken, dass der Vorgang Hunderte Male wiederholt werden musste, ehe auch nur dieser eine Arbeitstag vorüber sein würde.

Und schon schickte Seamus die nächste Niete zu ihr empor, die sie ebenfalls geschickt auffing. Ganz offensichtlich war die Art zu werfen, die er hier praktizierte, für ihn wesentlich natürlicher, als die, mit der sie es am Samstag ausprobiert hatten, und nun spürte auch Grace, wie sich ihre Rückenmuskeln entspannten, weil sie sicher war, dass seine Würfe gelingen würden. Beim nächsten Mal bewegte sie sich schneller, holte die Niete korrekt mit der Zange aus der Dose, klopfte sie fester ab und fand umgehend die korrekte Nietöffnung. Ihr war nicht klar gewesen, wie schnell die Niete abkühlte und aufhörte zu glühen, doch je heißer sie war, wenn sie in die Öffnung gesteckt wurde, desto geschmeidiger war sie zu handhaben und desto leichter zu fixieren. Frank schenkte ihr ein strahlendes Lächeln, und Grace empfand einen Stolz, wie sie ihn seit Kindertagen nicht mehr verspürt hatte.

Erst die achte Niete verpasste sie, sah sie aber auf dem Stockwerk unter ihnen in einer leeren Schubkarre landen, ohne Schaden anzurichten. Unbeirrt machte sie weiter. Immer wieder landeten heiße Asche und Funken auf ihr, und mehr als einmal musste sie mit ihrer behandschuhten Hand auf ihren Ärmel einschlagen, um glühende Schlackebröckchen zu entfernen. Noch nie hatte sie sich so sehr konzentriert, und es schien ihr, als wären gleichzeitig Jahre und nur ein paar Minuten verstrichen, als die Mittagspause kam und Frank die Nietpistole senkte.

»Lunch!«, rief er, und die Erleichterung durchströmte Grace wie warmes, wohltuendes Wasser. Ihre Ohren sausten, sie hatte einen Bärenhunger. Als sie zu dem Stockwerk unter ihnen hinabgeklettert war, das eine gewisse Sicherheit bot, und die Füße endlich auf etwas Breiteres als eine Holzbohle setzte, konnte sie sich tatsächlich ein wenig entspannen. So hatte sie ihren Körper noch nie eingesetzt, geschweige denn derart lange die Balance halten müssen, und sie staunte über all die neuen Empfindungen, die diese Arbeit mit sich brachte. Allerdings schmerzten ihre Muskeln und wehrten sich gegen den Gedanken, in diese Position zurückzukehren. Dabei war der Tag gerade mal zur Hälfte vorbei.

Joe und Frank hatten ihren Lunch mitgebracht: Schüsseln mit Pasta, Gläser mit Artischocken und Oliven. Als sie das Essen auspackten, stieg der Duft von Tomaten und Parmesan auf, und ein heftiges Hungergefühl attackierte Graces Magen. Auf einmal fiel ihr ein, dass sie weder Essen noch Geld dabei hatte. Heute Morgen war sie so durcheinander gewesen, dass sie keinen Gedanken daran verschwendet hatte, sich irgendetwas in die Tasche zu stecken.

»Ich gehe runter zur Cafeteria auf der Ninth«, sagte Seamus. »Kommst du mit?«

Grace schaute auf die Straßen hinunter und versuchte, sich zu orientieren, in welche Richtung sie gehen müssten.

»Neunte Etage«, erklärte Seamus leise und kam dicht neben sie.

»Oh.« Grace gab sich Mühe, nicht zu erröten, und nickte. Als sie sich auf den Weg machten, zupfte sie an seinem Ärmel. »Ich hab kein Geld dabei«, zischte sie ihm aus dem Mundwinkel zu, diesmal, ohne die Stimme zu verstellen.

»Kein Problem«, antwortete Seamus, griff in die Hosentasche und drückte ihr einen Dollar in die Hand.

»Danke«, antwortete sie mit Patricks Stimme, denn inzwischen waren sie bei den Männern angekommen, die auf den Aufzug warteten.

Die Cafeteria, die im neunten Stock des unfertigen Gebäudes aufgebaut war, ähnelte einem ganz gewöhnlichen Schnellrestaurant. Grace hörte, dass sich die Männer um sie herum darüber unterhielten, dass demnächst ein neues weiter oben eingerichtet werden solle, weil der Weg nach unten allmählich ziemlich lang werde. Die Lunchpause dauerte nur eine halbe Stunde, das reiche nicht, um den Aufzug nach unten zu nehmen und wieder zurückzukehren.

Das Angebot war vielfältig, und Grace studierte die Auslagen in der Theke und die Angebotstafel, ehe sie ihre Bestellung abgab: zwei Hühnchensandwiches, einen Kaffee und ein Stück Apfelkuchen, alles zusammen kostete vierzig Cent. Sie nahm ihre Tasse und ihr eingepacktes Essen und wollte sich auf den Rückweg nach oben zu den Italienern machen, als eine Hand unsanft auf ihrem Rücken landete und sie zum Stolpern brachte.

»Seit wann bist du so ein Schwächling, O'Connell?«, fragte eine Stimme, die leicht verwundert klang.

Grace drehte sich um und sah einen jungen Mann, ein Stück größer als sie, breitschultrig, mit schmutzigem Hemd. Auch sein Gesicht war schmutzig, aber Grace hatte den leisen Verdacht, dass sie genauso aussah. Der Mann hatte helle Haare, große Zähne, und sein Hals war so breit, dass man denken könnte, er hätte keinen – es sah aus, als wäre der Körper aus verschiedenen großen Kisten zusammengesetzt.

»Hallo, Bergmann«, rief Seamus, trat neben Grace und ließ sie so erneut unauffällig wissen, wer sie angesprochen hatte. Doch der Breitschultrige ignorierte ihn völlig und konzentrierte sich weiter nur auf Grace. Ihr war klar, dass sie sich so schnell wie möglich aus dieser Situation retten musste, denn je länger sie mit jemandem hier zu tun hatte, desto wahrscheinlicher wurde es, dass sie sich verriet.

Bergmann trank einen Schluck von seinem Kaffee. »Und – wie war es mit dieser Nancy-Tusse? Bist du bereit, sie demnächst mal an mich weiterzureichen?«

Grace erstarrte. Wovon redete dieser Mann?

»Oder wie wäre es mit dem Griechenweib aus der 14th Street? Hat sie dich schon rangelassen?«

Grace hatte wenig Ahnung, wie Männer miteinander sprachen, wenn sie unter sich waren, aber sie wusste sofort, dass es ihr ganz und gar nicht gefiel. Mit einem unbehaglichen Gefühl dämmerte ihr, dass sie ihren Bruder nicht wirklich kannte, jedenfalls nicht die Version von ihm, die er diesen Männer hier zeigte. Dass er anscheinend ein Schürzenjäger war, war ihr neu.

»Ein Gentleman genießt und schweigt«, erwiderte sie in dem Versuch, das Thema mit einem lässigen Achselzucken abzutun.

»Na, das wäre ja mal was Neues!« erwiderte Bergmann und lachte. Inzwischen hatten sich bereits einige Zuschauer um sie herum versammelt, und Grace fühlte wieder Panik in sich aufsteigen. Sie musste weg, so schnell wie möglich.

»Sind einfach zu viele, um den Überblick zu behalten«, sagte sie, ihr drehte sich fast der Magen um.

»Da ist was dran«, stimmte einer der Umstehenden zu. »Bei den New Yorker Frauen ist es doch immer so – am schnellsten lassen sie die Höschen runter, wenn man ihnen davon erzählt, dass man hier oben arbeitet und jeden Tag sein Leben riskiert.«

»Dann bist du nämlich ein *Held*«, rief ein anderer, offensichtlich in dem Versucht, mit gezierter Fistelstimme eine Frau nachzuahmen. »So *mutig*!«

»Und mutige Männer werden immer belohnt.« Bergmann hob seine Kaffeetasse, als wolle er salutieren.

»Schade, dass keine von ihnen ihre Ansprüche so weit senkt, dass sie bereit ist, mit einem Kraut wie dir zu schlafen, was?«, rief Seamus und schob Grace energisch aus der Cafeteria zu den offenen Türen der Aufzugskabine, die kurz davor war loszufahren.

»Was?«, rief Bergmann mit wütend blitzenden Augen. »Das wirst du mir büßen, du dreckiger Mick!«

Seamus winkte, als der Aufzug sich in Bewegung setzte, und sie ließen Bergmann mit grimmigem, rotem Gesicht zurück.

»Der Kerl macht einen richtig netten Eindruck«, sagte Grace ironisch und warf ihrem Cousin einen Blick von der Seite zu.

»Ja, tut mir echt leid.« Seamus' blasse Haut hatte sich ebenfalls rot gefärbt, und diesmal lag es nicht nur an der Sonne. Als sie ausstiegen und wieder allein waren, fügte er hinzu: »Die Baustelle ist wirklich kein Platz für eine Lady. Wäre wahrscheinlich das Beste, wenn du Bergmann so weit wie möglich aus dem Weg gehst. Er macht immer Ärger.«

Grace schwieg, nickte jedoch, um zu zeigen, dass sie verstanden hatte, und umklammerte ihren noch immer unangetasteten Lunch.

»Er ist neidisch, weil dein Bruder gut aussieht, würde ich behaupten«, sagte Seamus, und jetzt grinste er wieder. »Kann ihm ja keiner vorwerfen, der hat ja selbst einen Kopf wie ein Betonklotz.« Er runzelte die Stirn. »Er interessiert sich ein bisschen zu sehr für alles, was dein Bruder tut, der Himmel weiß, warum. Daran hätten wir denken müssen.«

Grace machte sich eine Notiz im Hinterkopf. Bergmann – macht nur Ärger. Genau das, was sie brauchte.

Als sie bei den Gagliardis ankamen, machte Frank, der mit dem Rücken an einem Stahlpfeiler lehnte, sofort Platz für sie. »Du hast deine Sache sehr gut gemacht«, sagte er zu Grace, die nun endlich ihr Sandwich auspacken konnte. Er selbst aß gerade seinen Nachtisch – Tiramisu – und fuhr, mit dem Löffel wedelnd, fort: »Natürlich hängen wir ein bisschen hinterher, aber nicht so viel, dass es jemandem auffallen wird. Das ist sehr, sehr gut. Besser, als ich es zu hoffen gewagt habe. Ich glaube nämlich, keiner von uns hat in der letzten Nacht sonderlich gut geschlafen.«

Grace nickte mit vollem Mund, stolz auf sich, aber nicht bereit, es zu zeigen.

»Wenn wir weitermachen, dann achte darauf, dass du innen stehst und Giuseppe außen, dann musst du deine Position nicht verändern.«

»Gut.«

Wenn das der einzige Verbesserungsvorschlag war, nahm sie ihn gern an. Sie merkte, dass das Gespräch, an dem sie gerade gegen ihren Willen hatte teilnehmen müssen, sie immer noch beschäftigte, und sie war nicht sicher, ob ihr der Mensch gefiel, der ihr Bruder hier oben offenbar war. Aber war sie nicht auch anders als die Grace zu Hause gewesen, als sie noch bei Dominic's getanzt hatte? Sie sah aus wie Patrick, und sie hatte schnell gemerkt, dass sie fähig war, Nieten zu fangen wie er, alles andere ging sie nichts an.

»Dein Bruder möchte mich immer noch nicht hier haben«, sagte sie zu Frank und wies mit dem Kinn zu Joe hinüber, der in der ausrangierten Schubkarre saß, in der heute Vormittag die erste Niete, die sie nicht gefangen hatte, gelandet war. Er blickte mit gerunzelter Stirn auf die Stadt, während er aß.

143

»*Bella*, keiner von uns möchte dich hier haben«, sagte Frank.

Grace blitzte ihn böse an, aber seine Augen waren freundlich wie immer, und er lächelte.

»Natürlich nicht«, fuhr er fort. »Es ist für uns alle gefährlich, aber vor allem für dich. Keiner von uns wollte dich in diese Lage bringen. Was Giuseppe empfindet, ist größtenteils Angst. Außerdem hat er ein schlechtes Gewissen. Und keine Ahnung, wie er damit umgehen soll.«

Vielleicht hatte Frank ja recht. Grace drehte sich um und ließ ihre Beine über den Rand des Stahlträgers baumeln. Hinter sich hörte sie Frank kichern.

»Dein erster Tag, und schon schaust du hinauf zum Himmel, statt ins Innere des Gebäudes, wo alles normal und sicher ist.«

»Ich war noch nie ein Freund von Normalität und Sicherheit«, erwiderte Grace nachdenklich. »Und ich glaube, ich sollte es genießen, solange ich kann. Wann werde ich jemals wieder so einen Blick haben?«

»Wenn wir fertig sind, kannst du das, sooft du Lust dazu hast«, sagte Frank. »Aber geschützt im Inneren des Gebäudes. Diesen Blick schenken wir der Welt.«

Er packte seine Lunchbox weg, und während Grace den letzten Bissen ihres Apfelkuchens verdrückte und das Papier zusammenknüllte, dachte sie über Joe nach. Vielleicht war er doch nicht so herzlos.

»Zurück an die Arbeit«, sagte Frank, und Grace hievte sich hoch.

»Übung macht den Meister«, hatte Irina Ivanova immer gesagt, wenn Grace Tanzbewegungen und Zirkuskunststücke in ihrer verstaubten Wohnung in der Orchard Street einstudiert hatte. Und die Erfahrung zeigte, dass es stimmte. Am Ende des ersten

Tages hatte Grace fast vierhundert Nieten gefangen und um die zwanzig verpasst oder fallen gelassen. Sie wusste, dass ihre Teamkameraden ein bisschen frustriert waren, weil sie nicht so schnell vorankamen wie sonst, aber der Vorarbeiter hatte nichts bemerkt, und sie waren alle froh, dass sie für jede Stunde, die sie hier oben verbrachten, Geld bekamen. Am Ende des Arbeitstages waren alle erleichtert, und nachdem sie ihre Identifikationsmarken abgegeben hatten, freuten sie sich darauf, nach Hause zu gehen.

»Gute Arbeit heute«, sagte Frank, als sie zusammen mit Hunderten anderer Arbeiter die Baustelle verließen. Da er von so vielen Männern umgeben war, konnte er nichts anderes sagen, aber für Grace war es genug. Sie sah ihn an, nickte ihm dankbar zu und benutzte den Rest des Geldes, das Seamus ihr geliehen hatte, um sich ein Taxi nach Hause zu nehmen. Ihr tat alles weh, sie war fix und fertig, es war unvorstellbar, in diesem Zustand in die Bahn zu steigen. So ließ sie sich in den Sitz sinken und versuchte, das noch immer in ihrem Körper zirkulierende Adrenalin zur Ruhe zu bringen. Sie hatte den ersten Tag überlebt.

Zu Hause angekommen stellte sie fest, dass ihr Schlüssel sich noch in ihrer Handtasche befand. Als sie klopfte, wurde sie freudig und erleichtert von ihrer Mutter und ihrem Bruder begrüßt, aber sie selbst fühlte sich seltsam leer – als hätte die Arbeit des Tages ihr alle Kraft geraubt und nichts zurückgelassen.

»Wie ging es denn?«, fragte Patrick und musterte ihre schmutzigen Kleider und ihr schmutziges Gesicht. Er wirkte unruhig wie ein Raubtier im Käfig, und Grace stellte sich vor, dass er den ganzen Tag in seinem kleinen Zimmer auf und ab gewandert war. Vorausgesetzt natürlich, er war nicht bei Nancy oder diesem Griechenmädchen gewesen. Wer auch immer diese Frauen sein mochten.

»Alles gut. Wo ist Connie?«

»Im Bett, sie schläft. Der Tag war hart für sie.«

Grace nickte. Nicht nur sie war erschöpft.

»Erzähl doch mal ein bisschen«, drängte Patrick. »Was war los? Ist es einigermaßen gut gelaufen? Oder gab es Probleme?«

Aber Grace war völlig erledigt und hatte keine Ahnung, wie sie irgendetwas von dem, was sie fühlte, erklären sollte. »Ich hab es geschafft«, antwortete sie leise. »Aber jetzt muss ich mich erst mal hinlegen.« Damit verschwand sie in ihrem Zimmer und schloss die Tür hinter sich. Tatsächlich war der Tag gut gelaufen, aber als sie jetzt auf ihrem Metallbett saß und langsam die Sachen ihres Bruders auszog, merkte sie, dass sie am ganzen Leib zitterte.

Eine Stunde später hatte Grace die kleinen Brandwunden auf ihren Armen untersucht und so viel Schmutz von ihrem Gesicht abgewaschen, wie sie konnte, lag in ihrem rosafarbenen Pyjama auf dem Bett und starrte hinauf zu dem Schimmelfleck an der Decke, ohne ihn wirklich wahrzunehmen. Sie verstand nicht, warum, aber ihre Angst war nun größer als in den ersten Momenten auf dem Stahlgerüst. Sie hatte den Tag überlebt, aber es hatte sie einiges gekostet. Das Ganze noch einmal durchmachen zu müssen, erschien ihr unmöglich.

Als es an der Tür klopfte, hatte sie nicht einmal die Kraft, den Kopf zu heben, um nachzuschauen, wer es war. Eigentlich hatte sie ihre Mutter erwartet, aber stattdessen kam Patrick mit einem Tablett in der gesunden Hand und zwei Wärmflaschen unter dem Arm.

»Hier«, sagte er, stellte das Tablett, auf dem ein Teller Gemüsesuppe und eine dicke Scheibe Brot waren, neben ihr ab und reichte ihr eine der Wärmflaschen. »Leg dir das auf die Schulter, es hilft gegen die Steifheit.«

Grace nahm die Wärmflasche und beäugte die andere.

»Und diese hier?«

Patrick setzte sich auf den Rand des schmalen Betts, zog ein Glas aus seiner Armschlinge, schraubte dann den Deckel der Wärmflasche ab, goss eine klare Flüssigkeit in das Glas und reichte es Grace. Sie nahm es, schnupperte daran – und rümpfte die Nase. Sie roch nur Gummi. Trotzdem trank sie einen Schluck.

»Gin!«

Er nickte. »Ich dachte, den kannst du jetzt bestimmt brauchen. Auf den Schock.« Seine braunen Augen musterten sie besorgt.

»Woher hast du das Zeug? Gepanschter Gin und Durchfall kann ich jetzt wirklich nicht brauchen.« Sie nahm einen großen Schluck und hustete, ihre Kehle stand in Flammen. »Stark«, stieß sie hervor, die Augen voller Tränen.

»Nur eine kleine Hilfe, um runterzukommen.« Er hielt die Flasche zwischen den Knien und schraubte sie wieder zu, nahm dann den Teller mit der Suppe und hielt ihn ihr hin.

»Ich hab mit Seamus gesprochen, er hat gesagt, du hast es richtig gut gemacht.«

»Aber ich kann nicht noch mal da raufgehen«, sagte Grace, deren Hände so zitterten, dass sie den Teller abstellen musste. Sie hatte nicht vorgehabt, diesen Satz tatsächlich auszusprechen. »Ich kann das nicht.« Ihr Gesicht war feucht und warm, und erst jetzt begriff sie, dass sie weinte.

»Doch, du kannst es«, sagte Patrick mit fester Stimme. »Den schlimmsten Tag hast du hinter dir, von jetzt an wird es besser.«

Sie schüttelte heftig den Kopf. »Gestern hatte ich Angst und wusste nicht genau, wovor. Aber jetzt weiß ich es.« Sie spürte Ärger in sich aufsteigen. Patrick hatte es die ganze Zeit gewusst. Er hatte gewusst, wie es war, dort oben zu arbeiten, und er hatte sie trotzdem hingeschickt. Ihre Augen brannten, er hatte sie belogen.

»Es tut mir leid«, sagte er, als könnte er ihre Gedanken lesen. »Alles. Aber du weißt selbst, dass es keine andere Möglichkeit gibt.« Damit stand er auf, ging aus dem Zimmer und ließ Grace allein mit ihrer Suppe und ihrer Angst.

Doch sie wusste, dass er recht hatte, schloss fest die Augen und sehnte sich nach ihrem alten Leben voller Tanz und Federschmuck. Einen Tag hatte sie hinter sich, aber bis dieser Albtraum überstanden war, lagen noch neunundzwanzig weitere vor ihr.

10

DONNERSTAG, 19. JUNI 1930

Auch am vierten Tag protestierte ihr ganzer Körper, als Grace die Wohnung verließ. Sie hatte sich schnell eingearbeitet und inzwischen – da ihre Muskeln sich an die Belastung gewöhnten – auch weniger Schmerzen. Doch die Angst war geblieben.

Dabei waren die drei vorangegangenen Tage gut gelaufen, nur zwei kleine Missgeschicke waren ihr passiert. Am Dienstag war sie ausgerutscht, als sie zu einem neuen Platz nach oben klettern musste, aber es war zu keinem Zeitpunkt gefährlich gewesen. Am Mittwochnachmittag hatte eine Niete sie am Kopf getroffen, ihre Kappe und ihre Haare angesengt, aber sie hatten zusammen darüber gelacht. Am Abend hatte Frank sie dann sogar angestrahlt und gesagt, sie sei jetzt ein echter Nieter.

Als sie sich am Morgen des vierten Tages den Toren der Baustelle näherte, kam von dort zielstrebig und sehr selbstbewusst eine junge Frau auf sie zu. Die Pfiffe und bewundernden Blicke der Männer ignorierte sie, ja, die ganze Aufmerksamkeit schien sie nicht im Geringsten zu beeindrucken – vielleicht gefiel sie ihr sogar. Die Frau hatte dunkle Haare, zarte Rosenlippen und einen Gesichtsausdruck, mit dem sie ihrer Umgebung unmissverständlich mitteilte, dass sie sich ganz bestimmt nichts vormachen lassen würde.

»Hallo, Patrick.«

»Hallo«, antwortete Grace. Obwohl sie etwas Panik verspürte, gelang es ihr, der Frau mit unbewegter Miene entgegenzublicken. Sie hatte nicht die leiseste Ahnung, wer sie war, und diesmal war Seamus nicht in der Nähe, um ihr zu helfen. War das womöglich Nancy? Griechisch sah sie jedenfalls nicht aus. Wenn Grace hätte raten sollen, hätte sie getippt, dass sie Irin war wie sie selbst.

»Dieses Bauwerk ist jedes Mal, wenn ich herkomme, ein ganzes Stück höher.«

»Das ist ja auch der Sinn der Sache.«

Die Frau lachte. »Ich hab meinem Da gerade seinen Lunch gebracht.«

Eindeutig Irin, dachte Grace. Ihr Vater musste auf der Baustelle arbeiten und Patrick kennen, aber viel mehr ließ sich daraus nicht schließen. Also nickte sie nur. Zurzeit war das ohnehin ihre bevorzugte Form der Kommunikation, und zum Glück passte dieses Verhalten perfekt zu ihrem Bruder. Er war kein Mann vieler Worte.

»Du wohnst doch in Hell's Kitchen, stimmt's, Patrick?«

»Ja.«

»Dorthin bin ich nämlich gerade unterwegs. Ich helfe in einer der Suppenküchen aus.«

»Oh, gut, schön für dich.« Grace warf einen Blick auf den stetigen Strom von Männern, die alle auf die Baustelle zustrebten. Gezwungenermaßen wurde sie allmählich Expertin darin, sich aus unangenehmen Situationen herauszuwinden. »Ich wünsch dir einen schönen Tag«, sagte sie knapp. »Jetzt muss ich los, ich will ja nicht zu spät kommen.« Da sie wusste, dass sie ihrem Bruder am wenigsten ähnelte, wenn sie lächelte, kniff sie die Lippen zusammen, tippte sich an die Mütze und setzte sich in Bewegung. Sie wollte ihren Arbeitstag beginnen, die Frau hatte sie im Handumdrehen vergessen.

»Heute werden wir genauso schnell arbeiten wie die anderen, Niete für Niete«, verkündete Frank, als sie sich an ihre Plätze begaben. »Das hab ich im Gefühl.«

Obwohl ihr Körper erneut protestierte, musste Grace zugeben, dass sie sich inzwischen sogar auf den gefährlichen Balken ruhiger fühlte und ihre Füße sich bewegten, ohne dass sie groß darüber nachdachte. Sie wusste, wie sie reagieren musste, wenn der Wind vom Hudson her wehte, und auch, wie sie sich positionieren musste, um optimal mit Joe und Frank zusammenzuarbeiten. Sicher, sie hasste es nach wie vor und bewegte sich noch lange nicht mit der gleichen Selbstverständlichkeit wie die anderen, aber sie wurde eindeutig besser. Zwar war sie nicht ganz so zuversichtlich wie Frank, dass sie es schaffen würde, den anderen Männern auf dem Gerüst ebenbürtig zu sein, aber auf alle Fälle fühlte sie sich in der Lage, es wenigstens zu versuchen.

Zwei Stunden lang lief alles perfekt, Grace verpasste keine Niete und ließ auch keine fallen, das Team arbeitete wie vier Rädchen in einer gut geölten Maschine. Seamus behielt die anderen Teams stets im Blick und grinste jedes Mal, wenn er die nächste Niete warf. Sie hielten tatsächlich mit, alles funktionierte reibungslos, bis sich plötzlich etwas veränderte. Dicke dunkle Wolken breiteten sich über ihnen aus, verdunkelten nicht nur den Himmel, sondern auch die Stimmung auf der Baustelle, für alle völlig unerwartet, denn so etwas gab es selten an einem Junitag. Aber bekanntlich gehörte das Wetter nun mal zu den Dingen, die keiner kontrollieren konnte, und hielt sich nicht an den strikten Zeitplan, den sich die Büromenschen unten auf dem Erdboden ausgedacht hatten. Im gleichen Augenblick, als Grace den ersten Regentropfen auf ihrer Kappe spürte, deutete nicht nur Frank nach oben, sondern auch mehrere ihrer Kollegen.

»Sollen wir rein?«, fragte er, gerade als Grace wieder einmal dabei war, eine Niete abzuklopfen und in das für sie vorgesehene Loch zu stecken.

»Nein, noch nicht!«, rief Joe und hielt den Stemmhebel an den Stahlrahmen, während Frank die Niete mit der Nietpistole fixierte. »Wir sind nie die Ersten, die sich zurückziehen, das würde nur verdächtig wirken!«

Frank nickte zustimmend, und Grace hatte bereits die nächste glühende Niete im Blick, die durch die Luft auf sie zugeflogen kam. Sie fing sie problemlos, und fragte sich, was der Regen änderte. Vermutlich würde die Niete, wenn sie Wasser abbekam, schneller kühl werden, also packte sie sie zügig mit der Zange und klopfte sie umgehend ab.

Sie hatten zwei weitere Nieten platziert, als es anfing, richtig zu schütten. Die ersten Arbeitsteams packten schon ihre Werkzeuge zusammen und eilten ins Trockene. Auf einem halb fertigen Stockwerk unter ihnen wandte Mr. Gilligan das Gesicht himmelwärts, sein Schnurrbart zuckte. Er musste dafür sorgen, dass seine Männer sich nicht in Gefahr brachten, aber allen war klar, dass er auch den Zeitplan einhalten musste und sich keine unnötigen Verzögerungen leisten konnte.

»Mir reicht's«, sagte Frank. »Schluss jetzt.«

»Eine noch«, sagte Joe und zeigte auf das Gerüst. Tatsächlich fehlte in dem Abschnitt, an dem sie arbeiteten, nur die letzte Niete. Wenn sie diese noch schafften, konnten sie den nächsten Abschnitt beginnen und mussten nicht hierher zurückkehren. Und es würde auch nur ein paar Sekunden dauern. Frank zögerte, sah kurz zu den Wolken hinauf und nickte dann. Grace gab Seamus das übliche Signal, er warf, sie fing, und im Nu war die Niete fixiert. Sie waren fertig und konnten sich zurückziehen.

Frank war bereits auf dem Weg zum Stockwerk unter ihnen, und Grace hatte gerade die Zange an ihrem Gürtel befestigt, als sie sah, wie Joe auf dem nassen Stahlträger ausrutschte, beide Füße flutschten einfach unter ihm weg. Ohne nachzudenken, sprang sie nach vorn, klammerte sich an den Pfeiler und bekam Joe tatsächlich zu fassen. Im Nu schloss sich ihre Hand wie ein Schraubstock um seinen Arm und hielt ihn fest, während sie, ihr gesamtes Gewicht gegen den Pfeiler gepresst, in Joes entsetzte Augen hinunterblickte. Vor Schmerz biss sie die Zähne zusammen, während er für den Bruchteil einer Sekunde in der Luft baumelte. Sein Gewicht zog sie fast vom Balken, und nur ihr um den Pfeiler geschlungener Arm stabilisierte sie und ermöglichte es ihr, die Stiefel mit aller Kraft gegen den Rand des Balkens zu stemmen, um Joe helfen zu können, sich hochzuziehen und in Sicherheit zu bringen.

Joe reagierte blitzschnell. Fast im selben Moment, als sie ihn packte, schwang er den Fuß zurück auf den Stahlbalken. Grace korrigierte ihre Position, um dafür zu sorgen, dass sie nun nicht selbst das Gleichgewicht verlor und nach hinten kippte. Innerhalb weniger Sekunden war es vorbei. Schwer atmend standen sie so dicht voreinander, dass Grace Joes Puls spüren konnte, dessen Geschwindigkeit mit ihrem wild hämmernden Herzen mithalten konnte, während der Regen auf sie beide niederprasselte. Der Blick, den sie wechselten, war so intensiv, dass Grace schnell wegschauen musste.

»Gagliardi! O'Connell! Macht, dass ihr runterkommt!«, hörten sie Gilligan rufen, und Joe hob die Hand, dankbar, dass der Vorarbeiter seinen Ausrutscher offenbar nicht gesehen hatte. Franks Gesicht dagegen war blass vor Schreck, und auch Seamus stand da wie erstarrt. Graces Atem hallte in ihren eigenen Ohren wie eine Nietpistole nach, ihre Brust hob und senkte sich so heftig, dass sie Angst bekam, die Bandage könnte sich lösen.

Erst als sie sicher war, dass Joe mit beiden Füßen wieder fest auf dem Stahlrahmen stand, spürte sie den stechenden Schmerz in ihrem Arm. Ihr erster Gedanke war, er könnte gebrochen sein, und Entsetzen packte sie. Dass sie Patrick imitierte, bedeutete doch ganz bestimmt nicht, dass sie die gleiche Verletzung erleiden musste! Als sie hinunterschaute, sah sie, dass sich in ihrem Hemdsärmel ein schwarz gerändertes Loch befand und auf ihrem Unterarm eine knallrote Brandwunde, an der Baumwollfasern klebten, die vermutlich daher rührte, dass sie den Arm gegen den Pfeiler gepresst hatte. Eine bleibende Erinnerung an das, was sie heute getan hatte. Sicher, Nieten kühlten rasch ab, aber Grace hatte soeben ihr ganzes Gewicht gegen eine Schraube gepresst, die eine Minute zuvor noch in Seamus' Esse gelegen hatte. Und Grace hatte es nicht einmal bemerkt, sondern instinktiv reagiert, als sie mit der Situation konfrontiert worden war. Als ihr klargeworden war, was sie da gerade tat, raste das Adrenalin bereits durch ihren Körper.

Langsam kletterten sie hinunter zu dem sicheren Bereich, wo Frank seinen kleinen Bruder mit Tränen in den Augen an sich drückte. Seamus stand immer noch unter Schock, und als er sah, dass Grace sich den Arm hielt, sah er ihn sich sofort genau an.

»Macht einen ziemlich üblen Eindruck«, stellte er fest. »Lass dich am besten gleich auf der Krankenstation verbinden.«

»Da kann ich doch nicht hingehen, oder?«, knurrte Grace, zum Glück noch immer geistesgegenwärtig genug, um Patricks Stimme zu imitieren. Seamus nickte grimmig und holte Wasser, aber Grace wusste nicht, ob sie es trinken oder über die Brandwunde schütten sollte, also behielt sie den Becher einfach in der Hand.

»Großartig gefangen!«, rief ihr ein anderer Nieter zu, der den Vorfall mitangesehen hatte. »Du solltest dich bei den Yankees verpflichten lassen, O'Connell!«

Grace tippte sich zum Dank an die Mütze, schwieg aber lieber. Frank war so glücklich darüber, dass Joe in Sicherheit war, dass er zu ihr eilte und sie sofort in die Arme schloss.

»Grace!«, rief er, von seinen Gefühlen überwältigt und laut genug, dass ihn jetzt, da niemand mehr arbeitete, die anderen womöglich hörten. Grace erstarrte. Als es Frank endlich dämmerte, was er getan hatte, zuckte er erschrocken zurück, bügelte seinen Fehler aber schon eine halbe Sekunde später aus, indem er schnell fortfuhr: »*Grazie, grazie mille*, danke, Patrick, du hast meinen Bruder gerettet. Vor lauter Aufregung spreche ich schon Italienisch.«

»Alles gut, Frank. Er würde das Gleiche auch für mich tun«, wiegelte Grace ab. Als sie zu Joe hinüberschaute, erkannte sie an seinem Blick, der dankbar und respektvoll war, dass es stimmte. Sie hatte ihm das Leben gerettet. Er würde nie mehr an ihr zweifeln.

Als der Regen aufhörte, gingen alle postwendend wieder an die Arbeit. Falls sein Erlebnis Joe erschreckt hatte, ließ er sich nichts davon anmerken, aber in Franks Gedanken war der Unfall eindeutig noch gegenwärtig. Immer wieder schüttelte er fassungslos den Kopf, und ein paarmal sah Grace ihn sogar die behandschuhte Hand an die Augen heben, um eine Träne wegzuwischen. Sie war sehr froh, dass sie zur Stelle gewesen war und richtig reagiert hatte. Statt ihr noch mehr Angst einzuflößen, hatte der Vorfall sie sicherer gemacht. Zu wissen, dass ein Ausrutscher nicht unbedingt den Tod bedeutete, machte es für sie ein bisschen leichter, sich auf dem Stahlskelett zu bewegen, und auch wenn sie sich nicht in falscher Sicherheit wiegen durfte, half es ihr doch, den Tag zu überstehen.

Als sie die nächste Niete auffing und aus der Dose holte, musste sie die Zähne zusammenbeißen, denn die Brandwunde auf ihrem Arm schmerzte heftig und würde bestimmt eine Narbe hinterlassen. Aber Grace weigerte sich, der in ihrem Inneren lauernden Traurigkeit nachzugeben, auch wenn ihr bewusst war, dass diese Arbeit sie für immer verändern würde. Dafür war jetzt keine Zeit, sie musste sich konzentrieren. Außerdem hatte es sich schon allein dafür gelohnt, dass Joe immer noch neben ihr stand.

11

Patrick O'Connell hielt es in der Wohnung nicht mehr aus. In den letzten sechs Jahren war er an jedem Werktag zur Arbeit gegangen, und dass er dazu jetzt nicht imstande war und die Familie nicht versorgen konnte, verletzte seinen Stolz und wühlte ihn so auf, dass er keine Minute stillsitzen konnte. In Graces ersten Arbeitstagen war er ruhelos in der Wohnung umhergewandert und fast verrückt geworden, weil er sich die Geschehnisse auf der Baustelle bis ins kleinste Detail vorstellte – natürlich besonders das, was womöglich schiefging.

Hätte sich ihm die Möglichkeit geboten, eine andere Arbeit aufzunehmen, irgendwo weit weg, wo keine Gefahr bestand, dass man ihn erkannte, hätte er sofort zugegriffen. Aber ihm war klar, dass in Zeiten, in denen selbst Männer mit zwei funktionsfähigen Armen keine Arbeit fanden, seine Chancen gegen null gingen. So hatte er sich stattdessen entschlossen, sich weiterzubilden. Der Unfall war für ihn ein Weckruf gewesen. Natürlich wusste er, dass der Job gefährlich war, aber er war erst einundzwanzig und hatte absolut nicht vor, schon zu sterben. Meistens gefiel ihm die Arbeit, sie wurde gut bezahlt, aber er sah die anderen Männer auf dem Gerüst: alt mit vierzig Jahren, die meisten schwerhörig, viele Alkoholiker, die sich immer mehr Mut antrinken mussten, um das Zittern zu unterdrücken, den Geist zu betäuben und dort oben irgendwie zu funktionieren.

Und dann war da noch Patricks eigener Vater. Er hatte sein Leben der Arbeit auf den Docks gewidmet, und im Gegenzug hatte diese Arbeit ihn umgebracht. Patrick wollte mehr. Er hatte nicht vor, als Stahlarbeiter zu enden.

Die letzten Tage war er zur New York Public Library gewandert, die Treppe hinaufgestiegen und, in der Hoffnung, beide Eigenschaften in sich aufzunehmen, zwischen den beiden Marmorlöwen namens »Geduld« und »Mut« hindurchgegangen, die den Eingang bewachten. Den ganzen Tag hatte er dort Bücher studiert und nachgedacht. Erst nachmittags um vier war er wieder aufgebrochen und kurz vor Grace zu Hause eingetroffen. Seine Schwester war nicht die Einzige, die es wagen durfte, zu träumen und ihren Vater stolz zu machen.

Als er heute am frühen Morgen die Treppe des Wohnblocks hinuntergerannt war, hatte er plötzlich gemerkt, dass er sich in der Eile mit seinem unbrauchbaren Arm das Hemd wieder nicht richtig zugeknöpft hatte, und mit gesenktem Kopf den Rest seiner Kleidung kontrolliert.

»Oh!«, durchschnitt eine weibliche Stimme die Luft, als er um die Ecke bog, und er stieß direkt mit der Frau zusammen, der sie gehörte.

»Sorry, Madam, meine Schuld.« Als er aufblickte, sah er ein vertrautes Gesicht vor sich, aus dem alle Farbe gewichen war. »Florence. Lange nicht gesehen. Tut mir echt leid – bist du verletzt?«

Die hübsche Frau mit den dunklen Haaren und Augen, so braun wie Kirschholz, öffnete und schloss ihre Rosenlippen, ohne dass ein Laut herauskam.

»Du siehst aus, als wärst du einem Gespenst begegnet.« Noch immer bekam er keine Antwort. »Was machst du denn in Hell's Kitchen? Du arbeitest doch im Krankenhaus, oder nicht?«

Aber Florence starrte ihn nur weiter stumm und verdattert an, schaute über die Schulter die Straße hinab und dann wieder zu

Patrick. »Aber du weißt doch, warum ich hier bin, ich habe es dir gerade eben erst gesagt. Du warst auf dem Weg zur Arbeit ... Wie bist du denn so schnell hierhergekommen?« Ihr Blick wanderte an seinem Körper hinab. »Und was ist in der letzten Viertelstunde mit deinem Arm passiert? Gerade war er doch noch vollkommen in Ordnung.«

Auf einmal verstand Patrick, was geschehen war, und der Schreck fuhr ihm in die Glieder.

»Scheiße«, murmelte er. Seine Gedanken überschlugen sich, suchten nach einer plausiblen Erklärung, schafften es aber nicht. Florence dagegen erholte sich recht rasch von ihrem Schock, verschränkte die Arme vor der Brust und runzelte die Stirn.

»Patrick O'Connell, erklär mir augenblicklich, was hier vorgeht.«

»Na ja«, begann er zaghaft. »Ich habe einen Zwilling.«

Anscheinend leuchtete Florence die Erklärung ein, denn sie nickte und sagte: »Und er tut so, als wäre er du.«

Patrick zögerte. Ein männlicher Zwilling wäre sicher eine wesentlich leichter verdauliche Erklärung als ein weiblicher.

»Ja.«

»Wegen deines Arms?« Sie zeigte auf Patricks Schlinge, und im gleichen Augenblick drängelte sich eine Gruppe Passanten schimpfend und mit entrüstetem Grummeln auf dem am Vormittag um diese Zeit immer überfüllten Gehweg an ihnen vorbei. Florence trat ein Stück näher zur Straße, um ihnen auszuweichen, ließ Patrick dabei jedoch keine Sekunde aus den Augen.

»Ja.«

»Und vermutlich weiß mein Vater nichts davon?«

Patrick schüttelte den Kopf. Von allen Leuten, die an diesem geschäftigen Morgen durch die Stadt liefen, traf er ausgerechnet Florence Gilligan, die Tochter des Vorarbeiters!

»Meine kleine Schwester ist krank, und mein Vater ist tot. Als ich mir den Arm gebrochen habe, mussten wir eine Möglichkeit finden, wie ich meinen Job behalten und weiterhin dafür sorgen könnte, dass genug Geld reinkommt.«

»Indem du Lügen erzählst und andere Menschen in Gefahr bringst? Da oben arbeitet also jetzt eine Person ohne die geringste Ausbildung, und mein Vater trägt die Verantwortung in dieser Situation.«

Patrick seufzte. Florence gehörte keineswegs zu den stillen Menschen, die sich nicht trauten, sich einzumischen – ganz im Gegenteil. Er hatte sie über einen Freund kennengelernt; vor ein paar Monaten waren sie mit mehreren anderen nach Coney Island gefahren, und Patrick hatte seither überhaupt nicht mehr an sie gedacht. Sie war ihm nichts schuldig und auch sichtlich nicht in großzügiger Stimmung. Wie sollte er sie davon überzeugen, den Mund zu halten?

»Na ja, inzwischen hat sie die Arbeit ja gelernt«, knurrte er frustriert. »Meine Kollegen haben ihr alles beigebracht ...«

»*Sie*?«, wiederholte Florence. »Dein Zwilling ist also eine Frau?«

Patrick warf den Kopf zurück, verfluchte sich und trat wütend gegen einen Müllsack, der in der Nähe herumstand. »Tja, ich habe ja nie gesagt, sie wäre ein Mann, das hast du einfach angenommen.«

»Aber ... wie kann das sein? Ich bin ihr doch gerade begegnet.« Florence schüttelte fassungslos den Kopf. »Ich muss es meinem Vater sagen«, verkündete sie und drehte sich um. »Und zwar sofort.«

Patrick packte sie am Arm. »Bitte nicht. Sei doch ein bisschen barmherzig, denk an meine Schwester.« Er weigerte sich zu betteln, aber das Bild von Connie brachte ihn beinahe dazu.

»Genau das tue ich ja«, sagte Florence empört. »Jemand muss

das in Ordnung bringen. Das arme Mädchen! Arbeitet da oben auf diesem lauten, dreckigen Stahlding. Das ist so gefährlich. Und wenn irgendwas passiert, muss mein Vater dafür geradestehen. Wie konntest du nur?« Voller Empörung verzog sie das Gesicht, die Wangen rot vor Ärger, während Patrick ganz blass geworden war. Grace war nicht die Schwester, die er gemeint hatte.

Florence drehte sich um und trat auf die Straße, direkt vor ein heranfahrendes Auto. Der Fahrer drückte auf die Hupe, und Patrick packte, ehe er merkte, was er da tat, Florence instinktiv mit seinem gesunden Arm und zog sie zurück auf den Gehweg, wandte sich dann blitzschnell mit dem Rücken zur Straße und schirmte sie mit seinem Körper ab. Wenn das Auto jemanden anfuhr, dann ihn. Tapfer machte er sich auf den Aufprall gefasst, denn er war sicher, dass das Auto ihn erwischen würde, doch dann spürte er einen Luftzug und begriff, dass es an ihm vorübergefahren war – mit nichts als einem unfreundlichen »Pass gefälligst auf, wo du hinläufst, Lady!« des Fahrers.

Schwer atmend ließ er Florence los, sein gebrochener Arm schmerzte an der Stelle, wo er ihn verdreht hatte, um Florence an sich zu ziehen. Sie schnappte nach Luft und zitterte, dann gaben die Knie unter ihr nach, und Patrick musste sie noch einmal auffangen.

»Okay, alles in Ordnung, komm einfach mit, wir kaufen dir einen Tee mit viel Zucker, das ist immer gut bei einem Schock.« Kurz entschlossen schob er sie durch die Tür eines Cafés ganz in ihrer Nähe.

Ein Holztischchen war noch frei, ein großer Türke mit einem Vollbart und makellos sauberer Schürze bediente sie. Dankbar nickten sie ihm zu und saßen sich dann eine ganze Weile in unbehaglichem Schweigen gegenüber.

»Ich glaube, du hast mir das Leben gerettet.«

Patrick kaute auf der Unterlippe und sah schnell weg, unfähig, ihrem Blick standzuhalten. »Na ja, kann schon sein.«

»Das hättest du nicht tun müssen.« Nervös drehte Florence den Zuckerstreuer in der Hand. »Ich meine, ich hatte dir gerade gesagt, dass ich vorhabe, dich ins Unglück zu stürzen. Wenn ich überfahren worden wäre, hätte das dein Problem gelöst.« Ihre Unterlippe bebte, und sie blinzelte heftig, um nicht zu weinen.

»Glaubst du das wirklich?«, fragte Patrick kopfschüttelnd. »Erstens hatte ich gar keine Zeit, über irgendetwas nachzudenken, ich habe einfach spontan gehandelt. Außerdem – denkst du wirklich, ich hätte dich sterben lassen? Pfft …«, er blies die Luft durch die Zähne, »ich bin doch kein Monster.«

»Nein, natürlich nicht.« Sie stellte den Zucker weg und nahm stattdessen ihre Teetasse in die Hand. »Ich meine doch nur … Ach, ich weiß auch nicht, was ich eigentlich sagen will. Außer danke.«

Patrick antwortete nicht, trank seinen Kaffee und wünschte sich, er hätte das Haus fünf Minuten früher verlassen und wäre Florence nicht über den Weg gelaufen.

»Ich muss dauernd an Anne denken, wie traurig sie wäre, wenn ich sterben würde. Ich sehe ihr Gesicht vor mir, wie jemand sie aus dem Unterricht holt und ihr die Nachricht von meinem Tod überbringt. Anne ist meine kleine Schwester.« Florence tupfte sich mit dem Taschentuch die Augen trocken.

Patrick nickte, zog dann seine Brieftasche aus der Tasche, fischte ein zusammengefaltetes Schwarzweißfoto seiner Familie heraus, das im Jahr zuvor gemacht worden war, gab es Florence und tippte mit dem Finger auf das Mädchen mit den blonden Locken und dem breiten Lächeln, das in der Mitte auf dem Schoß seines Vaters saß.

»Das hier ist Connie.«

»Sie ist sehr hübsch«, stellte Florence fest und studierte das Foto aufmerksam, ehe sie es zurückgab.

»Ja, das ist sie, ein richtiges Porzellanpüppchen, aber sie hat eine kranke Lunge. Schon seit fast zwei Monaten kann sie nicht mehr in die Schule gehen, und wir machen uns ständig Sorgen um sie. Deshalb ist meine Zwillingsschwester dort oben auf der Baustelle – um dafür zu sorgen, dass Connie auch in Zukunft ein Dach über dem Kopf hat. Das ist der einzige Grund. Wir sind nicht geldgierig, nur verzweifelt.«

»Verstehe«, sagte Florence leise. »Ich versuche ja auch nur, meine eigene Familie zu schützen. Wenn etwas passiert und mein Vater gefeuert wird, dann sitzt Anne auch auf der Straße.« Sie blickte zu Patrick empor, und ihre Blicke trafen sich.

»Ja, klar«, sagte Patrick. »Familie ist eben Familie.«

»Aber ich denke, jetzt stehe ich in deiner Schuld.«

Er schüttelte den Kopf. »Nein, du schuldest mir gar nichts. Du musst deine eigene Entscheidung treffen. Eine, mit der du leben kannst.«

Florence trank ihren Tee aus und stellte die Tasse zurück auf den Tisch. »Kann ich darüber nachdenken?«

»Mehr verlange ich gar nicht.«

Sie nickte und sah ihn einen Moment nachdenklich an. »Ich brauche ein bisschen Zeit. Aber wir können uns morgen treffen, sagen wir, um eins unter der Uhr in der Grand Central Station.«

12

FREITAG, 20. JUNI 1930

Patrick stand an dem runden Informationskiosk mitten in der Grand Central Station, blickte zur Uhr hinauf und wippte unruhig mit dem Fuß. Um ihn herum strömten Menschen in verschiedene Richtungen, ein buntes Gewusel wie ein lebendiger Flickenteppich. Der Ort erinnerte ihn an eine riesige Höhle, und es herrschte hier immer reger Betrieb. Sonnenstrahlen drangen durch die fast dreiundzwanzig Meter hohen Fenster und verliehen dem Raum eine fast heilige, kirchenartige Atmosphäre. Für einen Moment sinnierte Patrick darüber, wie man es geschafft hatte, dermaßen viel Marmor zu bearbeiten – Stahl war doch schon hart genug.

Aus dem Nichts, wie durch Zauberhand, erschien plötzlich Florence vor ihm.

»Hallo«, begrüßte er sie, tippte sich an den Hut und streckte ihr höflich die Hand entgegen.

Sie lachte. Nicht das gedämpfte Glöckchenlachen von Mädchen, die sich für niedlich hielten, sondern ein echtes, heiseres Lachen. »Komm schon, Patrick, du hast mir das Leben gerettet, ich glaube, das haben wir nicht mehr nötig.« Damit packte sie seine ausgestreckte Hand und zog ihn hinein ins Menschengetümmel.

Er gab sich alle Mühe, seinen Arm zu schützen, während er den roten Absätzen ihrer Schuhe folgte, die über den Boden klapperten, ein leuchtender Farbklecks inmitten all der braunen und schwarzen Lederschuhe um sie herum. Sie trug ein weißes Kleid mit kleinen Kirschen darauf, ihre Handtasche und ihr Gürtel passten farblich perfekt zu ihren Schuhen. So etwas hatte Patrick noch nie gesehen. Ihm entging auch nicht, dass ihre Lippen heute rot geschminkt waren, was gestern nicht der Fall gewesen war. Ihre Haare waren auf die gleiche Art in Wellen gelegt, wie er es von Grace kannte, die sich damit immer viel Mühe machte. Wenn Patrick etwas von Frauen verstand – und er war sicher, dass er in diesem Bereich eine gewisse Erfahrung besaß –, hatte sie vor, jemanden zu beeindrucken, und er überlegte, ob diese Aufmachung womöglich ihm galt. Er lächelte in sich hinein, denn er wusste, dass er ein attraktiver Mann war – die Frauen mochten ihn, und er mochte die Frauen. Florence war ein nettes Mädchen, und wenn sein markantes Kinn und seine starken Arme dabei halfen, sie davon zu überzeugen, sein Geheimnis zu wahren, hatte er nichts dagegen einzuwenden.

Sie schienen gegen den Menschenstrom zu schwimmen, bis Florence ihn in Richtung des unterirdischen Tunnelnetzes leitete. Sie passierten eine Reihe von Geschäften, in denen es alles zu kaufen gab, was Reisende unterwegs brauchen könnten – von Lebensmitteln und Alkohol bis hin zu Blumen und Theaterkarten. Florence zog ihn vorbei an Zeitungskiosken, Schuhputzständen und einem Getränkespender, vor dem eine dreireihige Schlange stand. Schließlich fanden sie eine etwas ruhigere kleine Ladentheke, betrieben von einem älteren Mann mit weißem Schnurrbart und einem Hut, der einem umgekippten Papierboot ähnelte.

»Lass uns ein Eis essen«, rief Florence und kletterte auch schon auf einen der Hocker an der Theke und drehte sich zu Patrick um.

»Na gut, okay.« Patrick war es nicht gewohnt, dass eine Frau ihm sagte, was er tun sollte, aber es störte ihn auch nicht sonderlich.

»Guten Tag, ihr beiden«, begrüßte sie der alte Mann. »Ich bin Walter, und das hier ist meine Bude. Seit 89 mache ich hier schon mein eigenes Eis.«

»Ich hab gehört, dass Sie der Beste sind, Walter«, sagte Florence mit einem gewinnenden Lächeln.

»Tja, ich bin ganz sicher nicht schlecht, Miss. Ich mache Eisbecher aller Art, Ice Cream Sodas, Sundaes, Banana Split, und verkaufe außerdem noch acht verschiedene Eissorten.«

Patrick sah sich die handgeschriebenen Schildchen an: Vanille, Schokolade, Erdbeere, Mint, Zitrone, Kirsche, Kokos und Karamell.

»Na, *du* solltest natürlich Kirsche nehmen«, sagte er mit einer Handbewegung zu Florences Kleid.

Sie lachte wieder, und Patrick merkte, dass ihn dieses Lachen sehr froh machte. »Und du definitiv Vanille«, neckte sie ihn mit Blick auf sein schlichtes weißes Hemd unter der grauen Weste. »Aber ich möchte natürlich Schokolade. Zwei Kugeln bitte, Walter.«

»So ist's recht«, sagte Walter, und im Handumdrehen stand der Becher auch schon vor ihr.

»Ich glaube, ich nehme ein Banana Split«, sagte Patrick.

»Sehr gute Wahl, mein Sohn«, lobte Walter, während er in einem Tempo, das sein Alter Lügen strafte, das Eis auf einem kleinen Teller arrangierte, eine Banane schälte, ein paar Kirschen aus einem Glas fischte, über das Ganze Nüsse streute und Schokosauce darüber träufelte – alles so schnell, dass man fast das Gefühl hatte, er mache alles gleichzeitig. Mit einer eleganten Geste legte er zum Schluss noch den Löffel dazu und wirbelte sein

Werk dann blitzschnell herum, so dass es direkt vor Patrick stand.

»Also, das ist das Werk eines wahren Künstlers«, stellte dieser dann auch anerkennend fest, während er für sich und Florence mit zwei Zehncentmünzen bezahlte.

»Herzlichen Dank. Dann lasse ich euch jetzt wieder allein – falls ihr mich braucht, ich bin gleich dort drüben.« Walter ging zum anderen Ende der Theke, wo nun eine gut gekleidete junge Mutter mit drei sehr aufgeregten Kindern aufgetaucht war.

Als Patrick merkte, wie viel Spaß er hatte, spürte er plötzlich eine große Anspannung. Das Treffen mit Florence war doch kein Rendezvous – diese Frau mit ihrem ungezwungenen Lachen würde womöglich seine Familie zerstören!

Florence warf ihm einen Blick zu. »Also, vermutlich möchtest du wissen, welche Entscheidung ich inzwischen getroffen habe«, sagte sie. Anscheinend hatte sie seine Anspannung gespürt, steckte sich aber in aller Ruhe einen gut gehäuften Löffel Eiscreme in den Mund – keineswegs die zierliche Portion, die Patrick von einer Frau erwartet hätte. Himmel, die meisten Mädchen, die er kannte, hätten Eiscreme wahrscheinlich gar nicht angefasst, aus Angst, sie könnten sich bekleckern oder ihre Figur ruinieren.

»Ja, deshalb sind wir ja eigentlich hier«, antwortete er und ärgerte sich über das leichte Zittern, das er in seiner Stimme zu hören glaubte.

Florence sah ihn an, und auf einmal hatte er das Gefühl, etwas Falsches gesagt zu haben. Doch sie nickte nur und aß den nächsten Löffel Eis.

»Ich hab darüber nachgedacht. Ehrlich gesagt hab ich kaum etwas anderes getan.« Erneut hielt sie inne. »Ich bin hergekommen, um dir zu sagen, dass es mir leidtut, ich es meinem Vater aber trotzdem sagen muss.« Sie beobachtete sein Gesicht und tupfte sich dabei die Lippen mit einer Papierserviette ab.

Patrick rutschte das Herz in die Hose, er senkte den Blick, biss die Zähne zusammen und nickte.

»Aber jetzt«, fuhr Florence fort, »jetzt, wo ich dich hier sehe, mit diesem Gesichtsausdruck, bin ich mir gar nicht mehr so sicher.« Sie seufzte tief. »Ich glaube, was ihr da tut, ist keine gute Idee, Patrick. Wirklich nicht.« Auf einmal klang ihre Stimme viel sanfter.

»Das weiß ich doch«, sagte er. »Glaubst du denn, mir ist das Ganze nicht ganz und gar zuwider?« Mit grimmiger Konzentration starrte er auf seinen Eisbecher.

»Vielleicht geht es mich ja nichts an«, sagte Florence. »Aber wenn mein Da nicht gemerkt hat, dass nicht du es bist, der da oben arbeitet, muss deine Schwester ihre Sache ja ziemlich gut machen. Und warum auch nicht? Frauen sind genauso begabt wie Männer, das erkläre ich den Ärzten im Krankenhaus jeden Tag – nicht, dass sie mir zuhören würden. Sie denken, ich bin ja nur eine Krankenschwester. Na ja, genau genommen sogar eine Schwesternschülerin, aber ich weiß trotzdem, was ich tue.« Um ihr Argument zu bekräftigen, wedelte sie wild mit dem Löffel vor seiner Nase herum. »Jedenfalls ist diese Situation doch nur eine Übergangslösung, bis dein Arm verheilt ist, oder?«

Patrick nickte, während sein Eis vor ihm langsam dahinschmolz – vor lauter Nervosität brachte er keinen Bissen mehr runter.

»Andererseits«, fuhr sie fort, hob die Hände wie die Waagschalen der Justitia und lenkte ihn für einen Moment damit ab, dass ihre Finger so zierlich waren, »was, wenn die Sache schiefgeht …?« Abrupt hielt sie inne, und er hatte keine Gegenargumente parat. Er kannte die Risiken besser als sonst jemand.

»Wir versuchen ja nur, irgendwie zurechtzukommen.« Deprimiert ließ er die Schultern sinken.

Florence beobachtete ihn weiter aufmerksam. Dann nickte sie. »Ich weiß es einfach immer noch nicht«, gestand sie. »Ich dachte, ich wüsste es, aber das stimmt nicht. Ich muss in der Sache eine Entscheidung treffen, aber ... nicht heute. Ich brauche noch ein bisschen Zeit.«

»Okay.« Patricks Anspannung löste sich ein kleines bisschen. Am liebsten hätte er Florence geschüttelt, er wollte weinen und betteln, aber angesichts der Haltung, die sie gestern an den Tag gelegt hatte, war ein Aufschub das Beste, worauf er hoffen konnte. »Danke, Florence, ehrlich. Danke.«

Sie zuckte die Achseln. »Du hast mir das Leben gerettet. Morgen ist Wochenende, diese Fristverlängerung kann ich euch auf jeden Fall gönnen. Am Wochenende gerät ja auch niemand in Gefahr. Ich glaube immer noch, dass es zu gefährlich ist; die Frage ist nur, ob ich so tun kann, als wüsste ich nichts davon, oder ob mein Gewissen mich dazu zwingt einzugreifen. Ich muss beten. Bis Montag habe ich bestimmt eine Antwort.« Mit einem Mal veränderte sich ihr ganzes Auftreten, und es war nichts mehr davon zu spüren, dass sie soeben das wichtigste Gespräch in Patricks ganzem Leben geführt hatten. Sie klopfte neben seinem Teller auf den Tisch. »Jetzt beeil dich aber mal und iss dein Eis. Walter kreiert diese Meisterwerke nicht, damit man sie verschwendet.«

Patrick tat, was sie verlangte. Da er in diesem Augenblick ohnehin nichts anderes machen konnte, aß er einen ordentlichen Happen, obwohl es eine Lüge gewesen wäre zu behaupten, dass er etwas schmeckte. Florence ließ ihn nicht aus den Augen, studierte seine Gesichtszüge genau. Patrick tat das Gleiche, denn sein Blick wurde unwiderstehlich angezogen von ihrer Halskuhle und der Wölbung ihrer Brust unter dem Kirschenkleid. Wirklich eine Schande, dass ausgerechnet diese Frau ihn womöglich in die Armut und Obdachlosigkeit stürzen würde. Denn er fing an, sie zu mögen.

»Ich würde sagen, ich schulde dir immer noch einen Dank dafür, dass du mir das Leben gerettet hast«, meinte sie, leckte die letzten Überreste der Eiscreme vom Löffel und ließ diesen dann klappernd in den Becher plumpsen.

»Nichts zu verraten, wäre der perfekte Dank«, schlug Patrick vor, und als Florence eine Augenbraue hochzog, fügte er achselzuckend hinzu: »Na ja, es war einen Versuch wert.«

»Ist ja nichts Persönliches«, gab sie zurück, streckte den Arm aus und berührte seine Hand. »Das weißt du doch, oder nicht?«

Er lächelte wehmütig. »Wie kann denn so etwas nicht persönlich sein?«

Ihr Gesicht wurde weicher. »Tut mir leid.«

»Mir auch.« Er seufzte und hielt einen Augenblick inne, ehe er sich ihr wieder zuwandte. »Aber es tut mir kein bisschen leid, dass ich dich noch einmal sehen konnte.«

Er mochte dieses Mädchen, dagegen konnte er nichts machen. Sie war nicht wie die anderen. Obwohl ihre Entscheidung über ihm hing wie ein Damoklesschwert, war es unmöglich, die Funken zu ignorieren, die in seiner Brust entfacht waren. Er zog einen Stift aus seiner Tasche, griff nach einer frischen Papierserviette und schrieb etwas auf die Rückseite.

»Hier ist meine Adresse. Du kannst am Montag bei uns vorbeikommen und mir deine Entscheidung mitteilen. Aber ich fürchte, ich bin erst nach achtzehn Uhr zu erreichen.«

Florence runzelte die Stirn. »Du möchtest, dass ich zu dir komme?«

»Ich versuche, möglichst nicht aufzufallen«, erklärte er und deutete auf seinen Gips.

»Du glaubst, ich merke nicht, dass du dir damit einen zusätzlichen Tag erkaufst?« Sie nahm die Serviette.

»Nur diesen einen.« Er erwiderte ihren Blick. »Lass uns wenigstens noch den Montag. Bitte.«

Nachdenklich fuhr sie sich mit der Zunge über die Lippen, und Patrick tat so, als bemerkte er es nicht. »Das ist fair. Ihr könnt den Montag haben.«

»Danke, Florence.« Er machte eine Bewegung, als wollte er ihre Hand nehmen, überlegte es sich dann aber anders und schenkte ihr dafür eins der seltenen Patrick-O'Connell-Lächeln. Wenigstens hatte er sich und seiner Familie noch einen Tag gesichert.

Triumphierend stand Grace auf dem fünfundzwanzigsten Stockwerk des Empire State Buildings. Eine ganze Woche hatte sie hinter sich gebracht, und Joe hatte recht gehabt – sie hatten fünf Stockwerke bewältigt und befanden sich jetzt fünfzehn Meter weiter oben. Die Höhe war schwindelerregend – Grace konnte kaum glauben, dass sie gerade mal ein Viertel des Weges geschafft hatten. Dieses Bauwerk würde wirklich alles übertreffen, was die Welt je gesehen hatte.

An den Toren der Baustelle versammelten sich auch weiterhin arbeitssuchende Männer. In der Stadt sah man das Gebäude als Symbol der Hoffnung nach einem katastrophalen wirtschaftlichen Zusammenbruch. Wenn so etwas noch gebaut werden konnte, musste es doch bald wieder bergauf gehen. Immer mehr Apfelverkäufer drängten sich morgens in den Straßen, wenn Grace von der Station zur Baustelle eilte. Auf dem Gehweg wimmelte es von verzweifelten Menschen, die bereit waren, alles in ihrer Macht Stehende zu tun, um über die Runden zu kommen. Ihr Anblick erinnerte sie an Edie, und sie nahm sich fest vor, sich ganz bald bei ihrer Freundin zu melden. Jeden Morgen kaufte sie zwei Äpfel, jedes Mal bei einem anderen Verkäufer, in der Hoffnung, ihre wenigen Cents würden ihm wenigstens für eine Mahlzeit reichen. Zwar könnte sie jederzeit bei ihrer Betrügerei erwischt werden und jede Münze bedauern, die sie ausgegeben hatte, aber für den Augenblick war sie in einer besseren Lage als viele ihrer New Yorker Mitbürger und fühlte sich in der Pflicht, ihnen zu helfen.

»Hör auf zu lächeln«, sagte Joe zu ihr, wenn auch nicht unfreundlich.

Grace setzte wieder ein neutrales Gesicht auf, ihr Mund wurde zu einer geraden Linie.

»Wenn du lächelst, siehst du überhaupt nicht aus wie er«, sagte Joe leise, als fasziniere ihn diese Tatsache.

»Stimmt.«

»Du bist nämlich viel hübscher als er«, fügte er hinzu, wandte ihr den Rücken zu und kletterte auf das Gerüst, das er gerade am Rand des Gebäudes befestigt hatte.

Fast hätte sie gelacht, aber sie biss die Zähne zusammen und verkniff es sich. Wenn sie schon beim Lächeln nicht aussah wie Patrick, war sie ihm beim Lachen bestimmt noch viel unähnlicher. Allerdings bekam sie rote Wangen, als ihr das Kompliment noch einmal durch den Kopf ging, ehe sie es gezielt ausblendete. Seit Joe ausgerutscht war, war es zwischen ihnen anders geworden, und er fauchte sie nicht mehr an. Was alles etwas leichter für sie machte.

Sie kletterte neben ihm auf die Plattform, während Seamus unter ihnen die Nieten in seine Esse kippte, als hätte er vor, zum Nationalfeiertag ein Grillfest zu veranstalten.

»Los geht's!«, rief Grace. Inzwischen fühlte sich die Stimme ihres Bruders in ihrem Mund schon so vertraut an, dass sie manchmal, sehr zu Connies Freude, unabsichtlich sogar zu Hause wie Patrick sprach.

Überall in ihrer Umgebung wurden Nieten geworfen, kleine orangerote Meteore, die über den Himmel sausten. Es erfüllte Grace noch immer mit Ehrfurcht, dass diese winzigen Teilchen die gigantische Stahlkonstruktion zusammenhielten. Der Tag war heiß, allen lief der Schweiß über den Rücken. Die Binde um Graces Brust scheuerte auf der feuchten Haut, aber zum ersten Mal, seit sie die Arbeit ihres Bruders übernommen hatte, fühlte sie sich beinahe glücklich. Sie arbeitete hart, verdiente gutes Geld und sorgte für ihre Familie. Stolz und Freude sprudelten durch ihre Adern, als sie am Ende des Arbeitstages ihre Messingmarke gegen einen braunen Umschlag eintauschte, in dem sich achtzig Dollar befanden.

»Ich finde, wir sollten feiern«, meinte Seamus, als sie alle wieder auf dem Erdboden angekommen waren, und deutete auf die Schar von Männern, die zu Hunderten durch die unauffälligen Holztüren einer Bar defilierten.

»Für mich ist das nichts«, sagte Grace und schüttelte den Kopf. Als sie Bergmann vorübergehen sah, der mit seinen Pranken seinen Freunden auf den Rücken klopfte, duckte sie sich rasch und wandte sich ab, um nicht von ihm entdeckt zu werden. »Und ihr solltet es wahrscheinlich auch lieber sein lassen.«

»Ach, komm schon«, beharrte Seamus.

»Nein, ich gehe heim zu Connie.« Grace tippte auf den Umschlag in ihrer Hand. »Das ist für die Miete, Seamus, nicht für Bier. Außerdem«, fügte sie hinzu, beugte sich zu ihm und flüsterte ihm ins Ohr, »… wie soll ich Bier trinken, wenn ich keine Toilette benutzen kann?« Die ganze Woche war das schon ein Problem gewesen. Es gab keine Damentoilette, aber Grace hätte sie ohnehin nicht benutzen dürfen. Aus naheliegenden Gründen kam ein Urinal nicht in Frage, daher musste sie sich wohl oder übel zusammenreißen. Es war einfach eine der vielen Unannehmlichkeiten, die die anderen nicht erdulden mussten.

Sie klopfte ihrem Cousin auf die Schulter, verabschiedete sich von den Italienern und huschte in einen Imbiss, um für den Weg nach Hause für zehn Cents Donuts zu kaufen. Dank der täglichen Anstrengung war ihr Appetit größer als je zuvor, und so versuchte sie, alle Donuts in der Tüte zu verdrücken, ehe das Fett das Papier aufgeweicht hatte und auf ihre Finger triefte. Beim letzten angekommen, knüllte sie die Tüte schnell zusammen und warf sie, den Magen voll mit gezuckertem Fettgebackenem, zufrieden in den Müll. Sobald sie sicher war, dass man sie von der Baustelle aus nicht mehr sehen konnte und niemand in der Nähe war, der ihren Bruder kannte, breitete sich das Lächeln, das sie sich den ganzen Tag über verkniffen hatte, über ihr ganzes Gesicht aus.

Patrick und sie kamen zur gleichen Zeit nach Hause. Sie entdeckte ihn schon auf der Straße, und es war ein seltsames Gefühl – ungefähr so, als würde man unerwartet in einem Ladenfenster ins eigene Spiegelbild blicken. Unsicher, was sie jetzt tun sollte, blieb sie stehen. Auf der Straße wimmelte es von Passanten, und niemand schien etwas Ungewöhnliches zu bemerken. Patrick und sie trugen unterschiedliche Kleidung, es waren viele Männer unterwegs; niemand bemerkte, dass sie sich so ähnlich waren. Sie setzte sich wieder in Bewegung, flitzte die Treppe zu ihrem Wohnblock hinauf und spürte, dass Patrick nicht weit hinter ihr war. Beide mussten noch über ein paar verwirrte Donohues klettern, bevor sie sich trafen und miteinander lachten, was sie seit Kindertagen nicht mehr getan hatten. Die Situation war einfach zu verrückt. Als sie im dritten Stock ankamen, zog Grace ihre braune Lohntüte aus der Tasche und gab sie ihrem Bruder.

»Da steht dein Name drauf.«

Patrick schüttelte entschieden den Kopf und weigerte sich, den Umschlag anzunehmen. »Aber du hast das Geld verdient.«

Er verriet ihr nicht, dass es vielleicht die letzte Lohntüte war, die sie abholte.

13

Nachdem Patrick beim gemeinsamen Mittagessen dreißig Sekunden lang geistesabwesend mit der Gabel auf den Tisch geklopft hatte, wurde es Mary schließlich zu bunt, sie packte seine Hand und hielt sie fest.

»Patrick? Was ist denn los, mein Sohn?«, fragte sie etwas besorgt.

»Ach, nichts, Ma«, antwortete er, schüttelte heftig den Kopf, um sich zu sammeln, und schaute seine Mutter und seine beiden Schwestern an. Er war nicht mit ihnen in der Kirche gewesen, und es bereitete ihm Mühe, seine nervöse Energie im Zaum zu halten, während er im Kopf endlose Berechnungen anstellte. Falls der nächste Tag tatsächlich Graces letzter auf der Baustelle war, würden sie sich nicht mehr lange über Wasser halten können. Wie aufs Stichwort bekam Connie einen Hustenanfall, und Grace schob sofort ihren Stuhl zurück, kniete sich zu ihren Füßen nieder, tröstete sie und massierte ihr eine Weile beruhigend den Rücken.

»Wieder gut, Connie?«

Connie nickte mit rotem Gesicht, Tränen liefen ihr über die Wangen. Patrick hielt die Luft an. Seine kleine Schwester war so tapfer. Beide Schwestern waren es. Er war sehr stolz auf sie, jedoch gleichzeitig frustriert darüber, dass er nichts für sie tun konnte.

Grace erhaschte seinen Blick. »Alles wird gut«, versicherte sie ihm mit einem breiten Lächeln, dem er fast glauben konnte. »Jetzt hab ich schon eine ganze Woche hinter mir. Ich denke, unser Plan geht tatsächlich auf.«

Er nickte, konnte das Lächeln aber nicht erwidern. Am liebsten hätte er Grace von Florence erzählt, doch das war unmöglich. Mit dieser Sorge würde sie nicht dort oben arbeiten können. Wenn sie wirklich nur noch einen einzigen Tag vor sich hatte, sollte es wenigstens ein guter sein.

Mary ging zur Spüle, und Patrick half ihr, Connies Medikamente vorzubereiten. Das kleine Mädchen hustete, würgte, und Grace flüsterte ihr beruhigende Worte ins Ohr.

»Musst du dich übergeben, Connie?«, fragte Mary, und fuhr, als Connie den Kopf schüttelte, fort: »Gut. Warte einen Moment, wir bringen dir gleich deine Mittel. Tief durchatmen, so tief es geht.«

Patrick legte seiner Mutter ermutigend die Hand auf den Rücken, aber sie ging, ohne ihn anzusehen, einfach an ihm vorbei und stellte Wasser zum Kochen auf den Herd. Sie hatten keine Zeit, sich zu bemitleiden. Er blickte auf seinen gebrochenen Arm, und in ihm breitete sich eine traurige Gewissheit aus. Für seine Familie gab es nur eine einzige Hoffnung, nämlich, dass Grace weiterarbeiten konnte. Wenn Florence ihrem Vater verriet, was los war, und das ganze Team entlassen wurde, würde er ihr das niemals verzeihen können.

14

Am Montagmorgen kam Grace müde und unruhig auf der Baustelle an. Für Connie waren die letzten Tage ziemlich hart gewesen, und Patrick hatte das ganze Wochenende über äußerst seltsame Laune gehabt. Graces Körper schmerzte, und obwohl sie alles beiseiteschob, um sich auf ihre Arbeit zu konzentrieren, war sie nicht wirklich bei der Sache und spürte nicht einmal die Funken von Franks Nietpistole, die gelegentlich auf ihren Armen landeten. Um tun zu können, was sie tun musste, verwandelte sie sich in eine Art Roboter, bis zu dem Augenblick, in dem sie ihre Werkzeuge weglegen und gehen konnte.

Bei Feierabend stieg sie vor ihrem Team in den Aufzug, merkte aber erst, als sie sich umdrehte, dass sie die anderen zurückgelassen hatte. In der Kabine gab es keinen Platz mehr für ihre Kollegen, sie würden die nächste nehmen müssen. Mit einem entschuldigenden Achselzucken in Franks Richtung sah sie, wie die Tür sich schloss, und auf einmal breitete sich ein verstörendes Prickeln auf ihrer Haut aus. Als sie sich umwandte, merkte sie, dass sie direkt neben Bergmann stand. Ihr Mut sank mit der Aufzugskabine – sie hätte wirklich besser aufpassen müssen. Jetzt hatte sie niemanden an ihrer Seite und auch keine Möglichkeit zu fliehen. Sie spürte seinen Blick auf sich ruhen und wappnete sich für das, was kommen würde, ganz gleich, was es sein mochte.

»Bist du geschrumpft, O'Connell?«, fragte Bergmann höhnisch und blickte auf sie herunter.

»Vielleicht bist du gewachsen«, erwiderte sie gezwungen fröhlich.

Er kniff die Augen zusammen und musterte sie, sein Blick bohrte sich in sie, und sie senkte den Kopf, wandte sich ab und hätte sich am liebsten in Luft aufgelöst. Vorsichtig rückte sie näher zu den anderen Männern, die Angst aufzufliegen, saß ihr im Nacken.

»Du siehst so klein aus«, fuhr Bergmann fort, halb zu sich selbst.

»Anscheinend verbringst du viel Zeit damit, andere Männer anzuglotzen, was?«, fragte einer der Arbeiter, und die anderen lachten. Grace hätte ihn küssen können, so dankbar war sie für seinen Kommentar. Jetzt, da Bergmanns Aufmerksamkeit sich auf jemand anderen richtete, gelang es ihr, unbehelligt aus dem Aufzug zu schlüpfen, sobald er auf dem Boden aufsetzte. Sie war wieder einmal davongekommen.

Zu Hause wurde sie von ihrer Mutter aufgeregt empfangen. Die Fenster waren sperrangelweit geöffnet, auf dem Tisch lag ein Stapel Handtücher, auf dem Herd stand ein Topf mit kochendem Wasser. Und es war nicht zu übersehen, dass Mary geweint hatte. Angst durchzuckte Grace.

»Ma?«

Die Ärmel bis zu den Ellbogen hochgekrempelt und mit besorgtem Gesicht kam Patrick aus Marys Schlafzimmer. Als er Grace entdeckte, biss er sich auf die Lippen, ehe er ihren verzweifelten Blick erwiderte.

»Connies Zustand hat sich verschlechtert.«

Graces Herz wurde schwer, ein kalter Schauer lief ihr über den Rücken.

»Lass mich zu ihr«, sagte sie, ohne daran zu denken, wie schmutzig sie von der Arbeit war, sie eilte zur Tür und spähte hinein. »Connie«, flüsterte sie, und Tränen schossen ihr in die Augen, als sie ihre Schwester sah, die unruhig schlief, fröstelnd unter ihrer Decke, das Gesicht so blass, dass ihre Lippen bläulich zu schimmern schienen.

Beruhigend legte Patrick seine gesunde Hand auf ihre Schulter. »Geh dich erst mal waschen.«

Grace spähte nach hinten, um herauszufinden, ob ihre Mutter in der Nähe war und sie hören konnte, und fragte leise: »Was machen wir denn jetzt, Patrick?« Obwohl sie flüsterte, sprach die Furcht aus jedem ihrer Worte.

»Was wir immer tun«, antwortete er.

»Aber sie braucht einen Arzt.«

Patrick biss sich auf die Lippe und schüttelte den Kopf. »Noch nicht.«

»Wie meinst du das – noch nicht?«, zischte Grace. »Ist ihr Zustand nicht schlimm genug?«

»Wir geben ihr Zeit bis morgen, dann sehen wir, ob sie selbst damit fertig wird. Das hat sie schon oft geschafft.«

»Und was, wenn es diesmal nicht klappt?« Grace schluckte schwer, als sie aussprach, was sicherlich alle drei befürchteten. »Es wird nicht besser mit ihr, Patrick«, fügte sie hinzu, völlig außer sich.

»Wir können uns keinen Arzt leisten.« Patricks Stimme klang ruhig. »Nicht in unserer momentanen Situation. Und du weißt ja auch, dass Ma Krankenhäusern misstrauisch gegenübersteht. In ihrem ganzen Leben hat sie noch nie eines von innen gesehen.«

»Und schau, wohin es sie geführt hat«, fauchte Grace, doch kaum waren die Worte aus ihrem Mund, bereute sie sie.

»Grace«, erwiderte Patrick mit fester Stimme. »Jetzt geh erst mal und wasch dich. Bitte. Für Connie. Wir wollen jetzt wirklich nicht, dass sie noch mehr Schmutz einatmet.«

So schnell hatte sich Grace noch nie gewaschen. Als sie zurückkam, hatte sich nichts verändert. Sie kauerte sich ans Bett, während Mary kühle Waschlappen auf Connies Stirn drückte und versuchte, sie dazu zu bringen, dass sie einen Schluck Wasser trank, während ihr Körper gegen seinen unsichtbaren Feind kämpfte.

Als es an die Tür klopfte, rappelte Grace sich auf, aber Patrick war bereits aus dem Zimmer gehuscht und hatte den Gast empfangen. Als er nicht gleich wiederkam, öffnete Grace die Tür einen Spalt und lauschte neugierig.

»Tu, was du tun musst«, hörte sie ihren Bruder sagen, offensichtlich bemüht, seine Ungeduld in Schach zu halten. »Ich muss mich momentan mit schlimmeren Problemen herumschlagen. Tut mir leid.«

»Was könnte denn schlimmer sein?«, fragte eine Frauenstimme.

»Meiner Schwester geht es nicht gut. Ich muss wieder zu ihr.«

Grace war zu sehr damit beschäftigt herauszufinden, mit wem er redete, dass sie es zu spät bemerkte, als sich die Tür erneut öffnete. Es blieb ihr keine Zeit, aus dem Weg zu springen und sich zu verstecken. So stand sie gut sichtbar direkt vor dem rätselhaften Besuch und fuhr sich in ihrer Panik, entlarvt zu werden, nervös durch die kurzen Haare.

»Du!« Fassungslos starrte Grace auf die ordentlich aufgesteckte dunkle Haarmähne, die großen braunen Augen und auf die Rosenlippen, die sie sofort wiedererkannte.

Mit einem tiefen Seufzer erklärte Patrick: »Grace, das ist Florence. Florence Gilligan.«

»Wir sind uns schon begegnet«, erwiderte Grace, vor Schreck noch immer wie gelähmt. Sie erinnerte sich noch gut an ihre kurze Begegnung in der letzten Woche, an die Frau, der sie zufällig über den Weg gelaufen war. Grace hatte sie danach vollkommen vergessen, aber jetzt stand sie plötzlich in ihrer Wohnung.

Mit großen Augen blickte Florence zwischen den Zwillingen hin und her. »Himmel, ihr seht euch ja wirklich kolossal ähnlich.«

In ihrer Panik befürchtete Grace das Schlimmste. »Bist du gekommen, um uns zu erpressen?«

»Aber nein«, antwortete Florence und verzog abschätzig den Mund.

Warum war sie dann hier? Grace konnte es sich nicht erklären. Sie hatte Patrick nichts von ihrer Begegnung mit dieser Frau erzählt. Außerdem – warum sah Florence nicht überrascht aus? Doch dann fiel ihr noch etwas anderes ein, und plötzlich schlug ihr das Herz bis zum Hals.

»Gilligan?«

Patrick nickte, und mit einem Schlag verstand Grace, im Handumdrehen setzten sich alle Puzzleteilchen zu einem vollständigen Bild zusammen. Als sie sich begegnet waren, hatte Florence ihrem Vater Lunch gebracht. Die Frau, die vor ihr stand, war die Tochter des Vorarbeiters.

Die Worte stolperten über ihre Lippen, als fielen Steine in einen Teich. »Du willst deinem Vater alles erzählen.«

In diesem Augenblick hörten sie ein Stöhnen aus dem Schlafzimmer, und Mary rief: »Grace? Patrick?«

Gleichzeitig drehten sich die beiden Geschwister um und eilten zu ihr. Connie krümmte sich unter ihren Decken.

»Connie?«, rief Grace und legte die Hand auf die Stirn ihrer Schwester, deren blonde Locken verschwitzt am Kopf klebten. »Kannst du mich hören?«

»Hilf ihr, sich aufzurichten.« Beim Klang der Stimme zuckten alle erschrocken zusammen, wandten sich um und sahen, dass Florence ihnen ins Schlafzimmer gefolgt war und sich an ihnen vorbei einen Weg zu Connies Bett bahnte. Statt auf der Schwelle zu warten oder die Wohnung zu verlassen, stand sie jetzt an Connies Bett, schlug die Decken zurück, legte dem Mädchen die Hand auf die Brust und neigte konzentriert den Kopf zur Seite, als horche sie. »Habt ihr einen Zerstäuber?«

»Wer sind Sie überhaupt?«, wollte Mary wissen.

»Ma, das ist Florence«, schaltete sich Patrick ein. »Sie ist Krankenschwester.«

»Ach, wirklich?«, fragte Grace.

Florence nickte nur stumm und schien nicht vorzuhaben, eine weitere Erklärung abzugeben. »Mrs. O'Connell, welche Medikamente haben Sie ihr gegeben? Haben Sie eine Epinephrin-Lösung da?«

Patrick packte Grace am Ellbogen und schob sie trotz ihres erbitterten Widerstands aus dem Zimmer, um Florence Platz zu machen.

»Vertraust du ihr etwa?«, zischte sie ihn wütend und verzweifelt an.

»Ja«, antwortete er mit fester Stimme. »Du hast vorhin selbst gesagt, Connie braucht einen Arzt, Grace. Florence ist das Zweitbeste. Lass sie helfen.«

Stunden vergingen. Florence kümmerte sich um Connie, die O'Connells halfen ihr, wo sie konnten. Als die Dunkelheit hereinbrach, kam sie endlich aus dem Zimmer, zog ein sauberes Taschentuch aus ihrer Tasche und wischte sich das verschwitzte Gesicht ab.

»Habt ihr ein Telefon?«

»Auf dem Korridor draußen«, antwortete Patrick. »Warum?«

»Ich sollte meiner Familie Bescheid geben, dass ich heute Abend nicht nach Hause komme.«

»Florence, du musst das nicht tun. Du hast genug geholfen, wir sind dir sehr dankbar.« Eine Sekunde lang legte er die Hand auf ihren Arm, zog sie aber rasch wieder zurück, als wäre er unsicher, ob er womöglich eine Grenze überschritten hatte.

»Ich bleibe bei ihr«, erwiderte sie eisern. Dann sah sie zu Grace und sagte: »Du kannst dich ein bisschen ausruhen.«

»Ich lasse Connie nicht allein«, beharrte Grace und schüttelte heftig den Kopf.

Florence sah sie an. »Es ist schon spät, wenn du morgen früh wieder auf der Baustelle sein willst, brauchst du deinen Schlaf. Jetzt geh lieber und leg dich ins Bett, ehe ich es mir doch noch anders überlege.«

Patrick und Grace schauten sich an, während Florence ohne ein weiteres Wort hinaus zum Telefon marschierte.

»Jetzt geh schon«, flüsterte Patrick und legte seiner Schwester sanft die Hand auf die Schulter, Tränen der Erleichterung in den Augen. »Du solltest dich wirklich um dich selbst kümmern.«

Zwar nickte Grace, rührte sich aber nicht von der Stelle, sondern starrte regungslos auf die Tür, hinter der Connie im Bett lag, als könnte sie mit ihren Blicken eine Besserung erzwingen.

»Ich meine es ernst.« Patrick schluckte. »Du solltest dich von ihr fernhalten, du darfst nicht krank werden.«

Grace nickte wieder. Sie wusste, dass er recht hatte, aber sie bewegte sich trotzdem nicht.

»Leg dich ins Bett«, fuhr Patrick mit eindringlicher Stimme fort. Auf einmal begriff Grace, was er sagte, und es war, als erwache sie aus einer Trance. »Du musst morgen arbeiten«, sagte Patrick.

Zwar konnte Grace sich nicht vorstellen, dass sie in der Lage sein würde zu schlafen – so sehr war sie erfüllt von Angst und Sorge –, aber in dem Moment, als sie in ihr Zimmer trat, überkam sie eine große Erschöpfung. Sie konnte sich kaum noch ausziehen, ehe ihr die Augen zufielen, und noch bevor ihr Kopf das Kissen berührte, war sie bereits eingeschlafen.

15

Mit einem Ruck erwachte Grace am nächsten Morgen, sprang auf und lief mit klopfendem Herzen ins Nachbarzimmer, um nach Connie zu sehen. *Bitte, sei okay.*

Auf einer Seite des Betts fand sie ihre Mutter, vollständig angezogen, auf der anderen Seite lag Connie, die wesentlich ruhiger geworden zu sein schien.

Neben dem Bett saß Florence und hielt ihre Hand. Als Grace hereinkam, blickte sie auf und lächelte sie an. Nach der langen Nacht waren ihre Haare zerzaust, die Locken schlaff, die Augenlider schwer – sie war müde. Doch für Grace sah sie aus wie ein Engel.

»Guten Morgen«, flüsterte sie. »Es geht ihr schon ein bisschen besser.«

»Gott sei Dank«, antwortete Grace, ebenfalls im Flüsterton. »Man sieht es ihr an. Danke.« Sie blickte sich im Zimmer um. Es war still in der Wohnung. »Wo ist Patrick?«

»Er ist einkaufen gegangen, gleich, als die Läden aufgemacht haben.«

Grace nickte. »Weißt du, was Connie fehlt?« Ungeschickt ließ sie sich neben Florence, dieser Fremden, auf dem Boden nieder, und legte behutsam die Hand auf den Arm ihrer schlafenden Schwester.

»Eine schwere Bronchitis, denke ich«, antwortete Florence.

»Eigentlich müsste es jetzt aufwärts gehen, aber natürlich gibt es dafür keine Garantie. Wenn es wieder schlimmer wird, muss sie wirklich zum Arzt.«

»Ich weiß«, sagte Grace. »Das einzige Problem ist das Geld.«

Florence presste die Lippen zusammen und überlegte. »Ich finde, du bist wirklich sehr mutig«, sagte sie dann mit ruhiger Stimme, und ihr Blick nagelte Grace fest wie die Stecknadel einen Schmetterling im Schaukasten. »Ich weiß, was du tust, und ich weiß auch, warum. Kurz nachdem wir uns neulich morgens begegnet sind, habe ich zufällig Patrick getroffen. Er hat mir eure Situation erklärt. Ich mache mir nur Sorgen wegen meiner eigenen Familie. Wenn da oben etwas schiefgeht, sitzen wir auf der Straße.«

»Verstehe«, sagte Grace und hatte auf einmal einen Kloß im Hals. »Ich kann dich nicht bitten zu lügen. Das mache ich nicht, und ich bin sicher, dass Patrick so etwas auch nicht tun würde. Aber was bleibt uns denn anderes übrig? Wir haben keine andere Wahl.«

Eine Weile saßen die beiden Frauen schweigend nebeneinander und beobachteten die schlafende Connie. Natürlich hatte Grace mitbekommen, wie Patrick Florence gestern angeschaut hatte. Viel war es nicht, was sie über seine romantischen Gewohnheiten wusste, dennoch überraschte es sie nicht, dass er hingerissen war von ihr, aber das barg auch eine weitere Gefahr. Selbst wenn Florence sich überreden ließe, jetzt ein Auge zuzudrücken, wie lange würde sie sich daran halten können? Dass irgendjemand ihr Geheimnis kannte, war unbestreitbar eine Sorge mehr, mit der sie fertigwerden mussten. Und die Liste wurde immer länger.

Grace nahm alle Kraft zusammen, um etwas zu sagen, aber Florence kam ihr zuvor. »Ich habe nicht den geringsten Wunsch, deiner Familie zu schaden, Grace, das kann ich dir versprechen. Ich habe selbst eine kleine Schwester.«

Grace biss sich auf die Lippe und nickte.

»Ich finde das, was du tust, unglaublich dumm und gefährlich«, fuhr Florence fort, ohne Grace anzuschauen, strich dabei aber sanft die Locken aus Connies Stirn. Am liebsten hätte Grace ihre Hand weggeschubst, und sie beugte sich bereits vor, um dem Drang nachzugeben, aber Florence griff nach ihrem Handgelenk, hielt es fest und sah ihr in die Augen. »Und es ist auch der größte Liebesbeweis, von dem ich je gehört habe.«

Tränen schossen Grace in die Augen, aber sie blinzelte sie weg. Sie konnte nicht abstreiten, wie sehr es sie freute, dass diese Frau zumindest erkannte, welches Opfer sie brachte. Jemand verstand sie. Die Überzeugung, dass Florence ihrer Familie tatsächlich nichts Böses wollte, begann sich in ihrer Brust zu festigen.

»Das würde doch jeder tun«, sagte sie.

»Vielleicht würde jeder es wollen«, entgegnete Florence, »aber ich glaube, dass nicht sehr viele sich wirklich trauen würden.«

Grace streichelte Connies Arm, und das kleine Mädchen murmelte im Schlaf, seufzte und strampelte ein bisschen mit den Beinen – offenbar kam wieder Leben in ihren Körper. Die beiden Frauen blickten einander an, und Grace lächelte.

Florence seufzte. »Du bist eine großartige Frau, Grace O'Connell. Du hast mir deine Schwester anvertraut, und ich glaube, ich werde dir meine ebenso anvertrauen müssen. Wir müssen einander vertrauen. Ich glaube, wir haben gar keine andere Wahl.«

Die Anzahl der Leben, für die Grace dort oben auf der Baustelle die Verantwortung trug, nahm immer weiter zu.

16

Nach einem weiteren langen Tag kam Grace nach Hause. Fünf Minuten später traf Patrick ein, der von dort zurückkehrte, wo auch immer er zurzeit seine Tage verbrachte. Grace freute sich darauf, endlich einen ruhigen Abend vor sich zu haben, aber es war klar, dass ihre Mutter irgendetwas auf dem Herzen hatte. Zuerst dachte Grace, es gehe um Connie, aber als sie nach ihr schaute, lag die Kleine im Bett und schlief. Grace lächelte und drückte ihr einen Kuss auf die Stirn. Natürlich war ihre Schwester noch nicht über den Berg, aber zumindest aus dem Gröbsten heraus. Leise schloss sie die Tür hinter sich, ging zurück in die Küche, wo ihr Bruder am Tisch saß und ihre Mutter händeringend auf und ab wanderte.

Was ist denn jetzt schon wieder los?, dachte Grace, hatte aber nicht die Energie zu fragen. Was musste denn noch alles schiefgehen? Sie hatte sich vorgenommen, Betty und Edie anzurufen und sich zu erkundigen, wie es ihnen ging, aber allem Anschein nach gab es ein neues Problem, mit dem sie sich auseinandersetzen musste.

»Ma, sag uns doch einfach, was los ist. Bitte«, forderte Patrick sie auf. »Du machst mich nervös.«

Mary holte tief Luft. »Der Mieteintreiber war da«, sagte sie mit ernstem Gesicht, »und er sagt, die Miete wird steigen. Fünf Dollar mehr pro Woche.«

»Fünf Dollar pro Woche!« Patrick stand so ungestüm auf, dass sein Stuhl laut quietschend über den Boden schlitterte. »Wie rechtfertigt er das denn? Die Menschen kommen doch jetzt schon kaum noch über die Runden.«

Grace rührte sich nicht, ihr wurde schwer ums Herz, und sie schloss die Augen vor diesem Wust an Problemen, als könnte sie sie so von sich weghalten. Sie war es leid – wann würde es endlich aufhören? Vom Stockwerk über ihnen hörte sie Geschrei und Lachen und dachte an die Donohues. Für sie war es unmöglich, zwanzig Dollar zusätzlich pro Monat aufzutreiben, und sie konnte nur hoffen, dass ihre eigene Familie es irgendwie schaffen würde.

»Er hat gesagt, die reichen Leute, die ihr Geld beim Börsenkrach verloren haben und aus ihren großen Villen ausziehen mussten, suchen jetzt neue Wohnungen, und deshalb meint er, dass er die Miete erhöhen und Leute wie uns rausschmeißen kann – um bessere Mieter zu bekommen.« Mary schluckte schwer.

»Was für ein Mistkerl!«, brüllte Patrick und warf seinen Stuhl um.

»Patrick, bitte«, tadelte ihn Mary. »Nimm Rücksicht auf Connie.«

Das reichte, um Patrick zum Schweigen zu bringen, aber ihm war anzusehen, dass er innerlich vor Wut kochte. Ohne ein weiteres Wort griff er nach Hut und Mantel und verschwand.

»Wir werden schon irgendwie zurechtkommen, Ma.« Grace versuchte zu lächeln, aber es wollte ihr nicht so recht gelingen. Sie blickte auf ihre bloßen Arme, die von Brandwunden und blauen Flecken übersät waren, und wusste, dass ihre Träume, irgendwann wieder zu tanzen, so bestimmt nicht in Erfüllung gehen würden. Bis Patricks Arm wiederhergestellt war, standen ihr noch vier Wochen Nietenfangen bevor, und sie wagte nicht, sich vorzustellen, wie sie dann aussehen würde. Oder welcher Arbeit sie überhaupt noch nachgehen konnte, wenn all dies vorbei war.

Es schien zu viel verlangt, an etwas zu denken, was über das reine Überleben hinausging. »Wir schaffen das.«

»Fürs Erste vielleicht.«

Ein Schauder durchlief Grace.

Grace konnte nicht schlafen. Über sich hörte sie Mrs. Donohue schluchzen, so laut, als läge sie neben ihr im Bett. Als sie vorhin zusammen im Zimmer ihrer Mutter gesessen und Radio gehört hatten, war das Schluchzen für eine Weile verstummt, ersetzt durch das Geräusch, mit dem das Bett über ihnen rhythmisch gegen die Wand knallte.

»Was machen die da?«, hatte Connie mit schwacher Stimme gefragt. Sie sah immer noch sehr müde aus.

»Ich denke, sie räumen die Möbel um«, antwortete Mary hastig und drehte das Radio lauter. Über Connies Kopf hinweg warfen die Erwachsenen sich vielsagende Blicke zu, denn für sie klang es mehr danach, als bereitete man oben den nächsten Donohue-Nachwuchs vor – als würde das ihre Probleme lösen. Kurz danach war Grace zu Bett gegangen, und das Weinen über ihr hatte wieder angefangen. Sie zog ihr dünnes Kissen über den Kopf und atmete hinein. Was würden sie denn noch alles aushalten müssen?

17

Als Grace völlig erschöpft ihren neunten Tag auf dem Empire State Building begann, merkte sie, dass sie sich an den Schmerz in ihrem Körper gewöhnt hatte, die mentale Belastung der letzten Tage jedoch schwerer wog als alles andere. Sie stand auf einem Balken und legte Planken von einem Teil des Stahlrahmens auf einen anderen. Wenn man drei Planken nebeneinander platzierte, konnte man einen wesentlichen breiteren Laufsteg schaffen, viel sicherer als alles, worauf sie sonst stehen mussten. Das war eine ihrer liebsten Arbeiten, sie fiel ihr ganz leicht. Mit einem Brett in der Hand fühlte sie sich gleich viel sicherer. Inzwischen hatte sie gelernt, mit dem Wind umzugehen, und es erinnerte sie ans Seiltanzen – es war nur einfacher.

»Wenn man so etwas in der Hand hält, fällt man nicht so leicht«, erklärte sie Joe.

»Bis der Wind dich erfasst.«

»Wenn du an beiden Enden Gewichte befestigt, ist es nahezu ausgeschlossen, dass du fällst, denn das verlagert deinen Schwerpunkt auf die Balken unter dir.«

»Sehr schlau«, sagte Joe, der sich lieber niederkauerte und das Brett über die Balken schob, ohne es anzuheben. »Wo hast du das denn gelernt, *Patrick*?«

Grace spürte, wie sie rot wurde, und Joe grinste. Er neckte sie gern, aber er hatte recht, sie fühlte sich zusehends wohler auf dem Stahlrahmen, und wenn sie müde war, erwischte sie sich dabei, dass sie ein bisschen zu viel Grace und nicht genug Patrick zeigte. Gerade erst an diesem Morgen hatte Joe das Gesicht verzogen, als sie sich trafen.

»Was ist?«, hatte sie ihn gefragt.

»Du siehst anders aus.«

Sie hatte mit den Schultern gezuckt, weil sie nicht wusste, was er meinte. Aber er warf ihr bei der Arbeit mit den Nieten immer wieder Blicke zu, bis seine Augen aufleuchteten und er anscheinend herausgefunden hatte, was es war. Er zog den Handschuh aus, wischte mit dem Finger an der Stelle, wo Grace zuvor die Schlacken abgeklopft hatte, über den schmutzigen Stahlbalken und schmierte die Asche dann auf ihre Wange. Als sie ihn empört anblickte, beugte er sich vor zu ihrem Ohr und flüsterte: »Keine Narbe.« Ihre Hand zuckte nach oben, dann schaute sie schnell in die andere Richtung – er hatte vollkommen recht. Solche kleinen Versehen wurden häufiger, je erschöpfter sie wurde, und nun hatte sie an diesem Morgen tatsächlich vergessen, sich die Narbe aufzumalen. Zwar war sie ziemlich sicher, dass niemand sonst es bemerkt hätte, aber Joe schien ihr Gesicht ziemlich oft und eingehend zu betrachten. Manchmal erwischte sie ihn sogar dabei, und wenn sich ihre Blicke dann begegneten, bekam sie einen trockenen Mund und musste schnell wegschauen.

»Seamus!«, rief Frank nach unten. Seamus unterhielt sich gerade mit einem anderen Mann, wandte sich aber blitzschnell wieder seiner Arbeit zu.

Grace machte sich mit ihrem neuen kegelförmigen Behälter bereit. Vor einer Weile hatte sie gesehen, dass ein Mann auf einem anderen Abschnitt einen ähnlichen benutzt hatte, und hatte Frank gefragt, ob sie es mal mit so einem probieren könne. Er hatte sie angelächelt und geantwortet: »Jeder Arbeiter benutzt die Werkzeuge, die er selbst am besten findet, und das bestimmst du selbst. Schließlich bist du inzwischen ein echter Stahlarbeiter.«

Sie packte den Kegel also an seinem Griff, drehte ihn in der Hand hin und her und testete Form, Größe und Gewicht. Auf den ersten Blick sah das Ding aus wie ein überdimensioniertes Eishörnchen. Grace hatte ein gutes Gefühl, aber ihr Herz flatterte nervös, denn sie hatte die Veränderung selbst vorgeschlagen, und falls sie nicht funktionierte, war es ihre Schuld, wenn ihr Team in Rückstand geriet. Entschlossen wandte sie sich Seamus zu, nickte, und er warf die erste Niete, die brav in den Kegel ploppte und im zugespitzten Ende aufrecht stecken blieb, was das Herausholen wesentlich erleichterte. Grace klaubte die Niete mit der Zange heraus, klopfte sie ab und platzierte sie in Rekordzeit für Joe am richtigen Ort. Ihr zufriedenes Grinsen unterdrückte sie, indem sie sich auf die Unterlippe biss, aber sie würde definitiv schneller arbeiten können.

Damit war die Farbdose ausrangiert und wurde in der Werkzeugbox zur Ruhe gelegt, bereit, von Patrick bei seiner Rückkehr wieder in Betrieb genommen zu werden. Jeden Tag kam Grace ihrem Ziel, mindestens so gut zu fangen wie ihr Zwillingsbruder, ein Stückchen näher.

Endlich war es Zeit für die Mittagspause, und Grace ging direkt hinunter zu dem provisorischen Stockwerk unter ihnen und ließ sich dort gemütlich nieder.

Seamus lachte. »Nichts zu essen?«

»Nein, ich brauche nur Schlaf.«

»Ach, komm«, mischte sich Frank ein und zog sie hoch. »Du musst was essen. Und wenn du jetzt eine halbe Stunde schläfst, bist du nachher noch viel müder. Wo liegt denn das Problem?« Er sah sie besorgt an. »Deine Schwester?«

Widerwillig nickte Grace und nahm das Sandwich, das er ihr in die Hand drückte. »Ja, es waren ein paar richtig lange Tage.« Die Mieterhöhung lag ihr schwer im Magen – eine weitere Sorge, die sie mit sich herumschleppen musste. Sie spürte die Anspannung überall in ihrem Körper und sehnte sich zurück in eine Zeit, in der sie sich hatte entspannen können. Schließlich jedoch wandte sie das Gesicht der Sonne zu, schloss einen Moment die Augen, holte tief Luft und packte das Sandwich aus.

Zwei Stunden später hatten sie sich gerade vorgenommen, eine zehnminütige Kaffeepause einzulegen, als ein Botenjunge in ihrer Nähe aufs Gerüst kletterte und winkte, um die Aufmerksamkeit auf sich zu ziehen. Grace lief es eiskalt über den Rücken, sie fürchtete das Schlimmste. Die Woche war so anstrengend gewesen, da musste es ja eine schlechte Nachricht sein. Und sowieso – Nachrichten wurden auf der Baustelle nur weitergeleitet, wenn es um etwas sehr Ernstes ging. *Connie.*

»Mr. Gagliardi?«, rief der Junge, wobei er den italienischen Namen übel zurichtete, und blickte erwartungsvoll umher, wer ihn für sich beanspruchte. Leider war Grace nur kurz erleichtert, dass die Botschaft nicht für sie war, denn sie ersetzte ihre eigene Sorge augenblicklich mit der Sorge um ihre Freunde.

»Welcher Gagliardi denn?«, fragte Joe zurück.

»Äh – F?«, antwortete der Junge und blickte zur Bestätigung noch einmal auf seinen schmutzigen Zettel.

»Das wäre dann wohl ich, Junge.« Frank hob die Hand.

»Hier steht, dass Ihre Frau ein Baby bekommen hat, Sir.«

Vehementer Jubel erhob sich, und die Arbeiter klopften mit ihren Zangen an den Stahl. Grace zuckte zusammen, sie hatte den Lärm nicht erwartet, doch dann nahm auch sie ihre Zange zur Hand und machte mit. Joe umarmte seinen Bruder, und als die Kakophonie langsam abebbte und die beiden sich wieder losließen, sah Grace Tränen des Glücks in Franks Augen.

»Steht da vielleicht auch, ob es ein Mädchen oder ein Junge ist?«, rief er dem Jungen nach, der jedoch den Kopf schüttelte.

»Was ist das denn für ein Krach?« Angezogen von dem Tumult erschien Joseph Gilligan auf dem Stockwerk unter ihnen. Grace erstarrte, denn beim Gedanken an die Macht, die seine Tochter über ihr Leben besaß, bekam sie immer noch eine Gänsehaut – wusste sie doch, dass Florence jederzeit entscheiden könnte, ihm alles zu verraten. Einer fast völlig Fremden ihr größtes Geheimnis anzuvertrauen, war nicht leicht. Gilligan nahm dem Botenjungen den schmutzigen Zettel ab und strich sich beim Lesen nachdenklich über seinen Schnurrbart. Dann legte er die Hand über die Augen, blickte zu Frank hinauf, und sein Gesicht wurde weicher. »Herzlichen Glückwunsch, Gagliardi.«

»Danke, Sir.«

Der Vorarbeiter schaute auf seine Uhr. »Ihr seid für heute fertig, alle vier, ihr könnt gehen. Schau dir dein Baby an, Gagliardi.« Er nickte, und Grace fragte sich, ob er wohl daran dachte, wie er Florence zum ersten Mal im Arm gehalten hatte. Natürlich war allen auf der Baustelle klar, dass Gilligan diese Entscheidung auch deshalb traf, weil er Angst hatte, Frank könnte sich nach dieser Neuigkeit nicht mehr konzentrieren und womöglich einen Unfall provozieren. Aber Gilligan war auch ein guter Mann und sehr fair.

Sie ließen es sich nicht zweimal sagen. Im Nu waren sie im Aufzug auf dem Weg nach unten und gaben ihre Identifikationsmarken ab. Der Zeitnehmer vermerkte, dass sie früher Schluss gemacht hatten, aber das kümmerte keinen, und Seamus verschwand rasch, bevor Gilligan es sich anders überlegte. Bestimmt wartete irgendwo ein Mädchen auf ihn.

An der Straßenecke, an der sich ihre Wege trennten, umarmte Grace Frank zum Abschied. »Herzlichen Glückwunsch, Papa«, flüsterte sie mit ihrer eigenen Stimme.

»*Grazie, bella.*«

Dann machte sie sich los, ging zu Joe und knuffte ihn leicht in den Arm. »Glückwunsch, Onkel Joe.« Er verzog das Gesicht zu einem Lächeln, und sie war sehr zufrieden, dass sie ihm diese Reaktion entlockt hatte.

Arm in Arm machten die Italiener sich auf den Weg zur Lower East Side, um ihr neuestes Familienmitglied zu begrüßen, und Grace war beinahe euphorisch, schon so früh nach Hause zu kommen und mit den Füßen wieder auf festem Boden zu stehen. Ein weiterer Tag war geschafft.

Als sie Graces Schlüssel im Schloss hörte, sprang Mary erschrocken auf. Sie hatte, die grauer werdenden Haare wie immer wild ums Gesicht gekräuselt, am Fenster gesessen und mit ihren roten, geschwollenen Fingern mühsam eines ihrer Kleider gestopft.

»Grace, o mein Gott, was ist denn los? Nein, nicht noch ein Unglück, bitte nicht.«

»Nur die Ruhe, Ma«, versuchte Grace sie zu beschwichtigen und ergriff die schmerzenden Hände ihrer Mutter. »Alles gut. Es ist nichts passiert, das kann ich dir schwören!« Inzwischen hatte es so viele schlechte Nachrichten gegeben, dass sie sich immer gleich aufs Schlimmste gefasst machten.

»Oh, Gott sei Dank.« Mary presste die Hand auf die Brust, um ihr wild hämmerndes Herz zu beruhigen. Seit sie von der Mieterhöhung wusste, war sie noch ängstlicher geworden.

»Tut mir leid, wenn ich dich beunruhigt habe«, sagte sie, nahm ihre Mutter unbeholfen in den Arm und entließ sie rasch wieder. »Wir durften heute nur früher gehen.«

Mary setzte sich und nahm sich wieder ihr Kleid vor. »Du hast mir einen Schrecken eingejagt, Grace«, sagte sie und stieß einen tiefen Seufzer aus.

»Tut mir echt leid. Wie geht es Connie?«

»Sie schläft«, antwortete Mary und kniff die Lippen zusammen.

Grace nickte, zu müde, um weitere Fragen zu stellen. »Ich lege mich gleich ins Bett. Wenn Patrick kommt, dann sag ihm bitte, dass Franks Frau ihr Baby bekommen hat.«

Damit verließ sie das Zimmer, kroch in ihr Bett, sicher, dass der Schlaf, den sie dringend benötigte, jeden Cent der drei Dollar wert war, die am Ende der Woche von ihrem Lohn abgezogen werden würden.

18

»Er ist wunderschön«, sagte Frank zum ungefähr hundertsten Mal an diesem Tag. Fast nach jeder Niete hatte der überglückliche Vater seine Kollegen daran erinnert, wie schön und wunderbar sein kleiner Junge war. Grace lachte leise. Franks Freude war ansteckend.

»Wirklich?«, fragte sie, und Joe warf ihr einen Blick zu, der ihr sagen sollte, sie solle Frank lieber nicht noch ermutigen, was Grace jedoch nur noch mehr zum Lachen brachte, dankbar, dass niemand sonst sie hören konnte. Wenn sie gut geschlafen hatte, fühlte sie sich gleich wesentlich eher in der Lage, mit allem fertigzuwerden, was ihr zugeworfen wurde – im wörtlichen ebenso wie im übertragenen Sinn. Außerdem war Freitag, sie hatte einen Job, und Connie hatte eine ganze Scheibe Toast zum Frühstück verzehrt.

»Er hat Augen wie ein weiser alter Mann«, erzählte Frank und schwenkte dabei die Nietpistole.

»Eh! Konzentrier dich jetzt mal lieber!«, rief sein Bruder. »Und überhaupt – woher willst du das denn wissen? Er hat die Augen ja noch gar nicht richtig aufgemacht.« Joe verdrehte die eigenen braunen Augen, und Grace versuchte, ihr Grinsen zu verstecken.

»Und er hat sehr schöne dichte Haare, genau wie sein Papa.«

Grace war ziemlich beeindruckt, dass Frank so viel über seinen neuen Sohn zu erzählen hatte, den er doch erst seit ein paar Stunden kannte.

»Wenn Baby Nummer vier ihn so begeistert, kann ich mir kaum vorstellen, wie es beim ersten gewesen sein muss«, sagte sie zu Joe.

»Oh, er hat angefangen zu reden und einfach nicht mehr aufgehört.«

»Zwei von jeder Sorte, Giuseppe!«, rief Frank. »Zwei starke Jungs und zwei wunderhübsche Mädchen.«

Grace fing die nächste Niete und steckte sie in das für sie vorgesehene Loch, das, wie sich herausstellte, das letzte für den Tag war, denn ein lauter Pfeifton verkündete, dass es halb fünf war. Die Zeit war wie im Flug vergangen, und damit hatte Grace ihre zweite Arbeitswoche hinter sich. Jetzt war ein Drittel geschafft.

Sie hatte viel gelernt, nicht zuletzt, wie sie einen ganzen Arbeitstag überstehen konnte, ohne zur Toilette zu gehen, und sie freute sich sehr darauf, diesen Stress bald nicht mehr zu haben.

Als sie in der Schlange standen, um ihren Lohn abzuholen, und Graces Bedürfnis, so schnell wie möglich ein Klo aufzusuchen, schon so groß war, dass sie nervös von einem Fuß auf den anderen trat, kletterte Frank auf eine umgedrehte Kiste.

»Alle mal herhören! Ich lade euch ein, nachher mit mir aufs Wohl meines neugeborenen Babys Mateo Giuseppe Gagliardi anzustoßen!«

Wieder wurde gejubelt, und Grace nahm zur Kenntnis, dass offenbar kaum einer der Männer eine Ausrede oder Ermunterung brauchte, um Alkohol zu trinken. Es hätte sie nicht überrascht, wenn die Kneipe gleich neben der Baustelle ihren Chefs gehört hätte, und viele der Arbeiter holten ihren Lohn ab, um ihn dort gleich zu investieren. Als sie an der Reihe war, nahm sie ihren Umschlag und steckte ihn in die Tasche ihres Overalls.

»Hey, wo willst du denn hin?« Als Joe ihren Arm packte, zuckte sie zusammen. »Glaubst du, er wird zulassen, dass du einfach verschwindest?«

»Joe ...«

»*Patrick*«, fügte er mit einer Betonung hinzu, die sie daran erinnerte, dass ihr Bruder definitiv zu einem Umtrunk mitgekommen wäre. Natürlich hatte er recht. Manchmal hasste sie ihn.

»Na gut, na gut«, lenkte sie ein. »Ich komme gleich nach. Ich muss nur ... mich kurz um etwas kümmern.«

»Aber wirklich kurz«, beharrte Joe, »sonst komme ich und hole dich. Den Namen der Gagliardi-Familie musst du schon respektieren.«

Grace zermarterte sich das Gehirn, wo es in der Nähe eine geschlechtsneutrale Toilette gab, die sie benutzen konnte, ohne Verdacht zu erregen, und zum Glück fiel ihr ein kleiner, rund um die Uhr geöffneter Laden ein. Allerdings fühlte sie sich auf dem hastigen Hin- und Rückweg mit der Lohntüte doch ziemlich unbehaglich. Wahrscheinlich würde sie sich nie daran gewöhnen, in ihrem neuen Leben als Mann keine Handtasche tragen zu können.

Noch immer strömten Männer aus der Baustelle an der 34th Street. Inzwischen arbeiteten sie zu Tausenden an dem Gebäude, und nun war ein großer Teil von ihnen unterwegs in die Kneipe. Grace folgte ihnen und gab sich alle Mühe, nicht schockiert den Mund aufzureißen, als sie sah, wie groß das Etablissement war.

Das Lokal war riesig und erinnerte Grace mit seinen dunkel getäfelten Wänden an eine Tanzhalle, in der man die Zuschauertribüne durch eine endlos lange Theke ersetzt und die Tanzfläche mit Tischen vollgestellt hatte. Der einzige Unterschied war die hölzerne Treppe, die zu einer Art Galerie emporführte, von der eine Reihe von Privatzimmern abging. Ungefähr die Hälfte der

Tische war ziemlich hoch, und Männer standen um sie herum, die andere Hälfte sah aus wie aus großen Kabeltrommeln zusammengeschustert, und hier wurde vor allem Karten gespielt. Der gesamte Raum war gerammelt voll mit Menschen und entsprechend laut war es.

Als Grace sich umsah, merkte sie, dass die Arbeiter zum großen Teil unter sich blieben: Stahlarbeiter standen bei Stahlarbeitern, Installateure bei Installateuren, Elektriker und Zimmerleute bei Elektrikern und Zimmerleuten. Und sie kam zu dem Schluss, dass dieses Etablissement von irgendwelchen Gangstern geführt werden musste oder zumindest unter dem Schutz einer Verbrecherorganisation stand. Die Bar war nicht versteckt, jede Razzia hätte der Polizei zweifelsfrei vor Augen geführt, was hier vor sich ging.

Grace entdeckte eine Gruppe von Stahlarbeitern und schlängelte sich hindurch, mied Bergmann, hielt den Kopf gesenkt und redete mit möglichst wenigen. Frank hielt Hof und erzählte eine Vaterschaftsgeschichte nach der anderen. Joe hob sein Glas in ihre Richtung, und sie musste sich ein Lächeln verkneifen, als sie merkte, dass er sich freute, sie zu sehen.

»Hier, bitte.« Seamus reichte ihr eine bereits angezündete Zigarette und einen Whiskey.

Grace nahm beides dankend an, rauchte die Zigarette, behielt den Drink aber in der Hand, ohne ihn zu probieren. Beim Tanzen hatte sie oft zu viel getrunken, auch, um die Trauer über den Tod ihres Vaters zu betäuben, wenn sie von ihr überwältigt zu werden drohte. Aber seit sie auf dem Stahlskelett arbeitete, hatte sie – abgesehen von jenem ersten Abend, als Patrick sie mit der Wärmflasche besucht hatte – keinen Tropfen Alkohol mehr getrunken. In diesen Tagen war es wichtig, einen klaren Kopf zu bewahren, außerdem war ihr Gehirn viel zu beschäftigt mit dem Hier und Jetzt, als dass noch etwas anderes darin Platz gehabt hätte.

Die Atmosphäre in der Bar war überwältigend. Grace war noch nie in einem derartigen Etablissement gewesen, sie musste sich erst einmal umschauen und die Szenerie auf sich wirken lassen. Hunderte Männer feierten hier das Ende der Arbeitswoche und natürlich auch die Tatsache, dass sie den heutigen Tag unbeschadet überstanden hatten. Dieser Ort war sozusagen ihre Kirche, sie kamen hierher, um der Dreieinigkeit von Freundschaft, Alkohol und Glücksspiel zu huldigen. Grace beobachtete Männer, die für Geld im Armdrücken gegeneinander antraten, die Karten spielten, Drinks kippten und sich zum Affen machten. Unter dem Beifall der Menge lief ein Mann, Gläser auf den Fußsohlen balancierend, auf den Händen durch den Saal. Als er stolperte und die Gläser herunterkrachten, wurde der Applaus nur noch lauter. Die Zuschauer kickten die Scherben weg, und ein Junge flitzte mit einem Besen um sie herum und versuchte, alles aufzufegen. Sie waren erst seit einer Stunde hier, aber das hatte nicht wenigen gereicht, sich sinnlos zu betrinken.

Als unter tosendem Jubel die Musik einsetzte, war Grace überrascht. Joe sah sie über den Tisch hinweg an, verzog sofort entschuldigend das Gesicht, sah dann weg und schien sich nur noch für seine Schuhe zu interessieren. Zuerst verstand sie seine Reaktion nicht, doch im nächsten Augenblick teilte sich die Masse der Männer im Saal, so dass in der Mitte eine freie Fläche entstand, und in Begleitung der Musik erschien eine Zweierreihe von Frauen in engen Goldkleidern mit schmalen Trägern und einer schimmernden, goldenen Kopfbedeckung, eng anliegend wie eine Badekappe. Grace hob die Augenbrauen – offenbar kamen die Männer nicht ausschließlich zum Trinken hierher.

Jede Reihe bestand aus etwa dreißig Frauen, die gemeinsam drei einfache Schritte tanzten, die Arme durch die Luft schwenkten, den Männern Handküsschen zuwarfen und sich dabei im

Kreis drehten, damit jeder sie genau in Augenschein nehmen konnte. Die Männer knufften einander und zogen sich die Kappe über die Augen, wenn einer auf seine Favoritinnen deutete. Ebenso fasziniert wie angeekelt beobachtete Grace das Treiben. Natürlich waren die jungen Frauen allesamt hübsch, lächelten strahlend und versuchten zu zeigen, wie viel Spaß ihnen dieser Auftritt machte, aber Grace konnte die Verzweiflung fast riechen, die sie hierhergeführt hatte. Sie wusste, dass das Lächeln falsch war und die Mädchen dahinter ihre Angst versteckten. Bei dem Gedanken, dass auch sie eine von ihnen hätte sein können, wenn die Dinge anders gelaufen wären, drehte sich ihr fast der Magen um.

Die Bar ähnelte einem Viehmarkt; die Frauen dienten lediglich der Unterhaltung der Männer, und nirgends schien jemand zu sein, der gegebenenfalls bereit gewesen wäre einzugreifen, sollte die Veranstaltung aus dem Ruder laufen. Immer wieder verließen ein paar Tänzerinnen ihre Reihe und führten in kleinen Grüppchen gewagte Cancan-Kicks vor, was die Männer zu wahren Beifallsstürmen veranlasste.

Und dann, bei der nächsten Rotation, entdeckte Grace zwischen den Köpfen der Zuschauer ein Mädchen, das kleiner und blasser war als die anderen, dünner, aber ebenso schön. Das konnte doch nicht sein – nein, unmöglich! Aber bereits der nächste Blick bestätigte ihren Verdacht. Direkt vor ihr, schimmernd wie ein Rauschgoldengel, stand Edie.

Sie bahnte sich einen Weg durch die Menge, setzte alles daran, die Freundin nicht aus den Augen zu verlieren, doch dann wurde das Gedränge zu dicht.

»Verschwinde, O'Connell!«

»Ja, warte gefälligst, bis du dran bist!«

Jemand schubste sie, Grace stolperte und taumelte gegen ein

paar andere Männer, die sie in den Rücken stießen – sie fühlte sich wie ein willenloser Korken, der auf dem Meer herumhüpfte. Irritiert sah sie sich nach ihren Teamkollegen um, konnte die drei auch sehen, aber sie waren weit weg und schenkten dem, was im Rest des Saals vorging, kaum Aufmerksamkeit. Aus dem Augenwinkel bekam sie mit, wie der Junge mit dem Besen einem Betrunkenen Geld aus der Hosentasche klaute, aber als er merkte, dass sie ihn beobachtet hatte, verschwand er sofort im Gedränge, als hätte er sich in Luft aufgelöst. Panik ergriff Grace, ihr wurde heiß, und sie fühlte sofort nach, ob sich ihr eigener Lohn noch in ihrer Hosentasche befand. Mit einem Seufzer der Erleichterung ertastete sie den dicken braunen Umschlag und stopfte ihn noch tiefer in die Tasche. Ihr Herz raste, sie hatte doch nicht die ganze Woche ihr Leben riskiert, um dann ohne ihren sauer verdienten Lohn nach Hause zurückzukehren.

Die goldenen Mädchen beendeten ihren Tanz, die Menge jubelte und applaudierte. Männer schwenkten aufgefächerte Geldscheine und versuchten, das Mädchen, auf das sie es abgesehen hatten, an der Hand zu packen. Verzweifelt drängelte Grace sich durch die Menge und versuchte, Edie zwischen all den identisch gekleideten Frauen ausfindig zu machen. Auf einmal entdeckte sie ihre Freundin, doch im gleichen Augenblick legte sich eine riesige Pranke auf Edies Arm, und als Grace den Kopf wandte, sah sie, wie Bergmann versuchte, die kleine Frau wegzuzerren. Ausgerechnet Bergmann! Von all den Tausenden, die auf der Baustelle arbeiteten, war er der Letzte, dessen Aufmerksamkeit sie auf sich ziehen wollte – aber ebenso der Letzte, der ihre Freundin berühren durfte. Sie konnte es nicht zulassen.

»Hey«, rief sie. »Die kriegst du nicht, Bergmann.« Blitzschnell schlug sie seine Hand weg und drehte Edie zu sich. »Ich kenne dieses Mädchen nämlich.«

Lachend wandte Bergmann sich ihr zu. »Na klar, O'Connell, hab ich nicht anders erwartet. Aber du kannst nicht alle haben, lass gefälligst noch ein paar für uns übrig.«

»Aber nicht diese hier«, erklärte Grace und griff nach Edies Hand.

Bergmann runzelte die Stirn und erwiderte drohend: »Du kriegst immer, was du willst, was, O'Connell?« Er starrte sie an, in seinem Gesicht zuckte ein Muskel. »Für Patrick ist nämlich alles ganz einfach«, fuhr er höhnisch fort, hielt dann eine Sekunde inne und leckte sich über die Lippen. »Was, wenn ich dir sagen würde, dass ich das nicht mit mir machen lasse? Und dass ich bereit bin, um sie zu kämpfen?«

Panik ergriff Grace, aber sie ließ sich nichts anmerken. Ihr dämmerte, dass dieser Kerl ihren Bruder wirklich hasste, aus welchem Grund auch immer. Was sollte sie jetzt tun? Bergmann war ein Bär von einem Mann. Aber letztendlich war doch alles nur Getue, er spielte mit ihr. Auf einmal begann er zu lachen, doch seine Augen blitzten boshaft. »Die Kleine ist es sowieso nicht wert.« Er zuckte die Achseln, lächelte gönnerhaft, packte ein anderes goldgekleidetes Mädchen und warf sie sich über die Schulter. Die Frau spielte mit, kreischte laut und hämmerte mit den Fäusten auf Bergmanns Rücken.

»Oh, was bist du stark!«, rief sie mit einem breiten Lippenstiftlächeln, doch Grace sah die Angst in ihren Augen und schaute schnell weg. Sie hasste es, konnte aber nur ein Mädchen retten – und das musste Edie sein.

Sie hatte ihre Freundin noch gar nicht richtig angesehen, als sie sie am Handgelenk packte und sie die Treppe hinauf in eines der Privatzimmer zog, die Tür hinter sich zuknallte und so tat, als hörte sie den Jubel der Männer unten im Saal nicht. Hoffentlich hatte ihr Bruder nie eins dieser Mädchen in ein solches Zimmer mitgenommen. Seamus und die Gagliardis jedenfalls hatten kaum aufgeblickt, als der goldene Tanz begonnen hatte – obwohl sie natürlich nicht wusste, ob es ihrer Anwesenheit geschuldet war. Aber wie dem auch sei, sie war dankbar dafür.

Im Zimmer gab es nur ein Messingbett mit einem roten Überwurf und ein kleines Nachtschränkchen, auf dem ein Krug mit Wasser und zwei Gläser standen. Erleichtert sackte Grace in sich zusammen, froh, endlich dem Gedränge entronnen zu sein. Dann griff sie nach dem Schlüssel, der in der Tür steckte, und schloss ab.

»Sir, es tut mir leid, ich …«, begann Edie mit bebender Stimme. In ihren großen Augen standen Tränen, ihre Lippen zitterten.

»Edie«, sagte Grace leise.

Edie blinzelte. »Woher kennen Sie denn meinen Namen? Oh!« Sie schnappte nach Luft und schlug die Hand vor den Mund, als sie ihrem Gegenüber zum ersten Mal ins Gesicht schaute. »Du bist bestimmt Graces Bruder. Himmel, ihr seht euch wirklich sehr ähnlich.« Stirnrunzelnd überlegte sie einen Moment, dann erinnerte sie sich. »Patrick!«, rief sie und ihre Augen strahlten triumphierend. »Oh, ich bin so froh, dass du es bist!«

Grace nahm ihre Kappe ab, warf sie aufs Bett und fuhr sich durch ihre viel zu kurzen Haare. Mit ihrer eigenen Stimme sagte sie, wenn auch sehr leise: »Edie, ich bin es. Grace.«

»Gracie?« Auch Edie sprach leise, trat auf ihre Freundin zu, streckte die Hände aus und berührte zögernd ihr Gesicht. »Bist du das wirklich?«

»Ja, ich bin es«, antwortete Grace und nahm Edie in den Arm. »Ich bin es wirklich.«

»Was ist denn passiert, Grace? Deine Haare!«

»Ich könnte dich das Gleiche fragen. Was machst du hier?«

»Es ist bloß ein Job.« Edie zuckte die Achseln.

»Aber du gehörst nicht an einen solchen Ort, Edie McCall.«

Edies schmale Schultern begannen zu zucken, sie weinte leise, und Grace rutschte näher zu ihr, um sie zu trösten. »Ach, Edie.«

»Es war hart, Grace, aber ich bemühe mich wirklich. Ich wusste ehrlich nicht, was hier vor sich geht, ich habe einfach jeden Tanzjob angenommen, den ich bekommen konnte. Und ich bin so froh, dass du hier bist. Ich hatte solche Angst.«

»Ich auch. Himmel, Edie, du kannst dich nicht blind irgendwo anheuern lassen, nicht in dieser Stadt, das ist viel zu gefährlich. Du hättest richtig in Schwierigkeiten geraten können.« Grace dachte an das Geld in ihrer Hosentasche. Die Versuchung, ihrer Freundin so viel zu geben, wie sie brauchte, um nie wieder eine solche Arbeit annehmen zu müssen, war stark, aber sie wusste, dass ihre eigene Familie das Geld ebenso brauchte, und Edie würde es sowieso nicht annehmen.

Edie wechselte rasch das Thema. »Und was machst du hier? Warum bist du angezogen wie ein Mann?«

»Psst!« Grace legte den Zeigefinger an die Lippen. Zwar ging sie davon aus, dass sie in diesem Zimmer in Sicherheit waren, aber sie durfte nicht riskieren, dass jemand mithörte. Die Männer waren kindisch, vor allem, was Frauen anging, und sie hielt es durchaus für möglich, dass einer von Bergmanns idiotischen Kumpels am Schlüsselloch lauschte. »Wir müssen leise sein.« Sie behielt die Tür im Auge und erzählte flüsternd, wie sie hierhergekommen war. »Erinnerst du dich, wie ich dir damals in dem Imbiss erzählt habe, dass ich einen Job anfange, den mein Bruder für mich organisiert hat? Tja, genau genommen mache ich die Arbeit meines Bruders. An dem Tag, nachdem wir bei Dominic's gefeuert worden sind, hat er sich auf der Baustelle den Arm gebrochen, deshalb hatten wir keine andere Wahl, ich musste seinen Platz einnehmen.«

Edies Augen wurden riesig. »Du tust hier so, als wärst du dein

Bruder? Machst seinen Job und alles? Oh, Grace – und da sagst du mir, ich soll vorsichtig sein? In einem Etablissement wie diesem hier zu tanzen, ist auch nicht ungefährlich, aber wenigstens bleiben meine Füße auf dem Erdboden.«

»Glaub mir, da wären sie nicht geblieben, wenn Bergmann dich in die Finger gekriegt hätte. Schau, ich weiß, dass es nicht ideal ist, aber nicht mal du hast mich erkannt. Es funktioniert, und ich mache es ja nur, bis Patricks Arm wieder in Ordnung ist. Inzwischen braucht er schon keine Schlinge mehr, und es dauert nur noch einen Monat, bis der Gips abgenommen wird und er wieder selbst zur Arbeit gehen kann.«

»Ein Monat ist eine lange Zeit.«

»Ich bemühe mich, jeden Tag so zu nehmen, wie er kommt.«

»Es ist mir mehr als bewusst, dass uns momentan nichts anderes übrigbleibt, als zu tun, was wir tun müssen, um Geld zu verdienen.« Edies Gesicht war so traurig, dass es Grace fast das Herz brach.

»Hast du Betty in letzter Zeit mal getroffen?«, fragte sie schließlich.

Edie nickte. »Ein paarmal. Sie möchte helfen, aber ich muss für mich selbst sorgen, verstehst du? Ich glaube, sie ist da draußen in Jersey sehr einsam.«

Grace sehnte sich inbrünstig nach ihren Freundinnen. »Wo sind denn deine normalen Kleider?«

»In meiner Tasche, ganz hinten in der Umkleide.«

»Lass uns die Sachen holen, dann kannst du dich umziehen. Und du kommst mit mir zum Abendessen nach Hause.«

»O nein, das geht doch nicht.«

»Möchtest du vielleicht hierbleiben? Mit diesen Männern da draußen? Wie viel Geld hat man dir denn für heute Abend in Aussicht gestellt?«

»Zwei Dollar«, murmelte Edie und blickte verlegen zu Boden.

»Bitte, Edie. Möchtest du nicht auch lieber abhauen und mit mir kommen? Du kriegst Hühnchen zum Abendessen und kannst bei uns übernachten. Ich hab dich so vermisst. Und ich habe eine ganze Ladung von Bettys Sachen bei mir liegen, die muss ich unbedingt loswerden. Ich habe keinen Platz dafür, und du kannst alles mitnehmen, was du magst. Ein Abend zusammen mit mir, etwas zu essen und neue Anziehsachen – das ist doch allemal zwei Dollar wert, oder nicht?« Grace stupste ihre Freundin sanft, und endlich nickte Edie. Ganz langsam breitete sich ein Lächeln auf ihrem Gesicht aus.

»Danke, Gracie.«

Grace umarmte sie noch einmal, setzte dann wieder ihre Kappe auf und ließ ein paarmal die Schultern kreisen. Dann reckte sie den Hals und stellte sich für einen Moment auf die Zehenspitzen, um sich darauf vorzubereiten, wieder in die Rolle ihres Bruders zu schlüpfen. Fasziniert beobachtete Edie den Vorgang.

»Dann mal los.« Grace führte Edie zur Tür hinaus und legte auf dem Weg die Treppe hinunter schützend den Arm um ihre Freundin. Als sie unten ankamen, wurden sie von einem anzüglich grinsenden Mann empfangen, den Grace als einen der Steinmetze von der Baustelle zu erkennen glaubte.

»Reich sie rüber, jetzt bin ich an der Reihe«, lallte er mit nach Bier stinkendem Atem und griff nach Edie.

»Wohl kaum, Kumpel«, knurrte Grace mit tiefer Stimme.

»Sie gehört dir aber nicht«, beharrte der Mann und schubste Grace gegen die Schulter. Grace spürte einen Zorn in ihrer Brust aufwallen, wie sie ihn noch nie zuvor empfunden hatte, und ihr war klar, dass er nur zum Teil diesem Mann galt. Es war ein gefährlicher Cocktail aus der Wut über die Situation und der Hilflosigkeit, die diese Welt in ihr hervorrief. Als Bergmann sie vorhin herausgefordert hatte, hatte sie Angst gehabt, aber jetzt straffte sie die Schultern, ihr Herz schlug schneller, und sie wusste mit einer Sicherheit, die so klar und durchsichtig war wie der Schnaps, der hinter der Bar ausgeschenkt wurde, dass sie mit diesem Mann kämpfen würde, wenn es nötig wäre.

Breitbeinig baute der Betrunkene sich vor ihr auf, und die Umstehenden fingen an, einen kleinen Bereich um sie herum freizumachen. Edie zupfte an ihrem Arm, aber Grace starrte dem Mann ins Gesicht und versuchte, ihn von ihrer Freundin abzulenken und seine volle Aufmerksamkeit auf sich zu ziehen. Doch dann trat plötzlich jemand zwischen sie und ihren Gegner und schob ihn weg. »Geh nach Hause, Leary, du bist besoffen«, sagte Joe Gagliardi, stand da wie ein Fels in der Brandung und ließ die Muskeln spielen. Dann machte er einen Schritt zurück und stellte sich Schulter an Schulter neben Grace.

Der Betrunkene schnaubte und wandte sich ab, musterte Edie jedoch noch einmal von oben bis unten. »Ach, die ist mir sowieso viel zu dürr. Der Aufwand lohnt sich ja gar nicht.«

»Danke, Joe, aber ich hatte die Situation voll im Griff«, sagte Grace und klopfte ihm, in der Hoffnung, dass Patrick so reagiert hätte, betont lässig auf den Rücken, als wäre sein Eingreifen unnötig gewesen. Es ärgerte sie, dass sie ihm nicht sagen konnte, wie dankbar sie ihm in Wirklichkeit war, widerstand dem Impuls, ihre Hand auf seinem Rücken ruhen zu lassen, und deutete stattdessen auf Edie und erklärte: »Das hier ist Edie, eine Freundin von mir, und ich werde dafür sorgen, dass sie sicher nach Hause kommt.«

Joe nickte ihr kurz zu und blickte Grace noch einmal forschend ins Gesicht, um sich zu vergewissern, dass bei ihr auch wirklich alles in Ordnung war.

»Sag Frank, er soll sich in meinem Namen einen Drink genehmigen«, sagte sie.

»Ich glaube, Frank trinkt eigentlich schon genug für uns alle hier drin«, meinte Joe ironisch.

Noch halb im Adrenalinrausch und gegen ihren Willen fing Grace an zu lachen – mit ihrer eigenen Stimme, die sie hastig in ein Husten verwandelte.

»Danke noch mal«, sagte sie und hielt Joes Blick. Hoffentlich wusste er, dass sie es meinte. Was für ein Glück, dass er ihre missliche Lage erkannt hatte. Dass er auf sie aufpasste und sie im Auge behielt.

Am liebsten hätte sie ihn umarmt, doch sie wusste, dass sie es nicht tun durfte. Schnell schob sie den Gedanken weg. So bereit sie gewesen war, mit dem Betrunkenen um Edie zu kämpfen, in Wirklichkeit war sie einem Mann in dieser Hinsicht nicht gewachsen und hätte keine Ahnung gehabt, wie sie es hätte angehen müssen.

Sie tippte sich an die Mütze und ließ sich von Edie durch die Menge zum Hinterzimmer führen. Ihre Freundin schlüpfte hinein und kam schon ein paar Augenblicke später wieder zum Vorschein, ohne Goldkappe auf dem Kopf, ihren Pelzmantel über dem goldenen Kleid.

»Ein Pelz im Juni, in New York?«, fragte Grace grinsend. Sie hatte völlig vergessen, dass Edie den Pelz das ganze Jahr über trug. »Es wundert mich, dass du nicht schmilzt.« Edie antwortete nicht, und Grace packte ihre Hand, sowohl um zu zeigen, dass sie scherzte, als auch, weil es normaler aussehen würde, wenn sie Hand in Hand weggingen. Sie konnte nicht leugnen, dass der Hautkontakt tröstlich und beruhigend war, als sie nach draußen gingen und ein Taxi heranwinkten.

»Und wer ist das?«, fragte Mary mit einem herzlichen Lächeln, als Grace ihre Freundin in die Wohnung führte.

»Das ist Edie, Ma.«

»Eine weitere Tänzerin«, stellte Mary fest und hieß sie willkommen. »Ich habe schon viel von dir gehört.«

»Ach wirklich?«, fragte Edie und verschwand vor Verlegenheit fast in ihrem Mantel.

»Nur Gutes.« Man sah Mary ihre Müdigkeit an, aber sich um Edie zu kümmern, war eine gute Ablenkung von ihren eigenen Problemen.

»Ich will aber wirklich nicht stören«, beteuerte Edie und versuchte, nicht sehnsüchtig zu dem Essen zu blicken, das auf dem kleinen Tisch angerichtet war. Grace war froh, dass Freitag war. Unter der Woche haushalteten sie sehr streng, aber jeder Lohn war Anlass für eine kleine Feier, und das bedeutete immer auch ein gutes Essen. Der Duft von Brathähnchen erfüllte die Wohnung und ließ allen das Wasser im Mund zusammenlaufen.

»Unsinn! Bitte setz dich doch«, sagte Mary und bedeutete Edie, Platz zu nehmen.

»Edie zieht sich nur schnell um, Ma«, erklärte Grace und zeigte ihrer Freundin den Weg in ihr Zimmer. »Wie geht es Connie?«, stellte sie ihre häufigste Frage.

»Geh doch einfach zu ihr und frag sie, ob sie sich stark genug fühlt, mit uns zu essen.«

Grace nickte und ging ins Schlafzimmer, wo Connie blass und mit einem Buch auf dem Schoß im Bett lag. Sie sah müde aus, aber als sie Grace sah, lächelte sie. Dann schüttelte jedoch ein heftiges Husten ihren schmalen Körper.

»Hallo, Prinzessin«, begrüßte Grace sie und strich ihr über die Locken. »Wie geht es dir?«

»Gut.« Ihre eigensinnige Tapferkeit rührte Grace wie immer.

»Ich habe eine Freundin mitgebracht, möchtest du sie kennenlernen? Fühlst du dich stark genug, mit uns zu essen? Oder soll ich dir lieber ein Tablett bringen?«

»Ich hab doch gesagt, mir geht es gut, Gracie«, beteuerte Connie, und es klang fast ein bisschen ärgerlich. Dann schwang sie ihre dünnen Beinchen aus dem Bett, und Grace wickelte sie in eine Decke, ehe sie zusammen zum Tisch gingen.

Mary verteilte die Teller und deckte für alle vier den Tisch, als ihr Gast aus Graces Zimmer kam. Edie hielt den Arm quer über die Brust und fummelte mit der rechten Hand an einem Loch im linken Ellbogen ihres Pullovers herum.

»Ach du lieber Himmel«, sagte Mary. »Jetzt, wo du den Mantel nicht mehr anhast, sehe ich erst, dass du nur Haut und Knochen bist. Setz dich doch bitte.« Schon häufte sie reichlich Essen auf Edies Teller. »Schauen wir doch mal, was wir dagegen unternehmen können, Kind.«

»Connie, das ist Edie«, stellte Grace ihre Freundin unterdessen vor.

Sie lächelten einander zu, beide so bleich und dünn, dass sie fast wie zwei kleine Gespenster aussahen.

Nun verschwand Grace in ihrem Zimmer, um sich umzuziehen, kam aber schon kurz darauf wieder zum Tisch zurück und überreichte ihrer Mutter den Umschlag mit ihrem Lohn, von dem sie einen kleinen Betrag für sich selbst abgezweigt hatte. Patrick war mit Cousin Seamus und seinen Freunden ausgegangen, und Grace genoss es sehr, mit Edie auf der einen und ihrer Schwester auf der anderen Seite am Tisch zu sitzen, zusammen zu essen, zu lachen und zu scherzen. Hier hatte sie nicht nur ihre Lieblingsmenschen um sich herum, sondern konnte vor allem endlich wieder sie selbst sein – wenn auch mit der Frisur ihres Bruders.

Mary füllte Edies Teller immer wieder mit Hähnchenfleisch, Kartoffeln und grünen Bohnen auf, bis Edie schließlich um Gnade bettelte und mehrmals versicherte, sie sei nun wirklich satt. Grace schmunzelte in sich hinein – bestimmt war es das erste Mal seit langem, dass Edie so gut gegessen hatte. Selbst Connie hatte mehr geschafft als nur ihre üblichen paar Bissen. Zwar protestierte Edie zunächst, akzeptierte zum Nachtisch aber doch ein großes Stück Kirschkuchen, legte eine Hand auf den Bauch und begann es zu verputzen.

»Also, pass auf, dass ihr nicht schlecht wird, Ma«, rügte Grace ihre Mutter.

Edie erzählte beim Essen munter von ihren Plänen und dem nächsten Job, den sie in Aussicht hatte. Grace lauschte aufmerksam und versuchte herauszufinden, wie viel von der Begeisterung echt war und wie viel daher rührte, dass ihre Freundin sie und auch sich selbst überzeugen wollte, dass ihr Leben völlig in Ordnung war.

»Es ist ein Tanzwettbewerb«, erklärte Edie. »Man tanzt paarweise, tanzt und tanzt und tanzt einfach immer weiter – klingt das nicht wunderbar? Und weil es lange dauern kann, bis man die Gewinner gefunden hat, wohnt man praktisch dort, bekommt was zu essen, und die Leute können einem beim Tanzen zuschauen. Das letzte Paar, das noch tanzt, wenn die anderen schlappgemacht haben, gewinnt den Preis. Klingt das nicht perfekt?«

»Absolut perfekt«, stimmte Connie zu. »Was bekommt man denn als Preis?«

»Fünfhundert Dollar! Jeder von beiden!«

Mary verschluckte sich vor Überraschung, musste husten und wiederholte ungläubig: »Fünfhundert Dollar? Alle beide?«

Grace trank vorsichtig einen Schluck aus ihrer Limonadenflasche, sagte aber nichts.

»Ja, unglaublich, oder?« Edies Hand mit der Gabel verweilte auf halbem Weg zu ihrem Mund in der Luft, sie bekam glasige Augen – vermutlich stellte sie sich vor, was sie mit fünfhundert Dollar alles tun könnte. Selbst bei Patricks gutem Verdienst wäre es der Lohn von sechs Wochen! Grace kaute schweigend. Sie hatte von den Tanzmarathons gehört und war ganz und gar nicht sicher, ob sie so großartig waren, wie Edie behauptete. Aber bestimmt war ein solcher Marathon besser, als in einer Bar zu tanzen. Wenigstens würde Grace dann wissen, wo ihre Freundin war.

»Klingt großartig, Edie«, sagte sie schließlich. »Wann fängt es an?«

»Sonntag. Das Essen hier wird mich ordentlich auftanken. Noch mal danke, Mrs. O'Connell.«

»Sehr gern geschehen.« Mary lächelte. »So ein nettes Mädchen«, fügte sie leise und mehr zu sich selbst hinzu.

»Ich werde kommen und dir beim Tanzen zuschauen«, versprach Grace.

»Darf ich auch mit?«, fragte Connie, einen winzigen Bissen Kirschkuchen auf der Gabel.

Grace lächelte und streichelte ihre Hand. Connie hatte es heute zwar aus dem Schlafzimmer zum Tisch geschafft, aber das reichte wirklich nicht, um Ausflüge quer durch die Stadt zu planen. »Vielleicht. Schauen wir mal«, wiegelte Mary ab und wechselte dann sofort das Thema.

Doch Grace grübelte weiter. Sie machte sich Sorgen um Edie, und nahm sich vor, so bald wie möglich mit Betty zu telefonieren. Sie war verheiratet und hatte bestimmt mehr Zeit zur Verfügung als Grace. Vielleicht konnte sie helfen. Edies hervorstechende Wangenknochen und Schlüsselbeine sprachen eine deutliche Sprache. Sie sah nicht aus wie ein Mädchen, das kräftig genug war, tagelang ohne Pause zu tanzen, aber sie schien sehr froh zu sein, ihre Probleme auf diese Weise vielleicht selbst lösen zu können. Und nichts wünschte Grace sich mehr, als dass ihre Freundin glücklich war.

Nach dem Essen konnte Edie sich kaum mehr rühren und blieb sitzen, während Grace auf Connies Wunsch eine kleine Aufführung inszenierte und ihnen ihre Lieblingsszenen aus dem Buch vorspielte, das sie gerade las. Connie war sofort voll dabei, Edie lachte, applaudierte an genau den richtigen Stellen, und Grace ging das Herz auf.

Später, als das Geschirr abgewaschen war und sie eine Weile Radio gehört hatten, holte Mary ganz hinten aus dem Schrank eine Dose, blies den Staub ab und bereitete, etwas von einem besonderen Anlass murmelnd, für alle einen Becher heiße Schokolade zu, obwohl die Juninacht sehr warm war. Connie strahlte, und Grace amüsierte sich köstlich, weil Edie ganz genauso reagierte.

Als Connie dann schlief, gelang es Grace nach langer Diskussion tatsächlich, Edie zu überreden, ihr Bett zu benutzen, und lieh ihr noch eins ihrer weißen Nachthemden. Zufrieden schlüpfte Edie unter das Laken, und Grace war froh, dass ihre Freundin wenigstens für eine Nacht eine Familie hatte.

Sie selbst legte sich eine Decke und ein Kissen auf den Fußboden und deckte sich mit einem Laken zu. Die Nacht war nicht kalt, und ihr war warm genug.

»Bist du sicher, dass du da unten schlafen kannst?«, fragte Edie noch. »Ich kann doch nicht einfach dein Bett für mich beanspruchen, ich müsste es doch eigentlich sein, die auf dem Boden liegt.«

»Ich fühle mich sehr wohl hier unten«, beteuerte Grace. »Außerdem bin ich unendlich glücklich, dass ich dich in der Kneipe entdeckt habe. Ich hab dich so vermisst.«

»Ich dich auch«, sagte Edie und fügte mit einem glücklichen Seufzer hinzu: »Ich hatte so einen schönen Abend bei euch, deine Familie ist einfach wunderbar.« Beim letzten Wort brach ihre Stimme. »Danke, dass du mich zum Bleiben überredet hast.«

»Du bist hier immer willkommen, Edie«, antwortete Grace und griff nach Edies Hand. So lagen sie Hand in Hand nebeneinander, bis sie einschliefen.

19

SAMSTAG, 28. JUNI 1930

Als Patrick um die Ecke zur U-Bahn-Station bog, pfiff er eine fröhliche Melodie vor sich hin, ein Lächeln lag auf seinem Gesicht, die Sonne wärmte ihm den Rücken. Grace hatte bereits zwei Wochen auf dem Gerüst hinter sich, Connies Zustand war einigermaßen stabil, sogar seine Mutter war etwas ruhiger geworden, und er hatte einen ganzen Tag mit Florence vor sich. Für Patrick O'Connell entwickelten sich die Dinge richtig gut.

Sein Lächeln wurde noch breiter, als er Florence entdeckte, die in einem leichten gelben Sommerkleid auf ihn wartete. Er hatte sie gefragt, ob er sie zum Dank, dass sie Connie geholfen hatte, zum Essen einladen dürfe, und sie hatte zugesagt. Leider war sein Glücksgefühl von kurzer Dauer, als er sah, dass Florence die Hände in die Hüften stemmte und ihre zusammengekniffenen Augen ihm alles andere als freudig entgegenblickten. Ehe er auch nur ein Wort zur Begrüßung herausbrachte, hatte sie schon den Zeigefinger ausgestreckt und zeigte auf ihn.

»Patrick O'Connell«, begann sie, und es klang alarmierend nach einem Fauchen.

»Florence?«

Sie blähte die Nasenflügel. Er hatte sie bisher noch nie so wütend erlebt, er fand, dass sie dadurch noch schöner aussah, aber es war auch angsteinflößend, vor allem, weil ihr Zorn sich auf ihn zu richten schien.

»Bitte korrigiere mich, wenn ich falschliege, aber nach dem, was du an dem Morgen gesagt hast, als wir zusammen am Bett deiner kranken Schwester saßen und ihre Hand hielten, hatte ich den Eindruck, dass du womöglich daran interessiert wärst, mich näher kennenzulernen.«

»Das bin ich auch, und wie«, antwortete Patrick, runzelte jetzt aber verwirrt die Stirn. Noch nie hatte ein Mädchen in diesem Ton mit ihm geredet, und wenn nicht so viel auf dem Spiel gestanden hätte, hätte er es vielleicht sogar aufregend gefunden. »Ich bin hier, oder nicht?«

Florences Augen waren dunkel vor Zorn. »Dann beantworte mir die Frage: Betrügst du mich?«

Wie immer wimmelte es auf den Straßen von Menschen, und ein vorübergehendes Pärchen schnappte hörbar nach Luft, als es Florences in voller Lautstärke gestellte Frage hörte. Ein Mann tätschelte Patrick den Rücken und verschwand in der U-Bahn-Station mit den Worten: »Ich glaube, du steckst in Schwierigkeiten, Kumpel.« Doch Patrick war viel zu schockiert von der Frage, er war nicht einmal verärgert.

»Nein, natürlich nicht«, antwortete er.

»Denn nach allem, was ich für dich getan habe«, fuhr Florence fort und senkte die Stimme etwas, »und weiterhin für dich tue, würde es ein Mädchen nicht dazu motivieren, Geheimnisse für sich zu behalten, wenn es herausfindet, dass du fremdgehst.«

Patrick schluckte. Es war so weit. Was auch immer vorgefallen sein mochte, war dies sicher der Moment, in dem Florence es sich anders überlegte und heimrannte, um ihrem Vater reinen Wein einzuschenken.

»Ich verstehe nicht, was du meinst, Florence, ganz ehrlich. Ich habe nichts Falsches getan.«

»Warum ist mir dann zu Ohren gekommen, dass du gestern

Abend mit einem anderen Mädchen zusammen warst?«, zischte Florence mit zusammengebissenen Zähnen und machte einen Schritt auf ihn zu. »Wo du mir doch erzählt hast, dass du vorhast, mit deinem Cousin was trinken zu gehen? Ich weiß aus sicherer Quelle, dass du mit diesem Mädchen aus der Bar gekommen bist! Erinnerst du dich, wer mein Vater ist? Ich erfahre Dinge, weißt du, und ich habe auch von deinem Ruf gehört. Mich kannst du nicht so einfach an der Nase herumführen wie deinen Harem ahnungsloser Mädels. Wie kannst du es wagen!?«

»Was? Was hast du gehört? Von wem denn bitte?« Verwirrt starrte Patrick sie an. »Ich weiß überhaupt nicht, wovon du redest!« Dann versuchte er, sich an den gestrigen Abend zu erinnern. Zwar waren seine Erinnerungen etwas verschwommen, aber er war ganz sicher, dass in der Bar keine einzige Frau gewesen war, und er hatte die Bar ohne jeden Zweifel allein verlassen.

Florence drehte sich auf dem Absatz um und machte Anstalten, die Straße hinunterzugehen. Patrick rannte ihr nach und griff nach ihrem Arm.

»Nun warte doch!« Ihm schlug das Herz bis zum Hals, und er hasste es, dass die Zukunft seiner Familie in Florences kleinen wütenden Händen lag, vor allem, wenn er nicht einmal wusste, was er angeblich verbrochen hatte.

Florence drehte sich zu ihm um. »Belügst du mich, Patrick O'Connell?«

»Aber nein!« Patrick war außer sich. Jetzt kämpfte er um sein Leben und setzte alles daran, ruhig zu bleiben, damit sie die Sache klären konnten. »Ich habe keine Ahnung, wovon du sprichst. Ich war mit keiner anderen Frau zusammen. Ich will keine andere Frau. Das wusste ich von dem Augenblick an, als ich dir beim Eisessen zugeschaut habe!« Die Worte waren aus seinem Mund, ehe ihm bewusst war, was er da sagte.

Eine Sekunde sah Florence schockiert aus, dann fuhr sie mit ihrer Tirade fort und stieß ihn dabei auch noch mit dem Finger gegen die Brust. »Du brauchst gar nicht zu denken, du könntest dich rausreden, indem du irgendwas plapperst, von dem du glaubst, es könnte dir helfen, nur damit ich den Mund halte. Ich …«

»Warte«, fiel Patrick ihr ins Wort. Der Überfall hatte ihn überrascht, aber nun, da er sich wieder gefangen hatte, brauchte er nicht lange nach einer Erklärung für die ganze Verwirrung zu suchen.

Vor nicht einmal einer Stunde hatte er am Frühstückstisch neben einem schmächtigen Mädchen gesessen, das aufgeregt wie ein Kind Toast in ihr Ei gestippt hatte. Grace hatte sie ihm vorgestellt, und das Mädchen war feuerrot geworden – ob aus Schüchternheit oder Verlegenheit, konnte er nicht sagen. Und auf einmal musste er lachen, ob er wollte oder nicht.

»Was genau findest du denn daran so komisch? Gott steh mir bei, Patrick O'Connell, ich werde …«

Aber er packte sie an den Schultern und flüsterte ihr ins Ohr: »Das war Grace«, und musste sofort wieder lachen.

»Was?« Florence wich zurück, um ihm ins Gesicht schauen zu können. »Du warst mit Grace zusammen?«

»Nein, nein«, sagte Patrick, noch immer belustigt. »Es *war* Grace, nicht ich.« Die letzten Worte formte er lautlos mit den Lippen, obwohl sie inzwischen niemand mehr beachtete. »Grace hat zufällig eine Freundin getroffen und mit nach Hause gebracht. Aber offensichtlich war sie …«

»Angezogen wie du«, beendete Florence den Satz leise.

»Genau«, bestätigte Patrick. »Dem Mädchen bin ich heute Morgen beim Frühstück zum ersten Mal begegnet, und sie machte einen sehr netten Eindruck.« Jetzt veralberte er Florence ein bisschen. »Als würde ich Mädchen, die ich in einer Bar kennenlerne, mit nach Hause zu meiner Mutter nehmen.« Er musste wieder lachen.

Tatsächlich zuckte es auch um Florences Mundwinkel verräterisch, und während Patrick beobachtete, wie sich ihre Wut legte, verliebte er sich mit jeder Minute ein bisschen mehr in sie, ganz besonders, als sie den Kopf in den Nacken legte und laut loslachte. Insgeheim freute er sich auch, dass sie eifersüchtig wurde, wenn sie sich vorstellte, er sei mit einer anderen zusammen gewesen.

»Natürlich«, sagte sie und wischte sich die Lachtränen aus den Augen. »Ich kann gar nicht glauben, dass ich nicht selbst darauf gekommen bin.«

»Du kannst mir vertrauen«, sagte Patrick.

Sie blickte unter ihren dunklen Wimpern zu ihm empor, und ihre Gesichter waren einander sehr nahe. »Ja? Wirklich? Hast du das, was du vorhin gesagt hast, ernst gemeint?«

»Ja.« Es war das Einfachste der Welt. Für ihn gab es keinen Zweifel. Er hatte gedacht, sich den Arm zu brechen, wäre das Schlimmste, was ihm hatte zustoßen können, aber wenn es nicht passiert wäre, hätte er womöglich nie mit Florence Gilligan Eis gegessen.

Florence nickte und ging weiter. Patrick wechselte auf ihre andere Seite, damit er mit seiner gesunden Hand die ihre nehmen konnte. Nach ein paar Schritten meinte Florence lässig: »Ich hätte es meinem Vater sowieso nicht verraten, weißt du.« Sie hielt kurz inne, bevor sie hinzufügte: »Dafür mag ich deine beiden Schwestern viel zu sehr.«

Patrick grinste und gab ihr einen Kuss auf den Kopf.

20

MITTWOCH, 2. JULI 1930

Es war ein glorioser Tag. In der Lunchpause wandte Grace ihr Gesicht der Sonne zu und genoss neben Joe in entspanntem Schweigen die Aussicht. Als es Zeit wurde, wieder aufzustehen, sprang sie voller Elan auf, wandte sich um und sah sich suchend nach Frank um.

»Komm schon, alter Mann«, rief sie ihm zu. »Du bist ja heute richtig langsam.«

»Versuch du doch mal, mit einem Baby im Haus genug Schlaf zu bekommen«, erwiderte er, und Grace grinste. Zwölf Donohues über ihrem Kopf waren vermutlich mindestens so schlimm.

Als alle wieder an ihre Posten gegangen waren, wollte Grace gerade Seamus signalisieren, dass sie bereit war für die erste Niete, als sie plötzlich von einem seltsamen Gefühl ergriffen wurde – ihre Nackenhaare sträubten sich, auf ihren Armen stellten sich die Härchen auf. Dann nahm sie aus dem Augenwinkel eine Bewegung wahr und fuhr hastig herum.

Vom Stockwerk über ihnen fiel ein Mann herab.

Grace hatte nicht die geringste Ahnung, was genau passiert war, aber der Mann stürzte direkt an ihr vorbei, flach auf dem Rücken, als läge er auf einem Bett, stürzte tiefer und immer tiefer. Im nächsten Moment wurde sie von Joe gepackt, der sie umklammerte, um sie zu schützen, obgleich der Mann ohnehin ein Stückchen vom Gebäude entfernt zu fallen schien und niemanden berühren und mit sich reißen konnte. Und dann war der Mann verschwunden.

»Schau nicht hin«, sagte Joe, aber es war zu spät, Grace hatte schon zu viel gesehen. Sie brauchte nicht Zeugin davon zu werden, wie der Mann auf dem Boden aufschlug, um zu wissen, was geschehen würde. Was wahrscheinlich schon geschehen war.

Grace erstarrte, alles in ihr schnürte sich zusammen. Hoffentlich war dort unten niemand verletzt worden. Abgesehen von dem armen Mann natürlich, der gerade aus einer Höhe von über neunzig Metern in die Tiefe gestürzt war. In ihrem Kopf hörte Grace sich schreien, obgleich in Wirklichkeit, genau wie bei allen anderen, kein Ton aus ihrem Mund kam. Auf der ganzen Baustelle herrschte Totenstille. Die meisten Arbeiter hatten gesehen, was passiert war, und die Nachricht verbreitete sich rasch auch bei denen, die bisher nichts mitbekommen hatten. Alle hörten auf zu arbeiten, legten ihr Werkzeug zur Seite und blieben stehen, wo sie waren, als Zeichen des Respekts, schweigend, den Hut in der Hand. Erst, als Grace versuchte, ihre Kappe abzunehmen, merkte sie, dass Joe sie immer noch festhielt wie eine Zwangsjacke, spürte, wie sich seine Brust an ihrem Rücken hob und senkte, fühlte seinen Atem am Ohr. Der stürzende Mann war Grace so nahe gewesen, so nahe, dass sie den Schock auf seinem Gesicht gesehen hatte, und diesen Anblick würde sie in ihrem Leben niemals wieder vergessen. Für den Bruchteil einer Sekunde war ihr Blick dem des Stürzenden begegnet, sein Mund war offen gewesen, sie konnte sich nicht erinnern, ihn schreien gehört zu haben.

»Du musst dich zusammenreißen, am besten jetzt sofort, *Patrick*«, zischte Joe ihr ins Ohr, und seine Stimme klang scharf. So hatte er schon ziemlich lange nicht mehr mit ihr gesprochen. Auf einmal merkte sie, dass sie sich an ihn lehnte, und richtete sich hastig auf, trug wieder ihr eigenes Gewicht, obwohl ihr Körper noch immer starr war vor Schreck. Sie sah den besorgten Ausdruck auf Franks Gesicht, konnte das Geschehen aber nicht wirklich begreifen – auf die einzige Art, die sie beherrschte, hatte sie ihre Gefühle weggeschlossen und jede Empfindung ausgeschaltet.

Weniger als fünf Minuten nach dem Sturz machte Gilligan die Runde und redete mit den Arbeitern. Grace dachte, er würde vielleicht überprüfen, ob alle so weit zurechtkamen, dass sie weitermachen konnten, aber das wurde anscheinend erwartet und als selbstverständlich angesehen. Das vorherrschende Gefühl schien vielmehr zu sein, dass jeder froh war, nicht selbst abgestürzt zu sein. Innerhalb von zehn Minuten gingen alle wieder an die Arbeit. Was sollten sie auch sonst tun?

»Es ist eine Tragödie«, sagte Gilligan, und Grace sah ihm an, dass er es ernst meinte. »Aber wir können jetzt nicht aufhören – sonst fangen wir nie wieder an. Wir werden eine Möglichkeit finden, dem Verunglückten unseren Respekt zu erweisen, aber im Augenblick bleibt uns nichts anderes übrig, als einfach weiterzumachen.«

Grace versuchte, den Rat des Vorarbeiters zu beherzigen, doch sie blickte auf die Zange in ihrer Hand, als hätte sie sie noch nie gesehen. Andererseits war ihr natürlich klar, dass Tausende Männer auf dieser Baustelle arbeiteten und nicht einfach aufhören konnten, weil einer von ihnen gestorben war. Gestorben. Tot. Der Mann war tot. Klar war er tot. Aber als er an ihr vorbeigefallen war, hatte er noch gelebt, und in diesem Moment war sie Augenzeugin der letzten Sekunden seines Lebens geworden.

Sie arbeitete weiter, unterdrückte das Zittern ihrer Hände, so gut sie konnte, erinnerte ihre Lungen daran, ein- und auszuatmen, und zwang sich, an Connies Gesicht zu denken, um diesen Tag zu überstehen. Alle paar Nieten hielt sie kurz inne und schluckte schwer, weil sie immer wieder den Mann vor Augen hatte, der durch die Luft fiel. Es drehte sich ihr der Magen um, und sie fürchtete mehrmals, sich übergeben zu müssen. Wie konnten die Männer um sie herum einfach weitermachen, als wäre nichts passiert? Einmal warf sie einen Blick nach unten und sah einen Krankenwagen auf der Straße stehen, ein winziges Fleckchen. Unmöglich, dass es nach einem Sturz aus dieser Höhe überhaupt noch einen Körper gab, den die Sanitäter mitnehmen konnten. Jedenfalls bestimmt keinen vollständigen. Hastig wandte Grace den Blick ab, blinzelte, um dafür zu sorgen, dass die Tränen ihr nicht die Sicht verschleierten, wenn die nächste Niete angeflogen kam, und zog die Zehen in ihren Stiefeln an, als könnte sie sich so besser auf ihrem Balken festklammern. Doch in Wahrheit konnte so ein Unfall jedem von ihnen passieren, jederzeit.

Dann verbreitete sich flüsternd der Name auf dem Gerüst. Lukasz. Lukasz Kowalski. Ein Connector, einer von denen, die den gefährlichsten Job der ganzen Baustelle machten. Trotz des Lärms hörte Grace immer wieder Bruchstücke von Informationen, auf die sie eigentlich gar keinen Wert legte – der Name würde sie in ihren Träumen heimsuchen.

In einer Kaffeepause toasteten Männer feierlich Sandwiches über ihren Schmiedefeuern, und Grace staunte, dass sie überhaupt Appetit hatten. Lukasz Kowalski. Pole. Neununddreißig Jahre alt. Sechs Kinder. Grace hatte genug damit zu tun, die Situation einigermaßen zu verdauen, wie sollte sie da essen? Nicht noch mehr, bitte nicht! Sie starrte vor sich hin, ohne etwas zu sehen, und wusste nicht einmal, ob jemand versucht hatte, mit ihr zu reden. Ihr Körper befand sich auf der Baustelle, aber den wichtigsten Teil ihrer selbst hatte sie fest in sich verschlossen, denn sonst hätte sie laut geweint und geschrien. Und wenn sie erst einmal anfing zu schreien, würde sie womöglich nie wieder aufhören können. So kehrte sie nach der Pause an ihren Platz zurück, machte ihren Job und fing die Nieten auf, bis die Uhr ihr mitteilte, dass Feierabend war und sie sich endlich ausruhen konnte.

Auf dem Weg nach unten wurde ihr immer übler, und ihr war angst und bange vor dem, was sie auf der Straße sehen würde. War Lukasz Kowalski inzwischen weggebracht worden? Sie stellte sich einen verstümmelten, zerstörten Körper mit verdrehten Gliedmaßen unter einem Laken vor. Was, wenn durch den Aufprall wirklich gar nichts mehr von ihm übrig war? Vielleicht würde auf dem Boden nur ein Blutfleck zu sehen sein. Ihr fiel das Atmen so schwer, dass jedes Luftholen zu einem Kampf wurde, ihre Haut war schweißnass. In ihrer klammen Hand drehte sie ihre Identifikationsmarke hin und her und fragte sich, ob diese womöglich für genau solche Fälle gedacht war – weil sie das Einzige war, was übrig blieb, wenn man abstürzte?

Als sie aus dem Aufzug stieg, hielt sie die Luft an, denn sie ging fest davon aus, dass draußen ein großes Chaos herrschen würde. Aber nichts dergleichen, alles war wie an jedem anderen Tag. Nirgends eine Spur von Lukasz Kowalski. Er war aufgewischt, abtransportiert, ausradiert. Als hätte es ihn nie gegeben. Sie hätte erleichtert sein müssen, aber auf eine Art war das hier viel, viel schlimmer. Ein Mann hielt eine leere Farbdose in der Hand und rief: »Eine kleine Spende für Lukasz! Eine kleine Spende für seine Witwe!« Er nannte sie bereits *Witwe*, dabei hatte sie ja womöglich noch gar keine Ahnung, was passiert war. Grace griff in ihre Hosentasche, stopfte ein paar Scheine in die Dose und hoffte, dass das Geld wirklich bei der Familie ankommen würde.

Ein paar Schritte weiter holte Joe sie ein und ging ein Stück neben ihr her. »Bist du okay?«, flüsterte er, und Grace nickte, obwohl es nicht der Wahrheit entsprach. Wortlos gab sie ihre Marke ab, verließ die Baustelle und driftete durch die Straßen wie ein Gespenst.

Als Grace nach Hause kam, ging sie direkt ins Zimmer ihrer Mutter, wo Connie sich auf Kissen gestützt ausruhte.

»Gracie«, sagte sie leise und runzelte besorgt die Stirn, als sie das Gesicht ihrer Schwester sah. »Was ist los?«

»War ein schlimmer Tag heute, Connie.« Mehr brachte sie nicht heraus. Sie küsste die Hand ihrer Schwester, ging dann in ihr eigenes Zimmer, schloss die Tür hinter sich und legte sich aufs Bett. Eigentlich hatte sie erwartet zu weinen, aber ihre Augen waren trocken und ihr Kopf völlig leer, bis auf den einen Gedanken: *Jedes Mal, wenn es danach aussieht, als würde es besser, wird es nur noch schlimmer.*

Ihre Mutter ließ sie in Ruhe, aber als Patrick nach Hause kam, hörte Grace gedämpfte Stimmen vor ihrer Tür. Kurz darauf klopfte es, und er kam herein.

»Schlechter Tag«, sagte er, und es war eine Feststellung, keine Frage.

Grace blickte auf, um nachzusehen, ob ihr Bruder auch diesmal Alkohol mitgebracht hatte. Leider nicht. »Ein Mann ist gestorben«, sagte sie.

Patrick holte tief Luft, und eine Weile saßen sie schweigend nebeneinander. »Wer?«

Natürlich, die Männer auf der Baustelle waren ja Patricks Kollegen, nicht ihre. »Lukasz Kowalski.« Der Name fühlte sich in ihrem Mund unförmig an, als wäre ihre Zunge zu groß, aber sie war froh, ihn laut ausgesprochen zu haben.

»Den kannte ich nicht«, sagte Patrick, und man hörte ihm an, dass er erleichtert war.

»Dann ist wohl alles in Ordnung?«, gab Grace mit einer Spur Bitterkeit zurück. Plötzlich hatte sie das Gefühl, irgendwo außerhalb ihres Körpers zu schweben. Sie kannte Lukasz Kowalski. Sie kannte sein Gesicht, sie wusste, wie es in der Sekunde ausgesehen hatte, in der er begriffen hatte, dass er gleich sterben würde. Sie kannte ihn auf eine Art, wie niemand sonst ihn jemals kennen würde.

»So hab ich das nicht gemeint.« Patrick errötete.

Eine Woge von Hitze und Wut schlug über Grace zusammen. »Das alles ist so brutal, so gnadenlos«, flüsterte sie, ihre Augen brannten. »Ich kann nicht mehr tanzen, ich verliere meine Freundinnen, ich muss diese schreckliche Arbeit machen, Connie ist krank, die Miete wird teurer, und jetzt auch noch das. Ich weiß nicht, wie viel ich noch aushalten kann. Jedes Mal, wenn wir auch nur einen klitzekleinen Schritt nach oben schaffen, kickt uns das Leben die ganze Treppe wieder runter. Was wird wohl als Nächstes kommen?«

»Es tut mir so leid.« Patrick wusste, dass Worte nicht ansatzweise genügten. Vor ihm saß seine Zwillingsschwester, am Boden zerstört, und er hatte keine Ahnung, wie er das, was zu Bruch gegangen war, wieder zusammensetzen konnte. Ratlos starrte er sie an.

Als es an der Wohnungstür klopfte, verließ er das Zimmer, um aufzumachen.

»Frank!«, hörte Grace ihren Bruder überrascht ausrufen, eine kurze, gedämpfte Unterhaltung folgte, dann klopfte es wieder an ihrer Zimmertür. Mühsam stand sie auf und öffnete.

»*Bella.*« Es war seltsam, Frank hier in ihrem Zuhause zu sehen. Seine für gewöhnlich so munteren Augen wirkten traurig und niedergeschlagen. »Es war ein schrecklicher Tag, und ich bin gekommen, um dich heute Abend zum Essen bei meiner Familie einzuladen. Es war Giuseppes Idee.« Er lächelte. »Er ist zu Hause und bereitet alles vor. Bitte sag, dass du mitkommst.«

Eigentlich wollte Grace ablehnen, sie fühlte sich nicht in der Lage, unter Menschen zu gehen. Gleichzeitig jedoch verspürte sie den seltsamen Wunsch, in der Nähe von Frank und Joe zu sein. Die beiden würden wenigstens verstehen, wie es ihr ging. Und Frank war den ganzen Weg von der Lower East Side hierhergekommen, um sie einzuladen. Es wäre unhöflich, ihn mit einer Absage wegzuschicken. Außerdem war ihr klar, dass sie Ablenkung brauchen konnte, denn sonst würde sie nur auf ihrem Bett liegen und sich verrückt machen.

»Ich weiß ja, dass du die Kochkünste meiner Frau zu schätzen weißt«, fuhr Frank fort. »Du schaust immer so interessiert auf meinen Lunch. Da willst du dir doch bestimmt nicht die Gelegenheit entgehen lassen, endlich mal mit uns zu essen, richtig?«

Zwar war Grace kein bisschen hungrig, nicht einmal, wenn sie sich das köstliche italienische Essen vorstellte, aber sie wollte Frank nicht enttäuschen – am allerwenigsten den Teil von ihm, der sie immer mehr an ihren Vater erinnerte.

»Wer könnte so ein Angebot ablehnen?«, antwortete sie deshalb und rang sich immerhin ein kleines Lächeln ab. »Danke für die Einladung.«

Frank klatschte begeistert in die Hände. »Ihr seid alle herzlich willkommen, die ganze Familie«, sagte er zu Patrick, der vor der offenen Tür stand und Graces Reaktion aufmerksam beobachtet hatte. »Lieber ein andermal.«

»Ein andermal, na gut«, stimmte Frank zu. »Aber dich, *bella*, werden wir heute Abend verwöhnen.«

Grace glaubte nicht daran, dass sie etwas essen konnte, nickte aber trotzdem.

Frank wartete draußen, während Grace in ihrem winzigen Zimmer stand und überlegte, was sie anziehen sollte, und herausfordernd auf ihre Sachen starrte, als hätten sie eine Antwort parat. Da sie sich nicht erkundigt hatte, ob sie als Grace oder als Patrick kommen sollte, entschied sie sich am Ende für die Hose, die ihr Bruder ihr für ihren ersten Trainingstag gegeben hatte, mit Hosenträgern, damit sie nicht rutschte, und ein frisches Hemd. Niemand wusste, dass Grace und Frank sich kannten, also war es besser, wenn sie sich wie Patrick kleidete, aber sie freute sich darauf, in der Wohnung der Gagliardis zur Abwechslung wenigstens ihre eigene Stimme benutzen zu können.

»Ich kann es kaum erwarten, dass du sie alle kennenlernst«, sagte Frank, als sie um die Ecke in eine belebte Straße der Lower East Side bogen, und klang vor Aufregung eher wie Connie als wie ein erwachsener Mann und Familienvater. Die Häuser hier waren zwar alt und der Putz bröckelte an manchen Stellen, aber alles war makellos sauber und – geschmückt mit elektrischen Lichterketten und rot-weiß-grünen Girlanden – sicher einer der einladendsten Orte von New York.

»Was feiert ihr denn?«, fragte Grace, auf die Dekorationen deutend.

»Wir sind Italiener«, erklärte Frank. »Wir brauchen keinen besonderen Grund zum Feiern. Aber zu feiern gibt es doch eigentlich immer irgendetwas – einen Geburtstag, ein Baby, eine Hochzeit oder einen religiösen Festtag. Wir lassen die Dekorationen einfach das ganze Jahr über hängen, so sparen wir viel Zeit. Außerdem macht der Schmuck die Menschen glücklich. Und Freude kann man schließlich nie genug haben, stimmt's, *bella*?«

Jetzt musste Grace doch lächeln, und zum ersten Mal seit Lukasz' Absturz spürte sie tatsächlich etwas. Nur ein kleines Flackern in ihrem Innern, aber es fühlte sich an, als erwache sie langsam wieder zum Leben.

»Da sind wir auch schon«, verkündete Frank und führte sie die Treppe zu einem der braunen Sandsteinhäuser hinauf.

»Meine Güte«, hauchte Grace, als Frank die Tür zu der Wohnung im ersten Stock öffnete. Im Raum herrschte ein Tumult von Farben, Betriebsamkeit, Stimmen und dem Duft von frisch gebackenem Teig und Tomaten. In der Mitte stand ein großer Tisch, und kombiniert mit den plaudernden Menschen, die um ihn herumstanden – dem Gefühl nach waren es Hunderte –, schien er fast den gesamten verfügbaren Raum zu beanspruchen.

»Papa!« Zwei dunkelhaarige Kinder kamen auf Frank zugerannt, umarmten seine Beine, und er hob mühelos eines mit dem rechten, das andere mit dem linken Arm hoch und überhäufte die beiden mit Küssen. »*Bambini!*«

Dann wandte er sich mit den Kindern zu Grace um. »Das ist meine Freundin Grace. Und das hier, Grace, sind Carlotta und Giovanni.«

»Ich freue mich sehr, euch kennenzulernen«, sagte Grace. Die Kinder waren wunderschön mit ihren zerzausten Haaren und den riesigen dunklen Augen, die Grace verwundert und etwas verwirrt anstarrten. Carlotta war schätzungsweise sechs, Giovanni etwas jünger. Grace hatte im Zimmer bereits mindestens drei weitere kleine Kinder erblickt.

»Bist du ein Mädchen oder ein Junge?«, fragte Carlotta schließlich.

Frank lachte, und Grace antwortete grinsend: »Manchmal das eine, manchmal das andere. Ich bin ein Mädchen, das sich gelegentlich anzieht wie ein Junge. Ist ein bisschen kompliziert.«

»Ich finde das gar nicht kompliziert«, erklärte Giovanni und warf sich stolz in die Brust.

»Ai, Gio, das kommt daher, dass du so klug bist!« rief Frank, küsste beide Kinder noch einmal und stellte sie dann auf den Boden zurück. »Meine wunderschöne Nicoletta ist dort drüben« – er machte eine Handbewegung zu einem Haufen kleiner Kinder, die wild auf einem Stuhl herumkletterten – »und Mateo musst du natürlich auch unbedingt kennenlernen!«, fügte er mit einem breiten Grinsen hinzu.

Noch bevor Grace den Türbereich verlassen hatte, war sie schon von Familienmitgliedern aller Art mit Küsschen auf beide Wangen begrüßt worden. Zwar schwatzten sie in rasantem Italienisch miteinander, aber mit Grace unterhielten sie sich auf Englisch, mal mehr, mal weniger fließend. Frank stellte ihr jeden von ihnen mit Namen vor, gab ihr allerdings nicht den geringsten Hinweis darauf, wie diese Leute mit ihm verwandt waren. »Sophia! Marco! Little Enzo und Big Enzo! Frankie! Big Giovanni, nenn ihn einfach Gio!« Das Meer von lächelnden Menschen, die sie begrüßten wie ein lange verloren geglaubtes und nun wiedergefundenes Familienmitglied, verschluckte Grace fast.

»Hier entlang, *bella*!«, rief Frank schließlich, nahm sie bei der Hand und machte mit ihr die Runde um den Tisch. Eine schöne Frau mit langen schwarzen Locken kam mit einem winzigen quäkenden Baby und einem Handtuch über der Schulter aus der Küche, sie sah mühelos elegant aus in ihrem einfachen roten, von einer weißen Schürze verdeckten Kleid. »Da ist sie ja!«, erklärte Frank. »Meine Maria! Darf ich dir Grace vorstellen? Und dieser wundervolle kleine Junge ist Mateo!« Auch Maria begrüßte Grace mit Küssen, drückte ihr dann das winzige Baby in den Arm und verschwand wieder in der kleinen Küche, die von weiteren Menschen aus allen Nähten zu platzen schien.

»Mamma!«, rief Frank im nächsten Moment und schob eine leicht bucklige, in einen feinen schwarzen Schal gehüllte Frau auf Grace zu. Ihre grauen Haare waren zu einem Knoten aufgesteckt, und als sie Grace ansah, war es, als blickte sie in Joes Augen. »Das ist Grace!«, verkündete Frank und nahm ihr den winzigen Mateo wieder ab, damit sie seine Mutter angemessen begrüßen konnte.

»Grace«, sagte die ältere Frau, nahm Graces Hände, zog sie an sich, küsste sie ebenfalls auf beide Wangen und fuhr fort: »Ich danke dir, mein Schatz, *grazie mille* für alles, was du für meine Familie getan hast!« Grace konnte nur lächeln, denn vor Rührung hatte sie einen dicken Kloß im Hals und brachte kein Wort über die Lippen.

»Und hier ist jemand, den du kennst!«, sagte Frank kurz darauf. Grace stockte der Atem, denn aus der Küche kam Joe. In dieser Umgebung wirkte er verändert, und plötzlich sah sie ihn mit völlig anderen Augen. »Hol Grace was zu trinken, Giuseppe! Es ist heiß hier drin, mach doch noch ein Fenster auf, Marco! Wie meinst du das, es sind schon alle offen? Dann müssen wir noch ein paar neue in die Wand schlagen!« Lachend gab Frank den winzigen Mateo einer anderen schönen Frau und wandte sich dann einem Mann zu, in dem Grace einen weiteren seiner Brüder zu erkennen glaubte.

Joe winkte ihr zu, und Grace drängelte sich an ein paar Leuten vorbei in die kleine Küche, in der es so stark nach Essen roch, dass es fast nicht auszuhalten war. Obwohl sie sich nicht im Geringsten hungrig fühlte, begann ihr das Wasser im Mund zusammenzulaufen, als ihr Blick auf die Schüsseln mit glänzenden Oliven und Tomaten, milchigem Mozzarella, rosarotem Schinken und weißköpfigen Pilzen fiel.

Maria war dabei, mit dem unteren Teil einer Kelle selbstgemachte Tomatensauce auf dem frischen Teig zu verteilen. »Ich wette, du hast noch nie echte italienische Pizza gegessen«, sagte

sie zu Grace. »Aber danach wirst du nie wieder dieselbe sein!«
Grace zweifelte keine Sekunde daran, dass sie recht hatte.

Joe beobachtete die Szene interessiert, und als Grace bemerkte,
wie sanft sein Blick geworden war, wurde ihr warm ums Herz.
»Ich bin froh, dass du gekommen bist«, sagte er leise, und sie
nickte, musste aber schlucken und sich einreden, nicht enttäuscht
zu sein, weil er sie nicht wie die anderen Familienmitglieder bei
der Begrüßung umarmt und geküsst hatte. »Wein?«, fragte er und
hielt eine Flasche Rotwein in die Höhe.

»Gern, aber bitte nur ein bisschen.«

»Für mich bitte auch ein bisschen!«, rief eine fröhliche Stimme,
und Grace versuchte zu ergründen, woher sie gekommen war,
während Joe ihr lachend eingoss und das Glas reichte. Auf einmal fiel ihr auf, dass sie ihn kaum einmal lachen hörte, und sie
hätte dieses Lachen am liebsten eingefangen wie einen Schmetterling und für immer behalten.

»Dich hab ich nicht gemeint«, wandte Joe sich unterdessen an
den Neuankömmling. »Das ist unsere Freundin Grace«, sagte er
dann, was Grace immens freute. An sie gewandt, fügte er noch
hinzu: »Grace, das ist mein Bruder Bruno.«

Der Mann, der jetzt vor ihnen stand, war sehr groß, und Grace
konnte kaum glauben, dass sie ihn bis zu diesem Augenblick
nicht wahrgenommen hatte. Er war nicht nur groß, sondern
hatte auch sehr breite Schultern – breiter noch als Frank – und die
gleichen dunklen Haare und dunkle Haut wie der Rest der Familie. Obwohl er ebenso gut aussah wie die anderen, glaubte Grace
an der Art, wie sein Blick scheinbar ungesteuert durch den Raum
wanderte und an seinem schlaffen, stets leicht geöffneten Mund
zu erkennen, dass mit ihm irgendetwas anders war.

»Hallo, Bruno. Freut mich, dich kennenzulernen«, begrüßte sie
ihn, und als sie ihm die Hand entgegenstreckte, packte Bruno sie

mit beiden Händen und rief: »Kuss!« Grace lachte, beugte sich vor und küsste Bruno auf beide Wangen.

»Sie ist hübsch, Joe!«, stellte er fest, und Joe sah einen Moment verlegen aus, nickte dann aber und bestätigte: »Sehr hübsch, ja.« Grace errötete.

»Darf ich beim Essen neben dir sitzen?«, fragte Bruno unbeirrt.

»Aber selbstverständlich«, antwortete sie. »Es wäre mir eine Ehre.«

Joe sah sie an und hielt ihren Blick eine Sekunde länger, als nötig gewesen wäre, ehe er rasch wieder wegschaute. Wenn Grace hätte raten müssen, hätte sie Bruno auf ungefähr fünfundzwanzig Jahre geschätzt, aber sein Verhalten ähnelte eher dem eines Kindes. Ihr fiel der erste Abend ein, an dem sie die Gagliardis kennengelernt hatte. Damals, als Joe dachte, sie würden alle ihren Job verlieren, hatte er als Erstes gefragt: »Und was wird dann aus Bruno?« Offensichtlich war Grace nicht die Einzige, die mit ihrer Arbeit ein Familienmitglied zu versorgen hatte. Sie wusste, dass Joe seinen Bruder beschützte und dass es ein besonderes Geschenk war, in den privaten Bereich der Familie eingelassen zu werden und Bruno persönlich kennenlernen zu dürfen.

Grace sah sich im Raum um und versuchte, die Gäste zu zählen, alle waren sie ständig in Bewegung, blieben mal hier und mal dort stehen, und außerdem war die Familienähnlichkeit so ausgeprägt, dass sie bei zwanzig aufgab. Verglichen mit der Gagliardi-Sippe wirkte das Gewimmel der Donohues beinahe übersichtlich.

»Setzt euch doch bitte!«, rief Maria, und alle strömten zu dem mit Tellern, Besteck und Gläsern üppig gedeckten Tisch. Obwohl es noch nicht dunkel war, brannten Kerzen darauf. Die Familie unterhielt sich größtenteils auf Englisch, sicher Grace zuliebe. Doch sie traute sich nicht, sich zu setzen, bis Bruno seine große Pranke um ihre Hand schloss und sie zu ihrem Platz führte.

»Hier sitzt du, Grace«, erklärte er und drückte sie an den Schultern auf ihren Stuhl.

»Langsam, Bruno«, mahnte Joe. »Ganz sanft.« Joe saß auf Brunos anderer Seite, und wieder fühlte Grace einen winzigen Stich der Enttäuschung, weil er nicht neben ihr war. Doch sie hatte nicht viel Zeit, darüber nachzudenken, denn ein kleines Kind kletterte, eine Stoffpuppe fest im Griff, auf ihren Schoß und machte es sich dort gemütlich.

»Ah«, rief Frank, der ihr gegenüber Platz nahm. »Ich sehe schon, du hast Nicoletta kennengelernt.«

Franks und Joes Mutter, die, wie Grace im Gespräch erfahren hatte, Giulia hieß, saß auf Graces anderer Seite, legte die Hand auf ihre und schenkte ihr ein herzliches Lächeln.

»Ich habe gehört, dass heute etwas Schlimmes passiert ist«, sagte sie leise auf Englisch mit ziemlich starkem Akzent, und ihre Stimme war im Lärm kaum zu hören. Etwas beschämt nickte Grace, sie hatte Lukasz tatsächlich eine Zeitlang vergessen. Giulia drückte ihre Hand. »Wir feiern das Leben, indem wir für diejenigen leben, die das nicht mehr können.« Sie tätschelte Grace noch ein paarmal die Hand und legte ihre dann zurück auf den Schoß. »Und wir essen.« Sie zuckte leicht die Achseln. »Wir sind eben Italiener.«

Inzwischen hatten Maria und zwei andere Frauen angefangen, große Schüsseln mit Pasta und reich mit Pizzastücken beladene Platten auf dem Tisch zu verteilen. Grace konnte sich kaum vorstellen, wie sie das alles in der winzigen Küche bewerkstelligt hatten, und sah mit hochgezogenen Augenbrauen zu Joe hinüber. »Wie?«, formte sie mit den Lippen.

Aber er lachte nur und formte die Antwort ebenfalls nur mit den Lippen: »Magie.« Dann zwinkerte er ihr zu, und in Graces Bauch flog ein ganzer Schwarm von Schmetterlingen auf. Joe winkte sie näher zu sich, und sie beugten sich an Bruno vorbei zueinander, bis sich ihre Köpfe fast berührten. »Auf dem Dach steht ein großer Backsteinofen«, sagte er und legte den Zeigefinger an die Lippen. Grace grinste und genoss das Gefühl, ein Geheimnis mit ihm zu teilen.

Die Tischplatte bog sich unter all den leckeren Speisen. Kaum hatte Maria sich hingesetzt, hielt Frank eine kleine Rede und sah seine Frau dabei so voller Liebe an, dass Grace förmlich das Herz aufging. Schließlich drehte er sich zu seiner Mutter.

»*Mangiamo!*«, verkündete Giulia daraufhin und fügte eigens für Grace hinzu: »Lasst uns essen!«

Noch nie in ihrem Leben hatte Grace so gut gegessen. Bruno schaute sie immer wieder an und lachte herzhaft über die Gesichter, die Grace schnitt, während sie hingerissen ein Gericht nach dem anderen probierte. Für eine Person, die noch vor wenigen Stunden geschworen hätte, nie wieder etwas essen zu wollen, gab sie eine ziemlich gute Imitation einer Frau, die fast verhungert wäre.

»Joe, sie ist lustig!«, rief Bruno und klatschte vor Vergnügen in die Hände, als Grace die Augen schloss und genüsslich eine Gabelvoll Spaghetti in den Mund saugte. »Hast du denn noch nie was gegessen?«, fragte er, und der ganze Tisch lachte.

»So etwas tatsächlich noch nie, nein«, gab sie zu, nahm ein Stück Pizza in die Hand und schlug die Zähne in den Teig.

Für Bruno schnitt Joe die Pizza in mundgerechte Stücke und spießte sie auf die Gabel, ehe er sie seinem Bruder reichte. Seinen eigenen Teller hatte er bislang noch nicht einmal angerührt, sein Essen war bestimmt schon fast kalt.

»Lass mich das doch machen«, bot Grace ihm an und übernahm die Kontrolle über Brunos Teller. »Ich habe wirklich genug gegessen. Jetzt bist du dran, Joe.« Erst wollte Joe protestieren, aber dann nickte er. Während sie Bruno, der versuchte, mit vollem Mund zu sprechen, die Gabel in die Hand drückte, sah Grace aus dem Augenwinkel, wie Frank seiner Frau zulächelte.

»Eins nach dem anderen, Bruno«, mahnte Frank. »Erst essen, dann reden. Eins nach dem anderen, aber immer nur eines auf einmal.«

Die Gagliardis mit ihrer Familie zu erleben, erfüllte Graces Herz mit Liebe und Wärme. In ihrer Brust entstand ein seltsamer Schmerz, als ihr plötzlich klarwurde, wie anders die Mahlzeiten ihrer eigenen Familie seit dem Tod ihres Vaters waren.

»Das Essen ist einfach unglaublich, ganz herzlichen Dank«, sagte sie zu Giulia und reichte Bruno den nächsten Bissen.

»Du bist hier jederzeit willkommen«, erwiderte Giulia. »Schließlich bist du der Grund dafür, dass wir Essen auf dem Tisch stehen haben.«

Verlegen senkte Grace den Blick.

»Es ist nämlich nicht ganz billig, eine italienische Familie durchzufüttern!«, rief Frank und lächelte ihr zu.

Vor ihrem inneren Auge sah sie Frank auf dem Gerüst stehen, auf seinem Platz ihr gegenüber, die Nietpistole in der Hand, und stellte sich vor, dass jede gesicherte Niete für seine Frau eine weitere Olive, eine Tomate oder einen Pilz bedeutete, an denen sie ihre Magie wirken lassen konnte.

»Das kann ich mir vorstellen«, sagte sie leise.

Als die Mahlzeit beendet war, stand Grace auf, um mit dem Abwasch zu helfen, wurde aber sofort auf ihren Platz zurückgeschickt. »Nein, nein, du bleibst sitzen.«

»Wie war es?«, fragte Joe, als Grace wieder auf ihren Stuhl sank, er hatte das Kinn auf die Hand gestützt, die dunklen Augen auf sie gerichtet.

»Perfekt«, sagte Grace, lächelte ihm zu und trank noch einen Schluck Wein.

Unterdessen ging Frank zum Grammophon, das in einer Ecke des Raums stand, und legte Musik auf. »Mamma, Grace ist Tänzerin«, verkündete er.

Giulia klatschte in die Hände. »Dann musst du uns etwas zeigen!«

»Oh, ähm …« Grace sah sich um. »Na ja, es gibt hier nicht so viel Platz.«

»Bewegt euch!«, rief Frank, der bereits versuchte, den Tisch an die Wand zu schieben. »Grace wird uns gleich etwas vortanzen.«

»Ach wirklich?«, murmelte Grace vor sich hin und hörte, wie Joe vor Lachen schnaubte. Sie warf ihm einen flehenden Blick zu, aber er hob nur kapitulierend die Hände und schüttelte, ein Lächeln um die Mundwinkel, den Kopf. Offensichtlich hatte er nicht vor, ihr zu helfen.

Die Musik war wundervoll, aber es wurde auf Italienisch gesungen, so dass Grace keine Ahnung hatte, worum es in den Liedern ging. Vermutlich um Liebe – wie so oft. »Okay, zuerst mal brauche ich einen Partner.« Sie blickte im Raum umher, als suchte sie einen geeigneten Tänzer, dabei stand ihre Wahl schon fest. »Bruno, willst du mit mir tanzen?«, fragte sie schließlich.

»Ich?« Bruno riss die Augen auf.

Ein ängstliches Flackern huschte über Joes Gesicht, als Grace Brunos große Hand ergriff und ihn vom Stuhl zog, aber sie nickte ihm beruhigend zu – es würde alles gutgehen. Als sie dann unter dem gelblichen Schein des elektrischen Lichts standen, war Bruno viel zu aufgeregt, um auf ihre Anweisungen zu hören, also legte sie einfach seine Hände dorthin, wo sie hingehörten, übernahm die Führung und wirbelte ihn dann unter dem Beifall der gesamten Familie durch den Raum. Nach einer Weile entspannte Bruno sich tatsächlich, und seine steifen Bewegungen lockerten sich. »Bereit?«, flüsterte Grace ihm zu, und vollführte, als er nickte, eine kleine Drehung, sorgsam darauf achtend, dass ihm nicht schwindlig wurde. Er hielt sie mit einer Zärtlichkeit im Arm, die sie zutiefst rührte, trat kein einziges Mal auf ihre Füße, was man von vielen ihrer früheren Tanzpartner nicht hätte behaupten können. Als sie fertig waren, strahlte Bruno übers ganze Gesicht, und ein paar Familienmitglieder weinten vor Freude.

»Und das, was ihr soeben gesehen habt«, erklärte Grace, »nennt man tanzen.«

Angeführt von Frank, der jubelte und pfiff, ertönte spontaner Applaus, alle machten begeistert mit. In Grace wallte eine große Zuneigung zu dieser Familie auf, und als ihr Blick auf Joe fiel, erinnerte sie sich daran, wie er Bruno vorhin gefüttert hatte – auf genau die gleiche Art, wie sie Connie fütterte. Hier schien er ein vollkommen anderer Mensch zu sein als bei der Arbeit, alle harten Kanten schienen weich geworden zu sein. Er war sanft und freundlich, seine Augen glitzerten im Kerzenschein, und er war wunderschön.

Mit einem Ruck wurde ihr plötzlich klar, was ihr so viel Angst gemacht hatte. Es war nicht der Gedanke, sie selbst könnte vom Stahlgerüst stürzen und sterben, es war der Gedanke, zusehen zu müssen, wie dieses Schicksal Seamus, Frank oder – sie schluckte schwer, weil ihr Kopf ihr nicht erlauben wollte, den Gedanken zuzulassen – Joe ereilte. Mit aller Wucht kehrten Panik und Angst zurück, stiegen an wie eine Flut, plötzlich wurde ihr eng um die Brust, die Gagliardi-Wohnung schien ihr viel zu heiß, viel zu viele Leute waren um sie herum. Sie musste hinaus an die frische Luft. In dem Versuch, ruhig zu atmen, biss sie die Zähne zusammen und zwang sich das starre Lächeln aufs Gesicht, das sie bei Dominic's gelernt hatte.

»Danke für den wundervollen Abend«, rief sie in die Runde. »Es war mir ein großes Vergnügen, Zeit mit euch allen hier zu verbringen, aber jetzt muss ich wirklich gehen.«

»Ich bringe dich nach Hause«, sagte Joe.

»Aber ich wohne auf der anderen Seite der Stadt«, wandte Grace ein. »Du müsstest den weiten Weg hin und wieder zurück gehen. Ich komme schon zurecht, es ist ja nicht spät.«

»Jetzt erlaube dem Jungen doch, dich zu begleiten, *bella*«, schaltete Frank sich ein, nahm Grace in den Arm und küsste sie zum Abschied auf beide Wangen.

»Na gut.« Grace gab ihren Protest auf und verabschiedete sich, so schnell sie konnte, von allen Anwesenden. So stark ihr Bedürfnis zu gehen auch war, fiel es ihr doch auch schwer, den Abend zu beenden. Hier war sie von Wärme und Liebe umgeben und fähig gewesen, einem Teil ihrer Probleme zu entfliehen. Zu Hause wartete ein kleines Mädchen auf sie, das einfach nicht gesund wurde, und eine Familie, die sich furchtbare Sorgen machte, wie sie diese harte Zeit überstehen würden.

Draußen auf der Straße holte Grace ein paarmal tief Luft und versuchte, ihre rasenden Gedanken zu beruhigen. Die Abendluft war warm, aber vom Fluss her kam eine Brise, die sie beim Gehen ein bisschen abkühlte.

»Ist alles in Ordnung mit dir?«, fragte Joe. »Du sahst aus, als hättest du Spaß, und plötzlich wolltest du gehen. Hat Bruno vielleicht irgendwas gesagt, das …?« Er ließ den Satz unvollendet.

»Nein, nichts dergleichen. Deine Familie ist großartig.«

»Sie sind alle ein bisschen irre, aber ich liebe sie.«

»Bruno ist ein Schatz und ein ganz hervorragender Tänzer, wenn ich das als Profitänzerin hinzufügen darf.«

Joe lachte. »Er fand es jedenfalls wunderbar – danke!«

»Das Vergnügen war ganz meinerseits«, sagte Grace und meinte es auch so. »Es ist schwer, in dieser Stadt einen guten Tanzpartner zu finden, ich konnte schon eine ganze Weile nicht mehr richtig tanzen.« Sie schwieg und dachte daran, wie sehr sie das Tanzen vermisste und wie viel ungefährlicher dieser Beruf war – beim Tanzen hatte sie nie jemanden sterben sehen. Selbst im Zirkus war das Schlimmste, was sie erlebt hatte, ein Beinbruch gewesen. »Darf ich dich fragen …« Sie hielt inne, unsicher, wie sie ihre Frage formulieren sollte. Doch sie brauchte sie gar nicht auszusprechen. Joe führte dieses Gespräch ganz sicher nicht zum ersten Mal und wusste, worum es ging.

»Es war eine schwierige Geburt«, antwortete er und kickte dabei einen Stein über den Gehweg. »Angeblich hat er nicht genug Sauerstoff bekommen, und das hat zu einer Schädigung des Gehirns geführt. Das hat gereicht.« Er zuckte die Achseln. »Es hätte jedem passieren können.«

»Ja.« Trotz des guten italienischen Essens krampfte sich ihr Magen zusammen. Wieder dachte sie an den fallenden Mann. *Es hätte jedem passieren können.* »Aber es ist einfach nicht fair.«

»Nein«, bestätigte Joe. »Fair ist es nicht. Aber wir können unsere Zeit damit verbringen, wütend zu sein, zu weinen und mit der Welt zu hadern, oder wir können es akzeptieren und uns an dem freuen, was wir haben. Wenigstens ist Bruno bei uns. Und er ist glücklich, an jedem einzelnen Tag seines Lebens. Wer sonst kann das von sich sagen? Darüber kann ich doch nicht wütend sein, oder?« Wieder zuckte er die Achseln. »Vielleicht ist Bruno ja derjenige, der Glück gehabt hat.«

»Ja, vielleicht.« Grace spürte, wie die Worte ihre Lippen verließen, doch sie waren kaum zu hören. Der abgestürzte Mann war ganz sicher nicht derjenige, der Glück gehabt hatte. »Es tut mir leid, Joe«, platzte es dann aus ihr heraus. »Ich bin euch allen sehr dankbar für eure Gastfreundschaft, aber ich glaube nicht, dass ich je wieder dort oben auf diesem Stahlrahmen arbeiten kann.« Auf einmal sprudelten die Worte. »Man spricht ja immer wieder über Leute, die aus irgendeinem Grund die Nerven verlieren – na ja, ich gehöre dazu, und ich traue mich nicht mehr da hinauf. Es ist, als hätte mein Gehirn heute erst richtig begriffen, was ich jeden Tag tue. Und jetzt sagt es: Nein danke, nie wieder.«

Seite an Seite gingen sie weiter, und Joe lauschte aufmerksam. Sie kamen an der U-Bahn-Station vorbei, aber sie brauchten beide frische Luft, außerdem lagen die Stationen dicht beisammen. »Das verstehe ich«, sagte er nach einer Weile. »Wirklich. Der Unfall heute war furchtbar, aber du musst auch bedenken, dass Lukasz einen Fehler gemacht hat. Und *wir* machen keinen Fehler.«

»Jeder Mensch macht Fehler«, entgegnete Grace ernst. Sie dachte an ihre erste Woche auf dem Stahlskelett, als Joe ausgerutscht war und um ein Haar abgestürzt wäre. Allein die Erinnerung daran reichte aus, dass Grace weiche Knie bekam. Joe war ihr wichtig, sie konnte nicht riskieren, so etwas noch einmal mitansehen zu müssen – schon gar nicht, nachdem sie seine ganze Familie kennengelernt hatte.

»Nicht mehr da oben zu arbeiten, bringt ihn nicht zurück. Und was Lukasz passiert ist, macht es nicht wahrscheinlicher, dass einem anderen so etwas passiert. Wir sind genauso sicher wie vorher, weil wir füreinander da sind. Seamus ist dein Cousin, eine Art Bruder, richtig? Und Francesco und ich werden niemals zulassen, dass dir etwas Schlimmes zustößt.«

»Ich bin sicher, dass Lukasz' Freunde genau das Gleiche gedacht haben.« Grace konnte einfach nicht aufhören zu zittern.

»Niemand kann versprechen, dass es keine Unfälle mehr gibt, Joe.«

»Es hat sich nichts geändert.« Ein Hauch des alten, wütenden Joe war in seine Stimme zurückgekehrt, und auch Grace spürte, dass sie anfing, sich zu ärgern.

»*Alles* hat sich verändert. Das ist das Einzige, was ich sehe. Ich fange an zu zittern, wenn ich nur daran denke, selbst wenn ich hier unten bin, auf dem Boden. Er fällt, immer und immer wieder. Und es … es hat so lange gedauert.« Beim letzten Wort brach ihre Stimme, und auf einmal kamen die Tränen. Joe griff nach ihrer Hand und hielt sie fest. Früher an diesem Abend hätte Grace sich über diese Berührung gefreut, aber jetzt war darin für sie kein Trost mehr zu finden.

»Es tut mir leid, dass du das mitansehen musstest. Aber wir dürfen nicht daran denken.«

»Vermutlich dürfen Frauen diesen Job deshalb nicht machen. Vielleicht sind wir einfach zu emotional. Ich kann nicht weitermachen, als wäre nichts geschehen, Joe. Vielleicht kannst du das, aber mir fehlt schlicht die Zuversicht, dass alles gutgehen wird, und ich kann nicht so tun, als hätte sich nichts verändert. Ich kann nicht aufhören, daran zu denken.« Grace blieb stehen, und Joe wandte sich ihr zu.

»Bitte.« Sie sah, was es ihn kostete, es auszusprechen, und sie weinte noch mehr, als sie die Verzweiflung in seiner Stimme hörte. »Ich verspreche dir, dass ich auf dich aufpassen werde.« Er legte die Hand unter ihr Kinn, so dass sie zu ihm aufblicken musste, während die Tränen ihr über das Gesicht strömten. Sie wollte wegschauen, sie wollte nicht, dass er sie so sah, aber er ließ sie nicht los.

»Wir können nicht ohne dich weitermachen. Ich wollte, wir könnten es, ich weiß, es ist nicht fair, dich zu bitten, dass du weitermachst. Es war nie fair, dass du auch nur einen einzigen Tag dort oben verbringen musstest, aber heute Abend hast du gesehen, warum wir es tun. Und du hast schon so viel erreicht. Ich mache mir nicht mal mehr Sorgen, du hast den härtesten Teil hinter dir und bist nun eine von uns. Du weißt, wie man sich auf einem Stahlskelett zu verhalten hat. Bitte lass uns jetzt nicht im Stich.«

Er hielt inne, und Grace hätte ihn gern dazu gezwungen, endlich still zu sein. Ein Satz, den er gesagt hatte, irritierte sie besonders. *Heute Abend hast du gesehen, warum wir es machen* – diese Worte lagen ihr schwer im Magen. Deshalb war sie also hier. Die Gagliardis hatten ihr zeigen wollen, warum sie wieder dort hinauf musste und wer darunter zu leiden haben würde, wenn sie es nicht täte. So viele Menschen. Was sie für ein Freundschaftsangebot gehalten hatte, war in Wirklichkeit emotionale Erpressung und obendrein Joes Idee gewesen. Ihr war übel.

»Gib nicht auf, bitte.« Joe redete immer noch. »Halte durch. Wenigstens noch zwei Tage, bis zum Ende der Woche, dann kannst du am Wochenende noch mal darüber nachdenken. Nicht für mich, nicht für Francesco, auch nicht für Patrick.« Er hielt ihrem Blick stand, und sie wusste, was nun kommen würde. Dann sah sie ihm zu, wie er die nächsten Worte tief aus seinem Inneren hervorholte, wohl wissend, dass sie weh tun und ihnen beiden das Herz brechen würden. »Tu es für Bruno und für Connie und für Mateo.«

Die Gagliardis hatten getan, was sie tun mussten, das verstand Grace, sie machte ihnen keinen Vorwurf, aber verletzt war sie trotzdem, zermürbt von den gnadenlosen Gefühlsstrapazen dieses Tages. Sie weinte noch mehr, und als Joe versuchte, sie zu umarmen, schob sie ihn weg. Was die Tränen bedeuteten, wusste keiner von beiden, und genauso wenig wussten sie, ob Grace jemals wieder einen Fuß auf die Hochbaustelle setzen würde.

Joe packte ihre Hand. »Du gehörst jetzt zu meiner Familie. Ich musste dir das zeigen. Tut mir leid. Aber ich werde dich immer beschützen, das verspreche ich.«

Am Anfang des Abends hätte Grace genau das von ihm hören wollen, aber jetzt fühlten sich die Worte bedeutungslos und hohl an. Nichts konnte dafür sorgen, dass sie dort oben in Sicherheit war, und niemand konnte sie vor ihren Gefühlen bewahren.

21

DONNERSTAG, 3. JULI 1930

Früh am Morgen saß Grace im Treppenhaus vor ihrer Wohnung, einen dünnen Pulli über dem Pyjama, einen Seidenschal über ihren verunstalteten Haaren. Sie hatte kaum geschlafen, in der Wohnung war es zu stickig, also hatte sie sich vor der Tür auf den Treppenabsatz gesetzt und den abgestandenen Geruch nach Bratfisch und Kartoffeln ignoriert, der hier immer in der Luft hing. Wahrscheinlich hatte er sich längst in den Wänden festgesetzt. Sie lehnte den Kopf an das kühle Metallgeländer und fühlte sich, als wäre sie im Gefängnis. Schon eine ganze Weile kauerte sie hier, ihre Gedanken drückten sie zu Boden, und sie starrte ins Leere, als sie jemanden leichtfüßig von oben die Treppe herunterkommen hörte.

»Guten Morgen, Miss O'Connell. Was machen Sie denn da?« Der älteste Donohue-Junge, höchstens vierzehn Jahre alt, setzte sich neben sie.

»Morgen …«

»Connor«, ergänzte er, ehe sie eine Chance hatte zu raten.

»Connor«, wiederholte sie. »Du kannst es wohl nicht abwarten, zur Schule zu gehen, was?«

»Ich gehe nicht zur Schule, Miss, nicht mehr.« Grace wandte den Kopf, um ihn ansehen zu können. »Ich bin auf Arbeitssuche.«

»Ach wirklich?«, fragte sie interessiert. »Und was für eine Arbeit suchst du?«

Sommersprossen sprenkelten die Nase des Jungen, seine Haare waren zu lang, er musste sie sich dauernd aus den Augen streichen. »Unsere Miete ist teurer geworden.«

»Ich weiß.«

»Deshalb muss ich Geld verdienen. Ich mag die Schule, aber ich finde es wichtiger, dass wir ein Dach überm Kopf haben«, erklärte er und zuckte die Achseln.

»Allerdings«, murmelte Grace, als der Junge schon wieder aufstand und noch ein paar Stufen weiter nach unten ging, bis sich ihre Köpfe etwa auf der gleichen Höhe befanden. Aus irgendeinem Grund erinnerte er sie an Betty, und plötzlich merkte sie, wie sehr sie ihre Freundinnen vermisste. Zum wiederholten Mal nahm sie sich vor, sich bald bei den beiden zu melden.

»Ich hoffe, ich finde was in einem Restaurant. Ich hab nämlich dauernd Hunger«, erklärte er in gedämpftem Ton, als wäre es ein Geheimnis – oder eine Beleidigung für seine Mutter. »Ich hoffe, ich finde eine Arbeit, bei der ich ein bisschen Extraessen bekomme.«

Grace nickte. »Du wächst ja noch.«

»Und wie«, stimmte er sofort zu. »Und ich gebe den Kleinen auch immer was von meiner Portion ab. Die verstehen es noch nicht, wenn es nicht genug für sie gibt.«

Grace fühlte einen Kloß im Hals. »Du bist ein guter Junge, Connor. Ich hoffe, du findest bald was Passendes.«

»Ich auch. Schönen Tag für Sie, Miss O'Connell.« Damit ging er davon, die Treppe hinunter und war im Handumdrehen verschwunden. Grace schloss die Augen und seufzte. Deshalb also saß sie hier draußen – um sich von diesem Teenagerknaben belehren zu lassen. Er war nur ein paar Jahre älter als Connie und stellte seine eigenen Wünsche zum Wohl der Familie zurück. Wieder dachte sie an das, was Joe gestern Abend gesagt hatte, und daran, wie sonderbar es gewesen war, ihn so emotional zu erleben. *Du hast schon so viel erreicht.*

Vorsichtig fuhr sie mit der Hand über den Holzboden, achtete darauf, dass sie keinen Splitter in die Finger bekam, und dachte an Connie, an ihre Mutter und an Patrick. Sie dachte an Seamus, an sein Gesicht, als er Patrick mit gebrochenem Arm nach Hause gebracht hatte. Sie dachte an Florence und an die Last des Geheimnisses, das sie bewahrte. Sie dachte an Franks Kinder, an Carlotta, Giovanni, Nicoletta und den winzigen Mateo, stellte sich ein Gesicht nach dem anderen vor. Sie dachte an Giulia, die sie in ihrem Zuhause willkommen geheißen und ihr so aufrichtig dafür gedankt hatte, dass sie ihrer Familie half. Sie dachte an Bruno und an das Lächeln auf seinem Gesicht, als sie getanzt hatten, sie dachte an Joe. Wo es einmal Betty und Edie gegeben hatte, hatte sie jetzt Frank und Joe. Hätte sie das Gleiche für Betty und Edie getan? Aber ja, natürlich hätte sie das. Für ihre Freundinnen hätte sie alles getan. Sie konnte diese Menschen doch nicht im Stich lassen. Sie würde die Lektion lernen, die Connor Donohue ihr gerade so ahnungslos erteilt hatte. Es ging nicht um sie, es ging um viel mehr. Sie durfte nicht zulassen, dass ihre Angst sie ausbremste. Mit einem weiteren tiefen Seufzer stand sie auf und huschte zurück in die Wohnung. Es war Zeit, sich für die Arbeit fertig zu machen.

Die meisten Männer waren bereits auf dem Weg nach oben, als Grace mit wenigen Minuten Verspätung die Baustelle erreichte. Zwar wollten ihre Füße sich weigern, sie weiterzutragen, aber sie hatte ihre Angst schon einmal besiegt, also würde sie es wieder schaffen. Sie musste es schaffen. Als sie am Tor stehen blieb, entdeckte sie in der Menge die restlichen Mitglieder ihres Teams, die völlig verzweifelt aussahen und wohl davon ausgingen, dass sie nicht mehr auftauchen würde. Und ganz ehrlich – wäre Grace nicht Connor Donohue begegnet, hätten sie höchstwahrscheinlich recht gehabt. Doch als sie nun aus fünf Metern Entfernung einen lauten Pfiff ausstieß, drehten sich alle drei gleichzeitig um, und als sie in ihre Richtung blickten und sie entdeckten, breitete sich eine große Erleichterung auf ihren Gesichtern aus.

»Los geht's, sonst kommen wir zu spät«, rief sie in perfekter Imitation ihres Bruders. Joe schloss für einen Moment die Augen und blickte zum Himmel empor, als wolle er beten, aber vielleicht war er auch einfach dankbar, dass seine Gebete erhört worden waren.

Zwar signalisierte jede Faser ihres Körpers unmissverständlich, dass sie nicht in den Aufzug steigen wollte, jedoch verwirrenderweise gleichzeitig auch den intensiven Wunsch, dort zu sein, wo Giuseppe Gagliardi war.

»Guten Morgen, Patrick«, sagte er auf seine typische Art. Grace traute sich nicht zu sprechen und nickte nur.

Als sie im Aufzug standen, konnte Frank seine Gefühle nicht länger im Zaum halten und fiel Grace um den Hals. »Danke«, flüsterte er ihr ins Ohr. »Ich habe nichts zu geben außer meiner Dankbarkeit, außer meiner Liebe und meinem Respekt, und das alles gehört dir.«

»Und Pizza«, fügte Grace hinzu, und Frank strahlte übers ganze Gesicht.

»Machen wir uns an die Arbeit«, sagte Seamus, zog die Tür des Fahrkorbs auf und trat hinaus auf den dreißigsten Stock des Bauwerks. Blanke Angst ergriff Grace, ihre Beine wurden stocksteif und wollten sie nicht weitertragen, aber sie zwang sich, mit den anderen nach draußen zu gehen.

»Genau wie vorher«, flüsterte Frank ihr ins Ohr. »Wir machen es genau wie vorher.«

Als Grace ihren Auffangkegel aus der Werkzeugkiste des Teams fischte, spürte sie, dass jemand sie beobachtete, drehte sich um und sah, dass Bergmann, der große blonde Deutsche, sie anstarrte. Für einen Moment trafen sich ihre Blicke, dann schaute er weg, doch Grace lief es kalt über den Rücken. Zwar hätte sie nicht erklären können, warum, aber sie wusste, dass es ihr ganz und gar nicht gefiel.

Als Joe ihr die Hand entgegenstreckte, um ihr auf den Stahlbalken zu helfen, holte sie tief Luft. *Genau wie vorher.* Sie versuchte, sich in ihrer Position einzurichten und sich damit zu beruhigen, dass Frank und Joe in ihrer Nähe waren. Doch als sie sich bereitmachte, die erste Niete des Tages zu fangen, tuckerten im Rhythmus ihres in ihren Ohren pulsierenden Herzens zwei Worte durch den Kopf: *Lukasz Kowalski, Lukasz Kowalski.* Es klang, als rattere ein Zug durch ihren Kopf, dessen Lärm alles andere überdeckte. *Lukasz Kowalski, Lukasz Kowalski.*

Sie verfehlte die erste Niete, und sie landete auf Joes Bein. Der Stoff seines Overalls zischte, Joe sog scharf die Luft ein, kickte die Niete weg und knirschte mit den Zähnen – das glühend heiße Geschoss hatte ihn offensichtlich verbrannt.

»Entschuldige«, flüsterte Grace mit ihrer eigenen Stimme, zu aufgewühlt, um sich zu verstellen. Joe nickte angespannt.

»Alles okay«, meinte auch Frank beruhigend. »Nichts Schlimmes passiert. Wir versuchen es noch einmal.«

Die nächste Niete fing Grace problemlos, und ganz langsam kehrten daraufhin auch Selbstvertrauen und Rhythmus zurück. Aber die Freude, die sie tags zuvor erlebt hatte, war verschwunden und würde nicht zurückkommen. Lukasz Kowalskis Tod hatte ihre Freude daran, hoch in der Luft zu sein, ein für alle Mal zerstört, und sie war sicher, dass sie keinen Tag hier oben mehr würde genießen können.

Als die Mittagspause näher rückte, fühlte Grace sich so erschöpft wie noch nie. Nicht einmal ihr erster Tag war so hart gewesen. Ständig kämpfte sie mit ihrem verspannten Körper, und das machte jede Bewegung um ein Vielfaches schwieriger. Frank und Joe blieben geduldig und freundlich, dankbar, dass sie überhaupt hier sein konnten, aber Grace wusste, dass sie sich zusammenreißen musste, und zwar möglichst schnell, ehe die anderen Arbeiter etwas bemerkten.

»Hier.« Joe gab Grace ein eingewickeltes Päckchen. »Ich hab heute Lunch für dich mitgebracht.«

»Wirklich?« Seine Liebenswürdigkeit rührte sie. Offensichtlich hatte er also doch daran geglaubt, dass sie kommen würde. Vielleicht mehr als Grace selbst.

Frank lächelte. »Ja, wir wissen doch, wie gern du italienisches Essen magst.«

»Das ist Calzone«, erklärte Joe. »Und absolut köstlich.«

»O ja, bestimmt.« Grace setzte sich zum Essen auf den relativ sicheren provisorischen Fußboden neben ihn.

»Was zur Hölle?«, hörten sie kurz darauf eine grobe Stimme herüberrufen. Als Grace aufblicke, sah sie erneut Bergmann vor sich, klobig wie eine freistehende Mauer, die Zange in der Hand, einen angeekelten Ausdruck im Gesicht. »Was soll das eigentlich, dass ihr zwei euch dauernd gegenseitig anhimmelt? Ist doch gruselig, mir wird ganz übel davon.«

»Wovon redest du da?«, erwiderte Joe, und seine Stimme klang wütend.

»Offensichtlich verstehst du irgendwas falsch, mein Freund«, mischte sich Frank ein, in dem Versuch, den Koloss zu beruhigen. »Die beiden sind gut befreundet.«

»Und von Freundschaft verstehst du ja bekanntlich nichts, Bergmann«, fügte Seamus, der gerade aufgetaucht war, hinzu. Grace war sicher, dass er einen sechsten Sinn für Gefahr besaß, der ihn immer dazu trieb, sich einzumischen.

»Ich weiß, was ich gesehen habe.« Bergmann deutete mit seiner Zange auf Grace und Joe. »Und«, fuhr er kopfschüttelnd fort, »das ist alles Blödsinn. Du bist doch nicht etwa ein Homo, O'Connell? Seit wann denn? Irgendwas stimmt nicht mit dir.«

»Jetzt verschwinde endlich, Bergmann«, knurrte Joe. »Ich hab Patrick was zu essen mitgebracht. Gibt es daran was auszusetzen?«

»Er ist bloß eifersüchtig«, sagte Seamus und biss gelassen in sein Sandwich.

»Von dir hab ich sowieso die Nase voll!«, dröhnte Bergmann und ging mit seiner Zange auf Seamus los, der sich zwar problemlos wegducken konnte, aber trotzdem ein erschrockenes Gesicht machte. Offenbar hatte er es nicht für möglich gehalten, dass Bergmann ihn tatsächlich angreifen würde.

»Hey!«, rief Frank. »Was zum Teufel ist denn in dich gefahren, Bergmann? Gestern ist hier ein Mann ums Leben gekommen, hast du das vielleicht vergessen? Wie kannst du es wagen, einen Kollegen in Gefahr zu bringen! Wenn du hier oben noch mal jemanden bedrohst, werde ich persönlich dafür sorgen, dass damit Schluss ist. Jetzt hau ab, ehe ich dich melde!« Sein Gesicht war rot vor Zorn. Noch nie hatte Grace ihn so wütend gesehen, und sie hätte gar nicht geglaubt, dass er dazu fähig war.

Mit einer wegwerfenden Handbewegung wandte Bergmann sich ab, allerdings nicht, ohne Grace noch mit gefletschten Zähnen einen bösen Blick zuzuwerfen, bei dem es ihr eiskalt über den Rücken lief.

»Na, endlich mal kein gewöhnlicher Donnerstag«, stellte Seamus lakonisch fest und machte sich wieder über sein Sandwich her.

So lecker die Calzone auch war, konnte Grace das Essen nicht wirklich genießen, denn ihr Kopf schwirrte noch schlimmer als zuvor. Was war Bergmanns Problem? Sie schwor sich, von nun an Distanz zu Joe zu wahren. Schließlich hatte sie sich nicht gezwungen, wieder hier heraufzukommen, nur um dann enttarnt zu werden, weil sie sich benahm, wie ihr Bruder sich niemals benehmen würde.

»Toilettenpause«, verkündete Joe und stand auf. Frank begleitete ihn. Normalerweise hätten sie Grace einen entschuldigenden Blick zugeworfen, aber auch sie waren offenbar vorsichtiger geworden.

»Ich geh Nieten holen«, verkündete Seamus und zeigte in die Richtung, wo die Bolzen für sein Schmiedefeuer aufbewahrt wurden.

So blieb Grace allein. Sie aß ihren Lunch, richtete sich dann auf und schaute, eine Hand an den Stahlpfeiler gestützt, hinaus über die Stadt und zwang sich, tief und ruhig zu atmen. Sie hatte sich geschworen, nie mehr hier heraufzukommen, aber nun war sie doch wieder da. Und als sie sich umdrehte, sah sie erneut Bergmann vor sich stehen – für einen Mann seiner Größe bewegte er sich erstaunlich leise. Sie schaffte es, ihren Instinkt niederzukämpfen und keine Reaktion zu zeigen.

»Du bist doch geschrumpft, stimmt's, O'Connell?«, fragte er wieder, schaute mit anzüglichem Blick auf sie herab und drängte sie gegen den Pfeiler.

»Geh mir aus den Augen«, knurrte Grace. »Was für ein Problem hast du denn mit mir?«

Doch er kam immer näher, bis er nur noch wenige Zentimeter vor ihr stand, und musterte sie kalt. Grace rührte sich nicht.

»Mein Problem ist, dass du hier auf diesem Stahlrahmen und in dieser Stadt herumschwänzelst, als würde dir alles gehören.

Dabei bist du nicht besser als wir anderen, Patrick.« Er spie den Namen aus, als wäre er giftig. »Ganz im Gegenteil.« Sein Blick bohrte sich in ihren, und plötzlich weiteten sich seine Augen, ein kurzes Aufflackern des Begreifens. Grace hielt den Atem an, überzeugt, dass er kurz davor war, ihr Geheimnis zu durchschauen. Doch dann bewegte er den Kopf ein Stück zurück, so dass sie nicht mehr die gleiche Luft einatmen musste wie er. »Irgendwas geht hier vor, und ich werde herausfinden, was es ist.«

»Na, dann sag mir Bescheid, wenn es so weit ist«, gab sie zurück, wesentlich lockerer und mutiger, als sie sich fühlte.

»Oh, das werde ich«, antwortete er, entfernte sich einen Schritt von ihr und spuckte über den Rand des Bauwerks. »Ich werde es alle wissen lassen.«

Ihr wurde flau im Magen. Sie hatten noch keine drei Wochen hinter sich, und Bergmann hegte offensichtlich einen Verdacht. Und wenn er glaubte, dass etwas nicht stimmte, dann würde er es jedem erzählen, der bereit war, ihm zuzuhören, damit alle wachsam blieben. Sie schloss die Augen, und wieder sah sie die Bilder des abstürzenden Mannes, aber diesmal war es nicht Lukasz Kowalski, sondern Bergmann. Blitzschnell öffnete sie die Augen wieder. Das war albern, sie hatte überhaupt keinen Grund zur Panik. Bergmann wusste gar nichts. Sie würde sich bedeckt halten und hoffen, dass er endlich Ruhe gab.

»Alles okay?«, fragte Frank, als er zurückkam.

»Ja, großartig.« Grace ging an ihren Platz, Joe folgte ihr mit einem kleinen Abstand. Sie wollte ihnen zusätzliche Sorgen ersparen. Frank nickte und nahm seine Nietpistole, dankbar für einen weiteren Arbeitsnachmittag.

22

Florence hakte sich bei Patrick direkt über seinem Gips ein, und so schlenderten sie im hellen Sonnenschein durch den Central Park. In seiner gesunden Hand trug Patrick einen kleinen Picknickkorb, und sie waren auf der Suche nach einem schönen Plätzchen zum Niederlassen.

»Wie wäre es hier?« Florence deutete auf ein freies Stückchen Wiese. In der Nähe spielten Familien, Kinder schlugen Rad, rannten und hüpften, Paare bummelten den Weg entlang. Allerdings war die Anspannung auf den Gesichtern vieler Erwachsenen nicht zu übersehen – finanzielle Sorgen kannten kein freies Wochenende –, aber alle versuchten, das Beste aus dem Tag zu machen, und der Park verlangte wenigstens kein Eintrittsgeld.

Patrick nickte und holte aus dem Korb eine Decke, die Florence sorgfältig auf dem Gras ausbreitete. Er wusste, dass es wahrscheinlich nicht das Schlaueste war, an einem belebten Samstag hierherzukommen, aber er wusste auch, dass Liebe die Menschen oft leichtsinnige Dinge tun ließ – zumindest war das bei ihm der Fall. Bevor Florence Gilligan seine Familie bedroht hatte und um ein Haar von einem Auto überfahren worden wäre, war er nie wirklich verliebt gewesen. Seither jedoch fühlte es sich für ihn so an, als wäre er selbst von einem Auto angefahren worden, und er hatte den schleichenden Verdacht, dass dieser Zustand tatsächlich zur Liebe gehörte.

Florence kickte ihre Schuhe weg und setzte sich im Schneidersitz auf die Decke, änderte ihre Haltung sofort wieder, streckte die Beine vor sich aus, hielt das Gesicht in die Sonne und lehnte sich auf die Ellbogen zurück. Patrick setzte sich etwas steif daneben und blickte zum Horizont hinüber.

»Entspann dich doch ein bisschen«, sagte Florence, griff in den Picknickkorb und zog zwei Flaschen Limonade heraus.

Eine Weile schlürften sie zufrieden, bis Florence die dunklen Wolken bemerkte, die über Patricks Gesicht hinwegzogen.

»Raus damit«, sagte sie, rückte näher zu ihm und lehnte sich an seine Schulter. Instinktiv wusste sie, dass er es leichter finden würde zu reden, wenn er ihr dabei nicht in die Augen schauen musste.

»Ach, es ist nichts«, erwiderte er, pflückte einen Grashalm ab und zeichnete damit Kreise auf ihren Handrücken. So saßen sie noch ein Weilchen da, bis er die Worte aussprach, die eine Stunde gebraucht hatten, um an die Oberfläche zu gelangen.

»An den Wochenenden ist es ein bisschen weniger schlimm.«

»Was?«

»Das schlechte Gewissen.« Er sah weg, zu den Bäumen.

»Du hast überhaupt keinen Grund, dich schuldig zu fühlen«, versicherte ihm Florence. »Du hattest einen Unfall. So was passiert, du kannst nichts dafür.«

»Nach dem Tod meines Vaters war es meine Aufgabe, für die Familie zu sorgen, und ich habe versagt. Ich hasse es, nicht der Mann zu sein, den er in mir gesehen hat. Ich dachte, ich wäre der Starke in unserer Familie, dabei ist das Grace. Die ganze Zeit schon.«

Nun wandte sie sich doch zu ihm um. »Hör mal, das ist kein Wettbewerb. Ihr seid eine Familie. Man kümmert sich umeinander, und du machst deine Sache gut. Genau so sollte es sein.« Sie schnalzte missbilligend mit der Zunge und knuffte ihn erneut in die Schulter. »Bald wirst du genug davon haben, das Gewicht der Welt auf den Schultern zu tragen, Patrick O'Connell.«

»Grace sollte nicht dort oben arbeiten müssen, das hast du selbst gesagt, Florence.«

»Es ist ja auch nur eine vorübergehende Lösung für ein vorübergehendes Problem.« Sie nahm seinen Arm und klopfte vorsichtig auf den Gips. »Meiner professionellen Einschätzung nach wirst du demnächst wieder so gut wie neu sein.«

Patrick nickte, schaffte aber kein vollständiges Lächeln. Er wusste, dass er für Florence nicht weniger Mann war, weil er zurzeit nicht arbeiten konnte, aber das änderte nichts an seinem Gefühl. Er blies die Wangen auf und schnaubte mit einem einzigen tiefen Seufzer die ganze Luft aus, die er gerade eingeatmet hatte. »Eine Katastrophe jagt die nächste, wir warten nur noch auf den Moment, in dem uns die Puste ausgeht und das Geld alle ist. Wie sollen wir dann weitermachen? Ich tue nachts kein Auge zu, weil ich mir den Kopf darüber zerbreche, was mit meiner Familie passieren würde. Wenn wir nicht zusammenbleiben könnten.«

»Sicher, wir leben in schweren Zeiten, aber ich wette, dass ihr O'Connells zäh genug seid, sie zu überstehen. Und es wird ja auch nicht für immer so bleiben.« Florence wartete, bis Patrick sie ansah, und setzte dann hinzu: »Du bist ein guter Mann, Patrick.«

Er schaute ihr in die Augen, und ihm wurde eng um die Brust. Als er den Blick wieder abwandte und über ihre Schulter sah, bekam er einen Heidenschreck. »Warte«, stieß er hervor. »Ist das nicht …?«

Florence folgte seinem Blick, und ihre Augen wurden groß. »Mein Vater? Ja, du hast recht.«

Nicht weit entfernt wanderte die ganze Familie Gilligan durch den Park. Hektisch sprang Florence auf und wollte zu den Bäumen rennen, die ganz in ihrer Nähe eine gewisse Deckung versprachen, kam aber rasch wieder zurück, weil sie ihre Schuhe vergessen hatte.

»Beeil dich«, zischte sie, als Patrick versuchte, die Decke wieder im Picknickkorb zu verstauen, packte sie schließlich, warf sie sich über die Schulter und rannte los. Patrick folgte ihr dicht auf den Fersen.

Als sie in Sicherheit waren, ließen sie alles auf den Boden fallen und beobachteten durch die Zweige, wie die Gilligans ahnungslos vorüberschlenderten.

»Puh.« Schwer atmend lehnte Florence sich an einen Baum, ihre Brust hob und senkte sich heftig. Patrick stützte sich über ihrem Kopf mit dem guten Arm an der Baumrinde ab und stand ihr mit klopfendem Herzen gegenüber, so nah, dass sie sich fast berührten.

Er zog eine Grimasse. »Du solltest deine Familie nicht meinetwegen belügen und dich vor ihnen verstecken müssen.«

»Machst du Witze?«, fragte sie und lachte vergnügt. »Das war doch lustig!«

So standen die beiden beieinander, die Sonne schien durch die Bäume, zauberte Schattenmuster auf ihre Haut, das Blut rauschte durch ihre Adern, und auf einmal konnte Patrick nicht mehr widerstehen. Mutig senkte er den Kopf zu Florence hinab, zögerte einen Moment, bis sie ihr Gesicht zu ihm emporwandte, und konnte ein Lächeln nicht unterdrücken, als ihre Lippen sich trafen. Als er sich wieder zurückzog, grinsten sie beide, und Patricks Herz sprang ihm vor Glück fast aus der Brust.

»Das hätte ich nicht tun dürfen. Dein Vater ist ganz in der Nähe, direkt da drüben.«

»Aber nicht hier«, entgegnete Florence, legte beide Hände auf seine Brust, und Patrick war überzeugt, dass sie spürte, wie sein Herz pochte.

»Eines Tages, Florence Gilligan«, sagte er atemlos, »eines Tages werde ich dich heiraten.«

Florences Augen strahlten. »Küss mich noch mal so, dann würde ich es dir womöglich erlauben.«

23

»Ladys und Gentlemen, nehmen Sie Platz, nun werden unsere Stars für Sie tanzen! Finden Sie Ihre Favoriten und beobachten Sie diese Paare, wie sie tanzen, tanzen und tanzen! Unsere Helden tanzen nun schon seit ... lassen Sie mich nachschauen ...« Der Mann auf der Bühne trug einen schwarzen Anzug, seine grauen Haare waren streng nach hinten gekämmt. Jetzt wandte er sich um und blickte auf die riesige Anzeigentafel mit Datum, Uhrzeit und Wechselziffern. »Dreihundertvierunddreißig Stunden! Das ist doch was, oder nicht? Zeigen Sie ihnen Ihre Wertschätzung. Und vergessen Sie nicht, dass Sie Ihre Favoriten auch sponsern können!« Er machte eine ausladende Geste über das vor ihm liegende Tanzparkett, auf dem ungefähr dreißig müde aussehende Paare mühsam die Füße über den Holzboden schleiften und sich kaum noch von der Stelle rührten – gerade genug, um nicht disqualifiziert zu werden.

Von dem Augenblick an, als Grace hereingekommen war, hatte sie dieses Etablissement gehasst. In der Halle war es stickig, in der Luft hing der Geruch von kaltem Schweiß und Verzweiflung. Sie hatte fünfundzwanzig Cent für den Eintritt bezahlt und war informiert worden, dass sie so lange bleiben konnte, wie sie wollte. »Tagelang, wenn Sie möchten, hier übernachten sogar ein paar Obdachlose.«

Unglaublich, dass Edie noch dabei war. Auf einem Schild

stand, dass anfangs zweihundert Paare getanzt hatten, und jetzt, zwei Wochen später, waren nur noch dreiunddreißig dabei. Als Grace sich auf die Holztribüne setzte, wurde ihr sofort angeboten, Popcorn, Sandwiches, Limonade, Kaffee oder Hotdogs zu kaufen, aber sie lehnte alles ab. Schließlich war sie nicht hier, um die Veranstaltung zu genießen, sondern lediglich, um ihre Freundin zu unterstützen. Und die Veranstaltung war grässlich.

Als sie Edie das erste Mal erspähte, schlurfte ihre Freundin zu der langsamen Trauermelodie herum, die gerade gespielt wurde, und hatte den Kopf auf die Brust ihres Tanzpartners gelegt, den Grace noch nie zuvor gesehen hatte. Langsam bewegte sich das Paar durch den großen Saal, und Grace versuchte, einen Blick auf Edies Gesicht zu erhaschen. Aber ihre Freundin bewegte dauernd den Kopf, als ließe ein Albtraum sie zucken. Was alles andere als unwahrscheinlich erschien. Über ihrem Kleid trug sie einen übergroßen Pullover, auf dem in großen Buchstaben CLARK'S GENERAL STORE gestickt war, die Weste ihres Partners hatte den gleichen Schriftzug. Auf dem Rücken trugen beide die Nummer 89.

»Komm schon, dreiundsechzig!«, brüllte eine Frau mittleren Alters mit grellroten Haaren direkt neben Grace. »Bewegt eure Füße! Seid ihr eingeschlafen, oder was?« Dann drehte sie sich zu Grace um. »Die spielen das langsame Zeug nur, damit die Teilnehmer da unten schläfrig werden. Dabei müssen sie doch unbedingt wach bleiben!«

»Wann ist denn die nächste Pause?«, fragte Grace. Sie musste mit Edie sprechen und sie hier rausholen.

»In einer Stunde«, antwortete die Frau und schippte sich eine Handvoll Popcorn in den Mund. »Ich bezweifle stark, dass die es alle bis dahin schaffen werden. Aufregend, was? Ich hab übrigens auf die dreiundsechzig gesetzt. NA LOS, DREIUNDSECHZIG! BEWEGT EUCH!«

»Da drüben ist meine Freundin«, sagte Grace, deutete auf Edie und hoffte auf ein paar Informationen. Allem Anschein nach war die Frau ja schon eine Weile hier.

»Neunundachtzig? Oh, die Tänzerin ist richtig gut. Aber ich hab keine Ahnung, wie sie so lange durchgehalten hat, die Kleine ist ja nur Haut und Knochen. Ich glaube eigentlich nicht, dass sie die nächste Temporunde schafft.«

»Was ist denn eine Temporunde?«

»Ah, du wirst schon sehen«, sagte die Frau, kippte sich erneut eine Ladung Popcorn in den Mund und hielt Grace den Becher hin. Grace schüttelte wortlos den Kopf. »Da, jetzt geht es los!«, verkündete die Frau, als der Moderator wieder auf der Bühne erschien.

»Wer ist bereit für eine Spezialdarbietung?«, fragte der Mann und breitete die Arme aus, um den Beifall der Menge entgegenzunehmen.

»Yeah!«, brüllten die Zuschauer, stampften mit den Füßen und schwenkten ihre Pullover durch die Luft.

»Sehr gut!«, lobte der Moderator. »Denn dieses Mädchen hier ist einfach fabelhaft. Vielleicht haben Sie sie in den letzten zwei Wochen schon mal gesehen, aber einmal reicht einfach nicht! Bitte heißen Sie Miss Edith McCall auf der Bühne willkommen!«

»Deine Freundin!«, rief die Frau aufgeregt, stupste Grace und rutschte ein Stück näher an sie heran, als würde so ein bisschen Ruhm auf sie abfärben. Grace konnte kaum atmen.

»Ist das eine Temporunde?«

Die Frau lachte. »Nein. Du hast ja wirklich keine Ahnung, was? Warst du noch nie hier?« Als Grace den Kopf schüttelte, fügte sie hinzu: »Schande über dich, deine Freundin tanzt doch schon seit zwei Wochen.« Der Kommentar tat weh.

»Ich musste arbeiten.«

Die Frau zuckte die Achseln und ging nicht weiter darauf ein. »Jetzt kommt ein Spezialauftritt, ein Solotanz.«

Graces Blick wanderte zurück zur Bühne, wo die Band nun eine etwas flottere Nummer anstimmte. Edies Partner schlurfte zur Seite, streng beobachtet von einer Person mit einem Klemmbrett, die sich vergewisserte, dass er nicht stehen blieb und sich womöglich ausruhte.

Offenbar zapfte Edie eine Kraftreserve tief in ihrem Inneren an, von deren Existenz Grace keine Ahnung gehabt hatte, jedenfalls richtete sie sich auf, lächelte und begann zu steppen. Mit einer Mischung aus Staunen und Schrecken sah Grace ihr zu, die Menge jubelte. Der Tanz dauerte eine Minute, und obgleich Edie sichtlich am Rande der Erschöpfung war, waren ihre Tanzschritte nach wie vor einwandfrei. Am Ende machte sie sogar eine kleine Verbeugung, und es sah aus, als sammelte sie ihre gesamte restliche Kraft, um sich wieder aufzurichten.

»Miss Edie McCall, Ladys und Gentlemen!« Der Moderator war zurück auf der Bühne. »Was für ein Mädchen. Zeigen wir ihr doch jetzt unsere Anerkennung und geben ihr eine kleine Silberdusche, ja?«

Wieder wurde applaudiert und gejubelt, während mehrere Zuschauer begannen, Fünf- und vereinzelt auch Zehncentmünzen in Edies Richtung zu werfen. Grace schnappte nach Luft. Die Situation erinnerte sie an die Nieten, die während des Arbeitstages auf sie zuflogen. Zuerst fand sie es brutal, denn einige Münzen trafen Edie und prallten an ihr ab, aber dann wurde ihr klar, dass die Leute ihr Geld spendeten. Edie krabbelte auf dem Boden herum und sammelte die Münzen mit einem Eifer ein, als versuchte sie, aufs letzte Rettungsboot der *Titanic* zu gelangen.

»Oh, Edie«, murmelte Grace leise. Es war demütigend, wie ihre Freundin da über den Boden robbte.

Ein Summer ertönte.

»Noch dreißig Sekunden, dann muss deine Freundin wieder bei ihrem Partner sein und weitertanzen. Alle Münzen, die sie bis dahin nicht eingesammelt hat, werden weggefegt und gehören dem Haus«, erklärte Graces Nachbarin.

Grace schloss die Augen. Dieses Schauspiel war genauso schrecklich mitanzusehen wie Tanzbären im Zirkus, nicht besser als eingesperrte Tiere im Zoo. Aber sie schaute trotzdem zu, während die Minuten verstrichen und die Paare sich weiter übers Tanzparkett schleppten. Einige wechselten sich beim Schlafen ab, wobei ein Partner den anderen aufrechthielt, andere traten nur noch von einem Fuß auf den anderen.

»Allmählich wird es langweilig!«, rief ein Mann aus einer der vorderen Zuschauerreihen, und die anderen begannen zu buhen.

»Langweilig, meinen Sie?« Im Handumdrehen war der aalglatte Moderator wieder auf der Bühne und übernahm die Kontrolle. »Sollen wir das Tempo etwas anziehen?«

Zustimmende Rufe ertönten aus dem Publikum, nicht zuletzt von Graces Nachbarin. Mit einer Mischung aus Entsetzen und Faszination beobachtete Grace, wie drei Männer ein großes, ovales Stück Teppich, zur Hälfte von einer schwarz-weiß karierten Umrandung eingefasst, auf dem Boden der Halle ausrollten. Es sah aus wie eine Rennstrecke.

»Also bitte«, sagte Grace. »Was hat das denn mit einem Tanzwettbewerb zu tun?« Ihre Nachbarin wusste darauf offensichtlich keine Antwort.

Die Teilnehmer hievten sich auf die schwarzweißen Vierecke. Bandagen wurden herumgereicht, mit denen die Paare ihre Hände und Unterarme zusammenbanden, um nicht voneinander getrennt zu werden.

»Sie kennen das ja schon, Ladys und Gentlemen – es ist Zeit für die nächste Temporunde!«

Der Beifall tat Grace in den Ohren weh. Die Zuschauer im Raum waren für eine Weile ihrem eigenen harten Leben entflohen und fanden Zerstreuung darin, andere Menschen zu beobachten, denen es noch schlechter ging als ihnen.

»Wenn ich pfeife, laufen die Paare für drei Minuten um die Rennstrecke, und das Paar, das es als Letztes über die Ziellinie schafft, scheidet aus. Sind alle Tänzer und Tänzerinnen bereit?« Die Teilnehmenden sahen aus, als könnten sie kaum noch stehen – geschweige denn rennen.

Der Moderator blies in seine Trillerpfeife, und die Paare liefen los, bleckten vor Erschöpfung die Zähne, rempelten einander an, Männer zerrten ihre Partnerinnen mühsam an den Handgelenken vorwärts.

»Lieber Gott, das ist ja barbarisch«, stieß Grace leise hervor, stand instinktiv auf und ging die Tribüne hinunter nach vorn, wo Zuschauer, übers Geländer gebeugt, ihre Favoriten anfeuerten. Sie wollte Edie packen und aus dieser furchtbaren Halle ziehen. Drei Minuten erschienen ihr wie eine Ewigkeit, und insgeheim hoffte sie darauf, dass Edie ausscheiden würde. Als sich jedoch herausstellte, dass ihre unerschütterlich entschlossene Freundin tatsächlich weitermachen durfte und ein anderes armes Paar vom Tanzparkett geschleift wurde, fühlte Grace sich hundeelend.

Wenige Augenblicke später war der Moderator wieder da. »Und nun, Ladys und Gentlemen, nun ist es so weit! Unsere Tänzer haben eine zehnminütige Pause. Wir sehen uns hier wieder in ZEHN MINUTEN!«

An den Seiten der Halle waren Tapeziertische mit Essen und Trinken aufgebaut. Etwa die Hälfte der Teilnehmerinnen und

Teilnehmer machte sich dorthin auf den Weg, andere verschwanden in Richtung der Toiletten oder der Umkleidekabinen. Wie nicht anders zu erwarten, ging Edie zu den Nahrungsmitteln, und Grace bahnte sich durch die Menge einen Weg zu ihr, ähnlich wie sie es vor zwei Wochen in der Bar getan hatte. Die Situation war sicher ebenso gefährlich.

»Edie!«, rief sie und winkte heftig. Tatsächlich entdeckte Edie sie und kam zu ihr, in der einen Hand einen Pappbecher, in der anderen ein Sandwich.

»Grace, du bist tatsächlich gekommen!« Ihr Gesicht war verhärmt, die Augen tief in den Höhlen, umrahmt von dunklen Ringen, als hätte jemand ihr ins Gesicht geschlagen.

»Edie, um Gottes willen, du siehst aus ...«, Grace zögerte, »... als wärst du sehr müde.«

Edie lachte und biss in ihr Sandwich. »Schau dir das ganze Essen an, ist das zu glauben? Wir kriegen sechs Mahlzeiten am Tag, Grace!«

»Beweg dich, Neunundachtzig!«, rief ein Mann mit einem Klemmbrett.

»Uups«, sagte Edie und begann, von einem Fuß auf den anderen zu treten. Grace blickte sich um. Selbst in der Pause mussten diejenigen, die auf dem Tanzboden geblieben waren, weiterhin in Bewegung bleiben, schwankend, während sie gierig ihre Hähnchensandwiches und trockene Kuchenstücke hinunterwürgten.

»Edie, du musst hier raus. Komm mit mir, lass uns gehen.«

»O nein«, protestierte Edie, wild entschlossen. »Was redest du denn da? Ich liege gut im Rennen, Gracie, siehst du das denn nicht?« Sie machte eine Handbewegung in Richtung der anderen Tanzpaare, deren Zahl sich bereits stark reduziert hatte. »Und ich werde sogar gesponsert.« Sie deutete auf die Schrift auf ihrem Pullover. »Das bedeutet, man mag mich. Ich bekomme zwei Dollar pro Woche und so viele Socken, wie ich will. Plus dieses ganze Essen.« Sie ging zurück zu dem Tisch und kam mit einem weiteren Sandwich zurück. Als sie versuchte, Grace anzusehen, irrlichterte ihr Blick umher.

»Himmel«, flüsterte Grace. »Edie, hast du irgendwas genommen? Irgendwas geschluckt?«

»Psst!«, zischte Edie. »Natürlich nicht! Untersteh dich, mich disqualifizieren zu lassen, Grace! Du solltest dich für mich freuen! Ich gewinne bestimmt! Fünfhundert Dollar!«

»Du phantasierst ja schon«, sagte Grace. »Bitte, lass uns einfach gehen, jetzt sofort. Nur raus hier. Komm mit zu mir nach Hause.«

»Grace, ich bringe alles in Ordnung, ich kriege mein Leben wieder auf die Reihe und zwar ganz allein. Ich brauchte einen Job, also hab ich mir einen gesucht, ich brauchte Geld, und jetzt verdiene ich es.« Edie zuckte die Achseln. »Ich kann mich gut um mich selbst kümmern. Wir alle müssen Dinge tun, die nicht leicht sind. Das weißt du doch selbst.« Sie warf Grace einen Blick zu und wandte sich ab. »Danke, dass du gekommen bist, Gracie«, rief sie über die Schulter zurück und ging davon, verschwand durch den Vorhang hinter der Bühne. Zwei Minuten später verkündete der Summer das Ende der Pause.

»Machen wir weiter!«, rief der schmierige Moderator, jetzt in einem silberfarbenen Jackett. »Legen wir los mit einem kleinen Tanz von Mabel Samson!« Eine müde wirkende Frau um die vierzig schleppte sich zum Rand der Bühne. Grace konnte kaum hinsehen und vergrub den Kopf in den Händen. Aber sie konnte auch nicht einfach verschwinden. Sie wusste, dass sie es noch einmal versuchen musste, also ging sie nach draußen, um ein bisschen Luft zu schnappen, fest entschlossen, ein paar weitere Stunden durchzuhalten, um wenigstens noch eine Chance zu bekommen, mit Edie zu sprechen und sie zu überzeugen. Sie wünschte, Betty wäre da – sie hätte Edie sicher kurzerhand aus der Halle geschleppt, ganz bestimmt. Aber Betty könnte vielleicht sogar eine Alternative anbieten, während Grace kein Geld hatte, mit dem sie Edie helfen konnte. Und was, wenn sie die fünfhundert Dollar tatsächlich gewann?

Zwei Stunden wartete sie, es war eine Folter, aber als die nächste Pause angesagt wurde, sprang Grace sofort auf und rief nach Edie. Inzwischen war auch sie erschöpft – obwohl sie nur drei Stunden zugeschaut hatte. Was es mit einem Menschen anrichtete, zwei Wochen an diesem Ort zu verbringen, konnte sie sich nicht einmal ansatzweise vorstellen.

Edie kam ein paar Schritte näher und kniff die Augen zusammen, um sie zu fokussieren. »Grace? Du bist immer noch da? Wie nett.«

»Edie, komm und sprich mit mir, bitte!«

»Tut mir leid, Grace«, sagte Edie, und ihre Worte waren kaum zu hören. »Ich muss jetzt schlafen. Zehn Minuten sind kurz genug.« Damit verschwand sie wieder hinter dem Vorhang, wohin Grace ihr nicht folgen konnte.

Frustriert trat sie gegen ein Holzbrett an der Tribüne. Aber sie konnte nichts tun. Sie hatte es versucht. Wenn Edie das hier wollte, konnte sie ihre Freundin nicht aufhalten. Es war schon ziemlich spät geworden, und Grace hatte ihre eigenen Probleme, um die sie sich kümmern musste; am nächsten Tag würde sie wieder arbeiten. Edies Worte gingen ihr immer noch im Kopf herum, und Grace sprach sie noch einmal laut aus: »Wir alle müssen Dinge tun, die nicht leicht sind.« Wenn Edie versucht hätte zu verhindern, dass sie auf dem Stahlhochbau arbeitete, hätte sie darauf gehört? Natürlich nicht, das wusste sie genau. Ebenso wenig konnte sie Entscheidungen für Edie treffen, ihr blieb nur zu hoffen, dass es bald überstanden sein würde.

Mit hängenden Schultern kam sie nach Hause, saß beim Abendessen appetitlos vor der Mahlzeit aus Schinken und Eiern am Tisch und schob das Eigelb mit der Gabel auf ihrem Teller herum.

»Wie war es?«, fragte Connie, als Grace zu ihr ins Zimmer ging. »Kann ich das nächste Mal mitkommen?«

»Nein.« Grace schüttelte heftig den Kopf. »Auf gar keinen Fall. Es ist scheußlich dort.«

»Oh«, sagte Connie enttäuscht.

»Genug jetzt, Connie«, meinte Mary, aber ihre Augen ruhten auf Grace. »Versuch, ein bisschen zu schlafen.«

In der Hand einen Zettel, huschte Grace hinaus ins Treppenhaus. Zum Glück gab es vor dem Telefon keine Warteschlange, und sie wählte die Nummer, die Betty ihr damals im Imbissrestaurant gegeben hatte. Es kam ihr vor, als wären seither Jahre vergangen.

»Betty? Hier ist Grace.«

»Grace, Süße, wie schön, deine Stimme zu hören.«

»Hast du Edie in letzter Zeit mal gesehen?«, kam Grace sofort zur Sache. Für ein längeres Telefongespräch fehlte ihr das Geld, so sehr sie sich auch danach sehnte.

»Ja«, antwortete Betty und seufzte. »Sie macht bei einem dieser verrückten Tanzwettbewerbe mit. Ehrlich, Grace, das ist ein ganz übles Geschäft.«

»Ich war heute bei ihr und hab versucht, sie zum Aufhören zu bewegen.«

»Ich war auch schon dort.« Grace konnte sich gut vorstellen, wie Betty im Salon ihres neuen Zuhauses saß und nickte. »Vor ein paar Tagen. Sie wird nicht auf uns hören. Du weißt ja selbst Bescheid über ihr bisheriges Leben, Grace. Sie vertraut keinem und lässt sich von niemandem helfen, nicht einmal von uns. Sie möchte allein zurechtkommen.«

»Ich weiß«, bestätigte Grace, ebenfalls mit einem tiefen Seufzen. »Aber sie hat doch sonst niemanden, Betty, wir müssen uns um sie kümmern.«

»Oh, ich hab es versucht. Ich kann gar nicht mehr zählen, wie oft ich ihr Geld angeboten oder versucht habe, sie zum Essen einzuladen. Ein einziges Mal hat sie etwas angenommen. Ich hab ihr sogar vorgeschlagen, sie könnte hier bei mir wohnen, aber sie wollte New York um keinen Preis verlassen. Was können wir denn da noch tun? Wir haben ja alle unsere Probleme, kleine Irin.«

Grace hatte die Uhr im Auge behalten, und da sie wusste, dass sie sich keine weitere Minute leisten konnte, verabschiedete sie sich hastig. »Ich weiß, dass du tust, was du kannst, mehr ist nicht möglich. Leider muss ich Schluss machen, aber wir sollten uns bald treffen und uns etwas überlegen. Es muss doch eine Möglichkeit geben, wie wir Edie dazu kriegen können, dass sie uns zuhört.« Als sie auflegte, wurde ihr plötzlich klar, dass sie sich nur über Edie unterhalten hatten und sie sich überhaupt nicht nach Betty hatte erkundigen können.

Viel zu viele Themen kreisten in ihrem Kopf, als sie zurück in ihr Zimmer ging. Sie hatte auf ein nettes Wochenende gehofft, an dem sie ihre Probleme vergessen konnte, aber es war alles andere als entspannend gewesen, und jetzt musste sie sich schon wieder den Anforderungen der nächsten Woche stellen. Nachdem sie sich dazu gezwungen hatte, wieder auf das Stahlgerüst zu steigen, musste sie die Sache durchziehen. Mit einem Glas Wasser und Kopfschmerzen zog sie sich in ihr Bett zurück und hoffte auf ein paar Stunden Erholung, aber ihre Probleme verfolgten sie in ihren Träumen. Sie tanzte mit Edie auf einem Stahlbalken, während Seamus ihnen Nieten zuwarf und die Frau, die beim Tanzmarathon neben ihr auf der Zuschauertribüne gesessen hatte,

Popcorn auf sie schleuderte. Als Grace endlich Edies Aufmerksamkeit auf sich ziehen konnte, musste sie hilflos mitansehen, wie ihre erschöpfte Freundin einen Schritt zurück machte, über den Balken kippte und verschwand. Grace schrie auf, in der Erwartung, Edie nun wie Lukasz abstürzen zu sehen, aber ihre Freundin war so leicht, dass sie hinunterschwebte wie eine Feder, sich schließlich in einen kleinen braunen Vogel verwandelte und davonflog.

24

»Noch neun Tage«, murmelte Grace vor sich hin, während sie die nächste Niete aus ihrem Fangkegel fischte und für Joe platzierte. Es war ihr neues Mantra, und es gab ihr Kraft. Jetzt waren die Zahlen einstellig, damit konnte sie besser umgehen, es war eine Art Countdown. In weniger als zwei Wochen würde an ihrer Stelle endlich wieder Patrick hier oben stehen. Zwar hatte sie noch keine Ahnung, was sie stattdessen tun würde, aber dann hatte sie ihre Aufgabe erfüllt und getan, was nötig gewesen war, um ihre Familie zu retten. Bis dahin würde sie über zwölftausend Nieten gefangen haben – das reichte wirklich.

»Alles in Ordnung, Patrick?«, rief Frank, den Lärm seiner Nietpistole übertönend. Grace reckte den Daumen nach oben. Im Moment war tatsächlich alles in Ordnung, abgesehen davon, dass Bergmann sie noch immer lauernd beobachtete. Zwar hatte Grace ihr Bestes getan, ihm aus dem Weg zu gehen, aber jedes Mal, wenn er sie sah, warf er ihr drohende Blicke zu. Wahrscheinlich war er frustriert, weil er das Rätsel noch immer nicht gelöst hatte. Doch dass er weiterhin so darauf erpicht war, ihr Geheimnis aufzudecken, beunruhigte sie in ihrer ohnehin heiklen Situation noch mehr. Nur noch neun Tage.

Die Sonne brannte vom Himmel, und als der Wasserjunge zu ihnen kam, machten sie eine Trinkpause. Gleichzeitig traf der Aufseher ein, um ihre Identifikationsmarken zu prüfen. Grace zog die ihre aus der Hosentasche und hielt sie ihm hin, er nickte und ging weiter. Wenn doch nur alles so leicht wäre.

»Du bist so still.« Joe warf einen Blick in ihre Richtung.

»Ich möchte einfach weitermachen und es hinter mich bringen«, antwortete Grace und schaute ihn dabei kaum an. Wenn Bergmann gemerkt hatte, dass irgendetwas mit Patrick O'Connell nicht stimmte, konnte es auch allen anderen auffallen. Dass er wahrgenommen hatte, wie sie und Joe einander ansahen, war ihr besonders peinlich, daher ging sie auf Nummer sicher und vor allem auf Distanz. Die nächsten Tage würde sie nichts anderes tun, als Nieten zu fangen, und ansonsten einfach den Mund halten. Und wenn dies alles überstanden war, würde sie Edie helfen. Sie konnte kaum glauben, dass dieser schreckliche Tanzmarathon noch immer nicht zu Ende war, sondern für weitere zwei Wochen fortgesetzt wurde. Beim Gedanken daran, dass Edie mitmachte, bekam sie jedes Mal eine dicke Gänsehaut. So bald wie möglich würde sie ihre Freundin aufsuchen, dann würden sie ein paar Tage zusammen bei Betty in Jersey verbringen und genau besprechen, was sie als Nächstes tun mussten. Alles würde gut werden. Nur noch neun Tage.

25

DONNERSTAG, 17. JULI 1930

Allein und erschöpft lehnte sich Grace mit dem Rücken an einen Balken und war ausnahmsweise dankbar für den Wind, der ihre heiße Haut ein bisschen abkühlte. Seamus war unten mit seinem kleinen Schmiedefeuer beschäftigt und erhitzte die ersten Nieten nach dem Lunch, Frank und Joe machten eine Toilettenpause. Doch dann spürte sie plötzlich, wie die Atmosphäre sich veränderte und bedrohlich wurde. Jeder Muskel in ihrem Körper spannte sich an.

»O'Connell.« Bergmanns massige Gestalt kam auf sie zu.

»Nein, nein, nein«, murmelte Grace vor sich hin. Nur noch sechseinhalb Tage lagen vor ihr, sie durfte nicht zulassen, dass er jetzt doch noch alles kaputtmachte. »Was willst du denn?«, rief sie mit der Stimme ihres Bruders. »Ich hab zu tun.«

»Sieht gar nicht danach aus.«

»Patrick!«, rief Seamus von seiner Esse rauf, »komm doch mal einen Moment her, ja?« Anscheinend hatte er bemerkt, dass etwas nicht stimmte, konnte aus der Ferne aber nichts tun. Fast alle Arbeiter waren noch in der Mittagspause, Grace war ganz auf sich allein gestellt.

»Ich muss gehen«, sagte sie, duckte sich geschickt unter Bergmanns Arm weg, hüpfte gekonnt über zwei Holzplanken und landete sicher auf einem anderen Stahlträger.

»Du bewegst dich nicht richtig«, rief Bergmann ihr nach, und sie zuckte zusammen. Verdammt, sie hatte auf ihrer Flucht in dem Bestreben, sich möglichst rasch vor ihm in Sicherheit zu bringen, wohl zu viel Zirkuskunst gezeigt. »Komm zurück, hierher! Ich will dich in Ruhe anschauen!«

»Mach, dass du wieder an deine Arbeit kommst, Bergmann«, rief Seamus. »Du bist ja regelrecht besessen von meinem Cousin! Das ist nicht mehr normal.«

Bergmann musterte sie beide mit wütendem Gesicht, und Graces Herz hämmerte wild. Das war knapp gewesen, und sie war sicher, dass dieser Mann demnächst hinter ihr Geheimnis kommen würde. Als sie zu Seamus kam, glühten ihre Wangen, noch ehe sie in die Nähe des Schmiedefeuers kam.

»Wir sind in Schwierigkeiten«, knurrte sie und sah Bergmann nach, der sich kopfschüttelnd davonmachte.

»Wenn er schlau wäre, dann vielleicht.« Seamus schob mit seiner Zange Nieten in der Glut herum. »Aber er ist nicht schlau.«

»Schlau genug, um zu wissen, dass irgendwas mit mir nicht stimmt.«

»Aber er wird es niemals rausfinden«, beharrte Seamus grinsend. »Wie denn auch? Niemand würde darauf kommen. Je angestrengter er es versucht, desto verrückter macht es ihn.«

»Ich würde die Sache auch gern mit so viel Humor nehmen wie du.« Grace verdrehte die Augen.

»Noch eine Woche, Cousin«, sagte Seamus und klopfte ihr ermutigend auf den Rücken.

»Hey, Patrick!«, rief Frank, der gerade wieder seinen Platz bezog. »Was machst du denn da unten? Komm her! *Fretta!*«

»*Fretta!*«, wiederholte Seamus, an Grace gewandt und gab ihr, mit seiner Zange fuchtelnd, zu verstehen, sie solle sich beeilen.

»Was bedeutet das denn?«, fragte Grace.

Seamus lachte. »Ich hab keine Ahnung.«

26

Grace krallte die Finger um ihre Lohntüte. Fünf Wochen waren geschafft, fünfundzwanzig lange, heiße Tage hatte sie erfolgreich als Nieter gearbeitet. Sie zog ein Tuch aus der Tasche und wischte sich den Schweiß vom Nacken. Ihre Haare waren gewachsen und ein bisschen zu lang, aber jetzt, da sie nur noch eine Woche vor sich hatte, hatte sie eigentlich keine Lust, sie noch einmal schneiden zu lassen. Sie zog ihre Kappe darüber und hoffte, dass sich niemand so für ihre Frisur interessierte, dass er etwas bemerkte.

Als sie am Ende dieser Woche vom Gerüst stieg, hatten sie tatsächlich das achtunddreißigste Stockwerk erreicht. Allein bei der Vorstellung bekam sie Kopfschmerzen. Jetzt arbeitete sie achtzehn Etagen weiter oben als an ihrem ersten Tag, das Stahlmonstrum war beinahe doppelt so hoch. Das Bauwerk, zu dem Patrick zurückkehren würde, wies nur noch sehr wenig Ähnlichkeit mit dem auf, auf das er vor sechs Wochen das letzte Mal gestiegen war. So hoch oben hatte er noch nie gearbeitet, und Grace wusste, dass auch er sich würde daran gewöhnen müssen. Doch bis zu diesem Zeitpunkt war sie diejenige der Familie O'Connell, die auf der höchsten Stahlkonstruktion der Welt gearbeitet hatte. Bei diesem Gedanken grinste sie leise in sich hinein.

»Hier.« Frank kam aus dem Büro und überreichte ihr eine große Keramikschüssel. »Lillian hat das heute für mich im Büro aufbewahrt. Es gehört dir.«

»Was ist das?«, fragte Grace. Sie musste die Schüssel mit beiden Armen umfassen, so groß war sie.

»Cannelloni«, antwortete er, als müsste jeder wissen, was das war. »Ein Geschenk von Maria, von meiner Familie für deine Familie.« Er beugte sich vor und flüsterte: »Um zu feiern, dass eine weitere Woche vergangen ist.« Er schwenkte seinen braunen Geldumschlag, und Grace wäre ihm gern zum Dank um den Hals gefallen. Aber Patrick hätte das niemals getan und außerdem hatte sie die Schüssel im Arm.

»Oh, danke schön«, sagte sie stattdessen. »Wir wissen es sehr zu schätzen.«

»Kannst du das schwere Ding denn nach Hause schleppen?«, fragte Frank, ehe ihm einfiel, dass er diese Frage einem erwachsenen Mann eigentlich nicht stellen würde, und fügte, falls jemand zuhörte, hastig hinzu: »… ohne die Hälfte schon unterwegs aufzufuttern?« Aber es war niemand in der Nähe, alle waren entweder auf dem Weg nach Hause oder in der Bar. Grace blickte zu den Holztüren und erschauderte bei der Erinnerung an dieses Etablissement.

Nach sechs Wochen harter körperlicher Arbeit waren ihre Arme mindestens so muskulös und stark wie die von Patrick – womöglich noch stärker. Patricks gebrochener Arm würde schwach sein, wenn der Gips entfernt wurde, er würde Zeit brauchen, um ihn zu trainieren. Sie hoffte, es würde nicht dazu führen, dass sie doch noch länger an seiner Stelle arbeiten musste – aber mit dieser Frage würden sie sich beschäftigen, wenn es so weit war. Momentan war sie müde und musste niemandem etwas beweisen.

»Ich nehme ein Taxi«, verkündete sie – dieses kleine Vergnügen gönnte sie sich immer am Zahltag.

»*Molto bene*«, meinte Frank und nickte zustimmend.

»Es sei denn, du möchtest mitkommen?«, fragte sie mit Blick auf die riesige Schüssel. »Und uns helfen, das alles zu essen?«

»Ein andermal gern, mein Freund. Aber bei uns zu Hause gibt es auch noch ein bisschen davon.« Er lachte, und Grace merkte, wie ihr Blick erneut von den Türen der Bar angezogen wurde.

»Er ist nicht dort drin«, erklärte Frank ihr mit einem freundlichen Lächeln. »Er geht heute mit Bruno schwimmen.«

»Richtig«, sagte sie und war selbst überrascht, wie erleichtert sie war. »Dann bis Montag, Frank.«

Er winkte ihr zum Abschied.

Ein paar Stunden später duftete es in der Wohnung der O'Connells noch besser als sonst, die ganze Familie saß am Tisch.

»Lecker«, sagte Connie und aß in kleinen Bissen.

Grace lächelte ihr zu. »Und danach musst du früh ins Bett gehen und dich für morgen gut ausruhen.«

»Aber ich bin doch schon so aufgeregt!«, gab Connie zu bedenken. »Wie soll ich da schlafen?« Sie hustete in die vorgehaltene Hand, und die drei Erwachsenen wandten sich ihr nervös zu. »Mir geht's gut«, versicherte sie sofort und verdrehte die Augen.

»Maria, Mutter Gottes«, rief Patrick und schluckte den letzten Bissen hinunter, während seine Mutter ihn wegen der Blasphemie mit dem Löffel auf die Hand schlug. »Die Gagliardis hat uns der Himmel gesandt.«

Dagegen konnte Grace nichts einwenden. Die Cannelloni waren köstlich, und es war sogar noch so viel übrig, dass sie den Rest nach oben zu den Donohues bringen konnte. Mrs. Donohue nahm das Geschenk mit Tränen in den Augen an, während ihre Kinder sich bereits wie kleine Wilde über das Essen hermachten. Grace lachte und war sicher, dass Mamma Giulia und Maria sich an ihrer Begeisterung erfreut hätten.

27

»Heute ist mein Geburtstag.«

Grace wurde von einem Tornado mit Lockenkopf geweckt, der sich auf ihr Bett stürzte und versuchte, zu ihr unter die Decke zu kriechen, dann den Mund dicht an Graces Ohr legte und noch einmal rief: »Wach auf, Gracie, ich hab heute Geburtstag!«

Grace stöhnte und zog sich die Decke über den Kopf. »Wie viel Uhr ist es denn?«, fragte sie, ohne die Augen zu öffnen.

»Geburtstagszeit!«, antwortete Connie, kniete sich hin und zerrte an Graces Decke.

»Ach, du bist eine Nervensäge«, stöhnte Grace grinsend. Connie schaffte es, ihr die Decke wegzuziehen, und quietschte vor Vergnügen.

»Geburtstagszeit, Geburtstagszeit!« Sie hätte weitergemacht, wäre sie nicht von einem Hustenanfall unterbrochen worden.

»Uuuh«, grummelte Grace. »Beruhige dich. Entspann dich, Connie, du darfst es nicht übertreiben. Übrigens hast du mich viel zu früh geweckt, du kleines Biest.« Sie packte ihre Schwester und nahm sie in den Arm. »Herzlichen Glückwunsch, kleines Biest.« Sie küsste Connie auf den Kopf.

»Ich bin kein Biest«, wehrte Connie sich kichernd. »Ich bin eine Prinzessin!«

»Stimmt«, bestätigte Grace. »Also, wie viel Uhr ist es denn jetzt wirklich?«

»Es ist schon spät«, antwortete Connie weise. »Fast sieben.«

Grace stöhnte erneut und ließ sich aufs Kissen zurückfallen. »An einem Samstag? Also bitte!«

»Ich möchte aber jede Sekunde von meinem Geburtstag genießen!«

Grace öffnete ein Auge, und Connie lachte.

»Eigentlich hast du ja recht.« Nach allem, was Connie durchgemacht hatte, war Grace einfach dankbar, dass ihre Schwester noch bei ihnen war, um ihren elften Geburtstag zu feiern. Sie so aufgekratzt zu sehen, war eine wahre Freude. Also schwang sie die Beine aus dem Bett und stellte die Füße auf den Boden. »In diesem Fall – weißt du, was als Nächstes kommt?« Sie zog eine Augenbraue hoch, ehe beide Schwestern wie aus einem Munde riefen: »Geburtstagspfannkuchen!«

»Hat da jemand was von Geburtstagspfannkuchen gesagt?« Jetzt streckte Patrick den Kopf zur Tür herein.

»Heute ist doch mein Geburtstag, Pat!«

»So was hab ich auch schon munkeln hören«, nickte ihr Bruder. »Bestimmt ist das der Grund dafür, dass Geschenke auf dem Tisch liegen. Gut, dass du es mir so deutlich gesagt hast, ich dachte nämlich, die sind für mich. Um ein Haar hätte ich die Päckchen aufgemacht.«

Blitzschnell war Connie aus dem Zimmer gelaufen und hatte die Zwillinge im Staub zurückgelassen.

»Langsam!«, riefen die beiden ihr einstimmig nach, drehten sich dann zueinander um und fingen an zu lachen. Schon seit einer ganzen Weile hatten sie nicht mehr so miteinander harmoniert.

Als dann alle angezogen waren, machte Mary die besten Pfannkuchen, die sie jemals gegessen hatten.

»Mmm, die waren echt lecker, Ma«, sagte Patrick und rieb sich den Bauch.

»Genau richtig für eine Prinzessin«, stimmte Grace ihm zu.

»Darf ich noch ein Geschenk auspacken, Ma?«, fragte Connie, die Wangen vor Freude und Aufregung gerötet.

»Nur zu.« Aus Gewohnheit streckte Mary die Hand aus, um sie ihrer Tochter auf die Stirn zu legen und ihre Temperatur zu fühlen, aber Connie duckte sich blitzschnell weg.

»Das ist von Frank und Joe«, erklärte Grace und reichte ihr ein in rotes Papier gewickeltes, ordentlich verschnürtes Päckchen.

»Wirklich? Von dem italienischen Mann, der mal hier war?«

»Genau. Die wissen alle, wer du bist.«

Connie riss Päckchen nie einfach auf, sie löste erst die Schnur und wickelte sie ordentlich zusammen, ehe sie vorsichtig das Papier entfernte. »Ein Buch!«, rief sie und hielt es in die Höhe, damit alle es sehen konnten.

»Wie nett«, sagte Mary. »Bedanke dich bitte in unserem Namen bei ihnen, Grace.«

»Natürlich«, antwortete Grace und bemerkte Patricks angespanntes Lächeln. Manchmal vergaß sie, dass die Gagliardis seine Freunde und für sie genau genommen nur eine Art Leihgabe waren.

»Also, das hier ist von Florence«, sagte er und reichte Connie eine kleine viereckige Schachtel. Grace beobachtete, wie ihre Mutter kurz die Augenbrauen hochzog, was ihrem Bruder aber höchstwahrscheinlich entging. Bisher hatte Patrick noch nie eine feste Freundin gehabt – zumindest, soweit sie wussten. Und ganz sicher keine, die seiner kleinen Schwester ein Geschenk gekauft hatte. »Es tut ihr leid, dass sie heute nicht kommen kann, aber sie arbeitet im Krankenhaus.«

»Ist in Ordnung«, erwiderte Connie, ganz die großherzige Diktatorin, ohne auch nur aufzublicken.

Grace reckte den Hals, um zu sehen, was Florence für ihre

Schwester ausgesucht hatte, und Connie zeigte ihr eine kleine gold-braune Brosche in Form eines Äffchens, die auf ihrer Handfläche lag. »Die ist aber hübsch.«

»Finde ich auch«, sagte Grace lächelnd.

»Kann ich sie an mein Kleid stecken, Ma?«

»Natürlich«, sagte Mary, die dabei war, Teller und Besteck abzuräumen. Patrick begann, ihr mit seiner guten Hand zu helfen, was Grace mit großem Interesse beobachtete, denn auf eine solche Idee wäre er früher nie gekommen. Jetzt, da er nicht arbeitete, war es, als versuchte er, der Familie bei jeder Gelegenheit seinen Wert zu beweisen. Es würde nicht mehr lange dauern, bis er seinen rechtmäßigen Platz wieder einnehmen konnte, und Grace überließ ihm diesen nur zu gern. Sie hatte es geschafft, sich durch fünf Arbeitswochen dort oben zu kämpfen, nur noch eine einzige Woche lag vor ihr, und ihre Mühe wurde damit belohnt, dass sie gerade genug Geld hatten, um Connie zu ihrem Geburtstag ein bisschen zu verwöhnen.

»Das sind die besten Geschenke, die ich jemals zum Geburtstag bekommen habe«, sagte Connie und drückte ihre Beute fest an die Brust. Patrick hatte ihr einen Sonnenschirm gekauft, Mary ihre geschundenen Finger zum Kooperieren gezwungen, um für ihre Tochter in langwieriger, mühseliger Arbeit ein wunderschönes hellgrünes Sommerkleid aus Baumwolle zu schneidern, und Grace hatte ihr eine kleine weiße Handtasche geschenkt. Da Connie nichts besaß, was sie in das Täschchen stecken konnte, hatte Grace es mit fünfzig Cent in kleinen Münzen und einem Lippenstift gefüllt – und ihr das Versprechen abgenommen, es ihrer Mutter nicht zu erzählen.

»Worauf freust du dich am meisten, Con?«, fragte Patrick.

»Das weiß ich nicht. Ich will alles sehen! Schildkröten und

Quallen und Seelöwen!« Connie sprühte vor Energie, was den anderen nach den letzten Monaten, in denen sie fast wie ein Geist in der Wohnung umhergeschwebt war, wie ein Wunder vorkam. Grace schickte ein stummes Dankgebet zum Himmel. Wenn Connie nicht im Bett war und es ihr einigermaßen gut ging, fühlte sich das ganze Leben gleich ein bisschen leichter an.

»Ein Besuch im Aquarium war wirklich eine hervorragende Idee als Geburtstagsausflug«, sagte Grace, während sie sich die Schuhe anzog. Es würde wieder heiß werden heute, und sie war froh, nicht im Overall zu stecken, sondern in einem leichten Sommerkleid, das sie mit einem breitkrempigen Sonnenhut kombinierte, der ihren Nacken versteckte, so dass man glauben könnte, ihre Haare wären hochgesteckt – und nicht einfach nicht vorhanden. Trotz der Hitze schlüpfte sie allerdings in einen dünnen Pullover, um ihre von Narben übersäten Arme zu bedecken – was sie vielleicht traurig gemacht hätte, wenn sie zu viel darüber nachgedacht hätte. Also schob sie den Gedanken beiseite.

»Sind wir alle bereit?«, fragte Mary mit einem kleinen Lächeln, als sie sah, dass Connie es nicht mehr erwarten konnte, endlich loszugehen.

Das New York Aquarium im Battery Park war ein markantes, rundes Gebäude, und Connie begann bei seinem Anblick vor Begeisterung zu zittern. Grace betrachtete die beiden vergoldeten Seepferdchen über dem Haupteingang und dachte daran, wie lange es her war, dass ihre Familie gemeinsam etwas Schönes unternommen hatte.

Drinnen flitzte Connie umher, betrachtete alles ehrfürchtig, staunte und riss die Augen weit auf, als könne sie so noch mehr in sich aufnehmen. Sie las jedes Hinweisschild, an dem sie vorüberkamen, und Grace musste sich zusammennehmen, um über die Ernsthaftigkeit ihrer Schwester nicht zu lachen.

»Es gibt sieben große Bodenbecken, achtundachtzig Aquarien mit Glasfront und dreiundachtzig kleine Aquarien«, sprudelte es aus ihr heraus. »Himmel, das ist aber eine Menge. Wie sollen wir die denn alle anschauen?« Sie blieb stehen, um zu husten, und die Erwachsenen machten ebenfalls eine Pause.

»Bist du sicher, dass du dich okay fühlst, Con?«, fragte Grace und strich ihrer Schwester die Haare aus dem Gesicht.

»Nur die Ruhe, mein Kind«, mahnte auch Mary. »Du hast jede Menge Zeit.«

Die Anspannung der letzten Wochen schmolz von Graces Schultern, als sie gemächlich mit ihrer Familie durch das Aquarium wanderte und die ausgestellten Lebewesen bewunderte. Von Schildkröten und bellenden Seelöwen über schwergewichtige Alligatoren zu leuchtend blau, grün und orange gefärbten Fischen gab es in den riesigen Tanks Hunderte Tiere zu bewundern.

»Pinguine!«, rief Connie auf dem Weg zum entsprechenden Becken. »Oh, wie groß ist denn der hier?«, fragte sie fast im gleichen Atemzug und sauste auch schon zu einem gewaltigen Dreihundert-Pfund-Zackenbarsch.

»Schau mal, Grace, schau, der bringt die Glühbirne zum Leuchten!« Jetzt war sie fasziniert von den Zitteraalen, die genug Elektrizität erzeugten, um über ihrem Wasserbecken das Licht leuchten zu lassen. »Wie machen die das denn?«

»Ich weiß es auch nicht genau, Prinzessin, aber es ist wirklich ganz schön clever«, sagte Grace und klemmte sich Connies neuen Sonnenschirm unter den Arm, damit er nicht verlorenging.

Connie war schon wieder in eine andere Richtung unterwegs, und Mary folgte ihr fürsorglich. Gerade wollte Grace den beiden folgen, als sie merkte, wie ihr Bruder neben ihr plötzlich erstarrte. Rasch drehte sie sich um und sah einen großen blonden Mann auf sie zukommen. Und von jetzt auf gleich war der schöne Tag verdorben.

»Bergmann«, murmelte sie fassungslos, verbiss sich dann aber rechtzeitig weitere Bemerkungen, denn *Grace* hatte diesen Mann ja noch nie gesehen.

Was hatte der deutsche Riese ausgerechnet am Samstagvormittag im Aquarium zu suchen? Leider hatten Grace und Patrick keine Zeit mehr, einen Plan zu schmieden, und Grace überlegte kurz, mit gesenktem Kopf schnell ihrer Mutter und ihrer Schwester nachzulaufen, aber selbst dafür war es zu spät. Bergmann hatte sie bereits entdeckt, und sie konnte Patrick in dieser peinlichen Situation nicht allein lassen. Er wusste nichts von ihrer Konfrontation mit Bergmann in der Bar, und auch nicht, was zwischen ihr und ihm auf der Baustelle vorgefallen war – was in ungefähr drei Sekunden, wenn Bergmann ihn ansprach, sehr unangenehm werden könnte. Nun standen sie wie zwei Kaninchen vor der Schlange, es gab kein Entrinnen.

»O'Connell!« Bergmann kam noch einen Schritt auf sie zu, und Patrick versuchte, seinen gebrochenen Arm ganz beiläufig hinter dem Rücken zu verstecken.

»Bergmann«, sagte er, und sein kühler Ton verriet Grace, dass ihre Abneigung gegenseitig war.

»Und wer ist das denn hier? Schon wieder eine neue Freundin?«

Trotzig wandte Grace ihm unter ihrem Hut das Gesicht zu und sah Bergmanns Schock, während er zwischen ihr und Patrick hin- und herblickte. Das passierte oft, wenn Leute sie zum ersten Mal zusammen sahen, aber noch nie hatte es sich so unangenehm und bedrohlich angefühlt.

»Meine Schwester«, erklärte Patrick widerwillig. Grace spähte kurz zu ihrer Mutter und Connie hinüber. Zum Glück hatten sie nichts bemerkt, sondern waren im Anblick eines Aquariums voller herumwuselnder, grellorangefarbener Krebse versunken.

Obwohl Seamus anderer Auffassung war, war Bergmann keineswegs dumm, und es dauerte nicht lange, bis der Groschen fiel, mochte die Erkenntnis auch noch so abwegig erscheinen.

»Nett, Sie kennenzulernen, Miss«, sagte er, streckte ihr die Hand entgegen und ließ sich vorerst nichts anmerken. Zwar waren ihre Arme bedeckt, Grace konnte sich aber, als sie ihm ihre absolut nicht mehr feminin weiche Hand entgegenstreckte, kaum vorstellen, dass Bergmann die verräterischen Merkmale der ihm wohlbekannten Arbeit entgehen würden. So schnell wie möglich zog sie die Hand wieder zurück.

»Ganz meinerseits«, stieß sie hervor, und ihre Stimme klang nicht einmal für sie selbst wie ihre eigene. In dem Versuch, sie möglichst deutlich von der Stimme ihres Bruders abzuheben, hatte sie absichtlich hoch gesprochen. Bergmanns Gesicht blieb steinern.

»Weißt du noch, was ich gestern über die Yankees zu dir gesagt habe, O'Connell?« Am liebsten hätte Grace ihren Bruder gekniffen, aber das hätte vermutlich nichts genutzt, also biss sie die Zähne zusammen und wartete auf das Unvermeidliche.

»Klar«, erwiderte Patrick locker, und Grace spürte einen Schweißtropfen über ihren Nacken gleiten. »Dass Lou Gehrigs Homerun wirklich …«

»Seltsam«, fiel Bergmann ihm ins Wort. Gleich kommt es, dachte Grace. »Weil ich gestern überhaupt nicht mit dir gesprochen habe. Genau genommen …« Er hielt inne, ganz der nachdenklich kombinierende Detektiv, und fuhr dann fort: »Genau genommen glaube ich, es ist schon sehr lange her, dass wir gesprochen haben.« Finster und gehässig wanderte sein Blick zu Grace.

»Jetzt warte mal, das kann ich erklären«, sagte Patrick, und in seiner Stimme war eine Spur von Panik zu erkennen.

»Zeig mir doch mal deinen Arm«, sagte Bergmann und streckte ihm die Hand entgegen.

»Lass mich gefälligst in Frieden.« Patrick wich einen Schritt zurück, seine Panik war der Wut gewichen, aber er hob nicht die Stimme.

Bergmann lachte leise in sich hinein, dann machte er eine schnelle Bewegung nach vorn und schnippte mit dem Finger gegen Graces Hut, so dass er zu Boden fiel.

»Wusste ich es doch«, rief er und schlug triumphierend die Faust in die geöffnete Hand, begeistert, endlich seinen Beweis gefunden zu haben. »Ich wusste, dass mit dir irgendwas nicht stimmt. Unmöglich, aber wahr. Es hat sich falsch angefühlt, weil du schlicht nicht Patrick bist.« Er feixte. »Tja, das erklärt zumindest die Sache mit Gagliardi.«

Patrick hatte die letzte Bemerkung entweder nicht gehört oder ignorierte sie. »Mit dir hat es jedenfalls nichts zu tun, Bergmann«, sagte er, machte wieder einen Schritt nach vorn und auf Bergmann zu, so dass er leise mit ihm sprechen konnte und keine Aufmerksamkeit auf sich zog.

Bergmann schüttelte den Kopf. »Der perfekte Patrick. Tja, diesmal wohl nicht ganz so perfekt.«

»Was soll das denn heißen?«, fragte Patrick aufgebracht.

»Bei dir läuft alles wie geschmiert, stimmt's? Du kriegst jede Frau rum, die du willst, hast keine Sorgen. Selbst bei so etwas, was dich eigentlich den Job kosten sollte, denkst du noch, du kannst dich irgendwie rauswinden. Tja, aber ich hab die Nase voll davon.« Dann sah er zu Grace. »Und du bist genauso schlimm. So arrogant, dass du glaubst, du kannst einfach so einen Job erledigen, den andere Menschen über Jahre erlernen müssen.« Lässig pulte er sich etwas aus den Zähnen, ehe er weitermachte, nun wieder an Patrick gewandt, umkreiste die Geschwister wie ein lauernder Hai, der mit ihnen spielte. »Du hältst dich für so clever. Schickst eine Frau auf die Hochbaustelle, als könnte sie einfach unsere Arbeit machen.«

»Aber genau das macht sie doch«, gab Patrick zurück.

Wieder schüttelte Bergmann heftig den Kopf, hielt dann plötzlich inne, als sei ihm etwas eingefallen. »Sie hält den Fänger nicht richtig. *Das* war es, was mich so gestört hat. Ganz abgesehen davon, dass sie zu klein ist und nicht das Gesicht verzieht, wenn man mit ihr redet.« Er griente zu Patrick hinüber. »Ich kann gar nicht glauben, dass du ernsthaft geglaubt hast, du würdest damit durchkommen. Keiner von euch beiden wird jemals wieder eine Niete fangen.«

Grace schwieg. Es war vorbei. So weit war sie gekommen, und nun war alles umsonst gewesen.

Bis ihr Retter erschien. Ein kleines Mädchen, vielleicht fünf Jahre alt, die blonden Haare zu zwei Zöpfen geflochten, rannte auf Bergmann zu und ergriff seine Hand. Hinter ihr tauchten zwei etwas ältere flachsblonde Jungen und eine rundliche blonde Frau auf, etwas zerzaust und atemlos, ein noch haarloses Baby auf der Hüfte balancierend.

»Da bist du ja!«, rief sie mit einem unverkennbaren deutschen Akzent.

»Komm und schau die Pinguine an, Papa!«, sagte das kleine Mädchen und zupfte aufgeregt an der großen Pranke ihres Vaters.

Papa!

Obwohl sie mitten in das Gespräch geplatzt war, das ihm so wichtig war, bekam die Kleine sofort die Aufmerksamkeit ihres Vaters. Bergmann beugte sich zu ihr und legte seine freie Hand auf ihren Kopf, eine Geste, die für den Mann, den Grace kennengelernt hatte, vollkommen untypisch schien.

»Gleich, mein Liebes.« Noch nie hatten die beiden O'Connells so viel Zärtlichkeit in seiner Stimme gehört, und Grace schwirrte der Kopf von all den neuen Eindrücken.

»Oh, hallo«, rief die Frau. »Ich bin Clara, nett, Sie kennenzulernen.«

»Hallo, Clara, die Freude ist ganz meinerseits«, antwortete Grace und meinte jedes Wort ernst. Weil sie wissen wollte, ob ihre Vermutung stimmte, wandte sie sich zu Bergmann um und fragte: »Ist das deine Frau?«

Bergmann verzog das Gesicht und konnte nur nicken. Clara jedoch war mehr als bereit, Auskunft zu erteilen.

»Ja, Johann und ich sind seit sieben Jahren verheiratet, und das sind unsere Kinder, Karl, Friedrich und Hilde. Und das hier«, fuhr sie fort und ließ das Baby auf ihrer Hüfte hüpfen, »das hier ist Hans, benannt nach meinem Großvater.«

»Entzückend«, sagte Grace.

»Woher kennen Sie Johann denn?«, fragte Clara mit ehrlichem Interesse.

»Mein Bruder Patrick arbeitet mit ihm zusammen«, erklärte Grace und nahm die Situation nun immer entschlossener in die Hand, während Clara erneut von ihren Kindern bestürmt wurde.

»Mutter, können wir uns bitte die Pinguine anschauen?«

»Bitte?«

»Die Pinguine!«

»Oh, auf dem Empire State Building?«, wandte sich Clara wieder an Grace. »Ich mag das gar nicht, es ist so gefährlich, aber in

Zeiten wie diesen muss man ja dankbar sein für jede Arbeit, die man kriegen kann. Okay, Kinder, okay, wir gehen zu den Pinguinen.«

»Ich komme gleich nach«, versprach Bergmann seiner Tochter und löste sanft seine Hand von der ihren.

Lächelnd entschuldigte sich Clara und führte die Kinder ebenso schnell wieder weg, wie sie gekommen waren.

Claras Auftauchen war die glückliche Fügung, die die O'Connells so dringend gebraucht hatten. Alles hatte sich verändert.

»Was für eine nette Familie«, sagte Grace mit monotoner, sarkastischer Stimme – sie kam sich vor, als imitiere sie Betty.

»Du bist also verheiratet, Bergmann?« Patrick schien noch schockierter zu sein, als Bergmann es gewesen war, als er herausgefunden hatte, dass eine Frau sich als Mann ausgab und auf einer Hochbaustelle Stahl vernietete. »Und du hast Kinder?«

»Das geht dich gar nichts an«, fauchte Bergmann mit knallrotem Kopf.

»Genau«, sagte Grace. »Es geht uns gar nichts an.« Zwar drehte sich ihr der Magen um, wenn sie diesen armseligen Mann auch nur ansah, aber das hier war ihre einzige Chance, und ihre Worte mussten sitzen. »Nun, Clara sieht aus wie eine wunderbare Frau, höchstwahrscheinlich aus einer guten Familie.« Natürlich hatte sie keine Ahnung, ob das stimmte, aber in Anbetracht dessen, wie Bergmann vor ihr stand und verlegen von einem Fuß auf den anderen trat, war sie ziemlich sicher, dass sie auf der richtigen Fährte war. »Und wäre es nicht eine Schande, wenn sie herausfinden würde, was für ein verlogenes Ekelpaket ihr Ehemann in Wirklichkeit ist? Ich könnte mir vorstellen, ohne eine Ehefrau, die zu Hause auf dich wartet, die kocht und putzt und sich um dich kümmert, würde es dir nicht halb so viel Spaß machen, dich an ungefähr jede Frau in den fünf Stadtbezirken New Yorks ranzuschmeißen. Oder wie wäre es denn, wenn sie sich von dir trennt und du deine Kinder nie wiedersiehst?«

»Wie kommst du denn auf die Idee, dass sie dir glauben würde?«, schnaubte Bergmann.

Grace wartete, um zu sehen, welche Wirkung ihre Worte zeitigten. Sicher, es war gefährlich, aber der einzige Trumpf, den sie ausspielen konnte.

Bergmann öffnete den Mund, um weiterzusprechen, aber sie ließ ihn nicht zu Wort kommen und trat einen Schritt auf ihn zu.

»Möchtest du das wirklich riskieren? Dass deine Tochter aufwächst in dem Wissen, was für ein Mann ihr Vater ist?«

Ein Muskel zuckte in Bergmanns Kiefer. Grace war nicht überzeugt, dass ein Mann wie dieser seine Frau wirklich zu schätzen wusste – wie konnte er, wenn er sie so rücksichtslos betrog? Doch der liebevolle Blick, mit dem er seine Tochter angeschaut hatte, war nicht falsch zu verstehen.

»Natürlich muss das nicht unbedingt passieren. Du kannst unser Geheimnis für dich behalten, dann verraten wir auch deines nicht. Und im Gegensatz zu dir schaden wir niemandem. In Kürze wird Patrick wieder auf dem Empire State stehen, du musst also nur so tun, als hätten wir uns heute nicht getroffen. Na, was sagst du dazu, *Johann*?«

Eine Sekunde lang war Grace sicher, dass er sie in Stücke reißen und häppchenweise an die ein paar Meter weiter wartenden Alligatoren verfüttern wollte. »Das würdest du nicht tun«, stieß er hervor. Weiter sagte er nichts.

»Oh, das würde ich sehr wohl«, versicherte sie ihm. »Und ich bin mir ziemlich sicher, dass ich einen ganzen Haufen Mädchen finden würde, die bereit wären, sich in einer Reihe aufzustellen und eine nach der anderen Clara zu erzählen, was für einen Mann sie geheiratet hat. Vielleicht würden sie sogar ein oder zwei Annoncen in der *New York Times* aufgeben.«

Bergmann musterte Patrick mit wütenden Blicken. »Du brauchst also deine Schwester, um das alles für dich zu erledigen, was? Nicht nur deinen Job.«

Patrick zuckte die Achseln und weigerte sich, den Köder anzunehmen. »Du musst zugeben, dass sie das ziemlich gut macht.«

Er und Grace grinsten einander zu, ein perfektes Team. Dann fixierte Grace wieder Bergmann.

»Das Angebot steht nur für kurze Zeit, fürchte ich«, fügte sie hinzu. »Tatsache ist, dass du wesentlich mehr zu verlieren hast als wir. Es könnte schwierig für dich werden, einen anderen Job zu finden, aber noch wesentlich schwerer wäre es, eine andere Frau zu finden, und …« Sie legte noch eine Pause ein, um ganz sicherzugehen, dass er sie ansah, ehe sie fortfuhr: »Und schlicht unmöglich, deine Kinder zu ersetzen, wenn sie nichts mehr mit dir zu tun haben wollten. Ganz offensichtlich lieben sie ihre Mutter abgöttisch, was man von dir leider nicht behaupten kann.«

Sie wappnete sich und dachte wieder daran, wie Bergmann mit der Zange auf Seamus losgegangen war. Männer wie er respektierten Frauen nicht, und er hasste es sicher, dass sie so mit ihm gesprochen hatte. Sie war sicher, er hätte sie gern geschlagen, sie sah, dass er darüber nachdachte. Dann jedoch schaute er hinüber zu seiner Tochter, die die Pinguine imitierte und versuchte, zu laufen wie sie. Und sein Gesicht wurde weich.

»Die Sache ist nicht erledigt«, sagte er leise, ohne Grace oder Patrick anzusehen. »Aber wenn ihr mir aus dem Weg geht, werde ich euch auch aus dem Weg gehen.« Damit drehte er sich um und marschierte zu seiner Familie hinüber.

Grace hatte das Gefühl, dass alle Luft aus ihrem Körper wich, und sie brauchte ein paar Sekunden, bis sie merkte, dass Patrick sie in den Arm genommen hatte und sie an sich drückte wie nie zuvor.

»Ich kriege keine Luft mehr!«

»Du warst unglaublich«, sagte er und gab sie frei.

Grace setzte ihren Hut wieder auf. »Freu dich nicht zu früh. In meinen Ohren klang das nicht wie eine echte Einigung, aber es sollte ihm zu denken geben. Hoffen wir, dass es reicht.«

Patrick schien sofort so entspannt zu sein, als wäre nichts passiert, aber Grace blieb den ganzen restlichen Tag über fahrig. Sie stand an den großen Aquarien und legte ihre heiße Stirn an das kühle Glas. Zwar hatte sie es mal wieder geschafft, sich aus einem Problem herauszuschlängeln, aber sie wusste, dass Männer wie Bergmann es nicht ertrugen zu verlieren – vor allem nicht gegen eine Frau. Eine ganze Woche auf der Baustelle hatte sie noch vor sich, und sie war nicht überzeugt, dass er so lange stillhalten würde.

»Die bewegen sich aber wirklich lustig, stimmt's?«, sagte Connie, als sie die Quallen beobachteten, die sich stoßweise durch das Wasser katapultierten. »Es sieht aus, als fallen sie, statt zu schwimmen.« Inzwischen war sie still und müde geworden und sah auch wieder recht bleich aus.

»Komm, Con, lass uns nach Hause gehen.« Grace zog ihre Schwester an sich, und wieder geisterten Bilder eines über den Himmel stürzenden Körpers durch ihren Kopf. Doch diesmal war es Grace selbst, die fiel, und das Letzte, was sie sah, war ein grinsendes Gesicht. Es war Bergmann, der sie schubste.

28

MONTAG, 21. JULI 1930

»Nur noch fünf Tage«, sagte sich Grace laut, und die Worte vibrierten in ihrer Brust, doch im Baustellenlärm konnte niemand sie hören. Sie sagte es sich jetzt fast nach jeder Niete, es war ihr neues Ritual.

Sie hatte es bis zur letzten Woche geschafft, und jetzt war schon Montagnachmittag. Am Freitag sollte Patricks Gips abgenommen werden, also würde nächste Woche um diese Zeit wieder ihr Bruder schweißüberströmt hier oben in der grellen Sonne arbeiten und Grace mit beiden Füßen fest auf dem Erdboden stehen. Bis dahin hatten sie aller Voraussicht nach bereits das vierzigste Stockwerk vollendet, also annähernd die Hälfte der Höhe. Zwar bedauerte sie es keineswegs, der Arbeit Lebewohl zu sagen, aber als sie jetzt über die Stadt hinausblickte und sah, wie das Sonnenlicht jede reflektierende Oberfläche zum Glitzern brachte, musste sie sich eingestehen, dass sie diese Aussicht vermissen würde.

Als sie die nächste Niete fing, fiel ihr Blick auf ihren sonnenverbrannten Arm, und sie sah, dass auf ihrer früher einheitlich hellen Haut eine Art Planetensystem aus Blessuren und Narben entstanden war. Schwarze Male, Kratzer und silbrig weiße Linien überkreuzten sich in einer Umlaufbahn um den feuerroten Mittelpunkt, eine Sonne – dort, wo sie sich bei Joes Rettung verletzt hatte. Niemals würde sie diese Narbe bereuen.

Plötzlich gab es einen gigantischen Knall. Instinktiv hielten sich alle schützend die Arme über den Kopf oder griffen nach dem nächstbesten Halt in ihrer Nähe, das Stahlskelett erzitterte, das gesamte Bauwerk schien unter ihnen zu beben. Sofort war klar, dass irgendetwas nicht stimmte, aber bei dem ganzen Lärm, dem Geschrei und den umherrennenden Männern war es unmöglich zu wissen, was passiert war.

»Oben«, sagte Frank, gestikulierte mit seiner behandschuhten Hand und legte die Nietpistole weg.

Alle drei starrten zum nächsthöheren Stockwerk empor, wo überall Kräne waren und die Connectoren arbeiteten. Die Männer, die hier normalerweise auf Stahlkugeln am Kranlasthaken über den Himmel flogen, um die hochgezogenen Balken entgegenzunehmen, kletterten an den dicken Kabeln hinunter in Gefilde, wo Stahlträger und Planken Sicherheit versprachen.

Anscheinend gab es ein zentrales Problem, das für alle das Weiterarbeiten unmöglich machte. Graces Team ließ sich vom Sog der Menge zu einem der Kräne leiten.

»Er hat sich verklemmt!«, rief ein Mann ihnen zu und deutete auf den Kran. »Mit dem Kabel verheddert oder so was.«

Grace spähte über seine Schulter, in der Erwartung, ein paar Männer zu sehen, die versuchten, das Problem mit dem Kran zu beheben, aber stattdessen entdeckte sie eine ganze Reihe von Männern auf einem Balken, aufgereiht wie Vögel auf einem Drahtseil, die aufgeregt gestikulierten und riefen. Nahebei hatten auch die Mohawk, die normalerweise unter sich blieben, aufgehört zu arbeiten und beobachteten interessiert das Geschehen. Der Kranführer dagegen starrte wie gelähmt auf einen Stahlträger, der horizontal und an beiden Enden mit Seilen befestigt, vor ihm am Kran hing, gut hundert Meter hoch in der Luft und ein gutes Stück vom Gebäude entfernt. Er war vermutlich auf dem

Weg nach oben gewesen, wo er in dem gigantischen Puzzle des Stahlskeletts irgendwo seinen Platz hätte finden sollen. Auf diesem Balken stand ein Mann. Grace sog scharf die Luft durch die Zähne.

»Ach du liebe Zeit«, stieß Frank hervor und warf einen kurzen Blick über die Schulter, um zu prüfen, ob sein Bruder in seiner Nähe und wohlbehalten war.

»Unglaublich«, murmelte Seamus. Inzwischen war die Arbeit fast überall zum Erliegen gekommen.

Ein lauter Aufschrei hallte durch die Stille, weil ein paar Männer versuchten, über den Kran zu klettern und zu helfen, woraufhin das rechte Drahtseil in Bewegung geriet, der Balken sich wie eine Wippe nach rechts neigte und der darauf stehende Mann in diese Richtung schlitterte.

»STOPP!« Gilligan bahnte sich einen Weg durch die Menge. »Hört auf damit! Nichts berühren, lasst die Finger davon! Wir müssen erst rausfinden, was los ist.«

Grace betrachtete die Szene. Alle Kräne standen jetzt still, alle Augen ruhten auf dem einzigen Kranführer, der noch an seinem Platz saß, heftig schwitzte und sich alle Mühe gab, nichts zu tun, womit er seinen Kameraden womöglich in den Tod stürzte. Der hatte sich inzwischen platt auf die Mitte des Balkens gelegt und umklammerte ihn mit Armen und Beinen, als hinge sein Leben davon ab – was es auch tat. Es klang, als würde er leise weinen, und keiner der anderen hätte ihn deswegen schief angeschaut.

Als der Balken sich nicht mehr bewegt hatte und der Kran mit einem Ruck zum Stillstand gekommen war, hatte er noch ganz gelassen reagiert. Er hatte schon viel gesehen, hatte mit seinen Freunden gelacht und Witze darüber gemacht, dass sie jetzt mal eine Pause einlegen konnten. Connectoren waren die härtesten

Jungs auf der Baustelle. Sie ritten auf den Stahlbalken durch die Luft und befestigten sie an Stellen, wo zuvor nur Leere gewesen war. Aber dieser letzte Stoß und die Tatsache, dass der Balken in Schräglage geraten war, brachte selbst die Hartgesottensten an ihre Grenze. Abgesehen davon, dass diesen Monat bereits einer ihrer Kameraden abgestürzt war. Was noch vor einem Augenblick wie ein Witz erschienen war, war nun bitterer Ernst geworden.

»Er darf sich nicht bewegen«, flüsterte Frank Grace zu. »Er muss das Gleichgewicht halten. Wenn er sich noch weiter nach rechts bewegt, rutscht er an dem Balken runter und irgendwann lastet sein ganzes Gewicht auf dem Drahtseil. Zwar müsste es halten, aber ausprobieren möchte das niemand.«

Grace beobachtete alles aufmerksam, und nicht nur war ihr klar, dass Frank recht hatte, sondern ebenso, dass auch der Connector dort oben auf dem Balken das wusste. Bei dem Gedanken bekam sie weiche Knie.

»Ich möchte nicht hier draußen sterben.« Die klagende Stimme des Mannes durchschnitt die Luft. Die anderen wurden ganz still, niemand sagte ein Wort, niemand schien zu wissen, was zu tun war, aber allen war klar, wie schlimm die Lage war. Jeder musste daran glauben, dass die Sache gut ausgehen würde, denn wenn jemand aussprache, was alle fürchteten, könnte das eine Welle von Angst und Panik auslösen, die alle ansteckte.

»Lasst mich nachdenken!« Gilligan wischte sich mit einem Taschentuch die Stirn ab, doch kaum war der letzte Schweißtropfen entfernt, hatten sich schon ein paar neue gebildet.

»Er ist hinüber«, hörte Grace jemanden sagen, und ihr Herz stockte, weil sie dachte, der Mann sei abgestürzt. So etwas konnte sie nicht noch einmal mitansehen. »Hat total den Kopf verloren«, fuhr der Kollege unterdessen fort. In seinem Mundwinkel steckte ein Zahnstocher. »Traurig zu sehen«, fügte er sorgenvoll hinzu.

Ein Windstoß ergriff den Balken und bewegte ihn leicht vor und zurück, als wäre er eine Schaukel.

»Aaaaahhh!« Der Schrei des Connectors war markerschütternd. »Holt mich hier runter!«, rief er mit erstickter Stimme. Danach war nur noch ein Wimmern und ein seltsames Summen von ihm zu hören. Vielleicht versuchte er, sich damit selbst zu beruhigen.

Vorsichtig schob Grace sich näher zu der Gruppe, die sich um den Sockel des Krans versammelt hatte. Gilligan gab leise Anweisungen, und ihr drehte sich fast der Magen um, als sie hörte, dass er einige Männer nach unten schickte, um die Menschen auf der Straße zu warnen und die Umgebung zu räumen – für den Fall des Falles. Der Rest der Arbeiter säumte den Rand des Bauwerks, manche blickten gebannt zu dem problematischen Kran, andere inspizierten die Menge an verfügbaren Geräten, und jeder von ihnen schien nach der rettenden Idee zu suchen.

»Er kann nicht zurück«, sagte ein stämmiger älterer Mann mit schmutzigem Gesicht und einer an der Unterlippe klebenden Zigarette. »Wenn der Kran sich nicht bewegt, kann er sich auch nicht bewegen.«

»Aber wir können ihn doch nicht da draußen hängen lassen«, argumentierte ein anderer – seinem polnischen Akzent und dem verstörten Blick nach zu urteilen, könnte er mit Lukasz Kowalski befreundet gewesen sein.

»Jemand muss zu ihm und ihn holen«, meinte der Raucher und zog an der Zigarette.

»Red keinen Stuss, du alter Säufer«, zischte ein anderer. »Wie soll denn jemand da hinkommen?«

Der Raucher zuckte die Achseln. »Okay, dann lassen wir ihn

eben da. Aber bald wird er es nicht mehr aushalten und runterspringen. Das hab ich schon öfter erlebt. Wenn die Leute irre werden, hat man nicht mehr viel Zeit.«

»Ach herrje«, stöhnte laut ein anderer, nahm seinen Hut ab und packte ihn, als wollte er ihn mit bloßen Händen auseinanderreißen.

»Können wir vielleicht jemanden auf einem anderen Kran hinbringen? Oder wie wäre es mit einer Leiter?«

»Die reicht nicht so weit.«

»Mit einer der Abbruchbirnen vielleicht?«

»Da würde er nie draufsteigen. Nicht in seinem Zustand.«

»Wie wäre es mit der Schlaufe?«

Grace wandte den Kopf und sah, dass der Mann, der den Vorschlag gemacht hatte, einen breiten braunen Lederriemen hochhielt, der wie ein Rettungsring an dem Kran befestigt war.

»Wir könnten sie ihm zuwerfen.«

»Als wäre er in der Lage, irgendwas aufzufangen«, meinte der Raucher und schaute zu dem gestrandeten Kollegen, der noch immer den Balken umklammert hielt.

»Mick!«, rief jemand. »Alles in Ordnung mit dir, Mick? Wir holen dich, Kumpel, halt dich gut fest!«

Nervöses Kichern ging durch die Reihen der Arbeiter.

»Ich glaube nicht, dass du ihn ermahnen musst, sich festzuhalten.«

»Aber wie kriegen wir die Schlaufe zu ihm, wenn wir sie ihm nicht zuwerfen können? Das Einzige, was ihn mit uns verbindet, ist der Kranausleger.«

Bis zu diesem Moment waren Grace und ihr Team stumme Beobachter gewesen. In den ganzen fünf Wochen, die sie hier verbracht hatte, hatte Grace sich kein einziges Mal in die Gesellschaft so vieler anderer Arbeiter begeben. Auch jetzt hatte sie versucht, in dem ganzen Gedränge möglichst weit hinten zu bleiben und nicht aufzufallen, aber der Anblick des armen Mannes, der sich verzweifelt an den Balken klammerte, war zu viel für sie.

»Wir bringen ihm das Ding«, sagte sie mit Patricks Stimme. Und schon drehten sich jede Menge Köpfe zu ihr um.

»Was redest du denn da?«

»Wie willst du da denn rüberkommen?« Der Mann mit der Rettungsschlaufe in der Hand hielt diese in die Höhe, um zu zeigen, wie lächerlich die Idee war.

»Patrick«, hörte Grace hinter sich eine warnende Stimme.

»War nur so eine Idee«, murmelte sie und trat wieder in die Menge zurück.

In diesem Moment zog ein lautes Knarren die Aufmerksamkeit der Männer auf sich, und der Balken kippte rechts noch ein paar Zentimeter weiter nach unten. Mick brüllte laut. Joseph Gilligan trat einen Schritt näher an den Rand des Gebäudes.

»Halte durch, Mick, wir werden dich holen!«

Jetzt konnte Grace nicht mehr an sich halten; die Zeit lief ihnen davon. »Man kann den Rettungsriemen zu ihm bringen«, wiederholte sie und trat vor. »Einer klettert auf den Kran und geht den Ausleger entlang rüber zu Mick.« Mit dem ausgestreckten Finger beschrieb sie die Route. »Dann steigt er vom Drahtseil auf den Balken, legt Mick den Riemen um und bringt ihn in Sicherheit.«

Ein Stimmengewirr erhob sich, Meinungen und Einwände explodierten überall um Grace herum.

»Das traut sich doch keiner!«

»Was, wenn das Drahtseil reißt?«

»Klingt nach einer guten Möglichkeit, gleich zwei von uns umzubringen statt nur einen.«

»Und einen Stahlbalken aus einer Höhe von gut hundert Metern auf den Boden knallen zu lassen.«

»Und dann ist alles aus.«

»Genug!«, rief Gilligan. »Wir brauchen Ideen, die tatsächlich funktionieren könnten. Selbst wenn jemand verrückt genug wäre, das zu versuchen, was da gerade vorgeschlagen wurde, ist ein ausgewachsener Mann zu schwer, das können wir nicht riskieren, und ich schicke keinen Jungen auf so eine Selbstmordmission.«

»*Patrick*.« Diesmal war Joes Stimme nur ein Zischen, begleitet von seiner Hand, die sich wie eine Klaue auf Graces Schulter legte. Grace wusste, dass sie sich jetzt nicht umdrehen und ihn anschauen durfte, denn sonst wäre alles vorbei. Ein Blick in sein Gesicht, und sie würde einen Rückzieher machen und zu dem Schluss kommen, dass die Rettung dieses Mannes nicht ihr Problem war. Sie dürfte ja eigentlich gar nicht hier sein. Doch dann entdeckte sie Bergmann. Er starrte sie an, und ihre Blicke trafen sich. Sie wusste genau, was er vorhatte, aber es spielte keine Rolle, denn sie hatte ihre Entscheidung bereits getroffen.

»Du könntest es tun«, sagte er mit monotoner Stimme.

Grace hatte nie geglaubt, dass die Sache zwischen ihnen erledigt wäre; sie hatte gewusst, dass er nur auf eine Gelegenheit wartete, sie zu demaskieren, und sie war früher gekommen, als er gedacht hatte – und wurde ihm praktisch auf dem Silbertablett serviert. Doch seltsamerweise konnte sie weder in seinem Gesicht noch in seiner Stimme auch nur eine Spur von Böswilligkeit erkennen – im Gegenteil, es hatte geklungen, als wolle er sie ermutigen, wenn auch mit sehr widerwilligem Respekt. Von ihren Zirkuserfahrungen und ihren deshalb recht guten Chancen, die Rettung wirklich zu schaffen, wusste er nichts. Aber er war der Meinung, dass sie leicht und mutig genug war. Und das stimmte. Auch sie wusste das.

Wieder kam ein Windstoß und zerrte an ihrer Kleidung,

kühlte aber auch ihr Gesicht, das sich rapide erhitzte, während langsam in ihr Bewusstsein sickerte, dass es kein Zurück gab.

»Nein«, flüsterte Frank an ihrem Ohr.

»Bringt mir eine Leiter«, sagte sie zu niemand Bestimmtem.

Joseph Gilligan schaute von dem verängstigten Mann draußen auf dem schaukelnden Balken zu den Männern, die ihn hilflos beobachteten. Er tat Grace leid. Diese Situation stand ganz sicher nicht im Lehrbuch, und er wusste nicht, was zu tun war. Aber sie wusste es, und sie würde es auch tun.

Die Leiter wurde gebracht und an den Kran gelehnt. Wahrscheinlich hätte Grace auch wie an einer Feuertreppe an den Metallteilen des Krans hochklettern können, aber das Ritual, auf eine Leiter zu steigen und einen Schritt nach dem anderen zu machen, würde beruhigend wirken.

»Das ist der reine Wahnsinn«, knurrte der Mann mit der Zigarette.

Grace warf Frank, Joe und Seamus, die alle drei mit bedrückten Gesichtern dastanden, einen entschuldigenden Blick zu. Sicher, sie hatte fest vorgehabt, sich zurückzuhalten und die Rettungsaktion einem anderen zu überlassen, aber inzwischen war klar, dass niemand es schaffen würde – außer ihr. Und sie konnte nicht zuschauen, wie noch ein Mann starb. Unmöglich. Sie griff nach unten und zog ihre Stiefel und Socken aus.

»Was zur Hölle machst du da?«

Sie begann, sich aus ihrem Overall zu schälen. Er war zu groß und würde im Wind wie ein Segel wirken, also musste sie ihn loswerden.

»Sie kann das«, sagte Bergmann laut.

»Sie?«, wiederholte ein Chor von Männern, als Grace den Overall auf den Boden fallen ließ und ihr Hemd über den Kopf zog, wobei ihre Kappe herunterfiel.

»Grace!«, rief Joe.

»Grace?«, wiederholten die Männer im Chor.

»Was zur Hölle soll das?«

»Was geht hier vor?«

»Ich verstehe das nicht.«

In ihrem weißen Unterhemd und der weißen Unterhose, die sie seit einiger Zeit unter ihrem Overall trug, um kräftiger zu wirken, war Grace ein kurioser Anblick. Die Unterhose – weiß und beinahe knielang, am Gummiband mit Rüschen versehen – erinnerte an altmodische Pluderhosen, während ihre Hände noch in ihren großen Arbeitshandschuhen steckten.

»Patrick O'Connell ist also ein Transvestit oder was?«

»Ein Schwuler?«

»Nein, Patrick O'Connell ist eine *Frau*!«

Der Lärm war ohrenbetäubend, aber Grace war bereits dabei, die Umgebungsgeräusche auszublenden und sich ganz auf ihren Atem zu konzentrieren. Joe drängte sich nach vorn und packte ihren Arm. »Das kannst du doch nicht machen!«

Grace wollte ihn nicht anschauen, wollte sich nicht ablenken lassen, aber sie wusste auch, dass sie sein Gesicht vielleicht zum letzten Mal sah. So wandte sie sich ihm zu und sah, wie er voller Entsetzen den Kopf schüttelte.

»Nein, bitte. Das kannst du nicht machen.«

Sie lächelte, hob die Hand und legte sie für einen Moment auf seine Wange. »Doch, ich kann es.« Dann wandte sie sich ab und griff nach dem Lederriemen. Ohne ein weiteres Wort reichte ihn ihr der Mann, der diese Lösung ins Spiel gebracht hatte.

»Stopp!«, rief Gilligan und legte seine Hände auf die von Grace, als sie sich daran machte, auf die Leiter zu steigen. »Bleib sofort stehen! Ich weiß ja nicht mal, wer du bist! Und du schaffst das garantiert nicht!«

Grace befreite ihre Hände, sah Gilligan fest in die Augen und sagte mit ihrer eigenen Stimme: »Ich bin Grace O'Connell!«

In der verblüfften Stille, die nun folgte, begann sie, die Lederschlaufe über dem Arm, die Leiter hinaufzusteigen. Sie konnte niemanden anschauen, sie musste einen klaren Kopf bewahren, die Stille in sich finden, wie es ihr die Ivanovs beigebracht hatten, und einfach ruhig weitergehen. Als sie fast oben war, fiel ihr plötzlich ein, dass seit ihrer letzten leichtsinnigen Unternehmung fünf Wochen vergangen waren, sie diesmal jedoch einen wesentlich besseren Grund für ihr Vorhaben hatte. Damals hatten die Gagliardis an ihr gezweifelt, und sie hatte ihnen bewiesen, wozu sie fähig war, indem sie die Wäscheleine entlangbalanciert war.

Joe hatte sie verspottet und behauptet, eine Frau würde schon auf einer Leiter Angst bekommen. Wie sich herausstellte, hatte er heute recht, denn als sie die letzte Sprosse erreicht hatte und sich stabilisierte, um auf den Kranausleger zu treten, hatte sie tatsächlich Angst. Aber angesichts der Tatsache, dass die Leiter sich über hundert Meter in der Luft ganz oben auf einem unfertigen Gebäude befand, war ein bisschen Angst durchaus gerechtfertigt.

Sie richtete sich auf, breitete die Arme aus, brachte sich, die Lederschlaufe locker über der Schulter, ins Gleichgewicht und konzentrierte sich ganz auf ihren Herzschlag, bis sie spürte, dass er ruhiger wurde. Jetzt erst blickte sie hinaus zum Horizont, wo der blaue Himmel und das blaue Wasser sich trafen. Was für ein Blick! Die Menge hinter ihr war still geworden, und Grace stellte sich vor, sie wäre ihr Publikum. Als einziges Geräusch drang Micks halb ersticktes Schluchzen an ihr Ohr – der arme Mann weinte leise in sein Hemd; dieser Laut würde sie zu ihm führen.

Abgesehen von der enormen Höhe war dies der leichteste Balanceakt, den sie je vor sich gehabt hatte. Der Kranausleger war so breit wie ihr nackter Fuß, sie würde also beim Abrollen immer etwas Festes unter den Füßen haben – von der Ferse bis zur Spitze. Solange der Balken sich nicht bewegte und der Wind nicht zu stark wurde, waren die ersten etwa fünfundzwanzig Schritte ganz unkompliziert. Das Metall war in der Sonne warm geworden, sie musste sich also weder Sorgen machen, dass es sich unter den Füßen plötzlich kalt anfühlen und ihr einen Schock versetzen würde, noch, dass es zu heiß war. Außerdem hing der Lederriemen über ihrer Schulter, ihre mit dem Kran verbundene Rettungsleine, also gab es, selbst wenn sie stürzte, eine gute Chance, dass sie sich daran festhalten und zurück auf sicheren Boden schwingen konnte, indem sie die Schlaufe als eine Art Trapez benutzte. Vielleicht. Und zumindest hätte sie dann versucht, das Leben dieses Mannes zu retten – was mehr war, als hier sonst jemand von sich behaupten konnte.

Sie holte tief Luft. Die Höhe ließ ihre Knie weich werden, sie spürte einen Würgereiz, ihr Magen rumorte, ihre Eingeweide krampften sich protestierend zusammen. So hoch oben war sie noch nie gewesen. Vermutlich konnte man darauf wetten, dass vor ihr noch nie jemand auf einem Kranausleger in dieser Höhe balanciert war.

Sie zwang sich, langsam und regelmäßig zu atmen, und wieder kehrte Stille in ihrem Kopf ein. Obwohl sie erst ein paar Sekunden auf dem Ausleger stand, fühlte es sich viel länger an. Ihr Ziel war es, vor dem nächsten Windstoß zu Mick zu gelangen. Entschlossen ging sie los.

Die ersten Schritte waren immer die schlimmsten. Sobald man den sicheren Ausgangspunkt verlassen hatte, konnte man nur noch vorwärts gehen, und nichts schärfte die Konzentration besser, als keine andere Option zu haben. Grace stellte sich vor, sie wäre auf einem ganz normalen Balken, und ging zuversichtlich auf den Punkt zu, an dem das erste Drahtseil befestigt war. Nach unten zu schauen, konnte sie sich jetzt nicht leisten, weil die schwindelerregende Höhe sie aus dem Gleichgewicht gebracht hätte, also kauerte sie sich vorsichtig nieder, suchte mit den Fingern das Metall unter ihr, setzte sich aufs Ende des Auslegers und ließ die Beine über den Rand baumeln, als säße sie auf einer Parkbank. Sie wusste, dass sie Mick auf keinen Fall erschrecken durfte, denn wenn er jetzt durchdrehte, war ihrer beider Schicksal besiegelt und sie würden gemeinsam in die Tiefe stürzen.

Es war das Gefährlichste, was sie in ihrem Leben jemals getan hatte – sie musste sich vorsichtig weiterschieben und dann so umdrehen, dass sie bäuchlings, die Beine zu beiden Seiten zum Drahtseil herunterbaumelnd, auf dem Kranarm zu liegen kam. Einen kurzen Moment drang das ferne Gemurmel der Männer in ihr Bewusstsein, aber sie ignorierte es. Es war einer der riskantesten Augenblicke der Unternehmung. Mit den Füßen tastete sie nach dem Seil. Auf dem Kranausleger war es sicherer gewesen, barfuß zu gehen, aber jetzt nicht mehr. Behutsam klemmte sie das Seil zwischen ihre von der Pluderunterhose geschützten Knie, und ließ sich, stets darauf bedacht, den Balken möglichst wenig zum Schwanken zu bringen, daran hinab, umfasste es mit ihren behandschuhten Händen, wechselte beim Umgreifen die Hand, mit der sie die Lederschlaufe hielt, musste dabei jedoch aufpassen, dass diese sich nicht verhedderte. Da hing sie nun wie beim Seilklettern im Sportunterricht – mit dem ihr nur allzu deutlich bewussten Unterschied, dass um sie herum nichts anderes mehr war als Himmel.

Da der Stahlbalken bei der Aktion unvermeidbar etwas in Bewegung geraten war, hatte Mick inzwischen wieder angefangen zu schreien.

»Alles gut, Mick«, rief Grace ihm mit ihrer normalen Stimme

zu. Die Sache war zu kompliziert, um auch noch so zu tun, als wäre sie jemand anderes, außerdem war es jetzt ohnehin zu spät dafür.

Langsam begann sie, sich an dem Drahtseil hinabzulassen, rutschte aber schneller hinunter als erwartet und stieß einen leisen Schmerzenslaut aus, was Mick dazu brachte, noch lauter zu schreien. An den Stellen, an denen die hervorstehenden Drähte des Kabels sie geschnitten hatten, brannte ihr nackter Arm wie Feuer, und als sie vorsichtig an sich hinabschaute, rechnete sie fest damit, überall Blut zu sehen. Stattdessen steckten mehrere fingerlange Metallsplitter wie dunkelgraue Pfeile unter ihrer Haut – so schmerzhaft das sein mochte, war es in dieser Situation doch eindeutig besser als eine Blutung.

Noch ein paar Sekunden, dann berührten ihre Füße den Stahlbalken.

Jetzt mussten die Kabel ihr ganzes Gewicht zusammen mit dem des Mannes und des Balkens tragen, und da sie beunruhigend knarrten, war Grace klar, dass sie sich schnell bewegen musste. So ließ sie sich absinken, bis sie rittlings auf dem Balken saß, wobei sie es auch weiterhin tunlichst vermied, nach unten zu blicken. Oben auf dem Gebäude zu stehen, war eine Sache, aber in der Luft zu hängen, war etwas ganz anderes. Die feinen Härchen auf ihrem Arm richteten sich auf, und sie ahnte, dass sich wieder ein Windstoß näherte.

»Halt dich fest, Mick!« Sie zog den Kopf ein und klammerte sich fest, spiegelte sozusagen Micks Haltung, als der Wind sie von links erwischte. Dadurch, dass sie jetzt ebenfalls auf dem Balken war, bewegte er sich weniger und kam schneller wieder zur Ruhe. »Dann wollen wir dich mal von dieser Schiffschaukel runterholen, Mick«, sagte sie und rutschte mit den längsten und geschmeidigsten Bewegungen, derer sie mächtig war, auf ihn zu.

Zum ersten Mal warf sie jetzt einen Blick zurück zum Gebäude und war schockiert, wie weit entfernt es ihr erschien. Angst stieg in ihrer Kehle auf, und sie verlagerte ihre Aufmerksamkeit schnell auf den Kran, sah nach, ob der Kranführer noch da und bereit war, sie und Mick in Sicherheit zu bringen. Als ihr vorhin die Idee zum ersten Mal gekommen war, hatte sie noch gedacht, die Rettungsschlaufe wäre nur für Mick, während sie selbst den Weg zurückgehen würde, den sie gekommen war, aber es war unmöglich, an dem Drahtseil wieder hinaufzuklettern. Außerdem war ihr jetzt schon klar, dass es nicht leicht sein würde, Mick dazu zu bringen, den Balken zu verlassen. Als sie sich ihm näherte, sah sie, wie starr sein Körper war, gelähmt vor Angst und Anspannung. Die Augen fest zusammengekniffen, wechselte er zwischen tödlicher Stille und lautem Schreien.

Als Grace ihn erreichte, achtete sie sorgfältig darauf, sich leicht nach hinten zu lehnen, damit sie den Balken nicht so aus der Balance brachten, dass sie beide bis ganz an sein Ende rutschten. Auf diese Art von Spritztour hatte sie ganz und gar keine Lust.

»Mick?« Wenn er sie hörte, zeigte er es nicht. Sie konnte die Lederschlinge aber nicht über ihn legen, ohne dass er sich aufsetzte, sie musste das Band ja unter seinen Achselhöhlen hindurchführen. »Mick?«, versuchte sie es noch einmal. »Kannst du mich bitte anschauen?«

Doch Mick begann, ein dumpfes Brummen von sich zu geben, um ihre Stimme zu übertönen. Nach ein, zwei Augenblicken erkannte Grace darin eine Melodie. Es war *Ain't Misbehavin'*. Ein gequältes Lächeln breitete sich auf ihrem Gesicht aus. Was sollte das denn? Als sie diesen Song das letzte Mal gehört hatte, war sie mit Betty im Onyx Club gewesen, unendlich weit entfernt.

»Oh, ich mag diesen Song«, sagte sie leise und begann mitzusummen. »*No one to talk with, all by myself, no one to walk with, but I'm happy on the shelf* ...« Selbst in ihrer gefährlichen Lage musste sie sich ein Lachen verkneifen, es war einfach zu absurd, wie passend dieser Text war. *Keiner zum Reden, ich bin ganz allein, keiner geht mit mir spazieren, aber ich bin glücklich hier auf meinem Platz* ... »Auf diesem Balken hier bin ich aber ehrlich gesagt überhaupt nicht glücklich, Mick«, flüsterte sie.

Langsam und vorsichtig legte sie Mick eine Hand auf den Rücken. Er schrie auf, wurde aber sofort ruhiger – der menschliche Kontakt schien seine Angst tatsächlich zu lindern. Er war nicht mehr allein. Grace nahm die andere Hand dazu und schob die Hände behutsam weiter, bis sie auf Micks Schultern lagen.

»Kannst du dich bitte aufsetzen, Mick? Ganz langsam. Lass deine Augen ruhig geschlossen, wenn es dir lieber ist. Taste nach meinen Armen und komm dann langsam, ganz langsam zu mir hoch.«

Es war, als würde ihre Stimme Mick hypnotisieren, und er begann sich zu bewegen, Zentimeter um Zentimeter, die Augen noch immer fest geschlossen.

»Gut«, flüsterte Grace, »so ist es richtig.«

Als er endlich aufrecht ihr gegenüber auf dem Balken saß, rutschte Grace noch ein kleines Stückchen näher – so nah ihre Knie es erlaubten. »Du machst das großartig, Mick«, sagte sie und studierte sein faltiges Gesicht. Dem Aussehen nach arbeitete er schon sehr lange auf derartigen Baustellen, viel länger als Grace. Dennoch war nur sie fähig, ihn aus dieser Situation zu befreien. »Ich werde dir jetzt diese Lederschlaufe umlegen, Mick«, erklärte sie, hob die Schlinge ein Stück an und schlüpfte hinein. »Wenn du also irgendeine Berührung fühlst, ist es dieses Lederband hier.«

Sie schob die Schlinge auseinander und schaffte es, sie über Micks Kopf gleiten zu lassen, hob seine Arme hoch, so dass das Leder sich um seine Mitte legte, wie ein Rettungsring, der sie beide hielt. Jetzt musste sie das Ganze nur noch festzurren, dann waren sie bereit. Gott sei Dank.

»Du bist in Sicherheit«, sagte sie. »Die Lederschlinge hält dich. Möchtest du jetzt vielleicht die Augen öffnen?«

Als Mick sich schließlich dazu entschloss, war sein Gesicht dicht an dem von Grace. Ruhige braune Augen begegneten den angstvollen blauen.

»Du bist ja ein Mädchen«, flüsterte Mick, und Grace war verblüfft, dass er das nicht schon viel früher bemerkt hatte. Er betrachtete sie in ihrer Aufmachung. »Ein Engel.«

»Aber nein, keineswegs.« Sie zog die Schlaufe enger. »Bist du bereit?«

Weil ihm plötzlich wieder klarwurde, wo sie waren, zuckte er heftig zusammen, schlang die Arme um Grace und drückte sie an sich.

»Na gut«, stieß sie hervor, etwas mühsam, da sie kaum Luft bekam, gab dann dem Kranführer das Signal und hätte um ein Haar selbst aufgeschrien, als sie tatsächlich in die Luft gehoben wurden. Die Bewegung, mit der sie den Balken verließen, war furchterregend und verwirrend. Unter ihren Füßen war nichts mehr, nur noch Luft, und Grace konnte nur mit Mühe verhindern, dass ihr das Mittagessen hochkam. Sie schluckte schwer, ihre Füße tanzten in der Luft, während Mick jaulte wie ein getretener Hund.

»Alles in Ordnung, Mick«, flüsterte sie, womit sie ebenso sich selbst zu beruhigen versuchte wie ihn. Sie war sicher, dass sie spürte, wie der Gurt sich lockerte, und starrte sehnsüchtig zum Rand des Gebäudes, auf das sie sich langsam zubewegten. Sie war doch nicht so weit gekommen, um jetzt noch zu scheitern! Wenige Sekunden später berührten Micks Füße den Balken an der äußersten Kante des Bauwerks, und Grace stieß einen tiefen Seufzer der Erleichterung aus.

Sie war sicher, dass der Plan eigentlich gewesen war, sie beide bis zum rettenden Boden des Stockwerks zu schwingen, weg von der Kante, aber Mick sehnte sich offenbar so verzweifelt nach festem Boden unter den Füßen, dass er wieder steif und starr wurde, als er den ersten Kontakt mit etwas spürte, auf dem er stehen konnte. Hinter ihm streckte Grace die Zehen aus, um sich ebenfalls in Sicherheit zu bringen, sie sah das staunende Gesicht des Mannes mit der Zigarette, der die Arme nach ihr ausstreckte. So nah war sie schon.

Doch dann schlug die Katastrophe zu. Ob es die Welle der Erleichterung war, die ihn unachtsam werden ließ, eine Art Reflex vielleicht, oder ob Mick annahm, sie hätte den sicheren Boden ebenfalls schon erreicht, war unmöglich festzustellen. Aber es spielte auch keine Rolle, denn es lief auf dasselbe hinaus. Mick, der sich eng an Grace geklammert hatte, während er von den wartenden Männern in Empfang genommen wurde, tat etwas vollkommen Unerwartetes. Er ließ sie los. Gleichzeitig versuchte er, sich die Lederschlinge, die sie beide zusammenhielt, über den Kopf zu zerren.

Grace fühlte Hände nach sich greifen, aber anders als damals bei Joes Rettung entglitt sie dem Zugriff derer, die ihr helfen wollten, und rutschte aus der Lederschlinge heraus, unter sich nichts als neunzig Meter Luft. Sie war Micks Engel gewesen, und nun flog sie tatsächlich.

29

So fühlt es sich also an. Sie hörte den kollektiven Aufschrei der Männer, aber es klang, als käme er aus weiter Ferne, wie vom anderen Ende eines Tunnels. Sie sah die Planken, auf denen sie gestern noch gestanden hatte, über sich verschwinden, und begriff, dass es lange dauern würde, den Boden zu erreichen. Sie hoffte nur, dass die Menschen dort unten Zeit haben würden, aus dem Weg zu gehen – sie wollte niemanden verletzen. Sie hätte erwartet, ihr ganzes Leben würde vor ihrem inneren Auge vorüberziehen oder sie würde vielleicht Connie vor sich sehen, aber stattdessen sah sie Lukasz Kowalski, der direkt neben ihr abstürzte. Sie streckte die Hand nach ihm aus und wollte die seine festhalten, aber natürlich war niemand da.

Fast vier Etagen war sie gestürzt, als ein Windstoß in das offene Stahlkonstrukt des Gebäudes fegte, sie mit sich riss und gegen das Gitter schleuderte. Durch unfassbares Glück und dank der blitzschnellen Reaktionen einer ehemaligen Zirkuskünstlerin bekam ihr wild rudernder Arm genau im richtigen Moment eine der Stangen zu fassen, und sie landete hart auf dem Stahlrahmen. Erst als der allmächtige Ruck des Aufpralls durch ihren Körper fuhr, wurde ihr klar, was passiert war. Reflexhaft, ihrem Überlebensinstinkt folgend und mit Hilfe der Muskeln, die sie in den letzten fünf Wochen aufgebaut hatte, warf sie ein Bein in die Höhe, klammerte sich mit der anderen Hand fest, wuchtete sich mit einer letzten Kraftanstrengung auf den sicheren Stahlbalken und brach dort schwer atmend mit dem Gesicht nach unten zusammen.

Der Stahl war noch warm von der Sonne, und sie hatte die Beine so fest um den Balken geschlungen, dass sie das Gefühl hatte, mit ihm verschmolzen zu sein. Sie wusste nicht, wie sehr sie in diesem Augenblick ihrem Bruder ähnelte, dessen eigene Begegnung mit dem Tod ihn mit seinem gebrochenen Arm in einer beinahe identischen Position zurückgelassen hatte. Der einzige Unterschied bestand darin, dass Grace dem Tod nicht nur begegnet war, sondern ihn am Schlafittchen gepackt, auf die Lippen geküsst und dann wie einen verschmähten Liebhaber wieder weggeschickt hatte.

Da Grace nicht schwer war und der Boden – von niemand Geringerem als von ihrem eigenen Team – vollständig vernietet war, wackelte der Balken kaum, alles war gespenstisch still. Grace schnappte nach Luft, ihre Schulter schmerzte, war aber nicht ausgerenkt, und nach ein paar zögernden Atemzügen hatte sie sich überzeugt, dass auch keine Rippe gebrochen war. Eine Ruhe, die nur ein Symptom des Schocks sein konnte, durchströmte sie, und sie erwischte sich dabei, wie sie über den Rand des Stahlrahmens nach unten spähte. Lediglich ein Stockwerk unter der Stelle, an der sie lag, war das Gebäude bereits gänzlich geschlossen und stahlgepanzert. Wäre sie so weit gefallen, hätte der Wind sie gegen eine Betonwand gedrückt, hätte die Böe sie eine Sekunde früher erfasst, wäre sie mit dem Kopf gegen den Balken geschleudert worden, was ihr das Bewusstsein genommen oder das Gehirn zerschmettert hätte. In hundert weiteren Szenarien wäre Grace O'Connell jetzt tot gewesen, aber in diesem einen hatte sie auf einem Stecknadelkopf getanzt und überlebt.

Doch ihr besinnlicher Moment wurde grob unterbrochen, als der Stahl anfing, unter den Bewegungen der Männer zu vibrieren, die zu ihr strömten.

»Kannst du dich bewegen?«

»Kannst du runterkommen?«

»Jetzt müssen wir die Retterin retten!«

»Na ja, ist wahrscheinlich eine ganze Ecke einfacher als bei Mick.«

»Bist du in Ordnung?«

»Das war echt das Unglaublichste, das ich jemals erlebt habe.«

»Ich hab keine Ahnung, wie du das gemacht hast, aber du hast es geschafft!«

»Du musst in deinem letzten Leben eine Katze gewesen sein, Kindchen, du hast eindeutig neun Leben!«

Grace rutschte ein Stück auf dem Balken und kletterte dann hinunter auf festen Boden, wo sich jetzt alle versammelten.

»Und keinen Kratzer hast du abbekommen!«

»Also, ich fass es nicht!«

»Das war absolut unglaublich, wie hast du das bloß gemacht!«

»Jesus, Maria und Joseph, ich bin fast gestorben vor Angst!«

»Ist das denn zu glauben? Das ist eine *Frau*!«

Auf einmal war Grace sehr bewusst, dass sie lediglich ihre Unterwäsche trug, und schaute sich verzweifelt nach bekannten Gesichtern um. Frank erreichte sie als Erster und umarmte sie so heftig, dass er ihr fast mehr Schaden zugefügt hätte als der Sturz.

»Meine Rippen«, keuchte sie, als sie keine Luft mehr bekam, er sich aber noch immer weigerte, sie loszulassen. Schließlich hielt er sie auf Armlänge von sich weg.

»Du hast ein Leben gerettet, und deshalb hat Gott dich gerettet. Er hat dich auf diesen Balken gehoben! *Mamma mia*!«, rief er und wandte sich dann den Umstehenden zu, wie ein Prediger, der zu seiner Gemeinde sprach. »Habt ihr das gesehen? Das war Gottes Hand! Hier und heute sind wir Zeugen eines Wunders geworden! Zeugen der Gnade Gottes!«

Mehrere Männer pflichteten ihm lauthals bei und bekreuzigten sich, aber Grace konnte in ihrer Rettung nichts anderes erkennen als pures Glück. Als sie Seamus auf sich zukommen sah, bahnte sie sich auf unsicheren Beinen einen Weg durchs Gedränge und umarmte auch ihn. Er hatte ihre Arbeitskleidung samt Stiefeln in der Hand, und sie zog sie dankbar an, während sie fieberhaft nach dem letzten Mitglied ihres Teams Ausschau hielt.

Endlich entdeckte sie ihn hinter den anderen Männern, auf den Boden gekauert, den Kopf unter den Armen versteckt. Als sie näher kam, blickte er zu ihr auf, und sie sah die Tränen in seinen Augen. In seinem Gesicht jedoch kämpfte ein Wirrwarr widerstreitender Emotionen um die Vorherrschaft. Eines der Gefühle war ohne Frage Wut, so heftig, dass Grace unwillkürlich einen Schritt zurückwich. Aber er sprang auf und schloss sie in die Arme, während ihm die Tränen über die Wangen liefen und er in schnellem, abgehacktem Italienisch auf sie einredete. Grace verstand kein Wort, aber sie spürte seine Erleichterung, und erst in diesem Augenblick begann auch sie zu zittern.

Dann kam Gilligan durch die Menge auf sie zu.

»Zurück an die Arbeit«, rief er auf dem Weg zu ihnen immer wieder, und die Männer begannen sich zu zerstreuen. Schließlich waren nur noch Grace, ihr Team und ein paar besonders hartnäckige Schaulustige übrig.

»Ich weiß gar nicht, wo ich anfangen soll«, wandte Gilligan sich mit bebendem Schnurrbart an sie.

»Wie wäre es mit: ›Danke, dass du einem Mann das Leben gerettet hast‹?«, schlug Seamus vor und legte seine Hand auf Gilligans Schulter, doch der beäugte die Hand so empört, dass Seamus sie hastig wegzog. »Niemand ist zu Tode gekommen«, fügte er noch besänftigend hinzu, »und das hier«, er deutete auf den noch immer sanft am Ende des Auslegers schwingenden Stahlträger, »das hier kann bestimmt wieder in Ordnung gebracht werden. Bis heute haben wir noch kein einziges Stück Stahl fallen lassen, und ich bin sicher, das wird auch jetzt nicht passieren.«

»Jetzt halt endlich den Mund, Flaherty!«, fauchte Gilligan.

»Ja, selbstverständlich, in Ordnung, Sir. Wenn ich nervös bin, rede ich zu viel. Sehen Sie, ich tu's schon wieder, ich kann einfach nicht aufhören.« Ein weiterer vernichtender Blick des Vorarbeiters reichte, und Seamus kniff die Lippen zusammen, so fest er konnte.

»Ich habe wirklich keine Ahnung, was ich zu der ganzen Sache sagen soll.« Gilligan sah die drei Männer an. »Und ihr solltet euch alle schämen, dass ihr mitgemacht habt. Könnt ihr euch die Reaktion vorstellen, wenn ausgerechnet eine *Frau* abgestürzt wäre? Wenn eine *Frau* auf meiner Baustelle gestorben wäre?« Dabei schüttelte er den Kopf, als sei schon allein die Vorstellung undenkbar. Dann wandte er sich Grace zu. »Selbstverständlich ist es ebenso mein Fehler, dass es mir entgangen ist. Wie konnte das passieren? Und obgleich ich froh bin, dass Sie einem Mann das Leben gerettet haben, hätten Sie überhaupt nicht hier sein dürfen. Es ist mir schleierhaft, wie ich das Mr. Bowser erklären soll.«

Jetzt trat Joe vor. »Sie hat genauso gut gearbeitet wie jeder Mann«, erklärte er, und seine Stimme zitterte vor Aufregung. Doch auch sein Appell stieß auf taube Ohren.

»Ich brauche wohl nicht zu sagen, dass ihr allesamt entlassen seid. Bitte verschwindet von meiner Baustelle. Und zwar augenblicklich.«

Darauf hatte nicht einmal Seamus eine schlagfertige Antwort. Grace schloss die Augen und ließ alle Entscheidungen, die sie an diesem Tag getroffen hatte, noch einmal an sich vorüberziehen.

Frank legte den Arm um sie, und sie gingen zusammen zu den Aufzügen. Als sie nur noch ein paar Schritte vom Fahrkorb entfernt waren, hörte Grace Beifall von oben, kniff die Augen zusammen und blickte hoch. Drei Stockwerke über ihr, einen Fuß auf der riesigen Seilwinde, stand Bergmann und klatschte in die behandschuhten Hände. Zuerst dachte sie, es wäre purer Hohn, merkte aber bald, dass es nicht so war. Mehrere andere taten es ihm gleich, so dass Grace unter dem Beifall ihrer Kollegen in den Aufzug stieg.

Die Fahrt zum Boden war still, denn alle vier dachten daran, dass sie ihren Lebensunterhalt verloren hatten. Im Stillen verwünschte Grace die Laune des Schicksals, die sie in diese Situation gebracht hatte. Ihr Leben lang hatten die Menschen darüber gesprochen, wie ähnlich sie und Patrick sich sahen. Eigentlich hatte sie nie weiter darüber nachgedacht, bis sie auf dieses Täuschungsmanöver gekommen waren. Sie war in die Bresche gesprungen, um ihre Familie zu retten, hatte weiter Geld verdient, aber es hatte sie viel gekostet. Ihr Körper war übel zugerichtet, sie hatte Dinge erlebt, die sie ganz sicher niemals vergessen würde. Um ein Haar wäre sie tödlich verunglückt – und das alles nur, weil sie mit diesem Gesicht geboren war.

So unwirklich es ihnen nach allem, was geschehen war, auch vorkam, sie mussten trotzdem ins Büro und ihre Marken abgeben. Der Mann dort blickte auf und streckte ihnen die Hand entgegen. Die Holzvertäfelung, die an die Wand getackerten Papiere und Zeitpläne, die Reihe der ordentlich auf den Schreibtisch aufgereihten Stifte – alles war wie immer.

»Man hat dieses Gebäude einem Stift nachempfunden, wissen Sie«, hatte der Mann Grace eines Morgens erklärt und ihr einen Stift mit der Spitze nach oben unter die Nase gehalten. »Aber Ihrer ist viel leichter anzuspitzen«, hatte Grace erwidert, und sie hatten zusammen gelacht. Jetzt war sie nicht sicher, ob der Mann wusste, wer sie war und was gerade passiert war. Vielleicht war die Nachricht noch gar nicht bis hier unten durchgedrungen. Sein Gesicht jedenfalls verriet nichts. Womöglich war es ihm auch vollkommen gleichgültig. Sein Job war es, sich um die Unterlagen zu kümmern, die Arbeiter an- und abzumelden und dafür zu sorgen, dass niemandem auch nur ein Cent mehr ausgezahlt wurde, als er verdient hatte.

Ihre Marken wurden entgegengenommen, der Mann machte eine Notiz in sein Wirtschaftsbuch und las sie ihnen laut vor: »Flaherty, S., Gagliardi, F., Gagliardi, G., O'Connell, P., Stahlarbeiter. Abgemeldet Montag, einundzwanzigster Juli, vierzehn Uhr einundvierzig.«

Von diesem Augenblick an würden sie nicht mehr bezahlt werden. So weit waren sie gekommen, aber jetzt war es vorbei. Graces Tarnung war aufgeflogen, nie mehr würde sie in den Aufzug steigen und ganz nach oben fahren, um Nieten zu fangen. Lediglich vier Tage fehlten ihr.

Als Patrick die New York Public Library verließ, erhaschte er in der Menge am Fuß der Treppe einen kurzen Blick auf dunkle Haare und eine Schwesternuniform und wusste sofort, dass es Florence war. Dass er sie einfach so in der Menge erkennen konnte, ließ sein Herz höher schlagen, und er wusste, dass es für den Rest seines Lebens so bleiben würde. Die Sonne schien, und sie hatte wohl beschlossen, vorbeizukommen und ihn auf dem Weg zum Krankenhaus zu besuchen.

Auf halbem Weg die Treppe hinunter merkte er plötzlich, dass sie rannte, sich durch die Flut der Passanten so schnell sie konnte in seine Richtung schlängelte. Zuerst dachte er, sie wäre aufgeregt, weil sie sich freute, ihn zu sehen, aber die Hektik, die sie ausstrahlte, sprach eine ganz andere Sprache. Er war so enttäuscht, dass er sich am liebsten abgewandt hätte und mit mürrischem Gesicht verschwunden wäre. Sie hatte eine Dringlichkeit an sich, die ihm überhaupt nicht gefiel, aber wenn er nicht mit ihr sprach, würde er auch nicht herausfinden, warum.

»Patrick«, sagte sie nur zur Begrüßung und warf sich ohne ein weiteres Wort in seine Arme. Sie war außer Atem und schnappte nach Luft wie ein Fisch auf dem Trockenen.

»Was ist los? Stimmt irgendwas nicht?«

»Es gab einen Unfall«, keuchte sie. »Auf der Baustelle.«

»Grace.« Ein eisiger Schauer durchlief Patrick, und er setzte sich sofort in Bewegung. Doch Florence packte ihn am Arm und hielt ihn auf.

»Nein. Das heißt, doch, schon, aber nein. Mit ihr ist so weit alles in Ordnung.«

Er bemühte sich, Ruhe zu bewahren und sich nicht von ihrem zusammenhanglosen Gestotter irritieren zu lassen. Es galt, dem Problem, was immer es auch war, ins Gesicht zu blicken, und er wollte nun alle Informationen viel schneller haben, als Florence sie liefern konnte. Er legte ihr die Hände auf die Schultern und sah ihr fest in die Augen. »Was weißt du darüber? Erzähl es mir.«

»Gerade als ich losgehen wollte, hat mein Vater meine Mutter angerufen«, berichtete sie. »Das tut er sonst nie. Er hat ihr gesagt, er würde später zum Abendessen kommen, weil es irgendeinen Vorfall mit einem kaputten Kran gegeben hätte. Natürlich habe ich von dem Gespräch nur das gehört, was meine Mutter gesagt hat, aber es ging definitiv um Grace. Ich glaube, sie hat jemandem das Leben gerettet.« Noch immer atmete sie schwer, ihre Brust hob und senkte sich heftig. »Aber jetzt wissen natürlich alle, wer sie ist.«

Patrick gab sich Mühe, ihre Geschichte zu begreifen, aber die Worte, die in seinem Kopf dröhnten, waren die einzig wichtigen: *Sie lebt, sie lebt, sie lebt.*

»Sie ist eine Heldin.« Inzwischen redete Florence nicht mehr ganz so hastig. »Aber sie haben sie rausgeschmissen. Alle vier.«

Patrick nickte. Zwar wusste er, dass dies eine katastrophale Nachricht war, aber er konnte sie nicht so wichtig nehmen, nachdem er vor wenigen Sekunden überzeugt gewesen war, dass seine Zwillingsschwester tot wäre.

»Ich muss sie sehen«, sagte er und versuchte sich zu konzentrieren.

»Selbstverständlich.« Florence nickte. »Geh zu ihr. Ich muss zur Arbeit, aber ich werde so bald wie möglich mit meinem Vater reden. Dass er sie entlassen hat, ist nicht fair, das kann er nicht machen. Schließlich hat Grace einem Menschen das Leben gerettet!«

Patrick drückte sie an sich. »Alles gut. Alles wird wieder gut.« Aber er hatte keine Ahnung, ob das die Wahrheit war. Schon seit Wochen forderten sie das Schicksal heraus, damit musste ja irgendwann Schluss sein. Zwar waren sie kurz vor dem Ziel gewesen, aber ein Teil von ihm sang vor Freude, dass seine Schwester nie wieder einen Fuß auf den Stahlrahmen des Empire State Buildings setzen musste. Es war vorbei.

»Ich bringe das in Ordnung«, flüsterte Florence und richtete sich auf, um Patrick auf die Wange zu küssen. »Versprochen.«

Patrick nickte, obwohl er nicht wirklich daran glaubte, dass Florence etwas tun konnte. Eine Sekunde zu spät wurde ihm klar, dass es sogar besser wäre, wenn sie sich heraushielte. Wenn jemand mit Mr. Gilligan sprechen sollte, dann war er selbst es – Patrick. Er wollte nicht, dass Florence seinetwegen oder wegen seiner Familie mit ihrem Vater Streit bekam. Doch für den Augenblick musste er sie gehen lassen, sie eilten in entgegengesetzte Richtungen davon. Und das Einzige, woran er im Moment denken konnte, war, dass er Grace mit eigenen Augen sehen musste.

30

»Grace, *bella*, bitte, setz dich doch erst mal!« Frank Gagliardi war zusammen mit seinem Bruder und Seamus in der O'Connell-Wohnung und versuchte, Grace zu beruhigen.

»Ich kann nicht, Frank, verstehst du das denn nicht?« Sie zog den Ärmel ihres Hemds hoch, fing an, an den Metallsplittern unter ihrer Haut herumzufummeln und stellte ihr Umherwandern erst ein, als Joe sanft ihren Arm ergriff und die Splitter mit großer Sorgfalt so behutsam unter der Haut hervorschob, dass er ihr kein bisschen weh tat. Sie blickte auf ihren Arm, erleichtert, dass sie kein Blut sah, nickte Joe dankbar zu, zerrte den Ärmel herunter und begann wieder, auf und ab zu gehen.

Mary war in ihrem Zimmer, als Seamus Grace und die beiden Italiener in die Wohnung gebracht hatte, und ahnte sofort, dass nichts Gutes geschehen war. Ihr Gesicht wirkte verhärmt, sie war blass vor Sorge.

»Sie wissen Bescheid«, erklärte Seamus schlicht. Mary schloss die Augen und umklammerte so heftig die Stuhllehne, dass ihre geschwollenen roten Knöchel weiß wurden.

»Grace hat einem Mann das Leben gerettet!«, fügte Joe eilig hinzu.

»Aber es hat nicht gereicht. Ich bin immer noch kein Mann.«

»Das darf doch wirklich keine Rolle spielen!«, rief Seamus, noch immer empört. »Was du getan hast, hätte kein Mann geschafft!«

»Aber es spielt eine Rolle!«, beharrte Grace. »Und ich muss noch mal weg.«

»Grace, *bella*, jetzt setz dich doch bitte erst mal hin! Wir müssen uns beruhigen und nachdenken.«

»Was gibt es denn da nachzudenken?«, fragte Grace. »Meinetwegen habt ihr alle eure Arbeit verloren. Ich habe versucht, etwas Gutes zu tun, aber der Schuss ging nach hinten los. Ihr hattet recht, ich hätte mich einfach raushalten sollen.«

»Was du vollbracht hast, war nichts weniger als ein Wunder!«, widersprach Seamus.

»Ein ziemlich kostspieliges Wunder.« Graces Augen wanderten zum Einkauf des Tages, der aus irgendeinem Grund noch auf dem Tisch stand.

»Grace!« Keiner hatte gehört, wie die Tür aufging. Herein stürmte Patrick und schloss seine Schwester sofort in die Arme. Obwohl sie sich sonst selten berührten und die Umarmung für Grace völlig unerwartet kam, nahm sie sie kaum wahr. »Florence hat mir gesagt, dass du einen Unfall hattest«, erklärte Patrick hastig.

»Einen Unfall?«, wiederholte Mary, die zum ersten Mal davon hörte.

»Mir geht's gut«, beteuerte Grace und schob ihren Bruder von sich. »Und es tut mir leid, aber ich habe alles vermasselt.«

»Was ist denn passiert?«, fragte Patrick.

»Kann es ihm bitte jemand erzählen? Ich muss los«, erklärte Grace und verschwand in ihrem Zimmer.

»Wieso musst du schon wieder gehen?«, rief ihre Mutter ihr nach. »Wohin denn?«

Grace ignorierte sie. Ihr Entschluss stand fest, niemand konnte etwas daran ändern.

In ihrem kleinen Schlafzimmer riss sie sich ihre Arbeitskleidung vom Leib, kickte die Stiefel weg und suchte sich etwas Angemessenes zum Anziehen aus. Dann fuhr sie sich mit den Fingern durch die Haare, plusterte sie auf, so gut es eben ging, schlüpfte dann in ein weißes Kleid mit Spaghettiträgern und schminkte sich vor ihrem kleinen, rissigen Spiegel die Lippen dunkelrot. Von Joes Splitterentfernung war ihr Arm zwar noch rot, aber sie hatte keine Zeit, sich deswegen Gedanken zu machen. Sie holte ihre Tanzschuhe unter dem Bett hervor, zog einen Mantel über ihr Kleid und stopfte ein paar Münzen, Lippenstift und ihren Schlüssel in ihre Handtasche. Ihr Herz klopfte wild, eine fast euphorische Mischung von Gefühlen überflutete ihr Nervensystem. Dort oben auf dem halb fertigen Gebäude hatte der Wind sie gerettet, sie war noch am Leben, um sie alle zu retten. Dessen war sie sich sicher.

Als sie ihre Tür aufmachte, blickten ihr schockierte Gesichter entgegen, weil sie angezogen war, als wollte sie ausgehen.

»Es ist alles in Ordnung mit mir«, versicherte sie ihnen. »Macht euch keine Sorgen, ich werde es wiedergutmachen.«

»Grace, bitte.« Patrick wollte nach ihrem Arm greifen. »Setz dich doch, du musst gar nichts tun. Das alles ist nicht deine Schuld.«

Sie scheuchte ihn weg. »Ich werde nicht lange weg sein und weiß genau, was ich tue.« Die besorgten Gesichter um sie herum frustrierten sie. Warum verstanden sie sie denn nicht? »Das ist meine Aufgabe«, erklärte sie mit einem heftigen Nicken. Dann sah sie Joe an. »Ich tue es für Bruno und für Connie und für Mateo. Das versteht ihr doch, oder etwa nicht?« Ehe jemand die Chance hatte, noch etwas zu sagen, rannte sie zur Tür, polterte die Treppe hinunter, so schnell die Füße sie trugen, und eilte hinaus auf die Straße.

»Was machen wir denn jetzt?«, fragte Patrick betroffen. Die anderen hatte ihm inzwischen erzählt, was geschehen war. »Soll ich ihr folgen, Ma? Sie ist nicht ganz bei Trost, glaube ich.«

»Sie steht unter Schock und muss einen Weg finden, das Geschehene zu verarbeiten«, erwiderte Mary, schien jedoch in Gedanken anderswo zu sein. »Außerdem gibt es andere Dinge, um die wir uns kümmern müssen.« Patrick erfasste ihre Worte nicht schnell genug, um nachzufragen, was genau sie damit meinte.

»Ich folge ihr«, sagte Joe. »Zur Sicherheit.« Damit machte er sich auf den Weg zur Tür, und sein Bruder folgte ihm.

»Geht nach Hause«, sagte Patrick. »Ich gebe euch Bescheid, wenn sie zurückkommt.«

Frank hatte schon den Hut in der Hand. »Wir sind schuld«, sagte er. »Wir haben sie dazu gebracht. Immer wieder haben wir sie gedrängt. Und jetzt …«

»Grace tut nichts, was sie nicht will«, sagte Mary. »Das war schon immer so. Gebt euch nicht die Schuld daran. Ihr müsst nach Hause gehen und euch überlegen, wie ihr von nun an eure Familie ernähren könnt. Und wir müssen das Gleiche tun.«

Grace war unterdessen in der Shubert Alley angekommen. Als sie eine Gruppe junger Leute an einer Ecke stehen und plaudern sah, ging sie direkt zu ihnen. Sie sahen aus, als würden sie sich im kreativen Bereich auskennen.

»Hi, hallo, wie geht's? Darf ich euch etwas fragen?« Alle drehten sich zu ihr um und schauten sie an. Doch sie hatte keinen Grund mehr, sich von schicken Leuten einschüchtern zu lassen. Sie hatte Stahl vernietet, hatte auf Luft getanzt und dem Tod die Stirn geboten. Nichts würde ihr jemals wieder Angst einjagen.

»Wie können wir dir denn helfen?« Eine blonde Frau mit exakt kinnlang geschnittenen Haaren trat einen Schritt auf sie zu. Sie trug ein modisches grünes Kleid mit weißen Brokatverzierungen und sah Grace etwas von oben herab an.

»Wisst ihr zufällig, ob es hier in der Gegend Vorsprechtermine gibt? Ich bin hauptsächlich Tänzerin und suche einen Platz in einer Show.«

Die Frau schwieg einen Moment.

»Da hast du Glück«, mischte sich ein junger Mann mit einer weit in die Stirn gezogenen Fedora ein. Die Blonde warf ihm einen scharfen Blick zu. Klar hab ich Glück, dachte Grace, noch immer aufgeputscht von ihrem Nahtoderlebnis. »Ich habe gehört, dass es bei Malroney's in der West 39th Street heute Nachmittag einen Termin zum Vortanzen gibt.« Er deutete mit dem Zeigefinger in die Richtung. »Vielleicht bist du schon zu spät dran, aber es gibt wahrscheinlich nur eine Möglichkeit, das rauszufinden«, fügte er achselzuckend hinzu.

Grace bedankte sich und machte sich entschlossen auf den Weg, sie trabte los, weil ihr gewöhnliches Gehen zu langsam vorkam. Inzwischen war es Spätnachmittag, und sie wollte unbedingt noch rechtzeitig ankommen. Graziös wich sie Autos und Straßenbahnen aus, Kindern, die an der Ecke für ein Eis anstanden, und Männern mit Zigarre im Mund und gefalteter Zeitung unter dem Arm. Sie eilte an einem Brezelverkäufer vorbei, dessen Warenkorb auf einem Lucky-Strike-Karton balancierte, und winkte dankend ab, als ein Mann ihr Blumen verkaufen wollte.

Ihre Augen huschten hin und her, während sie sich ihrem Ziel näherte. Jetzt war sie auf der richtigen Straße und entdeckte das unbeleuchtete Schild von Mulroney's über einer großen braunen Tür, an der ein Blatt Papier hing. Sie verbot sich die Befürchtung, es könnte ein schlechtes Zeichen sein, dass das Schild nicht beleuchtet war, und als sie nahe genug war, las sie die handgeschriebene Notiz: OFFENE VORSPRECHTERMINE, BITTE HINTEREINGANG BENUTZEN. Froh, an der richtigen Adresse zu sein, rannte sie am Gebäude entlang, bog in eine Gasse ein, kickte den herumliegenden Müll aus dem Weg und erreichte, die Tanzschuhe in der Hand schwingend, den Bühneneingang. Sie traf gerade rechtzeitig ein, als ein junger Mann mit weißem Hemd, schwarzen Hosenträgern und einer lilafarbenen Krawatte die Tür schließen wollte.

»Halt, warten Sie«, rief Grace und rannte mit ausgestreckter Hand auf ihn zu. »Ich bin hier zum Vortanzen. Ich möchte unbedingt vortanzen!«

Der Mann musterte sie von oben bis unten. »Ach ja?« Dann warf er einen Blick auf seine Armbanduhr. »Da sind Sie aber spät dran.«

»Ich wusste nichts von dem Termin«, sagte sie und versuchte, ihren Atem wieder unter Kontrolle zu bringen. »Ich war am Vordereingang und hab das Schild gerade erst gesehen.«

Der Mann nickte. Er hatte rote, mit Pomade eng an den Kopf gekämmte Haare und seine graue Hose schien ihm eine Nummer zu groß zu sein. »Na ja, ich bin bloß der Türsteher, aber die letzte Gruppe fängt gleich an. Wie ist denn Ihr Name?«

»Grace O'Connell.«

Wieder nickte er und gab ihr mit einer Kopfbewegung zu verstehen, dass sie hineingehen durfte. »Na gut, ich setze Sie auf die Liste.«

Grace betrat das Gebäude und folgte dem Klang der Stimmen, bis sie eine Gruppe von etwa zehn Frauen sah, die sich gerade bereitmachte. Sie hatte noch Zeit festzustellen, dass sie vollkommen falsch angezogen war, aber keine Zeit mehr, sich deswegen Sorgen zu machen, warf schnell ihren Mantel ab, legte die Handtasche obendrauf und schlüpfte, auf einem Fuß hopsend, in ihre Tanzschuhe. Dann folgte sie den anderen Frauen in einen grell erleuchteten Raum. Sie hatte es nicht einmal mehr geschafft, ihre Schuhsohlen abzubürsten.

Vorn im Raum standen zwei Frauen und zwei Männer und beobachteten die hereinkommenden Tänzerinnen. Eine elegante Frau in einer weißen Bluse und einem hellgrauen Rock trat vor. Ihre lockigen schwarzen Haare glänzten so intensiv und bewegten sich so wenig, dass sie aussahen, als wären sie aus Marmor gemeißelt. Als sie sprach, hörte man deutlich ihren britischen Akzent.

»Danke, dass Sie heute alle hierhergekommen sind, Ladys. Könnten Sie sich bitte in drei Viererreihen aufstellen?« Die Mädchen begaben sich an ihre Plätze, Grace schloss sich als Fünfte der hintersten Reihe an.

»Oh, tut mir leid, meine Liebe«, sagte die Frau, als der Rothaarige ihr eine Liste in die Hand drückte, und ging sie durch. »Miss O'Connell, richtig?« Grace nickte, und die Frau musterte ihr weißes, mit Quasten geschmücktes Kleid, dem Anschein nach nicht sehr beeindruckt, bis ihr Blick den Boden erreichte und auf Graces Schuhe fiel. Jetzt nickte sie, wie um anzuerkennen, dass sie immerhin eine Tänzerin vor sich hatte, und drückte dem Mann ein etwas zerknittertes Papier mit einer Nummer in die Hand. Erst jetzt bemerkte Grace, dass auf die deutlich angemessenere, eher sportliche Bekleidung der anderen Mädchen – Strumpfhosen und schlichte Oberteile – Nummern gepinnt waren.

»Dreizehn«, verkündete die Frau, und der Türsteher befestigte die Nummer eilig an Graces Kleid.

»Für manche bringt die Dreizehn Unglück«, sagte das Mädchen neben Grace mit einem vielsagenden Seitenblick, und streckte sich, die Hand über den Kopf gelegt.

Nun trat einer der beiden Männer vor. Er sah aus wie ein Filmstar, muskulös, das eng anliegende weiße T-Shirt in den Bund seiner beigefarbenen Hose gesteckt, auf dem Kopf eine Schiebermütze, das Schild nach hinten gedreht.

»So, Mädels, wir werden jetzt einen ganz einfachen Charleston tanzen. Ich zeige es euch, dann könnt ihr es mir einfach nachmachen. Wenn man euch auf die Schulter klopft, heißt das, danke für eure Zeit, aber ihr passt leider nicht zu uns und könnt jetzt gehen.«

Als die Musik einsetzte, wurde Grace plötzlich bewusst, wo sie war. Sie hatte sich nicht die Zeit genommen, um darüber nachzudenken, was sie tat, und der Gedanke, dass sie vor nicht einmal drei Stunden mit Mick in einer Höhe von über hundert Metern durch die Luft geschwebt war, traf sie wie ein Schlag. Auf einmal schwirrte ihr der Kopf, aber der Anleiter war bereits in Bewegung, sie musste sich konzentrieren. Er sagte die Schritte an, sie sah aufmerksam zu und murmelte die Sequenz leise vor sich hin. Die Abfolge sah nicht schwer aus, und sie entspannte sich ein wenig.

»Jetzt seid ihr dran, Mädels, – los geht's!«, rief der Mann dann auch schon, klatschte in die Hände, und die Mädchen nahmen den Takt der Musik auf.

Grace hatte seit Wochen nicht mehr richtig getanzt. Ihr Körper schmerzte zwar von ihrem Sturz, aber es fühlte sich unglaublich gut an, sich wieder so zu bewegen, und dank der Mischung aus ihrer neugewonnenen Kraft und dem Adrenalinrausch fühlten sich die Schritte vollkommen mühelos an. Die vier Personen vorn im Raum begannen, zwischen den Reihen der Tanzenden herumzuwandern und nach rechts und links zu schauen. Als die Abfolge zu Ende war, rief die Engländerin: »Noch einmal, bitte!« Als sie näher kam, pflasterte Grace sich schnell ein Lächeln aufs Gesicht, obgleich die Frau natürlich nur ihre Füße beobachtete. Dann wurde einem Mädchen rechts von ihr auf die Schulter getippt, die Betreffende hielt inne, drehte sich um und verschwand. Grace machte weiter, als sei nichts geschehen.

Viermal tanzten sie die kurze Nummer durch, dann wurden sie gebeten, Schluss zu machen. Grace blickte sich um. Nun waren sie nur noch zu acht.

»Danke«, sagte der Mann mit der umgekehrten Schiebermütze, und die zweite Frau trat nach vorn. Sie hatte graue Haare, jedoch ein glattes, faltenloses Gesicht und trug ein erbsengrünes Kleid.

»Neue Schritte. Ansonsten das Gleiche wie vorhin – ihr schaut mir zu und macht es nach.«

Grace kopierte die Bewegungen, schwenkte und kickte in perfekter Balance und mit präzisen Rückziehern ihre Beine. Nachdem noch einmal ein paar Tänzerinnen weggeschickt worden waren, blieben vier Mädchen übrig, zu denen auch Grace gehörte.

Nun trat der zweite Mann vor. Er war älter und hatte mit seinem gespitzten Mund und den zusammengekniffenen Augen eine seltsame Ähnlichkeit mit einem zerknüllten Taschentuch. Seine Augen, die Nase und der Mund wirkten zu klein und drängten sich in der Mitte seines Gesichts.

»Stellt euch bitte in einer Reihe auf, aber lasst einander ein bisschen Platz«, erklärte er, und seine Stimme kratzte wie eine Holzsäge. Vor jeder Tänzerin stand nun einer der vier Juroren, vor Grace die Engländerin mit den Marmorhaaren. »Herzlichen Glückwunsch, dass ihr es bis hierhin geschafft habt. Wir brauchen nur zwei Tänzerinnen, und wie ihr seht, sind noch vier von euch übrig. In der nächsten Stufe führt ihr bitte die Bewegungen beider Tänze aus, die Reihenfolge könnt ihr euch selbst aussuchen, stellt ruhig eure eigenen Nummern zusammen. Musik bitte, noch mal von vorn.«

Der rothaarige Mann nickte und legte sofort die Platte auf, so dass sie keine Zeit zum Nachdenken hatten. Zwei der Tänzerinnen machten ein irritiertes Gesicht, aber Grace bereitete diese

Vorgabe keine Sorgen. Man forderte sie auf zu tanzen, und da sie das Tanzen liebte, verlor sie sich ganz in der Musik und kümmerte sich um nichts anderes mehr. Ihr Kopf war glücklich und klar, bis die Musik endete. Als Graces Füße zum Stillstand kamen, tat ihr alles weh, aber sie war sicher, dass sie ihre Sache gut gemacht hatte.

Während sie stumm auf das Urteil wartete, ging ihr plötzlich der Gedanke durch den Kopf, dass sie niemals wieder hätte tanzen können, wenn sie auf dem Empire State Building ums Leben gekommen wäre, und wieder sträubten sich ihr die Haare. Doch dann sah sie die vier Juroren auf sich zukommen und wusste, dass sie als Erste ihr Schicksal erfahren würde.

»Ich verstehe Sie einfach nicht«, erklärte die Frau mit den schwarzen Marmorhaaren. »Sie sind und bleiben mir ein Rätsel.«

Das klang nicht sehr vielversprechend. Grace versuchte, ihr Gesicht möglichst neutral zu halten.

»Der beste Charleston des Tages«, sagte die grauhaarige Frau, und Grace neigte leicht den Kopf, um sich zu bedanken. Das war schon besser.

»Sie tauchen in diesem Aufzug auf«, fuhr die Engländerin fort und deutete auf Graces Kleidung, »und dann tanzen Sie *so*.«

»Ja, Sie sind gut.« Die Schiebermütze nickte und ließ die Armmuskeln spielen. »Das ist nicht zu leugnen.«

»Aber wir brauchen eine junge Frau, die mehr kann als tanzen«, sagte der Mann mit dem zerknitterten Gesicht. Das war Grace neu. »Ihr Äußeres muss der Rolle entsprechen, und bei Ihnen, Miss O'Connell, ist das absolut nicht der Fall. Sie tanzen traumhaft, aber Ihre Haare sind eine Schande, und Sie haben die Schultern eines Footballspielers.« Mit regelrecht angeekeltem Blick musterte er Graces muskulöse Schultern, die in ihrem Sommerkleid nur allzu deutlich zur Geltung kamen. »Wir brauchen schlanke, zart gebaute Mädchen. Und was hat das hier zu bedeuten?«, fuhr er fort und hob mit spitzen Fingern einen ihrer Arme am Handgelenk in die Höhe. »Wie soll ich eine junge Frau auf meine Bühne bringen, die aussieht, als verbringe sie ihre Tage als Schweißer auf einer Werft? Was um alles in der Welt soll das denn?« Er ließ ihren Arm los, als hätte er Angst, sich mit einer Krankheit anzustecken.

»Ich …«, setzte Grace an.

»Ich«, fiel der Mann ihr ins Wort und betonte das Wort, als wollte er klarstellen, dass seine Stimme die einzige war, die es verdiente, gehört zu werden, »ich habe Sie nicht um eine Wortmeldung gebeten.«

Die Engländerin verzog den Mund, als sei sie enttäuscht, trat einen Schritt nach vorn und legte eine Hand auf Graces Football-Schulter. Wie erstarrt stand Grace einen Moment vor ihr.

»Das bedeutet, Sie können gehen. Danke«, sagte der Mann mit der Schiebermütze.

Wortlos drehte Grace sich um und verließ den Raum, noch ehe die Bewertung der anderen drei Mädchen begann. Als sie die Tür erreichte, hielt ihr der Mann mit der lilafarbenen Krawatte ihren Mantel entgegen, und sie schlüpfte hinein.

»Das ist echt sehr schade«, sagte er. »Und war auch mächtig knapp.«

Nein. Das kann doch nicht sein, dachte Grace, während sie ihre Tasche nahm und durch die Hintertür hinaus ins Licht stolperte.

»Ich hätte die Rolle kriegen müssen«, murmelte sie vor sich hin, doch nur eine große schwarze Ratte, die in den alten Zeitungen in der Nähe der Wand herumwühlte, hörte sie – ihr einziges Publikum. »Ich brauche das.«

Sie war wie benebelt, bekam von ihrer Umgebung nichts mehr

mit, sondern brachte den Weg zur U-Bahn hinter sich wie eine Schlafwandlerin, bezahlte die fünf Cents für ihr Ticket und stieg ein. In ihrem Waggon hatte sich ein Mann in äußerst unbequemer Haltung über zwei Sitze ausgestreckt, die Füße auf dem Boden, die Fedora über dem Gesicht, und schlief. Grace sprach ihn nicht an. Ihr gegenüber saß ein Obdachloser mit schmutzigem Gesicht und einem Mantel voller Löcher und betrachtete sie mit wässrigen, rotgeränderten Augen.

»Du siehst grässlich aus«, stellte er lakonisch fest.

»Danke«, antwortete Grace.

31

»Da bist du ja!« Mary sprang auf die Füße, als Grace die Tür öffnete und in die Wohnung trat. »Wo warst du denn so lange?« Grace fühlte sich elend, und ihr Blick schweifte immer wieder zu ihrer Schlafzimmertür.

»In der Stadt«, antwortete sie und ließ sich auf den nächstbesten Stuhl fallen.

»Deine Freunde suchen dich schon überall. Der italienische Junge sah schrecklich besorgt aus.«

»Er macht sich Sorgen wegen Bruno. Und wegen seiner Familie.«

»Ich bin fast hundertprozentig sicher, dass er sich noch über viele andere Dinge Sorgen macht.«

»Ich war bei einem Vortanztermin«, erklärte Grace, ohne auf die Bemerkung ihrer Mutter zu antworten. Das Letzte, worüber sie sich jetzt Gedanken machen konnte, war Joe. »Hab die Rolle aber nicht bekommen.«

Mary nickte, als hätte sie sich das schon gedacht – eine recht seltsame Reaktion. »Es wird sich irgendetwas finden«, sagte sie und drückte Graces Hand. »Jetzt hör mal zu …«

Aber Grace war nicht in der Stimmung, ihr zuzuhören. »Ich dachte eigentlich, dass ich dazu bestimmt wäre hinzugehen«, sagte sie, ohne den Blick zu heben. »Ich dachte, das, was heute Nachmittag passiert ist, wäre ein Zeichen, dass ich bereit bin, endlich wieder zu tanzen. Aber wenn das nicht stimmt, was mache ich dann?« Sie rang die Hände, ohne zu merken, was sie tat.

Die Bemerkungen der Juroren machten ihr sehr zu schaffen, sie hatten ihr Selbstbewusstsein in Fetzen gerissen. Natürlich wusste sie, dass sich ihr Körper durch die Arbeit auf der Baustelle verändert hatte, aber diese Leute hatten sie angeekelt angeschaut, während sie früher neidvolle Blicke für ihr Aussehen geerntet hatte. »Was ist meine Bestimmung, was soll ich tun?«, fragte sie das Universum, aber leider konnte nur ihre Mutter ihre Frage hören.

Und noch ehe Mary ihrer Tochter eine Antwort geben konnte, kam Patrick mit grimmigem Gesicht herein. Jetzt erst merkte Grace, wie still es im Zimmer war, und wie angespannt ihre Mutter wirkte. Sie sprang auf, und Panik stieg in ihr empor, als ihr klarwurde, dass jemand fehlte.

»Wo ist Connie?«, fragte sie entsetzt.

»Grace«, begann Patrick, trat einen Schritt auf sie zu und legte ihr die Hände auf die Schultern. »Wir glauben, dass sie sich am Samstag übernommen hat.« Dann hielt er inne, nur eine Sekunde, aber sie erschien Grace wie eine Ewigkeit. »Sie hat hohes Fieber.«

Grace schob seine Hände weg und stolperte ins Schlafzimmer, wo Connie lag, die Haut heiß und gerötet. Auf ihrer Stirn und ihren Beinen lagen kühlende, feuchte Lappen, aber sie rührte sich nicht, und die Laken unter ihr waren schweißnass.

»Nein«, flüsterte Grace. Und noch einmal: »Nein, nein.« Sie wiederholte das Wort immer lauter, bis sie heulte, klagte und die ganzen Gefühle des heutigen Tages aus ihr hervorbrachen. »Neeeein!« Als sie schließlich erschöpft in sich zusammensank, fing Patrick sie auf und stützte sie, bis sie wieder stehen konnte. Doch nun warf sie sich über ihre Schwester, versuchte, ihr die Augen zu öffnen, schüttelte sie, um sie zu wecken. Schon früher waren Kinder der O'Connells am Fieber gestorben, Connie wäre nicht die Erste.

»Grace!« Patrick packte sie, und Grace stand in ihrem albernen weißen Kleid vor ihm, das Gesicht tränennass, und jetzt weinte auch Mary.

»Wo ist Florence?«, fragte Grace und suchte mit den Augen das Zimmer ab, als könnte Patricks Freundin sich womöglich unter dem Bett versteckt haben.

»Sie ist im Krankenhaus«, antwortete Patrick ruhig.

»Großartig, perfekt, dann bringen wir Connie jetzt sofort dorthin.« Grace rannte in ihr Zimmer, riss sich das Kleid vom Leib und zog sich vernünftigere Sachen an. *Was trägt man während einer Krise?*, fragte eine Stimme, die sie nicht erkannte, spöttisch in ihrem Kopf. Sie schlüpfte wieder in ihren Overall und baute sich im Wohnzimmer fordernd vor Patrick auf. »Los jetzt! Warum tust du denn nichts?«

»Grace.« Patrick schluckte schwer. »Wir können Connie nicht ins Krankenhaus bringen. Was, wenn sie wochenlang dort bleiben muss? Ein Tag auf der Station kostet fünf Dollar, von den Untersuchungen und Medikamenten mal ganz abgesehen.«

Grace sah zu Mary, die mit gesenktem Kopf zu Boden blickte und leise schluchzte.

Grace schüttelte den Kopf, auch in ihren Augen schimmerten Tränen. »Das kann doch nicht euer Ernst sein?« Sie verschwand wieder in ihrem Zimmer, riss die oberste Schublade ihrer Kommode auf und warf den Inhalt Stück für Stück auf den Boden, bis sie ganz hinten ihre Ersparnisse fand. Mit blitzenden Augen lief sie wieder hinaus und drückte Patrick die Rolle in die Hand. »Hier!«

»Grace«, schaltete sich Mary wieder ein. »Das Geld brauchen wir doch für die Miete.« Dann wurde ihre Stimme härter. »Connie muss irgendwo wohnen. Wir müssen darauf vertrauen, dass es ihr bald wieder besser geht. Das war bisher noch jedes Mal so.«

»Nein!«, schrie Grace. »Ihr seht doch, wie krank sie ist! Diesmal können wir nicht einfach nur *hoffen*, Ma. Wenn sie stirbt, braucht sie keinen Platz mehr zum Wohnen.«

Mary zuckte zurück, als hätte Grace sie ins Gesicht geschlagen, und so standen sie stumm da, während das Wort, um das sie seit Monaten herumtanzten, aber nie aussprachen, langsam verhallte.

Schließlich wandte Grace sich wieder Patrick zu. »Es ist mein Geld. Für solche Fälle habe ich es angespart. Nimm davon die Hälfte für die nächste Miete, und dann nutzen wir das, was übrig bleibt. Oder wir verkaufen, wenn wir müssen, einfach alles und ziehen um in ein einziges Zimmer, wo wir nebeneinander auf dem Boden schlafen, wie wir es als Kinder gemacht haben. Wir tun, was nötig ist.« Mit einer groben Bewegung wischte sie sich die Tränen vom Gesicht, die ihr jetzt über die Wangen strömten. »Habe ich nicht schon alles getan, was nötig ist, Patrick? Hab ich nicht genug gegeben? Wie kannst du da rumstehen, ohne was zu tun? Sie ist unsere kleine Schwester, unser Nesthäkchen. Wir dürfen sie nicht verlieren.« Ihre Stimme brach. »Wofür haben wir das alles denn getan, wenn nicht für sie?«

Patrick blinzelte heftig, schaute von seiner Schwester zu seiner Mutter und wieder zurück, schluckte die Gefühle, die sich in seiner Kehle ansammelten, mühsam hinunter und nickte schließlich. Ein einziges Mal.

»Geh und halt ein Taxi an. Ich trage sie runter«, sagte er.

32

Als Patrick seine kleine Schwester ins Gotham Hospital trug, war ihre Haut so heiß, dass er an den Stellen seiner Brust, die sie mit dem Kopf berührte, ein Brennen verspürte.

»Können Sie uns bitte helfen?«, fragte er die erste Stationsschwester, die ihm über den Weg lief, und sie winkte ihm, ihr zu folgen. Völlig verstört bildeten Mary und Grace die Nachhut.

»Legen Sie die Kleine bitte hierhin.« Die Frau zeigte auf ein Bett mit Rollen und rief dann einen Arzt herbei, einen großen Mann im weißen Kittel mit weißen Haaren. Er kam sofort zu ihnen und putzte auf dem Weg noch schnell seine Brille mit der Krawatte. Gerade als er die Brille wieder aufsetzte, tauchte plötzlich Florence auf und blieb abrupt stehen, als sie die O'Connells erkannte.

»Patrick!«, rief sie, und ihr Blick wanderte zuerst zu seinem Arm, doch dann bemerkte sie Connie, ihre Augen wurden groß, und im Nu wirkte ihr Gesicht wieder neutral und professionell.

»Name der Patientin?«, fragte der Arzt.

»Constance …«

»Gilligan«, mischte Florence sich ein. »Constance Gilligan.« Sie sah Patrick fest in die Augen und fügte hinzu: »Das ist meine Schwester.« Obwohl Patrick nicht wusste, was sie vorhatte und warum, vertraute er ihr.

»Genau«, stimmte er zu.

Der Arzt schaute auf und betrachtete Florence für einen Moment, die seinen Blick fest und trotzig erwiderte. »Ach ja?«, fragte er nur.

»Jawohl, Doktor Armstrong, Sir.«

Einen Moment herrschte Stille, nur durchbrochen von Connies mühsamem Atmen. »Gut«, sagte Dr. Armstrong und traf offensichtlich die Entscheidung, nicht weiter nachzuhaken. »Constance Gilligan also. Alter?«

»Elf«, antwortete Patrick. Mary und Grace klammerten sich aneinander, Mary betete leise und leidenschaftlich.

»Es geht ihr schon seit einer Weile nicht so gut«, schaltete Florence sich erneut ein. »Verdacht auf Bronchitis.«

»Verstehe.« Der Arzt warf noch einen Blick auf die verzweifelte Familie. »Ich muss ein paar Untersuchungen machen, Constance muss stationär aufgenommen werden. Der Klinikverwalter wird mit Ihnen über die Kosten sprechen.«

»Tun Sie, was getan werden muss«, erwiderte Grace hitzig. »Wir werden es bezahlen.«

Dr. Armstrongs Gesicht wurde sanfter, er musterte Marys abgetragene Kleider und den Gips an Patricks Arm. »Ich werde tun, was ich kann.«

Dann winkte er die Stationsschwester herbei, die alles beobachtet hatte, und sie begannen, das Bett wegzuschieben. Doch als die Familie Anstalten machte, ihnen zu folgen, hob der Arzt die Hand.

»Sie müssen hier warten.« Er schaute zu der Uhr an der Wand. »Ich denke, es wäre besser, wenn Sie nach Hause gehen, es ist schon spät. Kommen Sie lieber morgen früh wieder.« Im Handumdrehen war Connie verschwunden.

Mary stieß einen Klagelaut aus, und Grace hüpfte verzweifelt von einem Fuß auf den anderen, so stark war ihr Bedürfnis, ihrer Schwester zu folgen.

Florence trat zu ihnen, legte die Hand auf Patricks Arm und flüsterte: »Krankenschwestern und ihre Familien bekommen verbilligte Behandlung.«

Fast wäre Patrick die Luft weggeblieben, und wieder einmal wurde ihm bewusst, warum er sich in diese Frau verliebt hatte. »Danke«, flüsterte er ihr zu. Am liebsten hätte er sein Gesicht in ihren Haaren vergraben, einfach nur ihren Duft eingeatmet und sich eingebildet, das alles wäre nicht passiert.

»Aber ihr solltet wirklich nach Hause gehen«, sagte Florence sanft. »Es wird eine Weile dauern, bis es Neuigkeiten von Connie gibt. Und ich bin die ganze Nacht hier.«

Grace schüttelte entschieden den Kopf. »Ich werde dieses Gebäude erst verlassen, wenn Connie zusammen mit mir aufrecht durch diese Tür gehen kann.«

Patrick kannte sie gut genug, um zu wissen, dass sie ihre Meinung nicht ändern würde, und wandte sich seiner Mutter zu, die zitternd und mit blicklosen Augen neben ihm stand. Sie hatte schon mehrmals ein Kind verloren, und der Gedanke, dass es noch einmal passieren könnte, war unerträglich. »Soll ich dich zu Tante Frances bringen, Ma?«, schlug Patrick leise vor. »Wir können alle zusammen in die Kirche gehen.« Er schluckte. »Ich möchte Connie auch nicht allein lassen, aber hier kümmert man sich besser um sie, als wir es könnten.«

Als er sie sanft zum Ausgang zog, wandte Mary sich um und ergriff Graces Hände. »Was auch immer geschehen mag«, sagte sie mit heiserer Stimme, »versprich mir, dass du sie wieder zu mir nach Hause bringst, Grace.«

Den Tränen nahe zog Grace ihre Mutter an sich, umarmte sie fest und atmete tief ihren vertrauten Duft ein. Diese Worte – *was auch immer geschehen mag* – hatten in Patricks Herz einen Riss hinterlassen, und er wusste, dass es bei seiner Zwillingsschwester genauso war.

»Ich verspreche es dir, Ma. Ich werde nicht ohne sie nach Hause kommen.«

Mary nickte heftig und ließ sich dann von Patrick wegführen.

»Komm«, sagte Florence ernst und schob Grace am Ellbogen vorwärts. »Du hattest heute einen höllisch schweren Tag, wir suchen dir jetzt ein ruhiges Plätzchen, wo du warten kannst.«

33

Grace war so erschöpft, dass sie im ersten Moment, als Florence ihre Schulter berührte, gar nicht wusste, ob sie wach war oder schlief, und so heftig zusammenzuckte, dass sie um ein Haar von dem extrem unbequemen Stuhl gefallen wäre, auf dem sie die Nacht verbracht hatte. Jeder Muskel in ihrem Körper brannte wie Feuer, und der knochentiefe Schmerz der Erschöpfung hatte sie in eine Art Rauschzustand versetzt. Dennoch sprang sie augenblicklich auf.

»Connie.« Es war wie ein Reflex; den Namen laut auszusprechen, fühlte sich an wie Wasser auf trockenen Lippen. »Wo ist sie?«

»Sie ist auf Station«, erklärte Florence. »Und es ist tatsächlich eine Lungenentzündung, Grace.«

Grace blinzelte krampfhaft, ehe sie Florence richtig anschauen konnte, dann begann sie zu schluchzen, denn sie wusste genau, wie gefährlich eine Lungenentzündung war. »O nein – daran sterben doch so viele Menschen.« Ihr war nicht einmal klar, dass sie den Gedanken laut ausgesprochen hatte, bis sie spürte, wie Florence ihre Hand drückte.

»Und viele Menschen überleben es«, sagte Florence sanft, aber bestimmt: »Es gibt eine gute Behandlungsmethode, ein Serum, und ich habe selbst gesehen, wie es wirkt. Der Arzt kümmert sich um sie, und du weißt noch besser als ich, wie stark Connie ist.«

»Lass mich zu ihr, bitte«, stieß Grace hervor. »Und ruf Patrick an.«

Florence nickte, sie führte Grace ohne weitere Umstände zu ihrer Schwester und zog den Vorhang weg, der das Bett umgab. Connie sah so winzig aus, wie sie dort lag, sie war noch immer bewusstlos und schwitzte stark, schien sich aber weniger zu quälen als noch am Abend zuvor.

»Könntest du mir meinen Stuhl hierherbringen?«, fragte Grace, die inzwischen am Ende ihrer Kräfte war.

»Grace«, erwiderte Florence tadelnd, »in deinem gegenwärtigen Zustand nützt du niemandem etwas. Du hattest gestern einen enorm stressigen Tag. Geh nach Hause und ruh dich wenigstens ein bisschen aus. Du willst doch nicht demnächst neben Connie krank im Bett liegen.«

Aber Grace nahm das Gesagte wörtlich. »Oh, darf ich das? Mich neben sie legen?«

»Nein«, sagte Florence kopfschüttelnd.

»Dann möchte ich bitte den Stuhl.«

34

Um drei Uhr nachmittags am nächsten Tag kitzelte Grace, die mit dem Gesicht auf dem Krankenhausbett eingeschlafen war, etwas am Ohr. Schlaftrunken versuchte sie, es abzuschütteln, aber das Kitzeln blieb, und als sie es endlich schaffte aufzuschauen, entdeckte sie, dass eine kleine Hand auf ihr lag. Sie erstarrte, denn sie hatte Angst, dass die Hand sich auflösen würde wie eine Fata Morgana. Vorsichtig und sehr langsam hob sie den Kopf und sah, dass die großen Augen ihrer Schwester ihren Blick erwiderten.

»Connie«, hauchte sie.

»Das ist nicht mein Bett«, stellte Connie mit heiserer Stimme fest.

»Nein, ist es nicht«, stimmte Grace zu.

»Kann ich jetzt wieder nach Hause?«, fragte Connie und seufzte tief. Und mit einem Lächeln im Gesicht, das aufblühte wie eine Sonnenblume, die sich dem Licht zuwendete, stand Grace von ihrem Metallstuhl auf und küsste ihre kleine Schwester auf die Stirn. »Ich frage gleich nach«, sagte sie und eilte hinaus, um Dr. Armstrong zu suchen.

Nach einer weiteren Runde Tests und einer gründlichen Untersuchung kam der Arzt zu dem Schluss, dass es für Connie das Beste sei, sich in ihrem eigenen Bett auszuruhen, und er willigte ein, sie zu entlassen. Patricks Gesicht nahm zwar eine seltsam grünliche

Farbe an, als er die Rechnung bezahlte – trotz Florences Preisnachlass belief sie sich immer noch auf zwanzig Dollar –, aber Grace hätte dreimal so viel und mehr dafür bezahlt, dass ihre Schwester endlich ordentlich medizinisch versorgt worden war. Sie drückte Patrick das Geld in die Hand und trug ihm auf, gleich den vollen Preis zu zahlen, statt die Summe mit Ratenzahlung mühsam abzustottern. Es musste doch eine Möglichkeit geben, Arbeit zu finden.

Als Patrick Connie ins Schlafzimmer trug, ging es ihr wesentlich besser als an dem Tag, an dem er sie hinausgetragen hatte, und Grace war sehr glücklich darüber. Für Connies Gesundheit und das Zusammensein ihrer Familie war ihr kein Preis zu hoch.

»Du solltest auch ins Bett gehen, Grace«, sagte Mary und streichelte ihr den Arm. »Und dich ausruhen.« Allerdings war Grace beileibe nicht die Einzige, die Schlaf gebrauchen konnte – auch Mary hatte tiefe, dunkle Ringe um die Augen.

Grace nickte zustimmend, aber dann zog ein weißer Umschlag ihre Aufmerksamkeit auf sich, der an sie adressiert war und am Wasserkrug auf dem Tisch lehnte.

»Was ist das denn?«, fragte sie, hob den Umschlag hoch und betrachtete ihn, als hätte sie so etwas noch nie gesehen. Sie bekam nur äußerst selten Post.

»Der ist heute früh für dich angekommen«, antwortete Mary.

»Vielleicht endlich mal eine gute Nachricht«, sagte Grace hoffnungsvoll und befühlte den Umschlag gründlich.

»Ich denke, es gibt nur eine Möglichkeit, das herauszufinden.«

Sie riss den Umschlag auf und holte ein zusammengefaltetes Blatt Papier heraus.

»Ein Brief von Betty. Sie ist mit Howard in New Jersey.« Aber das warme Gefühl, das sie überkam, als sie die vertraute Handschrift sah, war von kurzer Dauer.

Ihr Leben lang hatte Grace oft über Momente nachgedacht, in denen sich das Leben radikal veränderte. Über jene Sekunde, kurz bevor etwas sehr Wichtiges geschah, die Sekunde, nach der alles unwiderruflich anders sein würde. Auch im Krankenhaus hatte sie sich Sorgen gemacht, dass ein solcher Moment auf sie zukommen würde. Und wie sich herausstellte, hatte sie mit ihren Befürchtungen recht gehabt, nur war nicht das geschehen, was sie erwartet hatte.

Während ihr Blick über die handgeschriebenen Worte wanderte, wich aus ihrem Gesicht immer mehr die Farbe.

»Nein, nein, nein, bitte nicht«, murmelte sie, und ihre Knie wurden weich.

»Was ist los, Grace, was ist denn passiert?«

Ihre Kehle war wie zugeschnürt, sie bekam das Wort kaum heraus. »Edie.« Fieberhaft suchten ihre Augen die ihrer Mutter. »Edie ist tot.«

Dann brach sie zusammen.

Zusammengekauert lag Grace auf dem Boden und schluchzte. Schon über eine Viertelstunde war sie in diesem Zustand; Mary hatte sich neben sie gesetzt und den Kopf ihrer Tochter vorsichtig auf ihren Schoß gehoben. Was als ganz gewöhnliche Woche begonnen hatte, war wie ein Tornado durch Grace O'Connells Leben gerast und hatte es vollkommen aus der Bahn geworfen.

»Sie ist fort«, sagte sie leise, mit tränenerstickter Stimme. Nicht zum ersten Mal. Edie hatte den Tanzmarathon nicht gewonnen, sie und ihr Partner waren am zweiundzwanzigsten Tag erschöpft zusammengebrochen und – unfähig, innerhalb der erlaubten dreißig Sekunden wieder aufzustehen – aus dem Wettbewerb ausgeschieden. Als sie den Tanzboden verließen, bewegten sich noch drei Paare – als Tanzen konnte man das, was sie taten, nicht mehr bezeichnen.

Wie im Delirium und völlig verzweifelt hatte Edie sich nach Hause geschleppt, nur um festzustellen, dass sie kein Zuhause mehr hatte. Da sie drei Wochen nicht da gewesen war, hatte man ihr Zimmer an eine neue Bewohnerin vermietet, aber eine ihrer Mitbewohnerinnen nahm sie für eine Nacht bei sich auf, während sie arbeiten ging. Als sie zurückkam, lag Edie noch in ihrem Bett, reagierte jedoch nicht mehr, und jede Hilfe kam zu spät. In ihrem Brief schrieb Betty, dass wohl eine Mischung aus Erschöpfung, Drogen und Alkohol schuld an ihrem Tod war, aber niemand war sicher, ob es sich um einen Unfall handelte oder nicht. Diese Frage würde Grace ihr Leben lang verfolgen.

In Edies spärlichen Besitztümern, die sie in einem ramponierten Koffer aufbewahrt hatte, fand man Bettys Adresse und kontaktierte sie, da Edie keine nahen Verwandten hatte. Betty kümmerte sich um alles, was geregelt werden musste, am Montag sollte die Beerdigung stattfinden. Grace konnte es nicht fassen, ihr Herz brach in tausend Stücke.

»Ich hab es versucht«, sagte sie zu ihrer Mutter mit heiserer Stimme. »Ich hab versucht, sie da rauszuholen, wirklich!«

»Du warst diesem armen Mädchen eine gute Freundin, Grace. Das weißt du auch. Es ist eine Tragödie, aber du hast sie nicht verursacht.«

»Aber ich hätte sie doch retten können.«

»Nein«, entgegnete Mary fest. »Das hätte nur Gott selbst gekonnt, und er hat beschlossen, sie zu sich zu rufen. Es war ihre Zeit zu gehen, Grace.«

»Aber sie war doch noch so jung.« Sofort bereute Grace ihre Worte. Mary hatte Kinder verloren, die viel jünger gewesen waren, Babys, in Tücher gewickelt, die winzigen Körper dafür bestimmt zu wachsen. Und sie waren so kurz davor gewesen, Connie zu verlieren, die nun im Nachbarzimmer lag und von Patrick bewacht wurde. »Sorry«, flüsterte sie.

»Jeder Verlust tut weh, es gibt keine Rangordnung.« Sanft strich Mary ihrer Tochter über die Haare.

»Aber einen Tag wie heute überlebe ich nicht noch einmal«, schluchzte Grace, und die Tränen strömten ihr übers Gesicht, hinunter auf den Rock ihrer Mutter, wo sie einen dunklen Fleck hinterließen.

»O doch, das wirst du«, widersprach Mary. »Denn du musst.« Sie holte tief Luft. »Ich kenne jede Art von Schmerz, Grace. Die Art, die dich zu ersticken droht, die dich ertränken und begraben will. Die Art, die sich an deinen Rücken klammert, und die Art, die ihre Krallen in deinen Hals schlagen will. Und glaub mir, ich weiß, wie es sich anfühlt, wenn man versucht ist, sich von der Verzweiflung überwältigen zu lassen.« Sie streichelte Graces Rücken, was sie schon seit vielen Jahren nicht mehr getan hatte.

»Aber du bist stark, Grace O'Connell, vielleicht sogar stärker als wir alle. Und du wirst einen Weg finden, diesen Schmerz anzunehmen und in dir zu tragen. Ein ums andere Mal. Deine Arme werden immer kräftiger werden. An manchen Tagen wirst du merken, dass der Schmerz in deine Tasche passt und ihn kaum zur Kenntnis nehmen, und an anderen ist er ein riesiger Überseekoffer, der dich mit seinem Gewicht so ins Wanken bringt, dass du beinahe umfällst. Aber es wird niemals mehr sein, als du tragen kannst. Selbst wenn du die Last eine Weile ablegen und hinter dir herziehen musst, du wirst einfach immer weitergehen. Weil dir gar nichts anderes übrigbleibt. Und wenn deine Arme dann stärker geworden sind, kannst du die ganze Traurigkeit wieder aufheben und weitertragen.«

»Das kann ich nicht.«

»Du wirst es trotzdem tun.« Marys Stimme war ruhig und fest. »Gott der Herr bürdet dir niemals mehr auf, als du bewältigen kannst.«

Ein paarmal atmete Grace tief und zittrig ein, setzte sich schließlich auf und sah ihrer Mutter ins Gesicht.

»Edie ist ziemlich schwer für einen Menschen, der im Leben so wenig gewogen hat.«

Mary sah ihre Tochter mit einem kleinen Lächeln an, legte die Hand auf Graces Wange und wischte ihr mit dem Daumen die Tränen weg. »Bei den Besten ist das so, mein Mädchen. Das Gewicht, das du spürst, ist deine Liebe zu ihr, die sich nirgendwo anders mehr niederlassen kann.«

Grace schloss die Augen, Tränen rannen über die Finger ihrer Mutter. Als sie die Augen wieder öffnete, hatten die Tränen sie reingewaschen.

»Ich muss noch einmal weggehen.«

»Nein, Grace, du musst hierbleiben. Du bist durcheinander, du hast einen furchtbaren Tag hinter dir.«

»Bitte kümmere dich um Connie. Ich kann jetzt nicht hierbleiben, ich muss an die frische Luft. Aber ich komme zurecht, das verspreche ich dir.«

Mary starrte sie an, und Grace spürte, dass sie es verstand.

»Pass auf dich auf«, sagte Mary. »Und komm bald zu mir zurück.«

Grace nickte und stand mit unsicheren Beinen auf. Es war der erste Versuch, ihren neuen Kummer zu tragen.

Grace hatte das Gefühl, viele Stunden ziellos umhergeirrt zu sein, um die Gedanken in ihrem Kopf zu vertreiben, und war gleichzeitig überrascht und auch wieder nicht, als sie merkte, dass sie die Hände auf ein gigantisches, fest verschlossenes Eisentor gelegt hatte, vor dem sie nun stand und gebannt nach oben starrte.

Vom Erdboden und aus der Nähe betrachtet war das Empire State Building nicht sonderlich beeindruckend. Nur ein riesiges, ansonsten aber unauffälliges graues Bauwerk, das so hoch in den Himmel aufragte, dass man aus diesem Winkel kaum die Spitze sehen konnte, selbst wenn man den Kopf in den Nacken legte. Grace blickte in den frühabendlichen Sommerhimmel empor und sah hoch über ihrem Kopf den Stahlträger, auf den sie sich begeben hatte, um Mick zu retten. Er war noch da. Anscheinend hatte es bisher noch niemand geschafft, den Kran zu reparieren und den Träger an die richtige Stelle zurückzubringen. Von hier aus war er nicht größer als ein Streichholz. Die Höhe war atemberaubend, und dennoch hatte Grace genau dort gestanden, war als Einzige bereit gewesen, hinauszuklettern und einem Menschen das Leben zu retten.

Sie umklammerte das Torgitter noch fester und dachte daran, dass die Familie Gagliardi zwei Löhne eingebüßt hatte und sie selbst keine Ahnung hatte, ob sie jemals wieder in der Lage sein würde, ihrer kleinen Schwester Karamellbonbons zu kaufen. Das war der Preis dafür, dass Mick heute Abend zu Hause bei seiner Familie sein konnte. Und obwohl Grace ihr Leben riskiert, obwohl sie sich geweigert hatte, ihre Schwester in der Klinik allein zu lassen und jederzeit freiwillig ihr mühsam zusammengespartes Geld hergegeben hätte, um ihrer Familie zu helfen, hatte das alles anscheinend nicht gereicht, um zu verhindern, dass Edie kalt und bleich in einem Wust zerwühlter Laken in einer Mietskaserne in der Lower East Side gefunden wurde.

Grace schrie. Sie umklammerte die Metallstreben und schrie und schrie, bis kein Schrei mehr in ihrem Körper war. Viele Menschen kamen vorbei, um sich die Fortschritte beim Bau des

Empire State Buildings anzuschauen, oder blieben stehen, wenn sie zufällig daran vorbeigingen, um einen kurzen Blick darauf zu werfen. Die Straße war immer belebt, aber in New York passierten verrückte Dinge, und niemand achtete auf Grace, niemand kam zu ihr, um sie zu fragen, warum sie schrie. Alle wichen einen Schritt zurück und ließen sie in Ruhe schreien. Sie hatten weiß Gott genug eigene Probleme und wahrscheinlich auch genug Gründe zu schreien. Die Nachtwächter, die in ihrem Büro saßen und Karten spielten, rührten sich nicht. Wenn nicht gerade jemand in Lebensgefahr geriet, war das nicht ihr Problem. Sie konnten nicht wissen, dass heute bereits jemand gestorben war.

Als Grace schließlich heiser war und ihr Körper seinen ganzen Zorn aufgebraucht hatte, lehnte sie die Stirn an das Tor. »Edie, darf ich dir Lukasz vorstellen?«, murmelte sie, drehte sich um und ging davon, ohne einen Blick zurückzuwerfen.

So wanderte sie durch die Stadt. Sie erinnerte sich noch gut an das Gefühl absoluter Fassungslosigkeit nach dem Tod ihres Vaters und an die Wut über die Menschen, die einfach mit ihrem Leben weitermachten, als wäre nichts geschehen. Für sie war ja tatsächlich nichts geschehen, aber das machte alles nur noch schlimmer. Grace ließ sich von ihren Füßen in die 42nd Street tragen und ging zum vertrauten Hintereingang von Dominic's. Die Tür war mit Brettern verschlagen, und über das Fenster im ersten Stock hatte man provisorisch eine Holzplanke genagelt. Sie kletterte an den Rohren und Fensterbrettern hinauf, bis sie mit dem Fenster auf einer Höhe war, und nutzte, noch immer im Overall, ihre kräftigen Footballer-Schultern, um das Holz wegzureißen. Es war schlampig befestigt, und sie stellte sich vor, wie Texas es in einem halbherzigen Versuch, das Haus zu sichern, persönlich angebracht hatte, bevor er das Weite gesucht hatte. Wie auch immer, Holz und krumme Nägel landeten auf dem Boden, und sie quetschte ihren Körper durch das kleine Fenster, denn sie wusste, dass sie so ins Treppenhaus gelangen würde, das hinunter in den Garderobenbereich führte. Mühelos landete sie auf dem Boden.

Als sie drinnen war und jetzt auch noch Einbruch und unbefugtes Betreten zu ihrer Liste von Straftaten hinzufügen konnte, schlich sie im Dunkeln die Treppe hinunter. Ein kleines bisschen Licht fiel durchs Fenster, doch sie kannte den Weg gut genug, tastete nach dem Lichtschalter und hoffte, dass der Strom nicht abgeschaltet war. Volltreffer. Zischend erwachten die Glühbirnen über den Spiegeln zum Leben, und sie musste an Connies Zitteraale denken. Als sie mit den Fingern über ihren Platz auf der Bank strich, stockte ihr der Atem. Seit Wochen war niemand hier gewesen, eine feine Staubschicht bedeckte alles. Auf Edies Platz lag völlig verdorrt die weiße Rose, die sie an dem Tag bekommen hatte, bevor das Theater geschlossen worden war. Grace streckte die Hand danach aus, fasste sie dann aber doch nicht an, aus Angst, die Blütenblätter könnten zerfallen. Und sie wollte, dass alles genauso blieb, wie es war.

So bewegte sie sich durch den Raum und rief sich das kunterbunte Leben in Erinnerung, das hier geherrscht hatte – das Rascheln der Kostüme, das vergnügte Kreischen, Kichern und Zwitschern der Mädchen, wenn es Veränderungen in einer Nummer und neue Kostümierungen gab, ihr Klatschen und Tratschen, wenn eine von ihnen auf eine Verabredung mit einem Unbekannten ging.

»Er ist heute Abend hier, der in dem braunen Anzug und mit der gelben Feder im Hutband.«

»Wie bitte?«, brüllte Betty. »Triffst du dich etwa mit einem Kanarienvogel, Mae Fowler?«

Alle hatten gelacht, selbst Edie hatte gekichert, bis sie Schluckauf bekommen hatte.

Vor einer Holzbank blieb Grace stehen, griff darunter. Ja, sie war noch da! Vorsichtig zog sie die halb leere Flasche Whiskey hervor, entfernte den Korken und trank einen großen Schluck, während sie weiter in Erinnerungen schwelgte. Edie stand vor ihr, drehte sich in ihrem geliebten, mit Federn verzierten, bodenlangen weißen Seidenkleid.

»Du siehst aus wie ein Schwan«, murmelte Grace zusammen mit ihrer Phantasie-Betty.

»Ich fühle mich, als wäre ich im Innern eines Kissens«, erwiderte sie als Edie und schlang mit einem zufriedenen Lächeln die Arme um sich. Dann nahm sie einen weiteren Schluck aus der Flasche und wünschte sich, Betty wäre bei ihr. Sie war die einzige andere Person, die wirklich wusste, was die Welt mit Edies Tod verloren hatte.

Die Anstrengungen des Tages hatten sie müde gemacht, und der Whiskey wirkte rasch. Sie stolperte, als sie zu den Bühnenkostümen taumelte, die verlassen auf den Ständern hingen, um nie wieder angeschaut, geschweige denn getragen zu werden, strich mit der Hand die Stange entlang und musste niesen, als ihr der aufgewirbelte Staub in die Nase stieg, und Kleider gingen zu Boden, während sie verzweifelt weitersuchte. Dann hatte sie es endlich gefunden. Das Schwanenkleid. Sie drückte es an sich, als wäre Edie darin versteckt.

Nachdem sie sich einen weiteren Schluck Whiskey genehmigt hatte, rollte sie sich auf dem Kleiderhaufen zusammen wie in einem regenbogenbunten Nest aus Seide und Satin. Die Flasche stellte sie neben sich auf den Boden, deckte sich mit dem weißen Schwanenkleid zu, nahm es fest in den Arm und begann, so nah bei Edie, wie es ihr möglich war, zu weinen – bis sie irgendwann endlich einschlief.

35

Leise schlich sich Grace zurück in die Wohnung. Nachdem sie nach Connie geschaut und festgestellt hatte, dass sie fest schlief, kroch sie in ihr Bett. Es war früh am Morgen, trotzdem war von den Donohues in der Wohnung über ihnen Lärm zu hören, was Grace seltsam tröstlich fand. Rund um die Uhr war mindestens einer von ihnen wach und sorgte dafür, dass es in der Wohnung nicht zu still wurde.

Eine Stunde vorher war sie mit dröhnenden Kopfschmerzen und extremem Durst in der ehemaligen Garderobe von Dominic's aufgewacht. Voller Sorge, zu spät zur Arbeit zu kommen, war sie aufgesprungen und hatte erst nach einer Weile begriffen, wo sie war. Als sie Edies Kleid erkannte, kam die Flut der Traurigkeit zurück, ein gähnender Abgrund, der sich in ihrer Brust auftat. Keine Arbeit, keine Tanzkarriere und keine Edie. Erschöpft und ausgelaugt war sie durchs Fenster zurück nach draußen geklettert und nach Hause gewandert.

Als Grace noch klein war, hatten die Nachbarn der O'Connells einen Hund gehabt, der sich eines Tages auf den Boden gelegt und nicht mehr bewegt hatte. Zwei Tage lang hatte er einfach so dagelegen, ohne zu essen oder zu trinken. Er rührte sich nicht vom Fleck, wollte nicht laufen, wollte nicht spielen, sondern betrachtete lediglich mit traurigen Augen unter schweren Lidern die Welt. Irgendwann war er friedlich gestorben. Jetzt kam Grace sich vor wie dieser Hund. Sie hatte keine Energie, sich zu bewegen, kein Verlangen weiterzumachen. Sie hatte zu viel durchgemacht, jetzt würde sie einfach im Bett bleiben und die Welt mit traurigen Augen unter schweren Lidern betrachten, im Gehirn nichts als ein verschwommenes Rauschen, das sie vor der Wahrheit schützte.

Als die Tür sich einen Spaltbreit öffnete, war ihr Kopf zu schwer, um nachzusehen, wer es war. Auf ihrem Nachtschränkchen erschienen ein Glas Wasser und ein Teller mit Essen. Sie drückte ihre träge Zunge an den Gaumen und versuchte zu sprechen, aber es kam kein Wort heraus. Sie wollte fragen, wie es Connie ging, die auf der anderen Seite der Wand im Bett lag, aber ihr Mund war nicht bereit zu kooperieren, und so schlief sie wieder ein.

Stunden später klopfte Mary an ihre Tür und kam herein.

»Grace, dein junger italienischer Freund ist hier und möchte dich sehen.«

Träge bewegte Grace den Kopf ein paarmal von einer Seite zur anderen. Mary nickte kurz und verschwand. Einen Augenblick später war sie schon wieder zurück. »Er sagt, er kommt morgen wieder.«

Grace schloss die Augen.

36

Grace konnte nichts weiter tun als schlafen. Ihr Körper war ein Bleigewicht, das tief ins Bett einsank; sie hätte sich nicht bewegen können, selbst wenn sie es gewollt hätte – was sie nicht tat. Als sie irgendwann daran dachte, dass es vermutlich Nachmittag war, krampfte sich ihr Magen zusammen, weil jetzt alle Arbeiter auf der Baustelle ihren Lohn bekamen, aber sie nicht. Genauso wenig wie Seamus und die Gagliardis. Sie schloss die Augen und wartete darauf, dass der Schlaf kam und sie alles wieder vergessen konnte.

Eine Weile später öffnete sie die Augen und erblickte dicht vor sich ein schmales, von blonden Locken umrahmtes kleines Gesicht. Sie musterte ihre Schwester, rührte sich aber nicht, unsicher, ob sie träumte oder ob es Connie tatsächlich gut genug ging, um aufzustehen. Sie sah auch, dass an den langen Wimpern des Mädchens Tränen hingen und spürte ein kurzes Aufflackern von Panik. Gab es etwa wieder schlechte Nachrichten? Sie versuchte, die Hand nach Connie auszustrecken, aber ihr Körper gehorchte ihr nicht.

»Ma hat mir erzählt, was passiert ist. Das tut mir so leid. Und macht mich traurig. Ich hatte Edie sehr gern.« Zwei dicke Tränen rollten über Connies Gesicht. »Mir geht es besser, Grace. Dir auch? Kannst du heute wieder aufstehen?«

Jetzt brachte Grace immerhin ein Kopfschütteln zustande.

»Bist du zu traurig?«

Sie nickte.

Auch Connie nickte, als würde sie es verstehen. Dann schlang sie die Arme um ihre Schwester und küsste sie auf die Wange, genau wie Grace es schon so oft bei ihr getan hatte. »Ich hab dich lieb, Grace«, flüsterte sie, und ihr Atem berührte warm Graces Gesicht. Dann ging sie.

Später öffnete ihre Mutter die Tür. »Joe?«, fragte sie, aber Grace schüttelte den Kopf.

Und Mary schloss die Tür wieder.

37

»Grace?« Connie schlich zu ihr ins Zimmer. »Ma hat gesagt, ich darf dich nicht stören, aber ich wollte dir nur sagen, dass ich dich sehr lieb habe.« Sie tauschte das abgestandene Essen auf dem Nachtschränkchen gegen etwas Frisches aus, küsste ihre Schwester auf die Stirn und verließ leise das Zimmer. Grace hasste es, Lebensmittel zu verschwenden, von denen sie wusste, dass die Familie sie sich eigentlich gar nicht leisten konnte, aber sie konnte sich nicht dazu bringen, etwas zu essen.

Stunde um Stunde lag sie auf dem Rücken im Bett und starrte an die Decke, ihr Körper reglos unter der Last der Traurigkeit. Sie hatte keine Ahnung, wie viel Zeit vergangen war, als es wieder klopfte und Patrick die Tür einen Spaltbreit öffnete. »Grace«, sagte er leise. »Es ist sieben Uhr. Joe ist hier und möchte dich sehen.«

»Nein«, sagte Grace. Ihre Stimme klang heiser. Es war das erste Wort, das sie seit Tagen gesprochen hatte.

Patrick nickte und ging, kam aber kurz darauf zurück, um ihr auszurichten: »Er sagt, er kommt morgen wieder.«

Grace begann zu begreifen, dass die Welt allmählich zu ihr zurückfand, als sie durch die Wand hörte, wie ihre Mutter und ihr Bruder über sie sprachen.

»Ich mache mir Sorgen, Patrick.«

»Das tut mir echt leid, Ma. Es ist alles meine Schuld.«

»Aber nein, mach dir keine Vorwürfe, das konnte doch niemand wissen. Es ist die Trauer, mein Sohn, die Trauer und der Schock. Wir alle haben genug erlebt, um zu wissen, wie hart es sein kann, und Grace hat so viel durchgemacht. Aber ich weiß auch nicht, wie lange wir das noch tatenlos mitanschauen können.«

»Am Montag ist Edies Beerdigung. Die wird sie nicht verpassen wollen, da bin ich ganz sicher. Bis dahin wird sie wieder auf den Beinen sein.«

Auf einmal stellte Grace drei Dinge fest: Erstens brauchte sie unbedingt Wasser. Zweitens begann sie in dem heißen, stickigen Zimmer schlecht zu riechen, und drittens kannte ihr Bruder sie womöglich besser, als sie dachte.

38

Am Sonntag stand Grace tatsächlich auf. Sie wusste nicht, wie spät es war, als sie sich aufrichtete und die Füße auf den Boden setzte. Als sie die Holzdielen berührten, prickelten sie, und Grace wackelte mit den Zehen, um die Durchblutung anzuregen. Dann erhob sie sich langsam, ging zur Tür und öffnete sie. Patrick und Mary saßen am Tisch, und als Grace hereinkam, erschraken sie.

»Ich muss mich waschen«, erklärte sie. Ihre Mutter und ihr Bruder beobachteten sie aufmerksam und mit besorgten Gesichtern. »Ich bin wieder da«, fügte sie hinzu und machte sich auf den Weg ins Bad.

Mary nickte, sie hatte verstanden. »Manchmal muss man sich einfach ausruhen«, sagte sie und griff nach der Bratpfanne. Und sie wäre jede Wette eingegangen, dass Grace das, was sie zuzubereiten gedachte, diesmal auch essen würde.

»Ja, bis die Arme wieder stärker werden«, sagte Grace, und ihre Mutter lächelte.

»Schön, dass du wieder bei uns bist«, sagte auch Patrick und stand auf, um seiner Mutter beim Tischdecken zu helfen. »Connie geht es übrigens richtig gut.«

Grace seifte sich von oben bis unten gründlich ein, einschließlich ihrer Haare, schrubbte ihr Gesicht und stellte das Wasser so warm wie möglich, bis ihre Haut rosa und weich war. Dann setzte sie sich zu Eiern und Speck an den Tisch.

»Dein Arm«, sagte sie, als sie sah, dass ihr Bruder keinen Gips mehr trug.

»Ja, der ist so gut wie neu«, bestätigte Patrick, und Grace schloss die Augen, erinnerte sich an ihr Versagen und daran, dass ihre Taten dazu geführt hatten, dass er jetzt keine Arbeitsstelle mehr hatte, an die er zurückkehren konnte.

»Noch eine Krankenhausrechnung.«

»Mach dir deswegen keine Sorgen«, sagte er.

»Und was tun wir jetzt?«

Patrick und Mary sahen einander an und dann zu Grace.

»Daran wollen wir heute nicht denken«, sagte Mary und tätschelte ihren Arm.

Grace starrte auf den Wasserkrug, an dem Bettys Brief tags zuvor gelehnt hatte. Dann wurde ihr klar, dass es nicht gestern gewesen war, sondern dass es mehrere Tage her sein musste. So lange hatte sie im Bett gelegen.

»Ich muss etwas tun.« Sie versuchte aufzustehen, aber Patrick schubste sie sanft auf den Stuhl zurück.

»Grace, morgen gehst du zu einer Beerdigung, und ich gehe hinunter zur Baustelle und hole deinen Lohn für letzten Montag. Wenn wir das alles hinter uns gebracht haben, setzen wir uns zusammen und machen Pläne. Dank dir sind wir wahrscheinlich in einer viel besseren Lage, als wir es sonst gewesen wären.«

»Ich habe so viel wie möglich gespart«, bekräftigte Mary.

»Und Connie wird immer stabiler. Das ist ebenfalls dein Verdienst. Wir werden zurechtkommen.« Patrick tätschelte die Hand seiner Zwillingsschwester.

Grace konnte es nicht glauben. Zwar lag sie nicht mehr im Bett, aber sich vorzustellen, dass irgendwann irgendetwas wieder gut und richtig sein könnte, fiel ihr immer noch schwer.

Um sieben Uhr an diesem Abend saß Grace auf der Haustreppe, als sie Joe Gagliardi im Licht der tiefstehenden Sonne auf sich zukommen sah, und ihr ganzer Körper begann zu kribbeln. Sie wusste nicht, was er ihr sagen wollte, und sorgte sich, er könnte wütend auf sie sein. Sie fürchtete sich vor seiner scharfen Zunge und davor, dass er gekommen war, um ihr zu erklären, wie sie seine und ihre Familie im Stich gelassen hatte, wie dumm und leichtsinnig sie gehandelt hatte und wie schlimm die Lage jetzt schon war, nachdem zum ersten Mal der Wochenlohn ausgefallen war.

Als Joe sah, dass sie auf der Treppe saß und auf ihn wartete, beschleunigte er seine Schritte, und Grace ging ihm entgegen.

So trafen sie sich auf dem Gehweg, und als Joe sie wortlos in die Arme schloss, löste sich augenblicklich ihre Anspannung, und sie ließ sich gegen ihn sinken. Er war nicht wütend auf sie. Höchstens ein bisschen. Es war fast eine Woche her, dass sie einander gesehen hatten, und erst in diesem Augenblick begriff sie, wie sehr sie ihn vermisst hatte.

»Grace, ich glaube, ich habe noch nie in meinem Leben solche Angst gehabt wie in dem Moment, als du gestürzt bist. Ich dachte, dass ich … dass wir dich verloren hätten.«

Grace liebte es, wie er ihren Namen aussprach, liebte es, ihn aus seinem Mund zu hören, so weich und leicht.

»Und als du dann weggelaufen bist und ich keine Ahnung hatte, wo du sein könntest, und danach, als du mich nicht sehen wolltest …« Er schüttelte den Kopf. »Das war die schlimmste Woche meines ganzen Lebens.«

»Das tut mir sehr leid. Alles.« Sie löste sich aus seiner Umarmung und trat einen Schritt zurück, denn es war ihr wichtig, dass er ihr ins Gesicht sehen konnte. Er sollte ihr in die Augen schauen und wissen, wie ernst und ehrlich sie das meinte.

Joe sah sie an, sein Blick war sanft. »Gehst du ein Stück mit mir spazieren?«

Grace nahm seinen Arm und spürte ein Prickeln freudiger Erregung. Eine seltsame Empfindung, nachdem sie tagelang gar nichts gefühlt hatte. Fast so, als sei ihr Körper abgeschaltet gewesen und erwache genau in diesem Moment wieder zum Leben. Fünf Wochen hatte sie jeden Tag von früh bis spät neben diesem Mann gestanden, aber das hier war anders. Seine Haare waren ordentlich zurückgekämmt und glänzten, seine olivfarbene Haut war makellos sauber, er duftete statt nach Schweiß und Zigarettenrauch nach Aftershave und italienischem Essen. Der Reizentzug der letzten Tage, in denen sie nichts anderes gesehen hatte als immer die gleichen vier Wände, hatte ihre Sinne geschärft. Joe sah schick aus in normaler Straßenkleidung. Die Ärmel seines frisch gewaschenen Hemds waren zum Ellbogen aufgerollt, das weiße Unterhemd, das unter den drei offenen Hemdknöpfen zu sehen war, schmiegte sich an seine Haut, die Hose wies exakte Bügelfalten auf.

»Patrick macht sich Sorgen. Er hat gesagt, du bist zu traurig.«

»Bin ich auch, aber nicht nur wegen unseres Jobs«, gestand Grace. »Oh, glaub mir, das wäre mehr als genug, aber es war auch wegen Connie, und dann habe ich erfahren, dass meine Freundin …« Sie stockte, zwang sich aber doch, es auszusprechen: »… dass meine Freundin gestorben ist.«

»Ja, Patrick hat uns davon erzählt. Das tut mir sehr leid. Ist wirklich furchtbar traurig.«

Dem hatte Grace nichts hinzuzufügen. Ihre Trauer um Edie war noch immer so starr und beharrlich in ihrem Kopf, in ihrer Kehle und ihrem Mund, sie konnte sie gar nicht richtig in Worte fassen.

»Die Stadt ist hart, und ich kann mir gar nicht vorstellen, ihr allein die Stirn zu bieten, ganz ohne Familie.«

Sie liefen den Gehweg entlang. Auf den Straßen herrschte viel

Verkehr, Autos, Straßenbahnen und auch Hochbahnen, die über sie hinwegrumpelten, die Menschen eilten teils mit gesenkten Köpfen an ihnen vorbei, teils schlenderten sie Arm in Arm, alle mit ihren eigenen Problemen beschäftigt, alle mit irgendeinem Ziel vor Augen.

»Ich hätte Edies Familie sein müssen«, sagte Grace leise.

Joe blieb wie angewurzelt stehen. »Das denkst du ernsthaft? Du hast dein Leben für deine und meine Familie riskiert! Du machst dir ständig Sorgen um jeden anderen Menschen, und da denkst du immer noch, du hättest mehr tun sollen? Du kannst nicht überall gleichzeitig sein, Grace, du kannst nicht alle retten. Was ist mit dir selbst? Was ist mit dem, was *du* willst und brauchst? Wer rettet dich?«

Grace ging weiter und zwang ihn so, das Gleiche zu tun. »Ich muss nicht gerettet werden.«

Joe schnaubte. »Das dachte ich auch mal. Und ich dachte, ich müsste für immer allein bleiben.«

»Warum?«

»Wegen der Arbeit, die ich mir ausgesucht habe. Wenn wir morgens aus der Tür gehen, ist uns jeden Tag bewusst, dass wir vielleicht nicht mehr nach Hause kommen werden. Es ist schwierig, von einem anderen Menschen zu verlangen, dass er das versteht und akzeptiert.«

Grace nickte. Was Joe sagte, leuchtete ihr ein, aber es schien Frank nicht daran zu hindern, Liebe in seinem Leben zu haben.

»Aber ich war nie wirklich allein. Jeder Mensch braucht jemanden, für den er weitermacht. Für mich ist das meine Familie: mein Bruder Bruno, meine Mamma, meine Neffen und Nichten. Für deine Freundin gab es keinen Grund zu bleiben und zu kämpfen, deshalb ist sie gegangen. Das ist hart, aber jetzt hat sie die Einsamkeit und den Schmerz hinter sich gelassen.«

Zum Teil stimmte Grace ihm zu, und sie wusste auch, dass er sie trösten wollte, aber sie fand den Gedanken, dass ihre Freundin keinen Grund gehabt hatte zu leben, verstörend. Edie hatte so verbissen um ein besseres Leben gekämpft, es war nur niemand da gewesen, der sie dazu hätte bringen können, nicht aufzugeben. Aber fürs Erste musste Grace diesen Gedanken wegschieben.

»Und jetzt?«, fragte sie. »Möchtest du immer noch allein bleiben?«

Das sanfte Licht der untergehenden Sonne erhaschte Joes Profil, als er sich Grace zuwandte. Sie merkte, dass sie in einer Straße standen, die sie nicht kannte, und irgendetwas zog sich in ihrem Bauch zusammen, als sie zu ihm aufblickte.

»Nein«, antwortete er mit einem kaum wahrnehmbaren Kopfschütteln. »Aber eigentlich hättest du dir diese Frage selbst beantworten können. Warum sonst hätte ich dich jeden Tag besucht, obwohl du mich nicht sehen wolltest?«

Grace blickte in seine braunen Augen und fühlte, wie sein Blick ihr Innerstes nach außen kehrte. Alles, was zuvor geschehen war, löste sich auf und fiel zu Boden wie eine abgeworfene Haut. Zurück blieb, ungeschützt, aber frisch und rein, die Wahrheit all dessen, was noch kommen würde. An irgendeinem geheimen Ort in ihrem Innern hatte sie gewusst, dass er so fühlte, und auch sie fühlte es, aber es aus seinem Mund zu hören, war dennoch unerwartet. Sie hatte gedacht, er wäre wütend auf sie – nicht, dass er ihr womöglich so etwas sagte.

Als Joe sich zu ihr beugte, um sie zu küssen, spürte Grace die Wärme durch ihren ganzen Körper fließen, und ihre Lippen berührten sich sanft im goldenen Lichtschein.

Es war nicht Graces erster Kuss, aber es hatte bisher nicht viele gegeben, und keinen, der mit diesem zu vergleichen gewesen wäre. Es fühlte sich ganz natürlich an, so mit Joe zusammen zu sein, so, als wäre nie eine andere Möglichkeit in Frage gekommen. Sein Brustkorb war breit, seine Schultern ebenfalls, die Muskeln durchtrainiert vom Nietenhämmern. Sein Körper erschien Grace wie das Zuverlässigste auf der ganzen Welt.

»Joe.« Ein kurzes Wort nur, aber es enthielt alles, was sie zu geben hatte, und als er sie in seinen Armen hielt, fühlte sich Grace, als füge er alles, was in ihr zerbrochen war, wieder zusammen. Ihr Herz stolperte über sich selbst, als ihre Finger zart über sein Kinn strichen.

Doch die Empfindung hielt nur eine Sekunde, ehe erneut eine Woge von Schuldgefühlen über ihr zusammenbrach. Es schien undenkbar, dass sie auch nur in Erwägung ziehen konnte, glücklich zu sein, jetzt, da Edie nicht mehr lebte. Beim Gedanken an die verträumten Augen ihrer Freundin, daran, wie Edie in die Hände geklatscht hätte, wenn Grace ihr von diesem Moment erzählt hätte, fing ihr Herz wieder an zu schmerzen. Sie zog Joe an sich. Er wich ein Stück zurück, um sie anzusehen, und zog fragend eine Augenbraue hoch, jedoch ohne sie loszulassen.

»Ich denke gerade daran, wie wir uns kennengelernt haben. Du hast mich gehasst.«

Er schüttelte den Kopf. »Ich habe dich nie gehasst. Von dem Augenblick an, als ich dich zum ersten Mal gesehen habe, wollte ich dafür sorgen, dass du in Sicherheit bist.« Er drückte sie fester. »Ich war wütend auf Patrick, auf uns alle, weil wir dich dazu gebracht haben, so etwas für uns zu tun. Ich wollte nicht, dass du auf dieses Gerüst steigen musst, aber ich sah keinen anderen Weg.«

»Es gab keinen.«

»Als du über diese Wäscheleine balanciert bist, dachte ich, du wärst verrückt. Und als du mich gerettet hast, wusste ich, dass du die unglaublichste Frau bist, der ich jemals begegnen würde. Seit jenem Tag habe ich an nichts anderes mehr gedacht.«

Grace konnte sich ein Grinsen nicht verkneifen, und sie wusste, dass Edie – wo immer sie jetzt sein mochte – es verstanden hätte. Was Joe gerade gesagt hatte, löste einen wahren Funkenregen in ihrem Innern aus. Sie schlang die Arme um seinen Hals und zog ihn mutig zu sich herab, um ihn noch einmal zu küssen, und dieser Kuss war wesentlich länger als der erste.

»Morgen muss ich mich von Edie verabschieden«, flüsterte sie, als sie auseinandergingen.

»Sie wird immer bei dir sein, genau hier.« Joe legte seine Hand auf Graces Herz. »Möchtest du, dass ich dich begleite?«

Dass er ihr das anbot, rührte sie so, dass ihr Tränen in die Augen stiegen, doch sie schüttelte den Kopf. »Danke, dass du fragst, aber das muss ich alleine durchstehen.« Sie dachte an das, was ihre Mutter gesagt hatte, und wusste, dass sie diesen Schmerz allein tragen musste. Doch die Last war ein bisschen leichter, wenn Joe ihre Hand hielt.

39

Ein Hämmern an der Wohnungstür ließ Grace zusammenzucken, als sie gerade in ihr schwarzes Kleid geschlüpft war und ihren schwarzen Hut aufsetzte. Die Gefühle des vorangegangenen Abends mit Joe waren vorübergehend von deutlich schwereren Empfindungen vertrieben worden – das letzte Mal hatte sie diese Kleidung beim Begräbnis ihres Vaters getragen, und die Erinnerung an jenen Tag schlang sich um den Schmerz über Edies Tod wie eine Ankerkette und drohte, sie in die Tiefe zu ziehen. Es war viel zu warm für den dicken Stoff, das Kleid passte ihr nicht mehr richtig und spannte an den Schultern, aber es war das einzige schwarze Kleid, das sie besaß, sie hatte auch keine Zeit gehabt, eins ihrer Sommerkleider einzufärben.

Sie streckte den Kopf aus ihrer Zimmertür und schnappte nach Luft, als sie den riesigen Mann sah, der Patrick gegenüber an der Tür stand. Eine Sekunde dachte sie schon, es wäre Bergmann, aber als sie eine vertraute Stimme hörte, wurde ihr klar, dass es der Mieteintreiber war. Natürlich. Es war ja Montagvormittag.

Patrick schloss die Wohnungstür, damit der Mann nicht sehen konnte, wo sie ihre Geldschatulle aufbewahrten, holte die Scheine heraus und gab sie ihm. Durch die Mieterhöhung zahlten sie jetzt dreißig Dollar pro Woche.

Der große Mann schüttelte den Kopf, als er das Geld entgegennahm. »Tut mir leid, aber es gab eine Änderung – wir ziehen jetzt den gesamten Monatsbetrag ein, nicht nur den für eine Woche.«

»Das können Sie doch nicht einfach so bestimmen«, protestierte Patrick. »Sie bekommen die Miete wöchentlich, so ist es immer gewesen.«

»Aber jetzt nicht mehr.« Der Mann streckte fordernd die Hand aus.

Patrick wandte sich zu Grace um, weil er Mary und Connie nicht stören wollte. Sie holte ihr Erspartes aus ihrem Versteck in der Schublade, zählte gewissenhaft die zusätzlichen neunzig Dollar ab und gab sie Patrick. Dann ging sie zurück in ihr Zimmer und schloss die Tür. Ihr war übel, sie kämpfte mit den Tränen und hätte nicht mitansehen können, wie Patrick das Geld weggab. In wenigen Tagen hatte sie mehr als die Hälfte ihrer Ersparnisse verloren, und für einen weiteren Monat war nun nicht mehr genug übrig. Sie hatte so viel getan, und es reichte immer noch nicht. Keinen einzigen Menschen hatte sie retten können. Schlechter hätte der Tag gar nicht beginnen können, und es würde auch nicht besser werden. Schließlich stand ihr ein Begräbnis bevor.

Irgendwie war es nicht richtig, dass an diesem traurigen Tag, an dem Grace sich vor Kummer und Sorge so schwer fühlte, die Sonne schien. Zum ersten Mal war sie dankbar, wenigstens nicht arbeiten zu müssen. Edies Begräbnis hätte sie niemals verpassen können. Sie erwartete nicht, dass viele Leute kommen würden, aber als sie vor dem Bestattungsinstitut ankam, entdeckte sie gleich mehrere bekannte Gesichter. Verlegen griff sie sich an den Nacken und zog den Hut ein bisschen tiefer – falls jemand sie auf ihre kurzen Haare ansprach, würde sie so tun müssen, als wäre es eine gewagte Modeentscheidung gewesen, nicht das Ergebnis einer riskanten Betrügerei. Zwar freute sie sich über die vielen Menschen, gleichzeitig zögerte sie jedoch, ihre Trauer mit ihnen zu teilen.

»Oh, Grace, hallo«, sprach Mae, eine Kollegin von Dominic's, sie in ihrem Südstaatendialekt an, der jedes Wort viel länger dehnte als notwendig. »Wie geht es dir? Ach, ist das nicht schrecklich traurig?«, fuhr sie fort, während sie ihre tränenlosen Augen mit einem weißen Taschentuch betupfte. Ihre Hände steckten in schwarzen Spitzenhandschuhen, den Mund verzog sie zu einer völlig übertriebenen Schnute.

»Ja, sehr traurig«, erwiderte Grace und entfernte sich, so schnell sie konnte, von dieser geheuchelten Vorführung. Mae hatte Edie kaum gekannt und kaum je ein Wort mit ihr gewechselt. In der Hoffnung, weitere Gespräche dieser Art vermeiden zu können, senkte Grace den Kopf und machte sich auf den Weg zum Eingang des Gebäudes. Als sie die Hand auf den großen Messingtürgriff legte, hörte sie eine ihr wesentlich angenehmere Stimme ihren Namen rufen.

»Miss Grace!« Mit einer angedeuteten Verbeugung öffnete Andre die Tür für sie.

»Oh, Andre.« Jetzt kamen ihr die Tränen. Andre gehörte hundertprozentig zu ihrem alten Leben, und sie hatte schon befürchtet, ihn nie wiederzusehen.

»Wie schön, Sie zu sehen.« Als er seine eigenen Worte hörte, hielt er erschrocken inne, weil ihm klar wurde, dass sie irgendwie nicht richtig klangen. »Ich wünschte nur, die Umstände wären andere«, fügte er hinzu.

»Ich auch.« Grace drückte seinen Arm, und sie gingen zusammen zur Kapelle, in der auf jeder Seite eines Mittelgangs Holzstühle aufgestellt waren. Unwillkürlich musste Grace an eine Hochzeit denken, aber statt eines glücklichen Paares stand hier ein Sarg. Ein Schauder lief ihr über den Rücken – das ganze Gebäude verströmte den Geruch des Todes, er hatte sich im Mobiliar, in Fußböden und Wänden festgesetzt und schlug seine Krallen in die Trauernden. Der Sarg war aus Mahagoni, hatte Messinggriffe und war mit weißen Rosen geschmückt. Die Vorstellung, dass Edie darin lag, war unerträglich.

»Wollen wir uns einen Platz suchen?«, fragte Andre und bot Grace seinen Arm an. Dankbar nickte sie und ging mit ihm.

Dann hörte sie ein Rascheln, und als sie sich umdrehte, sah sie Betty, trotz der hochsommerlichen Temperaturen von annähernd vierzig Grad in einen schwarzen Mantel gekleidet, über den Teppich in ihre Richtung schreiten. Leise schlüpfte sie in die Reihe neben Grace und Andre und zog sofort den Mantel aus. Darunter kamen ein schwarzes Kleid und schwarze Satinhandschuhe zum Vorschein. Dazu trug sie einen schwarzen Glockenhut mit aufgenähten schwarzen Satinrosen. Die einzigen Farbkleckse waren ihr charakteristischer roter Lippenstift und ihre blonden Haare.

»Gracie«, flüsterte sie. Grace wandte sich ihr zu, umarmte ihre Freundin lange und fest, und Betty flüsterte ihr ins Ohr: »Unser armes kleines Vögelchen.«

»Einfach furchtbar.« Grace spürte Tränen in den Augenwinkeln und richtete sich auf, um sich zu fassen, während Betty und Andre einander begrüßten.

Betty fächelte sich mit ihrem Handschuh Luft zu. »Es ist viel zu heiß für eine Beerdigung. Einfach viel zu heiß, Punkt. Schließlich hab ich nicht so viel Zeit für mein Make-up verschwendet, damit es einfach wegschmilzt, ohne mir Bescheid zu sagen.« Ein typischer Betty-Spruch. Grace vermisste sie so sehr.

So saßen sie in kameradschaftlichem Schweigen nebeneinander, jeder in seinen eigenen Gedanken und Erinnerungen versunken, und warteten auf die anderen Trauergäste. Plötzlich sagte Betty: »Ich hab dafür gesorgt, dass sie in ihrem verdammten Pelzmantel begraben wird.«

Tatsächlich musste Grace lachen, sie konnte nicht anders, und Betty ging es ebenso. So lachten sie, bis sie merkten, dass sich das Lachen in Weinen verwandelt hatte, und sie hielten sich aneinander fest und weinten gemeinsam.

»Jetzt ist meine Schminke endgültig ruiniert«, seufzte Betty.

Der Gottesdienst war kurz. Edie hatte keine Familie, nur wenige Menschen hatten sie wirklich gut gekannt. Betty stand auf und dankte allen für ihr Kommen, sprach darüber, was für ein liebenswertes Mädchen Edith Jane McCall gewesen war, und dass es für die Welt einen großen Verlust bedeutete, sie im Alter von gerade einmal dreiundzwanzig Jahren zu verlieren. Grace ließ ihren Tränen freien Lauf und sagte Edie in Gedanken, wie leid es ihr tue und dass sie sie sehr lieb habe.

Auf dem Weg nach draußen sah Grace einen großen schwarzen Mann am anderen Ende des Raumes aus der Kapelle schlüpfen und war sicher, dass es Vernon sein musste. Howard hatte sich entschieden, nicht zu kommen.

Draußen brannte die Sonne auf sie herab, was in den schwarzen Kleidern immer ungemütlicher wurde. Betty hatte ein Taxi organisiert, das Grace und sie zum Friedhof bringen würde, und sie luden Andre ein, mit ihnen zu kommen. Als sie schweigend auf der Rückbank saßen, griff Andre sich in die Tasche.

»Ich weiß, es ist vielleicht nicht der beste Zeitpunkt, und ich meine es auch bestimmt nicht respektlos«, erklärte er, »aber ich habe im Club gehört, dass es in ein paar Tagen für eine der großen Broadwayshows Termine zum Vortanzen gibt, und weil ich wusste, dass wir uns heute sehen würden, habe ich mich nach den Einzelheiten erkundigt.« Er überreichte Grace eine Serviette, auf die mit verlaufener Tinte Name und Adresse eines Theaters samt Datum, Uhrzeit und Telefonnummer notiert waren. »Sie sollten wirklich auf so einer Bühne stehen, Miss Grace.«

Grace bedankte sich und steckte die Serviette in ihre Handtasche. Sie konnte sich gar nicht vorstellen, jemals wieder vorzutanzen, bewahrte die Information aber trotzdem so auf, dass die Schrift nicht von ihren Tränen noch weiter in Mitleidenschaft gezogen werden konnte. Interessiert sah Betty ihr dabei zu.

»Wenn es zu etwas Gutem führt, dass wir alle heute hier sind, würde Miss McCall sich bestimmt freuen«, sagte Andre mit einem leisen Lächeln.

»Ganz meine Meinung«, sagte Betty, lehnte sich zurück und schaute aus dem Fenster.

Als Grace am Grab stand, dachte sie nicht nur an Edie, sondern auch wieder an ihren Vater, und die Trauer drohte sie zu überwältigen. Sie stellte sich Edie im Himmel vor, mit gesunder, strahlender Haut und einem Lächeln, das die Welt erleuchtete, wie sie in einem riesigen Tanzsaal mit einem hübschen Mann tanzte. Vielleicht war ihr Da ebenfalls dort, vielleicht tanzten sie sogar zusammen. Lächelnd und ganz in diesen tröstlichen Gedanken versunken merkte sie zuerst gar nicht, dass der Gottesdienst vorbei war und die Trauergäste den Friedhof bereits wieder verließen.

»Ich muss gehen, tut mir leid«, sagte Andre und verabschiedete sich mit einer Umarmung von den beiden Freundinnen. Dann ging er davon, und Grace fragte sich, ob sie sich jemals wiedersehen würden – sie konnte es nur hoffen, denn er war immer ein guter Freund gewesen.

Nachdem Betty den Fahrer gebeten hatte, sie zur Ecke Central Park West zu bringen, saßen sie wieder eine Weile schweigend nebeneinander auf der Rückbank. Als sie ausstiegen und in den Park schlenderten, hatte Grace noch immer mit einem seltsamen

Gefühl der Endgültigkeit zu kämpfen. Doch das durch die Bäume tanzende Sonnenlicht tröstete sie ein bisschen, und sie suchten sich eine Bank.

»Deine Ansprache war echt schön«, sagte sie leise und drückte Bettys Hand. »Danke. Du hast ihr Ehre erwiesen.«

»Ich bin froh, dass ihre Mitbewohnerin mich ausfindig gemacht hat«, sagte Betty mit grimmigem Gesicht. Arm in Arm saßen sie nebeneinander und schauten über die Wiese zu den Menschen, die spielten oder umherschlenderten, ohne zu ahnen, dass Edie nicht mehr lebte. »Sie hatte nichts und niemanden«, fuhr sie fort. »Ich habe sie im Stich gelassen, ich hätte viel mehr für sie tun sollen. Aber ich wusste nicht, dass es so schlecht um sie steht. Oder vielleicht doch?« Verzweifelt sah sie Grace an. »Es ging ihr nicht gut, das wussten wir beide. Ich kann mich nicht aus der Verantwortung stehlen und so tun, als hätte ich nichts davon gewusst. Und ich hätte Möglichkeiten gehabt, ihr viel mehr zu helfen.« Eine Träne rollte über ihr Gesicht.

»Du hast mehr für sie getan als alle anderen«, sagte Grace mit erstickter Stimme. »Wenn du sie im Stich gelassen hast, dann gilt das Gleiche auch für mich. Aber sie war zu stolz, um sich von uns helfen zu lassen. Sie hätte zu uns kommen können, und das hat sie nicht getan. Stattdessen hat sie immer wieder beteuert, sie würde zurechtkommen, und wir hatten unsere eigenen Probleme, um die wir uns kümmern mussten. Deshalb haben wir ihr geglaubt.« Sie seufzte. »Ich habe wirklich alles versucht, sie da rauszuholen, als ich sie bei diesem verdammten Tanzmarathon besucht habe, das schwöre ich bei Gott.«

»Ich auch«, sagte Betty traurig. »Mehr als einmal.« Dieses letzte Detail war neu für Grace, und es erleichterte ihr Gewissen ein klein wenig. Wenn selbst Betty es nach mehreren Versuchen nicht geschafft hatte, Edie aus dieser Veranstaltung zu befreien, dann hätte es niemand fertiggebracht. Arme Edie. Immer hatte sie sich bemüht, ihre Probleme durch harte Arbeit selbständig zu lösen.

»Es bricht einem das Herz«, sagte Grace. »Aber du, Betty, du hast dafür gesorgt, dass sie ein würdiges Begräbnis bekommen hat, und sie wird sogar einen Grabstein haben. Darüber hätte sie sich sehr gefreut. Stell dir doch nur vor, wie ihr Gesicht gestrahlt hätte.« Sie holte tief Luft, erschöpft und überwältigt von ihren Gefühlen. »Sie ist nicht als unbekannte Tote auf Hart Island begraben worden. Sie wusste, dass wir sie lieben.« Noch immer schauderte Grace bei dem Gedanken, wie leicht ihre Freundin in einer Kiste aus Kiefernholz in einem Massengrab hätte enden können. Betty hatte das Beste für sie besorgt, so dass sie nun friedlich in dem Luxus ruhen konnte, den sie im Leben nie gehabt hatte.

»Glaub mir, es hat mich einige Überzeugungskraft gekostet, bis Howard bereit war, dafür zu bezahlen, aber das war das Mindeste, was ich tun konnte. Ich hätte sie retten können«, sagte Betty, geradeheraus wie immer. »Aber ich war zu beschäftigt mit meinen eigenen Dramen.«

»Das waren wir doch alle.« Grace nickte verständnisvoll, sie fühlte das Gleiche. Jeden Tag hatte sie für ihre Familie ihr Leben riskiert. Aber auch Edie war für sie wie eine Schwester gewesen. »Du bist frisch verheiratet, Betty …«

»Das war ein großer Fehler, Gracie«, fiel Betty ihr ins Wort und sah Grace direkt ins Gesicht, um ihre Reaktion zu beobachten.

Grace schluckte. Was sollte sie darauf antworten? Sie war ratlos.

»Genau genommen hab ich es schon im nächsten Moment bereut«, fuhr Betty mit einem sarkastischen Lächeln fort. »Deshalb war mein Kopf mit ganz anderen Dingen beschäftigt – nicht,

dass das eine Entschuldigung wäre. Howard ist ein guter Mann.«
Sie zuckte die Achseln. »Größtenteils. Aber er hat eine Frau verdient, die ihn liebt, und das kann ich leider nicht. Weil ich nämlich in einen anderen verliebt bin.« Sie zog an einer Zigarette, die
sie sich gerade zwischen ihre perfekten roten Lippen gesteckt
hatte, und blies den Rauch in die Luft.

»Oh, Betty«, sagte Grace. Etwas Besseres fiel ihr nicht ein.

»Es ist meine eigene Schuld, das weiß ich schon. Ich will ganz
sicher kein Mitleid.«

Grace nickte, streichelte ihrer Freundin aber tröstend über den
Rücken. »Und was willst du jetzt tun?«

Bettys Unterlippe zitterte eine Sekunde, doch dann hatte sie
sich wieder im Griff, ganz wie es die Rolle der Lily Lawrence verlangte, und lächelte. »Na ja, um ehrlich zu sein, wollte ich mich
einfach damit abfinden. Wie man sich bettet, liegt man, auch
wenn man den falschen Mann neben sich hat. Aber die Geschichte mit Edie hat die Dinge für mich wieder in die richtige
Perspektive gerückt, Grace. Ich hab immer gedacht, Geld würde
mich glücklich machen, weil es Sicherheit bietet.« Sie schüttelte
heftig den Kopf. »Aber Edie hatte die ganze Zeit recht, verdammt
noch mal.«

»Vernon betet dich an. Es gibt wirklich Schlimmeres als ein
Leben voller Liebe«, sagte Grace leise.

»Jetzt klingst du wie Edie.«

Sie lächelten beide, ein Lächeln voller Wehmut.

»Wer weiß, ob er mich zurücknimmt? Ich habe schließlich
einen anderen geheiratet.« Betty seufzte tief. »Ich glaube, ich muss
demnächst mal nach Harlem fahren.«

Grace grinste.

»Okay, nur die Ruhe. Wie dem auch sei«, fuhr Betty fort und
wechselte das Thema, »erst mal müssen wir uns jetzt um dich

kümmern. Ich werde bei dir nicht den gleichen Fehler begehen wie bei Edie. Glaub nur nicht, dass ich es nicht bemerkt habe, als du deinen Hut abgenommen hast. Hinter dieser schrecklichen Frisur steckt eine Geschichte, und die möchte ich gefälligst hören.«

Grace seufzte. »Ich bin nicht sicher, ob du sie mir glauben würdest.«

Betty zog eine Augenbraue hoch und blies wieder Zigarettenrauch in die Gegend. »Es gibt nicht sehr viel, womit du mich schockieren könntest, Kindchen.«

Also holte Grace tief Luft und erzählte Betty alles. Sie erzählte ihr von Connies Krankheit, von Patricks gebrochenem Arm und wie sie selbst fünf Wochen lang anstelle ihres Bruders auf der Baustelle gearbeitet hatte. Sie erzählte, wie sie mehr als hundert Meter über dem Erdboden über einen Kranausleger balanciert war und einem Mann das Leben gerettet hatte, obwohl es sie fast ihr eigenes gekostet hätte, und wie sie daraufhin ihre Arbeit verloren hatte, ebenso wie ihre drei Teamkollegen, deren Familien wahrscheinlich bald nichts mehr zu essen hatten. Zuletzt erzählte sie noch von ihrem fieberhaften Vortanzen und ihrem Misserfolg bei Mulroney's. Die Tage, in denen sie sich vor Traurigkeit nicht hatte rühren können und nicht aus dem Bett gekommen war, erwähnte sie allerdings lieber nicht.

»Heiliger Strohsack, Gracie, und da hab ich gedacht, ich wäre diejenige, die das Leben in die Mangel genommen hat.«

»Es waren ein paar harte Wochen«, bestätigte Grace leise und nahm die Zigarette, die Betty ihr anbot.

»Du hast also tatsächlich gelernt, wie man Stahl vernietet?« Sichtlich beeindruckt schüttelte Betty den Kopf.

»Das hab ich, ja. Edie wusste davon. Ich habe sie in einer der Bars, die von den Arbeitern frequentiert wird, tanzen gesehen und sie zum Abendessen mit nach Hause genommen. Damals hat sie behauptet, bei ihr wäre alles in bester Ordnung.«

Betty reagierte nicht, als sie die neue Information über Edie hörte – tatsächlich ignorierte sie sie gänzlich. »Du bist ganz schön hart drauf. Und dann auch noch diese Zirkusnummer da oben? Du hättest sterben können, und dann entlassen die dich? Himmel. Gegen diese Kerle wirkt Texas ja wie der Arbeitgeber des Jahrhunderts. Was für Arschlöcher!«

»Ich hab gelogen, Betty.« Grace zuckte die Achseln. »Wir alle haben gelogen. Wir haben sie dumm aussehen lassen, weil ich als mein Bruder da oben gearbeitet habe, ohne dass sie was bemerkt haben. Vermutlich war ihnen das einfach peinlich. Außerdem haben wir ungefähr jede Vorschrift und jede Regel gebrochen, die es gibt.«

»Die haben nichts bemerkt, weil du gut warst. Du hast die Arbeit erledigt, und als es darauf ankam, warst du mutiger als die ganzen Männer da oben, obwohl du wusstest, was es dich kosten könnte.« Betty schürzte verärgert die Lippen und schüttelte den Kopf. »Das ist nicht richtig. Erinnerst du dich an unseren letzten Tag bei Dominic's, was ich darüber gesagt habe, dass du dich für alle anderen einsetzt, nur nicht für dich selbst?« Sie zog eine ihrer perfekten Brauen in die Höhe. »Ich an deiner Stelle hätte mich nicht um den Kerl gekümmert. Der kann dir doch den Buckel runterrutschen, Gracie! Aber deine Familie ist deine Familie. Ich weiß, du kannst nicht anders, du bist einfach ein viel zu guter Mensch. Und ich fürchte, das ist dir gar nicht klar. Aber Edie hat es gewusst, und niemand ist schuld, dass sie zu stolz war, um um die Hilfe zu bitten, die sie gebraucht hätte. Das ist einfach nur eine traurige Tatsache. Und was dieses Vortanzen angeht, bei dem sie dich abgelehnt haben – ich habe große Lust, diesen Leuten demnächst mal einen Besuch abzustatten.«

Grace lächelte dankbar. Betty war so loyal, wenn es um ihre Freundinnen ging. »Das ist wirklich nicht notwendig«, wehrte sie ab. »Außerdem haben sie ja recht, wie könnte ich ihnen denn widersprechen?« Sie zog den Ärmel hoch und entblößte Narben und Brandwunden. »Ich bin ja beschädigte Ware.«

Betty schnappte nach Luft, umfasste Graces Arm und schaute ihn sich genauer an. Jetzt, da sie sah, wie übel zugerichtet Graces einst so schöne, glatte Haut war, wirkte sie genauso bestürzt wie vorhin im Beerdigungsinstitut.

Betty sprang auf. »Komm mit«, rief sie, war bereits unterwegs in Richtung Parkausgang. »Es hat Monate gedauert, bis du dich endlich getraut hast, zu einem Vortanztermin zu gehen, und das hat richtig Mut erfordert. Ich wusste, dass du das Zeug dazu hast, Gracie. Und jetzt, wo du den Mumm endlich gefunden hast, werde ich um nichts in der Welt zulassen, dass du aufgibst. Wir werden das geraderücken und dich wieder auf die Bühne stellen. Der Himmel weiß, dass du es verdient hast, meine Kleine.«

»Was meinst du denn damit?«, fragte Grace, die Mühe hatte, mit dem Tempo ihrer zielstrebigen Freundin Schritt zu halten.

»Vertrau mir«, rief Betty über die Schulter. »Diese Sache ist noch nicht erledigt. Nicht, solange ich ein Wörtchen mitzureden habe.«

Fünfzehn Minuten später stand Grace mit einem guten Blick auf das noch unfertige Empire State Building im Kaufhaus Saks in der Fifth Avenue. Betty schaute auf das gewaltige Bauwerk, blieb kurz stehen und schüttelte ungläubig den Kopf, ehe sie sich mit ganz neuem Respekt zu Grace umdrehte. Dann packte sie ihre Freundin am Arm und steuerte mit ihr direkt auf die Kosmetiktheke zu.

Sie begrüßte die Verkäuferin, eine junge Frau von vielleicht neunzehn Jahren mit superschmaler Taille und einem makellos

geschminkten Gesicht, die so perfekt aussah wie eine Kleider-
puppe.

»Willkommen im Saks Fifth Avenue. Wie kann ich Ihnen helfen?«

»Ich habe eine kleine Herausforderung für Sie«, antwortete
Betty, und in ihren Augen blitzte der Schalk. »Eine Herausforderung, die sich für Sie bestimmt lohnen wird.«

»Sehr gern, Ma'am«, erwiderte das Mädchen lächelnd. »Klingt,
als würde es Spaß machen.«

»Können wir irgendwo ungestört sprechen?«, fragte Betty.
»Und nehmen Sie die Sachen hier bitte allesamt mit«, fügte sie
hinzu und zeigte auf die Kompaktpuder- und Make-up-Döschen,
die in hübscher Anordnung auf der Theke standen.

Die junge Verkäuferin überlegte genau eine Sekunde, dann be-
siegelte Bettys so offensichtlich wohlhabende Ausstrahlung ihre
Entscheidung.

»Selbstverständlich«, sagte sie und sammelte die Kosmetika
ein. »Marjorie, übernimmst du bitte meinen Platz an der Theke?«,
rief sie noch über die Schulter, während sie Betty und Grace zu
einer nur ein paar Meter entfernten, mit Kartons vollgestopften
Abstellkammer führte.

Grace fühlte sich extrem unbehaglich und sah verlegen auf ihre
Füße hinunter. Betty dagegen benahm sich, als gehöre ihr alles,
und machte es sich auf einem Kartonstapel gemütlich, nachdem
sie energisch Graces Ärmel hochgezogen und der Verkäuferin
den lädierten Unterarm gezeigt hatte. Die junge Frau zuckte nicht
mit der Wimper.

»Können Sie dafür sorgen, dass die kaputten Stellen verschwinden?«, fragte Betty geradeheraus.

»Selbstverständlich«, antwortete das Mädchen wieder. »Die sind
nicht so schlimm. Ich hatte vor einiger Zeit eine Dame hier, deren

Gesicht von einem Brand völlig entstellt worden war. Aber nach der Behandlung war davon so gut wie nichts mehr zu sehen.« Sie begann, sich auf den Kartons einen provisorischen Arbeitsplatz einzurichten.

Betty strahlte, sah Grace an und meinte zufrieden: »Eine Frau ganz nach meinem Geschmack.«

In stummem Staunen sah Grace zu, wie die Verkäuferin, die Unterlippe in tiefer Konzentration zwischen die Zähne geklemmt, Cremes und Pülverchen mischte und auf ihren Arm strich. Betty beobachtete sie aufmerksam, nahm jedes Produkt, das verwendet worden war, in die Hand und untersuchte es interessiert. Innerhalb von zehn Minuten war Graces Haut wieder so glatt und fleckenlos, wie sie vor sechs Wochen gewesen war. Ungläubig drehte sie den Arm hin und her – eine Puderquaste hatte ihr Trauma geheilt, ihre Arme sahen aus, als hätte es die letzten Wochen nie gegeben.

»Wirklich hervorragende Arbeit«, lobte Betty, nachdem auch sie alles genauestens in Augenschein genommen hatte.

»Danke«, sagte die Verkäuferin. »War mir ein Vergnügen.«

Grace war zu aufgeregt, um etwas zu sagen.

»Wir nehmen alles mit, was Sie benutzt haben«, fuhr Betty fort. »Oder besser noch, geben Sie mir zwei Packungen von jedem Produkt.« Entschlossen stand Betty auf.

»Oh, natürlich, sehr gern«, antwortete die junge Frau, während sie die einzelnen Sachen in ordentlichen Stapeln aufreihte, um sie zur Theke zurückzubringen.

»Nein, Betty, nein«, wehrte sich Grace, als sie an der Kasse standen. »Das ist zu viel.« Ein ganzer Stapel von Töpfchen und Döschen wurde in die Kasse eingetippt, und jedes davon kostete mindestens einen Dollar fünfzig.

»Das entscheide ich ganz allein, Gracie, aber danke.« Betty bezahlte mit einer Handvoll zusammengefalteter Scheine und bekam eine hübsche Papiertasche mit in lavendelduftendes Seidenpapier gehüllten Produkten. Dann gab sie Grace die Tüte, bedankte sich noch einmal bei der Verkäuferin und versprach, bald wiederzukommen.

»Betty«, zischte Grace. »Das kannst du dir nicht leisten.«

Betty blieb stehen und beugte sich zu Grace. »Vielleicht werde ich nicht mehr sehr lange die Ehefrau eines reichen Mannes sein«, flüsterte sie, und ihre Augen blitzten, »aber im Augenblick bin ich es noch, und wie ich mein Taschengeld ausgebe, ist ganz allein meine Entscheidung, also lass uns das Beste daraus machen. Was denn auch sonst?«, fügte sie laut hinzu, aber es war klar, dass sie in erster Linie mit sich selbst sprach. Doch dann taxierte sie Grace noch einmal von oben bis unten.

»Zeig sie mir mal.«

»Was?«

»Die Informationen zu dem Vortanzen, die Andre dir gegeben hat.«

»Oh, aber ...«

»Kein Aber, Grace, gib mir diese Serviette. Ich muss wissen, womit ich es zu tun habe. Solche Gelegenheiten sollte man nicht ungenutzt verstreichen lassen.«

Widerwillig kramte Grace die Serviette aus ihrer Tasche und reichte sie ihrer Freundin. Sie hatte noch nicht einmal geschaut, wann und wo der Termin war, aber Betty blieb mitten im Laden stehen und studierte die ziemlich verschmierte Schrift.

»Entschuldigen Sie«, ertönte eine nasale, eindeutig verärgerte Stimme.

»Hier ist genug Platz, Sie können gern um uns herumgehen«, erwiderte Betty unbeeindruckt, ohne den Blick von der Serviette zu heben. Die Stimme gab ein missbilligendes Geräusch von sich, wurde jedoch von Betty ignoriert, die sich stattdessen wieder Grace zuwandte.

»Das ist ja schon ganz bald«, sagte sie. »Am Donnerstag, um genau zu sein. Und es sieht nach einer richtig guten Sache aus.«

»Ach ja?« Grace reckte den Hals, nun doch neugierig geworden. Betty faltete die Serviette zusammen und gab sie ihr zurück.

»Deine Haare.«

Verlegen wanderte Graces Hand wieder in ihren Nacken, auf Bettys Gesicht erschien unterdessen ein geradezu teuflisches Lächeln.

»Warum grinst du so?«

»An deinen Haaren können wir leider nichts ändern, aber ich habe noch meine Perücke von Dominic's. Sie gehört dir. Wer zur Hölle hätte gedacht, dass Texas und seine blöden Regeln uns mal nützlich sein könnten?«

Grace ließ sich die Idee durch den Kopf gehen. Eine Perücke würde ihre kurzen Haare verstecken, und mit der Schminke auf den Armen würde sie beinahe wieder wie sie selbst aussehen. Der Gedanke trieb ihr Tränen des Glücks in die Augen.

»Echt?«, flüsterte sie.

»Na klar! Jetzt kümmern wir uns um dein Outfit für das Vortanzen, und dann bist du bereit, es mit der ganzen verdammten Welt aufzunehmen, Grace O'Connell.«

»Und genau das werde ich auch tun.«

»Braves Mädchen.« Betty zerrte Grace zur Modeabteilung. »Also, welches davon passt am besten auf den Broadway? Wir müssen etwas mit viel Firlefanz und Flitter finden – etwas, was Edie gefallen hätte.«

Genüsslich ließ Grace die Hand über all die Seide und den Satin gleiten – weit, weit weg von Farbdosen, Zangen und dem Scheppern heißen Metalls.

In dieser Nacht fand Grace keinen Schlaf, ganz gleich, wie sehr sie ihn herbeizulocken versuchte. Sie wälzte sich in ihren frischen Laken hin und her, und viel zu viele Gedanken und Sorgen wirbelten in ihrem Kopf herum. Sie dachte daran, dass das Geld bald aufgebraucht sein würde, sah plötzlich Nieten auf sich zufliegen, dachte an das Gefühl in dem Augenblick, als sie abgestürzt und ganz sicher gewesen war, sterben zu müssen, und daran, dass sie bei Joes Kuss ein ganz ähnliches Gefühl gehabt hatte. Sie überlegte, ob es richtig gewesen war, Mick zu retten, oder ob sie sich hätte raushalten sollen, und sie dachte an all die Menschen, denen sie mit ihrer Entscheidung geschadet hatte. Sie dachte an Frank, der den winzigen Mateo im Arm hielt, während seine anderen Kinder lachten, schwatzten und an ihm hochkletterten wie kleine Äffchen. Sie dachte an Mamma Gagliardi und an Bruno mit seinen großen braunen Augen und seinem guten Herzen. Seine Augen erinnerten sie an Edie und an ihren Vater und an Lukasz Kowalski, und auf einmal waren ihre Wangen tränennass.

Sie dachte an ihre Mutter und an Connie, an Betty und daran, wie sehr sie immer versucht hatte, es allen recht zu machen – mit dem Ergebnis, alle enttäuscht zu haben.

Als sie sich das nächste Mal in ihren verknäulten Laken umdrehte, erstarrte sie. Auf dem Boden lag jemand. Eigentlich hätte sie es in der Dunkelheit nicht sehen dürfen, aber von irgendwoher kam ein schwacher Lichtschein, und sie wusste ohne jeden Zweifel, wer hier lag. In dem weißen Nachthemd, das sie getragen hatte, als sie bei ihr in diesem Zimmer gewesen war, lag Edie neben ihr auf dem Boden.

Grace wusste nicht, ob sie träumte, halluzinierte oder wirklich von einem Geist besucht wurde. Sie wusste nur, dass sie keine Angst hatte. Warum auch? Sie durfte Edie noch einmal sehen, und ihre geliebte Freundin lächelte. Grace wagte nicht, sich zu rühren, wagte nicht einmal zu blinzeln, denn sie hatte Angst, sie könnte wieder verschwinden. Doch dann streckte Edie die Hand zu ihr empor. Ganz ruhig griff Grace nach ihr, und ein großer Frieden durchströmte sie, als Edies kühle Finger die ihren berührten.

Ein paar Sekunden hielten sie sich so an den Händen, dann flüsterte Edie dort im Dunkeln: »Jetzt wird alles gut werden.«

Das war das Letzte, an das Grace sich später erinnerte; denn sie war schon tief und fest eingeschlafen.

40

Als Grace am nächsten Morgen erwachte, fühlte sie sich so ruhig wie seit Wochen nicht mehr. Eigentlich gab es dafür gar keinen Grund; ihre Probleme waren noch genau die gleichen wie am Abend zuvor, aber sie erinnerte sich lebhaft an Edies Besuch und fühlte sich auf eine Art getröstet, die sie nicht erklären konnte.

Sie zog sich an, versteckte ihre kurzen Haare unter einem Kopftuch, marschierte hinaus ins Treppenhaus zum Telefon, in der Hand die Serviette mit der Nummer, wählte und ließ sich für das Vortanzen in zwei Tagen eintragen. Jetzt blieb ihr nichts anderes mehr zu tun als zu warten. Nachdem sie aufgelegt hatte, schaute sie aus dem schmutzigen Fenster und sah unten auf dem Gehweg einen Mann im Anzug, der, einen Hut in der Hand und mit einem unverkennbaren Schnurrbart, auf ihre Haustür zusteuerte. Ehe Grace realisierte, was sie tat, rannte sie in Windeseile zurück in die Wohnung.

Als sie hineinstürmte, saß Patrick am Tisch, vor sich die aufgeschlagene Zeitung, jedoch verriet sein Blick, dass er sie nicht wirklich las. Endlich wieder zwei funktionsfähige Arme zu haben, war definitiv ein Bonus, aber er hatte noch keine Arbeit gefunden, und Jobs waren noch immer extrem rar – die Zeitungsseite mit den Stellenangeboten war fast leer. Ihm gegenüber saß Mary am Tisch, zählte mit ihren krummen Fingern kleine Stapel Geldscheine ab und ordnete diese den verschiedenen familiären Ausgaben zu.

»Mr. Gilligan ist hier!«

»Was?« Patrick faltete die Zeitung zusammen und stand auf, fuhr sich mit den Fingern durch die Haare, als müsste er seine Frisur in Ordnung bringen. »Bist du sicher?«

Mary stopfte das Geld zurück in die Blechdose, in der sie es aufbewahrte, und stellte diese zurück aufs Regal.

Grace konnte sich keinen anderen Grund vorstellen, als dass Gilligan zufällig hier in dieser Gegend war. Sie schaute auf die Uhr. Es war noch früh, aber er hätte um diese Zeit definitiv schon bei der Arbeit sein müssen. Mit der Ruhe war es vorbei, ihre Eingeweide begannen zu rumoren bei dem Gedanken, dass sie in Schwierigkeiten sein könnte. Vielleicht war der Vorarbeiter gekommen, um eine Geldstrafe über sie zu verhängen oder sie festnehmen zu lassen. Als es tatsächlich klopfte, bekam sie weiche Knie. Sie sah, dass es Patrick nicht anders ging, aber er konnte es besser verbergen, als er zur Tür ging und sie öffnete.

»Mr. Gilligan.« Wenn Grace ihn nicht gewarnt hätte, hätte seine Stimme wahrscheinlich nur geringfügig weniger schockiert geklungen. »Was kann ich für Sie tun?«

»Darf ich hereinkommen?«

Mary stand auf, sah sich verzweifelt im Raum um und ließ den Blick über alles wandern, was den Besucher in ihrem kleinen Wohnzimmer erwarten würde. Da war der durchhängende Sessel, das angeschlagene Geschirr, der winzige Tisch, der Riss in der Wand und der Wasserhahn, der wackelig in seiner Befestigung hing.

»Selbstverständlich«, antwortete Patrick und trat zur Seite. Joseph Gilligan kam herein und schaute sich flüchtig um. »Das sind meine Mutter und meine Schwester Grace«, fuhr Patrick unterdessen fort.

»Ja, ich glaube, wir kennen uns«, sagte Gilligan zu Grace, ehe er sich Mary zuwandte. »Hallo, Mrs. O'Connell, bitte entschuldigen Sie, dass ich einfach so hereinplatze, und das auch noch so früh – aber ich müsste eigentlich schon längst auf der Baustelle sein.«

»Herzlich willkommen, Sie stören kein bisschen«, erwiderte Mary freundlich. »Nehmen Sie doch bitte Platz – darf ich Ihnen etwas zu trinken anbieten?«

»Das ist sehr nett von Ihnen, aber ich kann nicht lange bleiben.« Er wandte sich wieder Patrick zu. »Wie geht es deinem Arm?«

»Seit letzten Freitag ohne Gips, Sir, jetzt ist alles wieder so gut wie neu.« Patrick streckte den Arm aus und ließ die Finger spielen.

Mr. Gilligan nickte und schaute einen Moment zu Boden, ehe er den Blick wieder auf Patrick richtete. »Wenn das so ist, möchte ich dich gern morgen wieder bei der Arbeit sehen. Du kannst bitte auch deinen Jungs Bescheid sagen, sie sollen alle morgen pünktlich um acht auf der Baustelle sein.«

Mary schnappte nach Luft und ließ sich zurück auf ihren Stuhl sinken.

»Danke, Sir«, sagte Patrick überrascht, mehr fiel ihm nicht ein.

»Wie sich herausstellt, sind gute Stahlarbeiter gar nicht so leicht zu finden. Außerdem kann meine Tochter ziemlich überzeugend sein«, fügte Gilligan hinzu, und sein Schnurrbart zuckte. »Sie hat mir alles erzählt über eure …«, er stockte. »Über eure familiäre Situation. Ich wusste gar nicht, dass ihr beiden euch in letzter Zeit so oft und ausführlich unterhalten habt. Nicht mal, dass ihr euch überhaupt kennt. Gibt es womöglich noch andere Geheimnisse? Irgendetwas, was du mir erzählen solltest?«

»Nein, Sir, das schwöre ich bei Gott. Was Grace und ich getan haben, tut mir sehr leid, aber ich konnte es mir einfach nicht erlauben, meine Arbeit zu verlieren.« Patrick schluckte schwer, unsicher, ob er weitersprechen sollte. »Wenn Grace diesen Mann nicht gerettet hätte, hätte es niemand erfahren.«

»Hmm«, brummte Gilligan. »Ja, ihr seid beinahe damit durchgekommen. Aber ich bin nicht sicher, ob ihr stolz darauf sein solltet.«

»Nein, Sir, so habe ich das nicht gemeint. Ich wollte nur sagen, dass Grace … Sie hat ihr Leben für das dieses Mannes riskiert, obwohl sie gewusst hat, was es für ihre eigene Familie bedeuten würde, wenn sie dadurch auffliegt. Und für die anderen im Team ebenfalls.«

»Du musst mich nicht überzeugen, O'Connell, ich stehe ja hier, oder nicht? Seit Tagen höre ich von Florence nichts anderes.«

Patrick biss sich auf die Unterlippe, er hatte sich immer noch nicht daran gewöhnt, dass derzeit die Frauen in seinem Leben die Ereignisse zu kontrollieren schienen.

»Und Sie«, wandte Gilligan sich nun an Grace und musterte sie, als sähe er sie zum ersten Mal, »Sie sind womöglich die mutigste und dümmste Person, der ich je begegnet bin.«

Grace antwortete nicht, während Gilligans Blick von ihr zu Patrick und wieder zurück wanderte. »Ihr seht euch wirklich erstaunlich ähnlich. Aber es braucht wesentlich mehr, um zu tun, was Sie getan haben. Ihre Arbeit war genauso gut wie die eines Mannes, und Sie haben obendrein auch noch deutlich mehr Mut bewiesen. Sie haben diesem Mann das Leben gerettet, und das kann ich nicht ignorieren. *Deshalb* gebe ich Ihrem Bruder seinen Job zurück.«

Grace nickte dankbar. Sie bekam kein Wort heraus.

»Ich weiß recht gut Bescheid über willensstarke Frauen. Eine habe ich geheiratet, zwei weitere ziehe ich groß.« Grace meinte, ein winziges Lächeln unter dem Schnurrbart wahrzunehmen.

»Also: danke. Und ich bestätige Ihnen hiermit, dass Sie genauso gut Nieten fangen wie jeder Mann.«

Jetzt konnte Grace ein kleines Lachen nicht mehr unterdrücken. »Danke, Sir. Damit haben Sie vollkommen recht.«

»Und was meine willensstarke Tochter angeht«, wandte Gilligan sich wieder Patrick zu, »so hat sie mir mitgeteilt, dass sie vorhat, dich zu heiraten, O'Connell.«

Grace und Mary sahen einander an, um sich gegenseitig zu versichern, dass sie beide davon nichts gewusst hatten.

»Ja, aber noch nicht sofort, Sir. Ich wollte natürlich mit Ihnen sprechen und Ihre Erlaubnis einholen, aber ich dachte ja, ich hätte meinen Job verloren und wollte lieber auf bessere Zeiten warten, wenn ich wieder Perspektiven habe. Aber ich habe nichts vor Ihnen verheimlicht, das kann ich Ihnen schwören.«

Nun lachte auch Gilligan. »Ich denke, wir wissen beide, dass die einzige Erlaubnis, die hierbei eine Rolle spielt, die von Florence ist. Wenn sie sich etwas in den Kopf gesetzt hat, kann ich sie genauso wenig aufhalten wie die Hochbahn in der Sixth Avenue.« Er hielt inne. »Aber ich glaube, sie könnte es weit schlechter treffen, als in eine gute, stabile irische Familie einzuheiraten. Ich habe genug gesehen, um zu wissen, dass ihr feine Menschen seid.«

Alle im Raum spürten, dass ein »Aber« kommen würde.

»Aber ich kann euch meinen Segen leider nicht geben.«

Patrick ließ den Kopf sinken.

»Ich habe gesehen, was dieses Leben meiner Frau angetan hat, und ich habe zu viele verzweifelte Witwen besucht, die sich allein um ihre Kinder kümmern mussten. Ich möchte nicht, dass Florence einen Mann heiratet, der im Stahlbau arbeitet. Es ist zweifellos eine ehrliche und ehrbare Arbeit, aber ein solches Leben ständiger Angst, Gefahr und Sorge möchte ich meiner Tochter lieber nicht zumuten.«

»Ich auch nicht, Sir.« So ehrlich und überzeugt hatte Grace ihren Bruder selten sprechen hören. »Ich teile Ihre Meinung. Dass ich mir den Arm gebrochen habe, war ein Weckruf für mich. Ich habe seither jeden Tag intensiv gelernt. Ich möchte Buchhalter werden. Bis ich mich qualifiziert habe und eine Stelle finde – was womöglich eine Weile dauern wird –, arbeite ich weiter auf dem Bau. Aber ich habe einen Plan, Sir, und ich werde mich in jedem Fall aus dem Stahlhochbau zurückziehen. Ich will in einem Büro arbeiten, wo die größte Gefahr eine gelegentliche Papierschnittwunde ist, und wo ich sicher sein kann, dass ich abends nach Hause zurückkommen werde. Ich möchte, dass Florence einen Mann mit allen zehn Fingern und einem guten Gehör heiratet.«

Wieder sah Grace zu ihrer Mutter und gab ihr zu verstehen, dass sie auch davon nichts gewusst hatte. Deshalb war Patrick also jeden Tag verschwunden. Das Leben ihres Bruders war ihr letztlich doch ein Rätsel. Statt zu jammern oder Frauen nachzustellen, hatte er offenbar fleißig Zukunftspläne geschmiedet.

Gilligan musterte Patrick aufmerksam, ehe er kurz nickte und dann seinen Hut wieder aufsetzte. »Wenn das so ist, dann komm doch demnächst mal in der Mittagspause zu mir, dann schauen wir, was wir hinsichtlich deiner Weiterbildung tun können. Du bist ja ein vernünftiger Mann.« Damit war für ihn offensichtlich alles gesagt, und er verabschiedete sich. »Ich muss gehen. Mrs. O'Connell, es war mir eine Freude, Sie kennenzulernen. Sie müssen sehr stolz sein auf Ihre Kinder.«

»Jawohl, Sir, das bin ich auch«, antwortete Mary leise.

»Grace«, sagte Gilligan, tippte sich an den Hut und ging davon.

Patrick schloss die Tür hinter ihm, lehnte sich mit der Stirn dagegen und atmete tief und lange aus, ein Seufzer großer Erleichterung. »Ich habe meinen Job wieder«, sagte er ungläubig, als wären sie nicht alle im Zimmer gewesen. Mary umarmte ihn mit tränennassen Augen, dann ließ sie ihn los, zog sich die Schuhe an und nahm ihre Tasche.

»Wo gehst du hin?«, fragte Patrick.

»Einkaufen«, antwortete Mary, griff nach der Metalldose und holte ein paar Dollarscheine heraus. »Wenn du dieses Mädchen heiraten willst, musst du sie zum Essen einladen. Erst hilft sie uns mit Connie, und dann sorgt sie dafür, dass du deinen Job zurückkriegst. Sie ist ein Engel, und heute Abend wird sie hier an meinem Tisch sitzen und sich von mir bekochen lassen. Das ist ja wohl das Mindeste, was ich tun kann.« Sie war schon an der Tür, ehe jemand protestieren konnte. »Ich überlasse es dir, Connie die guten Neuigkeiten zu überbringen, wenn sie aufwacht«, rief sie noch und verschwand.

»Also, Ma ist jedenfalls glücklich«, stellte Grace grinsend fest, als die Tür sich hinter ihr geschlossen hatte.

»Es war mindestens ebenso dein Verdienst wie der von Florence, dass es so gekommen ist.«

»Das waren wir alle zusammen«, korrigierte ihn Grace. »Jeder von uns hat auf seine Art genau das geschafft, was er sich vorgenommen hat. Dein Arm ist verheilt, und du gehst morgen wieder zur Arbeit.«

Patrick sah aus, als suche er nach den richtigen Worten, aber Grace ließ ihm keine Chance, sondern fuhr mit bedeutsam hochgezogenen Brauen fort: »Und du bist verliebt.«

»Stimmt.« Seine Antwort klang ernst und gefasst, aber Grace sah genau, dass seine Liebe zu Florence in ihm so heiß brannte wie lodernde Flammen. Sie kannte diesen Blick.

»Ich weiß, was du fühlst.«

»Ach ja?« Jetzt zog Patrick die Brauen hoch, und Grace grinste. Ihre Gesichter waren sich wirklich kolossal ähnlich.

»Ich habe jemanden kennengelernt, ja«, sagte sie, plötzlich schüchtern. »Du kennst ihn auch.«

»Ich kenne ihn?«, wiederholte er, die Stirn jetzt nachdenklich in Falten gelegt. Dann schien er zu einem Ergebnis zu kommen, und sein Gesicht glättete sich wieder. »Nein, warte, das kann doch nicht sein. Er ist es nicht, oder?«

»Doch, es ist Joe«, erklärte Grace schlicht, und der Name schmeckte wie Honig auf ihrer Zunge.

Patrick prustete vor Lachen und schlug sich dann die Hand vor den Mund. Seine Augen blitzten. »Natürlich! Und er ist ein guter Mann.« Er schloss seine Schwester in eine seiner seltenen Umarmungen. »Ich freue mich sehr für dich«, sagte er und begann wieder zu lachen, und Grace schubste ihn weg.

»Was ist denn daran so komisch?«

»Du solltest lernen, wie man Pasta macht, Grace O'Connell. Schließlich wirst du Italienerin!«

Grace schmunzelte in sich hinein, sie war schon zufrieden mit der Person, die sie war – Tänzerin, Tochter, Schwester, Nieterin. »Ich denke, ich bin und bleibe einfach Grace. Aber danke.«

41

MITTWOCH, 30. JULI 1930

Patrick war nervös, als er sich dem Aufzug näherte, der ihn zum ersten Mal seit über sechs Wochen wieder aufs Empire State Building bringen sollte. Schon jetzt war es drückend heiß, und sein gerade erst geheilter Arm schmerzte. In den letzten vierundzwanzig Stunden hatte er viel Zeit damit verbracht, seine Unterarme nebeneinander zu halten und zu vergleichen: einer bleich, der andere braungebrannt, einer deutlich dünner und schwächer als der andere. Er blickte hinauf in den wolkenlosen blauen Himmel und schluckte schwer. Seit er das letzte Mal hier gearbeitet hatte, war das Gebäude doppelt so hoch geworden, jetzt baute man auf dem fünfzigsten Stockwerk, hundertfünfzig Meter hoch in der Luft.

»Patrick!« Die Gagliardis kamen gerade aus dem Büro, in der Hand ihre Erkennungsmarken. »Hätte nie gedacht, dass ich das hier wiedersehen würde!«, scherzte Frank, hielt seine Marke wie eine neue, glänzende Dollarmünze in die Höhe, küsste sie und steckte sie dann in die Hosentasche.

»Wir auch nicht«, sagte ein Mann, der ebenfalls auf den Lift wartete, und warf dem ganzen Team einen giftigen Blick zu. Ein anderer Mann in seiner Nähe brummte zustimmend.

»Nach dem, was ihr getan habt, hättet ihr nie wieder einen Fuß auf einen Stahlhochbau setzen dürfen«, bekräftigte ein dritter Mann und spuckte vor ihnen in den Dreck.

Patrick schwieg. Was hätte er sagen sollen? Natürlich hatten die Männer sich eine Meinung über das gebildet, was passiert war, und viele von ihnen würden so empfinden. Er und seine Freunde würden eine Weile gut aufeinander aufpassen müssen, bis die Stimmung sich wieder etwas beruhigte und ein anderer Skandal oder ein anderes Drama die Aufmerksamkeit der Leute beanspruchte.

Der Aufzug traf ein, die Tür öffnete sich mit lautem Quietschen. »Es ist einfach nicht richtig«, murmelte ein Mann, als sie einstiegen. Patrick und seine Teamkollegen standen in unbehaglichem Schweigen nebeneinander.

Als sie das fünfzigste Stockwerk erreichten, wurde Patrick schwindlig, aber er durfte es sich nicht anmerken lassen. So bekam er eine kleine Kostprobe, wie sich seine Zwillingsschwester in den letzten Wochen hier gefühlt haben musste – und er war nur aus der Übung, kein völliger Neuling wie sie.

»O'Connell!«, rief eine Stimme. »Bist du es wirklich? Oder hast du wieder mal eine Frau für dich hergeschickt?«

»Ich bin es persönlich«, antwortete Patrick, und sein Gesicht brannte vor Scham.

»Tja, das hat sie auch immer gesagt, wie können wir dann sicher sein, dass es stimmt? Ich finde, du solltest es beweisen.« Die Männer lachten und johlten.

»Lasst ihn in Ruhe!«, rief Frank. »Kümmert euch um euren eigenen Kram und macht euch an die Arbeit.«

»Entschuldige bitte, wenn wir nicht auf dich hören, Gagliardi. Du bist nämlich ein Lügner.«

Frank ballte die Fäuste und biss die Zähne zusammen.

»Komm, Francesco«, sagte Joe und zog seinen Bruder am Arm weiter. »Wir haben jede Menge Arbeit zu erledigen.«

Frank wandte sich ab, und sie machten sich auf den Weg zu

ihrem Werkzeugkasten. Patrick griff hinein, zog den schwarzen Fangkegel heraus und betrachtete ihn verwirrt.

»Den hat Grace immer benutzt«, erklärte Frank ihm leise. »Aber deine Dose ist auch noch drin.« Er wühlte in den Werkzeugen herum und zog die verbeulte Farbdose heraus. Nun wurde Patrick klar, dass die Männer sich daran gewöhnt hatten, mit jemand anderem zusammenzuarbeiten, und er fühlte sich endgültig überfordert. Er war ein Kuckucksei im fremden Nest, er passte nicht mehr in sein eigenes Leben.

Als er seine Position einnahm, bekam er weiche Knie. So hoch oben war er nie gewesen, die Farbdose in seiner Hand fühlte sich fremd und plump an. Er ließ die Finger spielen, die schon eine ganze Weile nicht mehr zugepackt hatten, und klopfte, die Zange in der anderen Hand, nervös gegen den Balken.

»Schön, dass du wieder da bist, Patrick«, sagte Frank mit einem Grinsen, bevor er die Nietpistole in Gang setzte. Patrick hielt kurz die Zange an seine Kappe, um zu zeigen, dass er bereit war. Neben Joe schien viel weniger Platz auf dem Stahlträger zu sein, als er es in Erinnerung hatte. Er zog die Ellbogen eng an den Brustkorb und wandte sich Seamus zu, um ihm das Signal zu geben, und im hohen Bogen warf dieser die erste Niete zu ihm herauf. Doch dann überwältigte ihn doch die Nervosität, seine Hand zitterte, und er verpasste die Niete. Joe musste sich ducken, um nicht getroffen zu werden.

»Schon okay«, rief Frank. »Nur ein bisschen aus der Übung.« Mit emporgerecktem Daumen gab er Patrick zu verstehen, dass er sich ganz bestimmt keine Sorgen zu machen brauchte. Als Patrick den Kopf wandte, sah er eine Gruppe Männer, die ihn auslachten.

»Da sehen wir mal wieder, welcher O'Connell Talent hat!«

Die Worte übertönten zwar kaum den Baustellenlärm, aber

Patrick hörte sie trotzdem, und sein Arm schmerzte. Er holte tief Luft, um es noch einmal zu versuchen.

»Du bist einfach nicht so gut wie deine Schwester!«, ertönte jetzt Bergmanns dröhnende Stimme, und diesmal hörte es jeder. Patrick biss die Zähne zusammen.

»Keine Sorge, Patrick«, sagte Joe und tat die Sache mit einem Lächeln und einem Achselzucken ab. »Das trifft auf viele von den Kollegen zu.«

Sein flapsiger Kommentar lockerte die angespannte Atmosphäre, und auf ihrem Eckchen des Metallrahmens begannen die drei Männer zu lachen. Patrick nickte und signalisierte seinem Cousin, dass er die nächste Niete werfen konnte. Seamus schickte sie mit einem perfekten Wurf zu ihm empor, und die Niete landete sauber auf dem Boden von Patricks Dose. *Und ab geht die Post!* Erleichtert, dass er seine Arbeit doch noch beherrschte, spürte Patrick, wie seine Schultern sich entspannten. Auch die nächsten beiden Nieten fing er mühelos auf, und als sein Blick über die Stahlträger hinwegschweifte, sah er, dass Joseph Gilligan an einem Pfosten lehnte und ihn beobachtete. Sie nickten einander zu.

42

»Betty ist hier«, sagte Grace als Antwort auf das nachdrückliche Klopfen an der Tür, sprang auf und öffnete. Den ganzen Arm mit Taschen beladen, stürmte ihre Freundin herein. Bei ihrem Anblick schnappte Connie hörbar nach Luft, und Mary hob unwillkürlich die Hand, um ihre Haare zu richten.

»Hallo, ihr O'Connells«, rief Betty, begrüßte alle nacheinander mit einer Umarmung und verteilte Küsschen. Als von oben ein besonders lauter Krach der Donohues ertönte, blickte sie unter ihren langen Wimpern fragend zur Decke hinauf. »Na, dann auch ein Hallo zu euch da oben!«, rief sie, und Connie lachte. »Es ist wundervoll, hier zu sein. Danke, dass Sie mich eingeladen haben, Mrs. O'Connell.«

»Gern geschehen«, antwortete Mary und beäugte Bettys teure Kleider und ihre weißen Schuhe mit den kunstvollen Lochmustern, die fast aussahen, als wären sie aus Klöppelspitze. Bestimmt hatten die Schuhe ein Vermögen gekostet. »Aber na ja, es ist nicht viel.«

»Unsinn.« Betty winkte ab. »Die Wohnung ist großartig. Ein richtig gemütliches Zuhause.«

»Darf ich Ihnen etwas anbieten?«

»Wir trinken beide gern ein Rootbeer«, antwortete Grace für ihre Freundin. »Und ich mach das schon, Ma, bemüh dich nicht.« Sie ging zum Schrank und holte die Flaschen, die sie tags zuvor auf dem Nachhauseweg eigens für diese Gelegenheit gekauft hatte. »Möchte sonst noch jemand eines?«

Mary schüttelte den Kopf, während Connie laut: »Ja, bitte!« rief – was Grace nicht anders erwartet hatte. Rasch griff sie nach einer dritten Flasche.

»Aber trink bitte langsam«, sagte sie und gab sie ihrer Schwester. »Du musst dich noch ein bisschen erholen. Betty und ich gehen in mein Zimmer, wir machen eine Generalprobe für morgen. Aber später brauchen wir sicher deine Hilfe, Connie, wenn das für dich in Ordnung ist. Wir wollen ja mit allem fertig sein, bevor Patrick von der Arbeit kommt.«

»Fein.« Connie versuchte tapfer, ihre Enttäuschung zu verbergen, dass sie nicht zum ersten Teil der Verwandlung eingeladen war, schaffte es aber nicht ganz.

»Wenn du möchtest, kannst du nachher die Regie bei Lippenstift und Schmuck übernehmen, Miss Connie«, sagte Betty augenzwinkernd. »Das ist nämlich der allerwichtigste Teil.«

Connie grinste sie begeistert an und drückte ihre Rootbeer-Flasche fest an sich.

In Graces Zimmer stellte Betty ihre Taschen auf dem schmalen Bett ab.

»Tut mir leid, das Zimmer ist nicht sehr groß«, entschuldigte sich Grace und drückte sich ganz in die Zimmerecke, um für ihre Freundin Platz zu machen.

»Alles gut. Das Licht ist nicht gerade großartig, aber für den Augenblick ist das vollkommen okay.« Betty raschelte mit ihren Tüten, holte die Perücke heraus, die sie bei Dominic's getragen hatte, und ein wunderschönes smaragdgrünes Trikot mit halblangen Ärmeln und passendem Rock. Grace staunte – so etwas hatte sie noch nie gesehen. Höchstens vielleicht an einer Ballerina. Es war nicht das Kostüm, das sie im Kaufhaus erstanden hatten.

»Ich dachte, wenn du tanzen willst, musst du dich auch wie eine Tänzerin anziehen, und in diesem Kostüm wirst du aussehen, als wärst du in Ballettschuhen auf die Welt gekommen. Die Ärmel helfen bei deinem Schulterproblem, und Grün ist absolut deine Farbe – das Glück der Iren für meine kleine Irin.«

Sprachlos nahm Grace die Sachen entgegen.

»Kann ich das wirklich anziehen?«, fragte sie leise.

»Na klar«, antwortete Betty. »Unbedingt. Ich hab die Hälfte meines wöchentlichen Taschengelds dafür hingeblättert. Und ich habe mich erkundigt – so etwas trägt man heute, wenn man für eine der großen Shows vortanzt. Wenn auch normalerweise in Schwarz, vielleicht Rosa. Ich wette jedenfalls, dass außer dir niemand in Grün auftauchen wird, und das ist ja der Sinn der Sache. Du wirst auffallen.« Sie warf Grace einen vielsagenden Blick zu. »Auf die gute Art.«

Grace nickte langsam, hob dann den Kopf und lächelte ihre Freundin strahlend an. »Ich liebe die Sachen.«

»Na klar! Jetzt mach schnell und probier sie an, ich bin ganz scharf darauf, deinen Arm mit unseren Produkten zu behandeln.«

Als Grace dreißig Minuten später ihr Zimmer verließ, trug sie das neue Vortanzkostüm. Dort, wo die Ärmel aufhörten, waren ihre Arme glatt und makellos, und Bettys Perücke vermittelte ihr ein unglaubliches Selbstbewusstsein. Es war herrlich, wieder Haare auf dem Kopf zu haben, selbst wenn sie nicht so glänzten und schimmerten wie ihre eigenen. Sie war perfekt geschminkt, nur die Lippen fehlten noch, und Connie nahm den Lippenstift entgegen. Grace kniete sich vor sie auf den Boden und wandte ihr das Gesicht zu.

»Gracie«, sagte Connie aufgeregt, »jetzt siehst du endlich wieder aus wie du selbst.« Grace lächelte, entspannte dann aber die Lippen so, dass ihre Schwester konzentriert und fachmännisch die rote Farbe auftragen konnte.

Als Connie mit ihrer Arbeit zufrieden war, stellte Grace sich mitten ins Zimmer und blickte in die Runde der drei wichtigsten Frauen in ihrem Leben.

»Gut so? Wie sehe ich aus, Ma?«

»Wunderschön«, antwortete Mary schlicht.

»Das kann man wohl sagen! Nun, damit ist meine Arbeit hier getan«, meinte Betty. »Ich habe noch ein paar andere Dinge zu erledigen.«

»Willst du schon gehen?«, fragte Connie entsetzt. »Bleibst du nicht mal zum Tee?«

»Ein andermal, Süße.« Betty sammelte ihre Sachen ein. »Oh, eins noch, das hätte ich fast vergessen – ich hab etwas für dich mitgebracht.«

»Für mich?«, fragte Connie erstaunt.

»Ja, für dich. Ich habe gehört, dass ich deinen Geburtstag verpasst habe. Aber ich hoffe, das hier passt.« Betty griff in eine ihrer zahlreichen Tüten und zog ein in Seidenpapier gewickeltes, rechteckiges Päckchen heraus.

Connie nahm es entgegen und legte es auf den Tisch, um es auszuwickeln. Zum Vorschein kamen eine schwarze Baskenmütze und ein wunderschönes violettes Seidenkleid, knielang, mit langen Ärmeln, einem schwarzen Kragen, schwarzen Ärmelmanschetten und Knöpfen.

»Ist das wirklich für mich?«

»Na ja, mir wird es wohl kaum passen, meine Süße.«

Da sprang Connie auf, stürzte sich auf Betty und schloss sie in eine wilde Umarmung.

»Sei vorsichtig, Connie!«, warnte Mary. »Sonst wirfst du sie ja noch um!«

»Schon gut, Mrs. O'C, so schnell bringt mich nichts aus dem Gleichgewicht«, lächelte Betty. »Dafür braucht es mehr als ein zehnjähriges Mädchen.«

»Ich bin aber schon elf«, flüsterte Connie.

»Das reicht auch noch nicht.«

»Vielen, vielen Dank, Betty«, sagte Grace, noch immer in ihrer schicken grünen Aufmachung, und ihre Augen funkelten. »Du bist einfach die Beste.«

»Manchmal schon«, gab Betty zu. »Aber jetzt muss ich leider gehen. Und wenn es morgen so läuft wie bei der Generalprobe eben, dann wirst du sie umhauen. Ruf mich danach sofort an, ja? Obwohl ich jetzt schon weiß, dass du großartig sein wirst.« Sie umarmte ihre Freundin und öffnete die Wohnungstür.

»Ach du meine Güte, da sind ja überall Kinder«, sagte sie, als sie ins Treppenhaus hinaussah, wo es von Donohues wimmelte. »Was für ein Geschrei. Wiedersehen, Connie, Wiedersehen, Mrs. O'Connell!« Damit war sie zur Tür hinaus, und Grace hörte sie sagen: »Wer von euch möchte meine Taschen tragen und fünf Cent verdienen?«

»Also, sie ist ja echt etwas Besonderes«, sagte Mary und lehnte sich, etwas erschöpft von dem Besuch, im Stuhl zurück. Dann breitete sich langsam ein Lächeln auf ihrem Gesicht aus. »Und sie hat ihre Sache sehr gut gemacht.«

43

DONNERSTAG, 31. JULI 1930

Wie sich herausstellte, war das Theater, in dem das Vortanzen stattfand, nur zehn Häuserblocks von der Wohnung der
O'Connells entfernt. Falls Grace es schaffte, eine Rolle in dem
Stück zu bekommen, würde sie auf jeden Fall eine Menge Fahr-
geld sparen, denn an den meisten Tagen würde sie den Weg zu
Fuß zurücklegen können. Solche Gedanken gingen ihr durch
den Kopf und lenkten sie ab, während sie hinter den Kulissen
darauf wartete, endlich an die Reihe zu kommen. Sie war bei
weitem nicht die Einzige; der Raum war voller Mädchen, ein paar
sahen nervös aus, aber die meisten trugen ein Selbstbewusstsein
zur Schau, von dem Grace – trotz allem, was sie in den letzten
Wochen erlebt und erreicht hatte – nur träumen konnte. Sie hatte
erwartet, dass das Vortanzen wie bei Dominic's und auch bei
Mulroney's in Gruppen stattfinden würde, aus denen die jeweils
Besten ausgewählt wurden und weitermachen durften, bis die
Richtige gefunden war. Doch allem Anschein nach tanzte hier
jede Bewerberin allein vor.

Ein Mädchen nach dem anderen, alle in Strumpfhosen und
Trikot, wurde namentlich auf die Bühne gerufen. Der Ausgang
war auf der anderen Seite, so dass keine von ihnen einen Hinweis darauf bekam, was sie erwartete. Grace saß in ihrer Ecke
und wurde immer aufgeregter, gab sich jedoch alle Mühe, ruhig
zu atmen und sich ein Beispiel an Bettys positiver innerer Ein-

stellung zu nehmen. Inzwischen hatte sie immerhin herausgefunden, dass sie in alphabetischer Reihenfolge auf die Bühne gebeten wurden, also würde sie wohl eine ganze Weile warten müssen.

»Grace O'Connell?«, rief eine kleine, spatzenartige Frau in einem braunen Kleid.

»Ja?«, antwortete Grace überrascht. Fast alle der im Raum befindlichen Mädchen wandten den Kopf und schauten sie neugierig an. Was für ein Glück, dass Betty ihr das grüne Trikot beschafft hatte. Alles andere hätte hier völlig fehl am Platz gewirkt.

»Sie sind die Nächste«, sagte die Frau. »Machen Sie sich bitte bereit.«

Grace stand auf und begann sich aufzuwärmen. Sie hatte keine Ahnung, warum sie jetzt schon aufgerufen worden war, doch während sie sich auf die weiß verputzte Wand vor ihr konzentrierte, das Bein streckte und ihren Atem lang und langsam werden ließ, versuchte sie, sich an den Namen des zuletzt aufgerufenen Mädchens zu erinnern. Beulah Collins, ja, das war der Name gewesen. Dann hatte man Grace wohl unter C eingeordnet, nicht unter O. Ihr war es nicht unrecht, früher dranzukommen.

»Aktivität ist der Feind der Angst, nicht wahr, Da?«, murmelte sie vor sich hin. Sie wollte sich lieber bewegen als tatenlos dazusitzen, zu warten und zu grübeln.

»Kommen Sie bitte auf die Bühne, Miss O'Connell.«

Grace nickte und kontrollierte noch schnell ihre Arme, ob die Schminke noch da war. Dann stieg sie die Treppe zur Bühne hinauf, wo die Lichter blinkten.

»Grace O'Connell?«, fragte eine Männerstimme forsch und geschäftsmäßig, ehe Grace die Mitte der Bühne erreicht hatte.

»Ja.«

»Alter?«

»Einundzwanzig.«

»Bisherige Tanzerfahrungen?«

»Ich habe bei Dominic's in der 42nd Street getanzt, ehe das Etablissement geschlossen wurde.« Als sie merkte, dass das nicht
sonderlich beeindruckend klang, fügte sie hinzu: »Gelernt und
trainiert habe ich bei der russischen Ballerina Irina Ivanova.« Sie
glaubte nicht, dass ihre Zirkustalente oder die Tatsache, dass sie
aus einer Entfernung von zwanzig Metern glühende Nieten auffangen konnte, ihr bei diesem Vortanzen helfen würden, daher
entschied sie sich, beides nicht zu erwähnen.

»Sind Sie Ballerina?«

»Ich bin Tänzerin«, erwiderte Grace. »Ich kann alles tanzen,
was sich tanzen lässt.«

Erst in diesem Moment war sie in einer Position, von der aus
sie sehen konnte, mit wem sie sprach – in der zweiten Saalreihe
konnte sie zwei Männer erkennen. Einer war groß und breit, trug
ein weißes Hemd und eine helle Hose mit braunen Hosenträgern. In der Hand hielt er eine Zigarette, von der Rauch in die Luft
stieg. Er hatte eine große Nase und weiße, zurückgekämmte
Haare. Der andere Mann war dünn und irgendwie vogelhaft. Ge-
dankenverloren fragte Grace sich, ob die Spatzenfrau wohl mit
ihm verheiratet oder vielleicht seine Schwester sein könnte. Der
Vogelmann trug einen dunklen Anzug und eine Fliege, hatte
schwarze, an den Kopf geklatschte Haare und hielt eine runde
Brille in der Hand, die er jedoch nicht aufsetzte.

»Bitte lesen Sie uns diesen Text vor.« Der Vogelmann trat vor
und gab Grace ein dünnes Blatt Papier mit einem maschinenge-
schriebenen Text. Sie fühlte Panik in sich aufsteigen. Sie war Tänzerin, sie war gekommen, um zu tanzen, nicht, um etwas vorzulesen.

»Fangen Sie einfach an, wenn Sie so weit sind«, sagte der große

Mann, steckte die Zigarette zwischen die Lippen und lehnte sich mit übereinandergeschlagenen Beinen zurück, auf den Knien ein Klemmbrett balancierend.

Grace machte sich Sorgen, ob sie ihre Stimme in der Zeit, in der sie Patrick imitiert und geraucht hatte, womöglich beschädigt hatte, aber jetzt war es ohnehin zu spät. Also holte sie tief Luft, entfernte alles Irische aus ihrem Akzent und begann zu sprechen.

»Großartig«, unterbrach sie der Fliegenmann nach ein paar Sätzen. »Glockenklar. Jetzt singen Sie den Text bitte.«

Grace war keine Sängerin, sie sang – im Gegensatz zu Betty, die das Singen liebte – auch nicht besonders gern, und in ihren schwitzigen Fingern begann das Papier zu zittern. Es gab keine musikalische Begleitung, keine Anweisung, wie sie singen sollte, nach welcher Melodie, in welcher Tonhöhe – nichts. Sie blickte in den Saal und auf die beiden Männer hinunter, ob vielleicht in irgendeiner Ecke ein Klavier stand, oder ob sie sonst irgendetwas übersehen hatte.

»Singen Sie einfach, ganz nach Belieben«, sagte der Zigarettenmann und wedelte ungeduldig mit der Hand.

Grace dachte daran, wie viel Angst sie gehabt hatte, als sie das erste Mal oben, unendlich weit vom Erdboden entfernt, auf den Stahlträgern gestanden hatte, und wie sie sich gefühlt hatte, als Joe fast abgestürzt wäre. Sie dachte daran, wie schrecklich es gewesen war, als Connie fieberglühend im Bett gelegen hatte, und an die Sekunden freien Falls, als sie aus der Lederschlaufe gerutscht und ganz sicher gewesen war, dass sie sterben würde. Singen war keine Tätigkeit, vor der man sich fürchten musste, und sie hätte darauf gewettet, dass die beiden Männer dort unten im Saal nicht einmal halb so viel hatten durchmachen müssen wie sie. Und so begann sie zu singen.

»Jawohl, genug. Okay.« Der Mann mit der Fliege hob die Hand. »Danke.« Die beiden Männer blickten einander an.

»Und nun als Letztes das Tanzen.« Der Mann mit dem Klemmbrett kritzelte etwas, ohne aufzublicken. »Sie haben sicher etwas vorbereitet, was Sie uns zeigen möchten. Wo ist denn Ihre Musik?«

»Oh, ich … äh, ich dachte, Sie würden mich um etwas Bestimmtes bitten.« Grace kniff die Augen im Scheinwerferlicht zusammen und kam sich so dumm vor wie noch nie in ihrem ganzen Leben. Als sie angerufen hatte, um den Termin zu vereinbaren, hatte ihr niemand gesagt, dass sie ihre eigene Musik mitbringen sollte!

»Sie haben also kein Programm? Keine Musik?« Mit ungläubigem Gesicht starrte der Fliegenmann sie an.

»Nein, tut mir leid«, krächzte Grace und spürte, wie ihre Stimme brach. »Ich wusste nicht, dass ich etwas mitbringen soll, einen Termin wie den heutigen hatte ich noch nie. Normalerweise bekommt man etwas vorgeführt, das man nachmachen muss, und die Ausführung wird dann beurteilt. Ich dachte, ich würde …«

»Miss …«

»Ich kann alles tanzen«, fiel Grace ihm ins Wort, und ihr Selbstbewusstsein erwachte wieder. »Suchen Sie doch einfach irgendeine Musik aus, und ich tanze dazu. Sie wählen einen Tanz, den Sie gern von mir sehen möchten, und den tanze ich dann.«

»Höchst ungewöhnlich«, sagte der Fliegenmann. »Aber interessant.« Er stand auf, ging zum Grammophon, und eine Melodie setzte ein, die Grace noch nie gehört hatte. Der Fliegenmann nickte ihr zu – sie sollte loslegen.

Grace klärte ihre Gedanken, lauschte intensiv der Musik, nahm den Takt auf und begann, sich zu bewegen, vollkommen mühelos und natürlich, wechselte nach Gefühl Schritte und Figuren und ließ Schnörkel einfließen, um ihr Können zu zeigen. Tief in sich erspürte sie die Bedeutung des Texts und erzählte mit ihrem Körper die dazugehörige Geschichte. Als einer der Männer sie aufforderte, zum Abschluss zu kommen, war sie so in ihrem Element, dass sie nicht aufhören konnte.

Doch dann wurde die Musik kurzerhand ausgeschaltet, und sie kam etwas holprig zum Stillstand.

»Okay, vielen Dank«, sagte der große Mann ziemlich laut, warf einen Blick nach unten auf seine Notizen und schrieb etwas auf. Grace wusste, dass er sie wegschicken wollte, sie war fertig. Aber sie ließ es nicht gelten. Inspiriert von der Musik war ihr instinktiv klar, wie das Stück enden würde, und so begann sie in der Stille, wieder zu tanzen. Während sich ihr Körper zu der Melodie in ihrem Kopf bewegte, war sie auf einmal ganz sicher, dass dies die Musik der Show war, und dass sie diejenige sein musste, die jeden Abend dazu tanzte. Erst verwundert, dann mit Interesse und schließlich verärgert sahen die beiden Männer ihr zu.

»Es reicht, Miss O'Connell!«, rief der Mann im Anzug, aber Grace war anderer Meinung, tanzte die letzten Schritte fertig, stoppte dann in der Mitte der Bühne und blickte ihm herausfordernd ins Gesicht. *Jetzt* erst war es genug.

»Sie können gehen.« Der Mann mit dem Klemmbrett rauchte seine Zigarette fertig, warf die Kippe auf den Boden und trat sie aus. Zu Erklärungen schien er nicht bereit.

»Warten Sie!«, rief eine Frauenstimme von weiter hinten im Theatersaal. Im Gegenlicht der Scheinwerfer konnte Grace erst nichts sehen, aber dann kam eine Frau, die offenbar ganz hinten gesessen hatte, durch den Mittelgang auf die Bühne zu. Ihre dunklen Haare waren zu einer Hochfrisur aufgetürmt, und ihrem Aussehen nach zu urteilen war sie nicht älter als Grace, aber eindeutig wichtig. Die beiden Männer warteten.

»Mir gefällt sie«, sagte die Frau, als sie, die Hände in die Hüften gestützt, vor der Bühne stand. »Sie hat was.«

»Miss Merman«, begann einer der Männer, aber sie schenkte ihm keinerlei Aufmerksamkeit. Den Namen Merman hatte Grace schon gehört. Vor ihr stand Ethel Merman, die vor kurzem in Brooklyn aufgetreten war und mit ihrer Stimme große Begeisterung ausgelöst hatte. Wenn Grace in den letzten Wochen nicht so damit beschäftigt gewesen wäre, Patrick zu sein, wäre sie ebenfalls hingegangen.

»Wie ist dein Name?«

»Grace. Grace O'Connell.«

Die Frau nickte zufrieden. »Möchtest du mit mir in dieser Show auftreten, Grace O'Connell?«

»Aber ja, Ma'am, das möchte ich sehr gern.« Grace sah sie an, und irgendetwas passierte zwischen ihnen.

»Gut, dann ist die Sache klar«, verkündete Miss Merman, und ohne die Männer auch nur eines einzigen Blickes zu würdigen, lief sie durch den Gang dorthin zurück, wo sie hergekommen war.

Die beiden Männer machten ärgerliche Gesichter. Der mit dem Klemmbrett zündete sich die nächste Zigarette an, der andere brachte den Termin zu einem raschen Ende.

»Sie können gehen. Wir werden uns in Kürze bei Ihnen melden und Ihnen unsere Entscheidung mitteilen.«

»Danke«, stieß Grace mühsam hervor, denn auf einmal war ihr Hals wie zugeschnürt, und sie bekam kaum Luft.

Wie alle anderen verließ sie die Bühne auf der entgegengesetzten Seite, wo wie durch Zauberhand ihre persönlichen Sachen auf sie warteten, packte sie, zog Pullover und Rock über das Trikot und eilte hinaus in den Sonnenschein. Auf der Straße begann sie zu rennen und wäre fast von einem Fahrrad überfahren worden, wich ihm im letzten Moment aus, schnappte nach Luft und rief dem Fahrer eine Entschuldigung nach. Sie musste besser aufpassen, denn es wäre doch wirklich unglaubliches Pech, wenn sie jetzt, da es wieder bergauf zu gehen schien, einen Unfall hätte oder gar zu Tode käme. Sie durfte nicht über die Stränge schlagen; man hatte ihr noch nichts Endgültiges gesagt, die Entscheidung war noch nicht gefallen. Oder doch? Eigentlich wusste sie, dass die Sache entschieden war. Obwohl es heute bestimmt bessere Bewerberinnen geben würde, hübschere und gut vorbereitete Mädchen, die den beiden Männern besser gefielen. Doch das alles spielte keine Rolle. Diesmal war sie es, der das Glück hold war, sie war gesehen und verstanden worden. Das hatte Ethel Merman ihr mit einem einzigen Blick mitgeteilt, von Frau zu Frau. Sie würde in dieser Show auftreten.

44

»Komm jetzt«, zischte Joe und winkte Grace zu sich. Sie über-
prüfte noch einmal, ob ihre Haare wirklich komplett in ihre
Kappe gestopft waren, und eilte dann zu ihm, die Hände tief in
den Taschen ihres Overalls vergraben, obwohl sie doch eigentlich gedacht hatte, sie würde ihn nie wieder tragen müssen.

»Bist du sicher, dass es ...«, flüsterte sie, aber Joe legte ihr die
Hand auf den Mund und zog sie in den leeren Aufzug. Alle anderen waren bereits oben. Er nahm die Hand zurück und senkte
kurz den Kopf zu ihr, um sie auf die Lippen zu küssen.

»Joe!«

»Was sollen sie denn machen? Mich feuern? Es ist doch alles
fertig.«

Schweigend standen sie nebeneinander und fuhren durch die
fertiggestellten Etagen nach oben. Als sie ausstiegen, spürte Grace
ein leichtes Kneifen am Arm, und Joe legte den Kopf schräg, um
ihr zu bedeuten, sie solle ihm folgen. Sie stiegen in einen anderen
Aufzug, der wesentlich kleiner und klappriger war als der erste
und aus dem alten Waldorf Astoria Hotel stammte, das früher auf
dem Platz gestanden hatte. Grace hatte keine Ahnung, wo er her-
kam, aber ihre Handflächen fingen an zu schwitzen, während sie
immer weiter hinauffuhren. Mit einer Mischung aus Angst und
Freude im Bauch sah sie zu, wie der Erdboden sich unter ihnen
immer weiter entfernte. Selbst als dieser Aufzug stoppte, waren

sie noch nicht angekommen, und sie traten zusammen auf einen Kranausleger, der sie noch höher in die Luft hob.

Als sie endlich am Ziel waren, stellte Grace sich hinten in eine große Gruppe von Männern, in der sie kein bisschen auffiel. Ihre Blicke trafen sich mit denen ihres Zwillingsbruders, der ihr Grinsen erwiderte, nach ihrer Hand griff und sie kurz drückte. Einander hier auf dem Stahlbau zu sehen, war seltsam für sie beide, und Grace war noch nie auch nur halb so hoch oben gewesen wie in diesem Moment. Niemals hätte sie in dieser Höhe arbeiten können. Der Wind peitschte sie, als wären sie Eier in einer Rührschüssel.

Vorne in der Menge stand ein Arbeiter in einem schmutzig weißen Hemd mit bis zum Bizeps hochgerollten Ärmeln neben einem Stahlkabel, ein anderer in einem dunklen Overall ein kleines Stück weiter oben. Nach ein paar kurzen Worten und stürmischem Gejohle entrollten sie eine Fahne, banden sie fest, und als die Stars and Stripes begannen, im Wind zu rascheln und zu wogen, brach lauter Jubel aus. Der Stahlrahmen war vollständig. Die anderen Teams würden noch monatelang weiterarbeiten und den Rest des Bauwerks vervollständigen, aber das stählerne Skelett war fertig. Nur der Mast, an dem später einmal Luftschiffe anlegen sollten, musste noch angebracht werden. Grace blickte nach oben und stellte sich schicke Leute wie Howard vor, die mit dem Luftschiff hier andockten. Männer in bankiersgrauen Anzügen und mit Fedoras auf den Köpfen würden in dreihundert Metern Höhe ihre steinreichen, mit feder- und juwelenbesetzten Stirnbändern geschmückten Frauen auf die Treppen geleiten.

»Foto!« Das gemurmelte Wort verbreitete sich durch die Menge. Grace wollte sich noch weiter zurückziehen, aber Joe und Patrick zerrten sie nach vorn, wo sie schließlich lächelnd zwischen all den anderen stand, die geholfen hatten, dieses wunderbare Gebäude zu errichten. Nach dem Foto mussten einige der Betrachter zweimal hinschauen, als sie merkten, dass es tatsächlich zwei Patrick O'Connells zu geben schien.

»Zeit zu gehen«, murmelte Grace und gesellte sich zu denen, die das Stahlskelett verlassen und wieder nach unten wollten, aber Joe wurde von einer größeren Gruppe von Italienern und Mohawk mitgezogen, in der sich alle gegenseitig zu ihrer Leistung gratulierten.

»Entschuldigung!« Grace spürte, dass der Ruf ihr galt, versuchte aber, ihn zu ignorieren und lieber in der Menge zu verschwinden. »Entschuldigung!« Der Rufende war hartnäckig, sie spürte, wie sie am Arm gepackt und herumgewirbelt wurde – und dann stand ein Mann vor ihr, den sie nicht kannte. Sie hatte doch gewusst, dass diese Unternehmung eine schlechte Idee gewesen war! Joe hatte sie überzeugt, dass sie jedes Recht hatte, an der Richtfestzeremonie teilzunehmen, und dass sie in dem ganzen Gedränge sowieso niemandem auffallen würde. Aber es war nicht nur dumm gewesen zu denken, dass sie damit durchkommen würden, sondern auch der reine Wahnsinn, noch einmal hierher zurückzukehren.

Sie sah den Mann an. »Tut mir leid, ich bin schon auf dem Weg nach unten, ich bleibe nicht länger, das schwöre ich.«

Doch der Mann sah verwirrt aus. »Aber nein, Miss, ich freue mich sehr, dass Sie hier sind.«

»Ach ja?« Grace war schockiert.

»Sie erinnern sich doch bestimmt an den Mann, den Sie gerettet haben, oder? An Mick?«

»Ja.« Jetzt kam Grace doch einen Schritt näher. »Kennen Sie ihn? Wie geht es ihm? Ist alles einigermaßen in Ordnung mit ihm? Ist er hier?« Sie sah sich um.

»Nein, er ist nicht hier.« Der Mann machte ein trauriges Gesicht und kniff den Mund zusammen. »Er ist mein Bruder, Miss. Und ich wollte Ihnen danken für das, was Sie getan haben. Ich hatte noch nicht die Gelegenheit dazu. Er war seither nicht mehr hier, und ich denke mal, er wird auch nie wieder herkommen. Aber er lebt, und seine Kinder haben einen Vater. Und das haben wir Ihnen zu verdanken.«

Grace schluckte schwer. »Gern geschehen. Ich bin froh, dass es ihm gutgeht.«

Der Mann griff nach ihrer Hand und zog sie aus der Menge. »Sie müssen sich nicht so schnell aus dem Staub machen. Sie haben es verdient, sich wenigstens mal umzuschauen. Niemand wird Sie belästigen, dafür werde ich sorgen.«

Grace lächelte ihn dankbar an, drückte seine Hand und nutzte die Gelegenheit, um Ausschau nach Joe zu halten. Er saß mit Frank am Rand eines Stahlträgers, die Brüder hatten einander die Arme um die Schultern gelegt und blickten über die Stadt hinaus. Inzwischen hatten sie Arbeit bei einem Bauprojekt in Brooklyn gefunden. Es war lediglich ein zehnstöckiges Gebäude, nicht zu vergleichen mit diesem hier, worüber Grace insgeheim sehr froh war. Sie hatte sich das Gespräch zwischen ihrem Bruder und Mr. Gilligan, das sie mitangehört hatte, sehr zu Herzen genommen. Es war schwer, wenn Menschen, die man liebte, hier arbeiteten, und sie hoffte, dass auch Joe einen Weg finden und irgendwann nicht mehr auf turmhohen Stahlskeletten arbeiten würde. Doch es sah nicht danach aus, als würde es bald geschehen, die beiden Gagliardis versuchten jetzt schon, Jobs bei der Erschließung des Rockefeller-Areals zu bekommen, und das Projekt war auf vier Jahre angesetzt. Zwar hatte Patrick vor, fürs Erste weiter mit den drei anderen im Team zu arbeiten, aber er verfolgte außerdem fleißig seinen Plan, eines Tages als Buchhalter in einem Büro arbeiten zu können.

»Keine schlechte Aussicht, was?« Auf einmal stand ihr Zwillingsbruder neben ihr. Von dieser Seite des Gebäudes hatte man eine großartige Aussicht über den Central Park, ein riesiges grünes Rechteck mitten in der City. Von hier konnte man sehen, dass der Park viel größer war, als die meisten Leute dachten, wenn sie darin spazieren gingen. Meilenweit schienen sich Gras und Bäume zu dehnen, das Sonnenlicht glitzerte auf dem Teich. Die nächsten Gebäude, gemauert aus Backstein oder Kalksandstein, waren winzig im Vergleich zu dem Bauwerk, auf dem die Zwillinge nun standen – nicht einmal halb so hoch.

Sie entfernten sich von der Menge und gingen zu einer Ecke des Gebäudes, die bisher noch aus nackten Stahlträgern bestand. Vor ihnen lag der grenzenlose Horizont, und Grace war sicher, dass sie nahezu die ganze Welt sehen konnten.

»Kaum zu glauben, dass wir hier sind«, sagte Patrick leise. »Nach allem, was passiert ist.«

Grace wusste, dass er von dem Gebäude sprach, auf dem sie standen, aber sie hatte eher das große Ganze im Blick. Den Kopf an einen Stahlpfeiler gelehnt, blickte sie hinaus über die Stadt.

»Unser Vater wäre stolz auf uns«, fuhr Patrick fort, und Grace wandte sich ihm zu.

»Woher wusstest du, dass ich gerade an ihn gedacht habe?«

»Das wusste ich gar nicht. Aber ich habe auch an ihn gedacht.«

»Er wäre stolz auf uns beide, ja.« Sie nickte und war überzeugt, dass es stimmte. »Weißt du eigentlich, warum ich mich in der ganzen Zeit, die ich bei Dominic's verbracht habe, nie bei einer der großen Shows beworben habe?«, fragte sie dann.

Patrick schüttelte den Kopf, und der Wind zupfte an seinem Kragen.

Grace schluckte schwer. Sie hatte den Grund noch nie jemandem erzählt. »Ich konnte den Gedanken nicht ertragen, dass ich vielleicht irgendwann eine Rolle bekomme, meinen Traum wahr mache und auf die Bühne muss, ohne dass Da mich sieht.«

»Das verstehe ich.« Patrick hielt einen Moment inne. »Aber wenn in drei Wochen deine große Premiere stattfindet, meinst du, die würde er wirklich verpassen? Ich denke gern, dass er überall dabei ist, mindestens in unserem Herzen. Das wird immer so bleiben. Außerdem – wenn es den Himmel, an den Ma so fest glaubt, wirklich gibt, dann sind wir jetzt ziemlich nah bei ihm.«

Grace griff nach der Hand ihres Bruders, und sie blickten beide zum Himmel empor.

»Was seht ihr euch denn da an?« Von hinten näherten sich Seamus und die Gagliardis, traten auf denselben Balken, und alle fünf blickten gemeinsam nach oben. Grace wandte den Kopf und sah Joe an.

»Die Zukunft«, antwortete sie. Auf der einen Seite hielt sie Patricks Hand und auf der anderen die von Joe.

Epilog

SAMSTAG, 2. MAI 1931

»Hallo, Miss O'Connell«, sagte der dunkelhaarige Junge, der Grace die Tür aufhielt.

»Hallo, Ciaran. Wie oft soll ich es dir noch sagen – bitte nenn mich doch Grace!«

Ciaran Donohue erwiderte ihr Grinsen und antwortete: »Sorry, Miss O'Connell.«

Grace knurrte leise. Sie hatte es geschafft, im Theater für Ciaran einen Job zu organisieren, der ihm zwei Dollar pro Woche einbrachte; sein großer Bruder Connor arbeitete im oberen Stockwerk, verkaufte in der Pause Erfrischungen und verzehrte garantiert sein gesamtes Eigengewicht in Form von Popcorn. So trugen die beiden dazu bei, dass die lärmigen Donohues über den O'Connells wohnen bleiben konnten, und Grace war froh darüber. Hätten sie ausziehen müssen, wäre es im Haus viel zu still geworden.

Vom Bühneneingang eilte sie weiter in Richtung der Garderoben. Sie hatte sich ein bisschen verspätet und war außer Atem.

»Gracie!«, begrüßten sie ihre Kolleginnen, brachten ihr ein Glas Wasser und hakten sich bei ihr unter.

»Du siehst aus, als hättest du einen anstrengenden Tag hinter dir«, sagte Prudence, die sich neben ihr umzog. Jedes Mal, wenn Grace hier war, sehnte sie sich zwar inständig nach Edie und Betty, aber die Mädchen hier waren ebenfalls sehr nett.

»Ich war auf dem Empire State Building«, sagte sie, und allmählich beruhigte sich ihr Atem.

»Oh, wie schön!«

»Ich kann's gar nicht erwarten, endlich da raufzukommen!«

»War es magisch?«

Grace sah in all die lächelnden Gesichter und konnte nicht anders, als ebenfalls zu lächeln. »O ja, und wie!« Alle sahen sie erwartungsvoll an, denn sie wussten instinktiv, dass noch mehr kommen würde. »Joe hat mir da oben einen Heiratsantrag gemacht. Und ich hab ja gesagt.«

Die Mädchen schnappten hörbar nach Luft, jauchzten und jubelten, stürzten sich auf Grace und überschütteten sie mit Umarmungen und Küssen.

»Du hast so ein Glück«, seufzte Prudence, und Grace nickte.

»Ja, genauso fühlt es sich an.«

Anderthalb Stunden später strömten Graces Freunde und Familie ins Theater und beanspruchten eine ganze Reihe für sich.

Mary hielt Connies Hand, während die Kleine so aufgeregt auf ihrem Sitz herumhampelte, dass die Karamellbonbons in der Schachtel auf ihrem Schoß rappelten. Sie trug ihre geliebte schwarze Baskenmütze und ihr besonderes lilafarbenes Seidenkleid, das allerdings nicht mehr lange passen würde. Auf ihrer anderen Seite saßen Florence und Patrick, daneben Frank mit Maria und mit ihren beiden ältesten Kindern, dann Joe, an der Hand von Bruno, der zum ersten Mal in seinem Leben eine Show besuchte. Die beiden Plätze neben ihm hatten sie absichtlich frei gelassen – für Edie und für Graces Vater. Dann kamen Andre und seine Freundin in einem hochmodischen blauen Glitzerkleid. Die letzten Plätze gehörten Betty und ihrem Ehemann, die einen ihrer seltenen gemeinsamen Ausgehabende genossen.

»Ist das nicht wundervoll?«, fragte Betty begeistert, als sie sich mit vor Stolz und Freude strahlendem Gesicht setzte.

»Da hast du vollkommen recht«, antwortete Vernon, nahm ihre Hand, beugte sich zu ihr und gab ihr einen Kuss, den sie mit einem Ausdruck großer Zufriedenheit erwiderte.

Howard hatte auf einer raschen Scheidung bestanden. Er hatte Betty ehrlich geliebt und wollte sie auf keinen Fall mittellos ziehen lassen, jedoch so weit wie möglich seinen Ruf wahren. Als Betty ihm unter Tränen gestand, wie leid es ihr tue und dass sie ihn nie habe verletzen wollen, nickte Howard nur und gab ihr ein paar einfache Anweisungen: Sie solle alle Sachen behalten, die sie mitnehmen könne, und er würde ihr außerdem noch tausend Dollar geben, wenn sie schnell und leise verschwinde. Betty war dankbar für diese Lösung und zog umgehend mit Vernon in eine Wohnung in Harlem.

Vernon war im siebten Himmel, sie zurückzubekommen. In typischer Betty-Manier hatte sie sofort eine neue Stelle gefunden und war jetzt der erste weibliche Conférencier des Hallelujah Club in Harlem. Der Job passte perfekt zu ihr. Sobald es möglich war, heirateten die beiden, und Betty hatte sich noch nie so glücklich gefühlt wie in diesem Moment, in dem sie darauf wartete, dass ihre beste Freundin auf der Broadwaybühne ihre Träume verwirklichte. Als sie die Reihe entlangschaute und die beiden symbolisch frei gelassenen Plätze entdeckte, stockte ihr der Atem. Hinsichtlich ihrer beiden Freundinnen hatte Edie vollkommen richtiggelegen: Grace hatte es geschafft, auf der großen Bühne Karriere zu machen, und Betty hatte ihre große Liebe geheiratet. Wie unendlich traurig war es doch, dass sie nicht mehr da war, um es selbst zu erleben.

Grace stand hinter der Bühne, dehnte sorgfältig die Arme, streckte sie zu beiden Seiten über den Kopf, und begab sich dann mit den anderen Darstellerinnen lautlos hinter die Kulissen, wo sie erst einmal tief Luft holen musste. Auf dem Weg zur Bühne plagte sie noch immer jedes Mal das Lampenfieber, und heute war ohnehin ein aufregender Tag gewesen. Aber dass alle Menschen, die ihr wichtig waren, jetzt im Zuschauerraum saßen, brachte ihr Herz vor Freude fast zum Zerspringen. Die Eröffnung des Empire State Building hatte sie sehr berührt – nicht nur, weil sie eine kleine Rolle bei seinem Bau gespielt hatte und als einzige Frau auf dem berühmtesten Gebäude der Welt Nieten gefangen hatte, sondern auch, weil dieses Erlebnis nun auch für alle Zeiten mit Giuseppe Gagliardis Heiratsantrag verbunden sein würde. Beim Gedanken, dass sie eines Tages mit ihren irisch-italienischen Kindern dort die Aussicht bewundern würde, erschien ein Lächeln auf ihrem Gesicht.

»Zwei Minuten!« In gedämpftem Flüsterton wurde die Ansage durch die Reihen der Darsteller und Darstellerinnen weitergegeben, und alle nickten, um zu zeigen, dass sie verstanden hatten.

Grace war glücklich. Vielleicht würde nie jemand erfahren, dass sie auf dem Empire State Building gearbeitet hatte, aber alle würden wissen, dass sie am Broadway getanzt hatte. Sie straffte die Schultern, blickte zur Decke hinauf und hoffte, dass ihr Vater sie sehen konnte, wo immer er jetzt sein mochte. Unter stürmischem Applaus öffnete sich der Vorhang, und Grace trat hinaus ins Scheinwerferlicht.

Anmerkungen der Autorin

Die Idee für diesen Roman kam mir zum ersten Mal schon vor über zehn Jahren. Ich besitze ein Diplom in American Studies, und im gesamten Studium wurden natürlich immer wieder die entscheidenden Momente der amerikanischen Geschichte angesprochen. Meistens waren es die männlichen Großtaten, die erwähnt wurden, und ich fragte mich oft: »Und wo waren die Frauen?« Am Bau des Empire State Buildings waren meines Wissens keine Frauen beteiligt, aber ich erwischte mich immer wieder bei dem Gedanken: Was wäre, wenn sie doch dabei gewesen wären? Als mir klarwurde, dass ich eine Frau auf das Stahlskelett bringen könnte, vielleicht in Form einer Zwillingsschwester, die sich aus irgendwelchen Gründen als Mann ausgibt, begann die Geschichte in meinem Kopf Gestalt anzunehmen. Ich hatte wenig Ahnung davon, wie man einen Wolkenkratzer baut, und habe an vielen Stellen recherchiert, um so viel wie möglich darüber zu lernen. Wenn ihr Interesse habt, mehr über dieses Kultgebäude zu erfahren, als ich je in diesem Buch unterbringen könnte, würde ich euch *The Empire State Building: The Making of a Landmark*, geschrieben von John Tauranac, und *Building the Empire State*, herausgegeben von Carol Willis, sowie *Thirteen Months to Go* von Geraldine B. Wagner empfehlen. Auch *Gotham Rising* von Jules Stewart lieferte mir eine Menge Information. Die unglaublichen Fotos von Lewis Hine, die den Bau dokumentieren, haben mir ein reales Gefühl für die Höhe und die Gefahr vermittelt, und ich möchte euch dringend ans Herz legen, sie anzusehen.

Zwar habe ich versucht, auch Details so akkurat wie möglich zu beschreiben, ich habe aber dennoch kleine Veränderungen vorgenommen. Beispielsweise ist der Kran, auf dem Grace in der Rettungsszene balanciert, nicht der Krantyp, der auf der Baustelle benutzt wurde, aber ich hoffe, ihr könnt mir das nachsehen. Außerdem habe ich im Dienste der Geschichte kleine Veränderungen an einer Handvoll von Tatsachen vorgenommen. Alle zufälligen Ungenauigkeiten oder Fehler sind ebenfalls mir anzulasten.

Lukasz Kowalski ist ein komplett fiktiver Charakter, aber es sind im Verlauf der Konstruktion wirklich einige Männer gestorben. In den offiziellen Aufzeichnungen sind fünf Todesfälle vermerkt, aber während meiner Recherchen sind sechs Namen mehrfach aufgetaucht, nämlich: Luis DeDominichi, Giuseppe Tedeschi, Frank Sullivan, A. Carlson, Sigus Andreason und Reuben Brown. Ihr Opfer sollte nicht vergessen werden, und ihr werdet gemerkt haben, dass zwei meiner Figuren zu Ehren dieser Männer ihre Vornamen tragen.

Viele Einzelheiten der 1930er Jahre in New York wurden mir erst klar, als ich den *WPA Guide to New York City* las. Während der Weltwirtschaftskrise wurde von der amerikanischen Regierung ein Federal Writers' Project als Arbeitsbeschaffungsmaßnahme für Autoren ins Leben gerufen. Das Buch darüber ist faszinierend, voller brillanter Details und verantwortlich für einige Szenen in meinem Roman, beispielsweise Connies Geburtstagsausflug ins New York Aquarium.

Zu der Zeit seiner Errichtung war das Empire State Building ein Symbol der Hoffnung in der Stadt, die tief in der großen Depression steckte. Die Menschen glaubten, wenn mit einem solch ehrgeizigen Projekt weitergemacht würde, wäre die ökonomische und finanzielle Krise sicher nur vorübergehend – niemand würde doch ein solch gigantisches Gebäude bauen, ohne dass es Unternehmen gäbe, die es mit Leben füllen würden – nicht wahr? Wie sich herausstellte, verlief die Anfangszeit des Bauwerks ziemlich holprig, und viele Stockwerke standen leer, was zu dem Spitznamen *The Empty State Building* führte. Doch es wurde für die Ewigkeit gebaut, und wir können mit Fug und Recht behaupten, dass es sich langfristig bewährt hat. Jetzt ist es eines der bekanntesten und das am häufigsten fotografierte Gebäude der Welt.

Obgleich die O'Connells und die Gagliardis nie existiert haben, sind Tausende realer Menschen auf diese Stahlträger geklettert und haben jeden Tag ihr Leben riskiert, um, wie Frank einmal sagt, »der Welt diesen Blick zu schenken«. Dafür bin ich dankbar, und ich werde ganz sicher an sie denken, wenn ich das Empire State Building das nächste Mal besuche.

Dank

Zuerst einmal danke ich euch, den Leserinnen und Lesern. So viele Bücher gibt es auf der Welt – danke, dass ihr euch meines ausgesucht habt. Ich hoffe, es hat euch gefallen. Glaubt mir, für mich ist schon die Tatsache, dass ihr es lest, die Erfüllung meiner Träume. So viele Menschen sind an einem Buch beteiligt, bis es in eure Hände gelangt, und mein Dank ist ihnen allen gewiss.

An Anita Frank: ein großes und herzliches Dankeschön für deine Hilfe, deinen Rat, deine Ermutigung und Unterstützung. An meine wundervolle Agentin Julia Silk: danke, dass du all dies möglich gemacht hast, und danke für deinen klugen Rat. Danke an Sam Edenborough und den Rest des Teams bei Greyhound. Ein riesengroßes Danke an ein exzellentes internationales Lektoratsteam – Sherise Hobbs und Priyal Agrawal in UK, Lexa Rost in Deutschland und Abby Zidle in den USA. Danke euch allen für den Enthusiasmus, den ihr dem Buch entgegenbringt, und dafür, dass ihr Grace von Anfang an geliebt habt. Mit euch zu arbeiten und von eurer vereinten Fachkenntnis zu profitieren, war ein Traum. Danke auch an die Korrektorin Jane Selley für ihr Adlerauge.

Danke an all die Autorinnen und Autoren, die mich angespornt haben. Besonders erwähnen möchte ich die »Book Camper« Cesca Major, Isabelle Broom und Kirsty Greenwood. Danke, Helen Lederer, dass du *Comedy Women in Print* gegründet hast, einen fabelhaften Wettbewerb, durch den ich so viele wunderbare, witzige Frauen kennengelernt habe. Danke an alle CWIPster, ihr bringt mich zum Lachen, und das ist das größte Kompliment, das ich jemandem machen kann. Danke an meine Kolleginnen und Kollegen aus Vergangenheit und Gegenwart bei Hammerson und JLL für eure Unterstützung – danke, Kieran und Gina, dass ihr mir eure Jobs geborgt habt! Danke, Phil Drinkwater, dass du ein Freund in jeder Lebenslage bist und obendrein auch noch ein cooler Chef. Aaron Sanchious (aka Defcon Lawless, nehmt ihn auf Spotify ruhig mal unter die Lupe), danke, dass du der amüsanteste Mensch bist, mit dem man sich ein Büro teilen kann.

Chloe Smith, ich werde die Erste in der Schlange sein, die eines Tages dein Buch kauft. Meistens kann man ihr kein Wort glauben, aber diesmal schon.

Oscar Wilde hat einmal gesagt, ein Zeichen echter Freundschaft ist, wenn man sich als einzelner Mensch weiterentwickelt, ohne sich auseinanderzuleben, und mit diesem Gedanken im Kopf sage ich ein großes Dankeschön an meine »Parallel Lines«: Alexa Barlow, danke, dass du seit zwanzig Jahren mit mir auf dieser Schreibreise bist. Hast du Lust auf zwanzig weitere? Ich liebe dich mehr, als Claudia Winkleman einen richtig tollen Pony liebt. Stephanie Lazarczuk, du bist der Mojito zu meiner Pizza. Mit dir die Welt zu bereisen, wird immer zu meinen Lieblingsbeschäftigungen gehören. Leonie Munslow, du inspirierst mich ohne Ende. Danke, dass du eine ganz ähnliche Einstellung hast wie ich und niemals lockerlässt. Felicity Broderick, ich bin unendlich dankbar, dich zu kennen – du bist für mich die liebenswürdigste, verständnisvollste und einfühlsamste Seele der Welt. Kate Ridout, du bist Sonnenschein in Menschenform, und ich bin so froh, dass das Universum dich in mein Leben gebracht hat.

Jane McDougall und Claire Sharp, danke, dass ihr mir so viel beigebracht habt über die Person, die ich sein möchte. Jane, ich werde niemals vergessen, dass du meine erste Verlegerin warst!

Gary und Lauren, danke, dass ihr mich immer mit neuen Büchern versorgt!

Und zuletzt danke ich meinen Eltern Peter und Jackie, denen dieses Buch gewidmet ist. Danke für alles und für noch mehr. Mum, danke für die endlosen Büchereiausflüge in meiner Kindheit, danke, dass du mir deine Liebe zum Lesen geschenkt hast. Dad, danke, dass du Kreativität immer gefördert und mich die Bedeutung von Hoffnung gelehrt hast. Und danke euch beiden, dass ihr immer an mich und meinen Traum geglaubt und gewusst habt, dass er eines Tages Wirklichkeit wird, auch wenn ich selbst mal wieder daran gezweifelt habe. Ihr hattet recht. Ich liebe euch.